一寸情思千万缕

QINGSHI HUANGFEI

倾世皇妃

慕容湮儿◎著

中国画报出版社

目录

CONTENTS

【第一卷】夜阑翩舞雪海心

目录

【第二卷】金杯潋滟晓寒妆

【第三卷】谁道无情帝王家

【第一卷】 夜阑翩舞雪海心

第一章 QINGSHI HUANGFEI

夜阑惊弦心

亓国金陵城。

春雨方歇，略带轻寒。

帝苑巍峨，神武楼高，禁苑宫墙围玉栏，宝颜堂殿一线牵。赤红肃穆的宫门有手持金刀的禁卫军于两侧把守，金碧辉煌的宫墙后每半个时辰都会有好几批禁卫军来回巡逻。宫内亭台楼阁，森严壁垒，青砖铺路，花石为阶，白玉雕栏，这就是我所见到的亓国东宫，比我想象中的更加金碧辉煌，庄严肃穆。

黄昏时分，夕阳西下，赤红的晚霞映红了天际，红霞覆盖了整个皇宫，为这原本凄凉冷寂的宫殿染上了一层暖色。经过半个月的颠沛流离、舟车劳顿，今天晌午我由苏州城抵达这民间所谓的"人间天堂"——大亓朝皇宫。

三个月前，世宗皇帝纳兰宪云向各县郡颁布《选皇太子诸王妃敕》，命百官各自举荐十岁以上嫡女、妹、侄女、孙女以为太子诸王选妃。与我同来的还有数百名官宦千金。形形色色的少女纷纷被太监总管李寿公公领进东宫的采薇宫住下。我与数百名女子中的七位被分往"兰林苑"，分居东西八个厢房，正好对门而住。

在这儿我们将进行十日的宫廷礼仪学习，最后再一同觐见太子殿下，他将在我们中选出一位太子妃与两位侧妃。没被选上的将被送往畅心殿，由三位已封王的王爷们挑选，再没被选上的则会被收编为宫女，这就是亓国的规矩。

这也正是许多女子的父亲为何一直不愿意将女儿送入宫选妃的原因。

最终，我还是选择了进宫选妃这条路，执意放弃了我所向往的自由毅然前来。但今日踏进这富丽堂皇的宫殿，却没有想象中的那么开心。

再瞧瞧与我同住的七位少女，眼中闪烁着期待的亮光。我知道她们心中都有梦，梦想着自己被选为太子妃，有朝一日凤袍加身贵为皇后，母仪天下，统摄六宫。相较于她们对这份尊贵的期许，我反而显得冷淡了许多。

当今太子殿下的母亲是权倾朝野的杜皇后，也是她向皇上提议选妃的。朝中大臣都心知肚明，此次选妃只是个可笑的幌子，杜皇后只不过是为选一名家世显赫的女子，进而巩固自己的权力与太子的地位，最重要的还是为与韩昭仪一争高下。

说起这位九嫔之首的韩昭仪那真是了不得，十年前一被选入宫就被封为九嫔之首，而今众妃嫔皆因色衰而爱驰，韩昭仪却依旧受盛宠而不衰。

或许……皇上对她有爱吧。

只可惜她患有不孕之症，至今仍无所出，可皇上对她的宠爱非但丝毫不减，反而与日俱增。她在宫内的势力也在日渐增大，分割了杜皇后的权势，这才有了民间广为流传的“杜韩之争”。

杜皇后，权倾朝野。

韩昭仪，贵宠六宫。

皇上纳兰宪云共有十四位皇子，已经成年的皇子有八位，但被封王的仅有三位王爷。

嫡长子纳兰祈皓于刚出生就被封为皇太子。

三皇子纳兰祈星被封为晋南王。

五皇子纳兰祈殒被封为楚清王。

七皇子纳兰祈佑被封为汉成王。

这次的选妃让原本都该居住在自己府邸的他们又重新回到宫中居住，只为到时选妃方便行事。听说五皇子与七皇子于今日就被宣入皇宫留宿，唯独三皇子依旧在边关与卞国的军队交锋，怕是十日之内赶不回来，婚事怕也就只能让明贵人为其着手操办了。

也不知自己在窗口沉思了多久，只觉夜幕低垂，被分配来伺候我的宫女云珠在案上点亮烛火，微暗的亮光填满了整间屋子。我回首望着这个娇小的身影在屋里来来回回地忙着，削肩细腰，腮凝新荔，榴齿含香，纤腰楚楚，一双水灵的双目看似干净纯洁却又藏着一闪而过的忧伤，她的年龄应该在我之下，为何会有这样的眼神?

一想到此我便自嘲地一笑，宫里的奴才，有哪一个不是经历过痛彻心扉的往事才沦落到此，不然有哪个人愿意进这皇宫为奴为婢呢?

“姑娘，该是晚膳时辰了，李寿公公有吩咐下来，今夜姑娘们须同桌进食，相互熟悉以增情谊。”她恭敬谦卑地在我身侧，用低润的嗓音细语。

我微微颔首应允，举步往妆台前坐下，任云珠用纤细的巧手为我挽髻梳妆。玲珑金凤，环佩璎珞，名贵首饰皆一样样地加诸我身上。望着镜中致雅高贵、娇媚柔腻的自己，我再次愣神。

共进晚膳以增情谊？多么可笑的一句话。我们这些人进宫是为选妃而来，在某种意义上可说是情敌，要我们如何放下心与彼此相处增加情谊？而我又将以何种姿态在这弱肉强食的皇宫中生存下去？

“姑娘真美！”这是云珠在为我梳妆时唯一所说的话，不论在什么地方，都有人称赞着我的美貌，我已经分不清楚他们是为谋得私利来假意奉承我，还是我真如他们所言。久而久之我已经不愿再费神去猜想其真假，现如今我对云珠的话又起了猜想，她这句话仿佛另有深意，本想细问，终是未开口。她只是一个伺候我的宫女而已，我不想与她有过多的纠缠。

不出半个时辰，云珠已为我挽好柳髻，细心敷粉施朱，还挑选了一件用名贵的紫蔆金丝绸裁剪而成的衣裙为我披上。我多次对着铜镜上下打量自己，深觉不妥，遂将耳上金宝翡翠耳坠卸下，又将发梢上的玲珑珠翠取走，最后脱下那身耀眼的赤紫百褶凤裙。

云珠则用奇怪且复杂的目光望着我的一举一动问：“姑娘这是何故？”然后弯下身子，小心翼翼地拾起被我遗落在地的衣裳后，将妆台上散落的那些零零碎碎的首饰珠钗收进妆盒内。

“太引人注目。”我走至衣柜，取出一件普通的淡绯色小褶素裙穿上，一件首饰也未佩戴，只是拿起一枚小巧的百蝶穿花珍珠簪斜别于髻侧，再次打量镜中的自己后才安心地离开妆台。

我只是个苏州盐运使的女儿，在这些重臣家千金面前应该自持身份不要逾越为好。

转身那一刻正对上云珠赞赏的目光，原来这个云珠也非池中之物。微微朝她一笑，她先是愕愣，随后也回我一笑。我才发现她笑起来真的很美，美得动人心弦。

冰池澄碧空明，香径落红飞散，竹栏微凉，轻风袭惠畹。

在云珠的陪同下，我到兰林苑的偏园内堂，本以为自己会早到，却发现我是最晚到的。一张偌大的紫檀朱木圆桌旁静静地坐着七位盛装打扮的秀美女子，未佩戴金玉珑簪的我在她们面前显得格外寒碜。

我的迟到引得她们将目光纷纷会聚在我身上，仅一瞬间的观望后她们就收回了审视之色。我明白自己已经成功地在她们面前扮演好了我的角色，我轻轻拂过额前低垂那缕缕流苏，悠然地在最后的空位上就坐。

偌大的内堂却在此刻格外安静，所有人都沉默地呆坐于桌前，谁也没动碗筷，气氛冷凝得令人尴尬。

也不知道是谁打破了这冷到令人窒息的气氛，首先介绍自己的身世，随后又说了一些客套话。这才令我们渐渐放松了紧绷的神经，紧接着她们也纷纷淡笑着介绍起自己来。

“我叫程依琳，金陵人氏，二七年华，父亲正就任兵部尚书……”

“我叫薛若，扬州人氏，二六年华，爹爹是扬州知府……”

“苏姚，漠北大将军苏景宏是我父亲！”此话一出，吸引了所有人的目光，我也用眼角的余光细细打量起这位坐于我左侧的女子来。

“国色天香”一词用在她身上一点也不为过，容貌端丽，瑞彩翩徙，顾盼神飞，宛然如生，她的美犹如空谷幽林中一抹暖阳，让人看着都是一种享受。

原来她就是朝廷中手握重兵的苏景宏大将军的女儿。这位将军应该是现今朝廷中唯一身家干净的重臣了，他不像其他官员那般或随着皇后攀附权势，或依附韩昭仪博皇上宠爱，而是在朝廷中保持中立，从不偏袒任何一方，面对东西二宫向其施加的压力而毅然坚持立场，这是很难能可贵的。

我还未将目光从苏姚身上收回，却听闻我正对面的女子开口了，“我姓杜……”短短的三个字硬是将所有人的目光从苏姚身上转移到她身上。

“我叫杜莞，我爹是丞相杜文林，母仪天下的皇后是我的姑姑。”虽粉白黛黑，却弗能为美。但说话时的神态有着常人无法比拟的高傲自负，举手投足间皆充满着名门贵族的高雅气质。

她凭借这句话博得了所有人羡慕的日光，可是我除外。她的出身何等高贵那又如何，能不能坐上太子妃的位置全凭杜皇后一句话。虽说她是皇后娘娘亲哥哥的女儿，但是依我之见，太子妃的位置未必是她囊中之物。

“姑娘，你呢？”右侧的薛若询问起始终未开口的我。

“潘玉，年十五，苏州人氏，父亲潘仁就任两江盐运使。”我不如她们有着显赫的身世，所以我的话并没有引得谁的格外关注。

一次所谓的聚膳就在这看似和谐安宁之下宣告结束，我们便各自回自己的住处就寝。还记得临走时一名声称是李公公派来传话的小太监叫住了我们，说是明日卯时务必早起于内堂集合，宫里要遣一位资质颇深的姑姑前来训导我们宫廷礼仪。

此刻已近子时，我躺在这陌生的床榻上依然无法入睡。在多次翻覆下我终于还是选择揭开轻纱帘帐，随手拿起一件鹅黄披风罩在单薄的身子上徒步出屋。虽然开门时动作很轻，可这厚重的大门在寂静的夜幕小苑中还是发出了“咯吱”的一声。

初春的寒意直逼全身，我不适应地打了个冷颤，伸手合了合披风将自己单薄的身子紧紧地裹住。

遥望夜色中冉冉升起的新月，皑皑月彩穿花树，水榭楼台参差成影。

多年来我早已习惯于深夜独坐台前孤望月，时常想起苏轼那句“但愿人长久，千里共婵娟”，自嘲一笑，词句甚美，可如今又有谁能与我同在这千里之外共赏这溶溶残月。

长叹一声，微微提起脚边微长的裙摆，侧身坐于门外的长廊前，地面冰凉的寒意由臀部传至全身。我没想到皇宫内春日的初寒竟冷到此种地步，才坐片刻我已然全身僵硬，正在考虑要不要回屋窝进那暖暖的被褥里时，一道黑影在长廊上拉了好长，我倏然惊起，将视线朝黑影的来源处望去。

还未看清来人，一把锋利的长剑已硬生生地架在我脖子上，一位身着夜行衣蒙着半张脸的男人正冷冷地望着我，在他眼中我看见昭然若揭的杀意。难道是来杀我的？

不可能，我在宫中隐藏得如此之好，怎会轻易结下仇家。那就只有一个可能，他是刺客，只是很不幸运地被我撞到了！转念一想，能如此轻易地深入东宫，定然是熟悉宫内地形的人，那此人的身后定然有一位大人物。

“太子殿下，那名刺客好像从这儿……”恍惚间我听见了有人唤着太子殿下，他竟然能引得太子亲自领兵搜捕，定是位不平凡之人。

讶异之余再次打量起这位一身夜行衣的男子，冷漠的眸子无一丝温度，他的右臂还受了严重的箭伤。

此时，一个很危险的想法猛然闯进我的脑海——我要救这名刺客。

“躲进屋吧。”我很严肃地对他说，可他的眸子里却闪烁着犹疑，显然他并不信任我。

“若要害你，何必多此一举？”眼看着点点火光逼近这里，而他却还在犹豫不决，我也顾不了此刻那锋利的剑随时可能割断我的脖子，伸手拉过他的右臂就往房里跑。他并没有拒绝，只是听到一声闷哼从他用黑巾蒙着的口中传出来，我才惊觉自己拽着他被箭射伤的手，很不好意思地松开他的手，再将屋门紧闭。

我俩半蹲着背靠门，屏住呼吸，静静地听外面的动静，很多脚步声朝兰林苑涌来，点点火光隔着雪白的糊纸映进，照亮了我们的侧脸。如果侥幸被我们逃过那也就罢了，但如若太子硬是要进屋搜索一番才罢休，那为这名刺客陪葬的将是我。

突然很痛恨自己一时冲动下的决定，救他是对还是错？

事到如今，我一定要救他脱身，这样才能保住自己，更能长久地在这个噬血的王宫中生存下去。

用力抚平自己内心的焦躁不安，心情也渐渐平复，我深呼吸一口气对他说："你躲到床下去，其他的事我来应付。"说完这句话后，我看到他眼中一闪而过的疑惑与复杂，他一定不清楚我为什么要救他。

只见他一连在地上翻滚了好几圈滚到床边，再翻身缩进床下。这一连串动作仅在那一瞬间完成，动作利索得根本不像个受伤的人，一看就知是个高手。

"里面的姑娘都给我出来。"很多人都在两边用力地敲门呐喊，闻声渐逼近了，我立刻将身上的披风卸去，再将额前的发丝扯下几束以显得分外凌乱，看上去就像刚从睡梦中苏醒的惺忪态。

拉开门走了出去，一眼望去，院子里站着好几排身披银色盔甲手持刀戟的侍卫，两侧有二十余位侍卫高举火把将四周照亮，寥寥数百人，原本蛮大的院子瞬间显得格外窄小。

东西两排厢房的姑娘也陆陆续续地从房内走出，脸上皆是刚睡醒的倦容，嘴里还喃喃地抱怨着。

此时一位方面大耳高锁骨，鼻直口阔脸色红的粗野男子从众侍卫中站了出来，厉声厉语地朝我们吼道："你们都站好了，可有见一名蒙面黑衣刺客闯入？"

杜莞刚从房中出来，一听这话顿时火气就上来了，用尖锐的声音将他的声音全数盖了下去："狗东西，你有什么资格对本小姐这般吼叫?！"

他被杜莞的气势骇住，顿在原地傻傻地望着她。

"那名刺客已被侍卫射伤，我们追到兰林苑前他就没了踪影。打扰到姑娘还望见谅。"说话的是一名始终站在众侍卫面前没有说话的男子，他双手置于身后，用淡漠的眼神扫过我们。

杜莞望着他出神，沉吟片刻才怔然出声："你是……"

刚被杜莞骇得有些傻眼的那名男子立刻收回失态，清清嗓子响亮地说："这位就是当朝的皇太子殿下。"语方罢，冷冷几声抽气声响起，东西两排的姑娘睡意全无，全部拜倒在冰凉的地面，还偷偷地收拾自己的仪容，生怕自己的丑态会被太子殿下记住。

"起罢！"他轻轻扬手，依旧温润的嗓音再次响起，我偷偷地打量着他，棱角分明，朗目疏眉，神骨秀气飘萧，龙章凤姿，眸子刚中带柔深不见底。这位就是自打一出生就受尽万千宠爱，被所有人捧在手心含在嘴里当至宝宠着的太子殿下吗？

我们得到应允起身，还没站稳脚跟，恍惚间见一个娇小的身影一闪而过，已飘到太子的怀中，如八爪章鱼般死抱着他不放。"祈皓哥哥，莞儿好想你。"她激动得失了女子应有的矜持，可我看太子的表情，似乎对她完全陌生。

"我是杜莞，记得小时候你还同姑姑到过我们府上呢……你难道不记得了吗？"她好像也察觉到太子对她的陌生，立刻说着什么想勾起他的回忆。

这原本是搜捕刺客，却演变成了兄妹相认的戏码，周围的姑娘皆用羡慕且夹杂着妒忌的目光紧盯着"相拥"的二人，事情似乎开始变得紊乱。

太子尴尬地将她从怀中推开，漠然的神色中略带反感之色："是你！"

"你记起来了？祈皓哥哥我又见到你了，好开心啊……"她丝毫没会意太子的敷衍之色，愈说愈来劲，双手不自觉地又勾上了他的胳膊。原本她只是为了引起太子的注意，却不想这般纠缠只会引来他的厌恶。

他再次不留痕迹地抽回胳膊，越过她走向我们："你们可有见到那名刺客？"

所有人都轻轻摇头，这个庭院顷刻间陷入一片安静。

他先是停在最右边的程依琳面前，打量了一会儿越过她走向苏姚，又是一阵打量，最后终是走到我面前停住。我如其他姑娘那般垂下双眸，不直视他的双眼，作娇羞状。太子终于还是越过了我走向下一位姑娘，我才在心中暗暗地松了口气。

"太子殿下，何必如此麻烦询问，直接进她们的闺房一搜即可。"刚才那侍卫的气焰又再次上来。

此语一出立刻引得周围数位姑娘神色一变，可始终没人开口答腔，太子殿下在此，她们怎敢在他面前放肆。

只有苏姚蹙眉冷声开口："你也知道这是闺房，闺房是尔等说搜就能搜的？"

"你阻止我们进去搜？莫不是刺客此时就藏在你的房内？"他立马冲到苏姚面前质问，最后还欲擅自闯入她的闺房。

苏姚还没来得及出声制止，我已经横手在他胸前挡住了他的步伐："太子殿下都未发话，你凭什么在这造次？"我的声音虽一如往常，话语中却夹杂着浓烈的警告意味。

"陈鹏，你退下。"太子殿下停住脚步，转身朝我与苏姚走来，我直视太子那深不可测的瞳目，丝毫不畏惧地将我，也将所有姑娘心中所想吐露出来。

“太子殿下您贵为将来一统天下的储君，而我们进宫则是欲博得太子殿下的青睐，怎会冒窝藏刺客之罪名而自毁前程。太子殿下难道连这点自信都没有？”我的话还没说完太子殿下已经在我面前停住，一语不发，高深莫测地盯着我，看得我心里有些发毛。

“太子殿下此次惊动这么多官兵搜捕刺客，想必那刺客定是不凡之人，太子您与其把时间浪费在我们身上还不如尽快搜捕刺客来得实在。”苏姚突然说话，引得太子将我身上的目光收回，他细细打量起苏姚。

太子突然笑了起来：“你们是哪家的千金？”

“苏州两江盐运使潘仁之女，潘玉。”

“漠北大将军苏景宏之女，苏姚。”

虽讶异他为何询问起我们的身份，却也如实照答，最后太子殿下带着大批人马纷纷离去，依稀记得太子临走前说，“谅你们也没胆子窝藏刺客”，其说话气势犹如一个真正的王者。这就是太子与生俱来的狂妄自信吧，但是他太过于自信。若他能放下他的不可一世，命人进屋搜寻，我与那刺客皆已被送入天牢，等候问罪，可他并没有。

当我回到房中时，那名刺客已经从床下爬了出来。我点燃案上的烛火，借着淡淡烛火的微亮发现他右臂的衣袖已经被鲜血浸透。他晃晃悠悠地走到我面前，初见时眼里那份杀气已经褪去，剩下的只是涣散狼狈。

“你是什么人？”

“救我有何目的？”

“别妄想我会报答你的恩情，若有朝一日你落入我手里，我绝不会手下留情。”

一连三句话劈头迎来，我有些招架不住，也确实很佩服这男人的想象力，伤成这样了还如此逞强。

“废话真多。”我为自己倒上一杯香气四溢的碧螺春，不耐烦地回了一句，“我可不保证太子不会去而复返。”

他再次盯了我一眼，破窗离去。轻放下手中的杯子，我走到窗边望了望外面漆黑的一片，晚风拂颊，冰寒刺骨，微叹口气轻喃：“你我再见之时，便是你还我恩情之期。”

第二章 QINGSHI HUANGFEI

情牵香雪海

经过昨夜一场心惊，很迟我才睡下，直到云珠急急地冲进房内，将还在睡梦中的我拽了起来。我一脸惺忪疲倦地望着神色焦急慌张的她不明所以。

“姑娘，你忘了昨个儿夜里公公传话说卯时会来一位姑姑，现在都接近卯时了，您还不赶紧准备着。”云珠此话一出，我才想起这事。我立刻起身快速梳洗，云珠则细心地为我整理床铺。

云珠细声细语地说：“听说昨夜兰林苑闯进刺客了。”

我手中的动作顿了顿，然后回了句：“是啊，昨夜一大批人马就这样闯了进来，可把我吓坏了，一夜都没睡好。”

只听身后传来云珠的一阵低笑：“奴才可听说姑娘昨夜质问陈鹏副将，太子殿下都对您欣赏有加，何来吓坏一说。”

我听她话中有话却也不挑明直言，只是静静地穿好素衣问：“陈鹏是在太子殿下手下做事的？”

她即刻点头：“他是太子殿下面前的大红人，昨晚您那样顶撞了他，怕是将来……”云珠没有再说下去，我也没有再问。

陈鹏只是站在太子面前拿着鸡毛当令箭，充其量也就个山野莽夫，并不需要太多在意，最主要的还是太子，从气魄威严来看确实有能耐担当太子之位。

在云珠的陪同下来到兰林苑正堂，我发现最晚到的又是我，其他姑娘都端正规矩地排成整齐的一横排。见我到来，她们皆充满敌意地冷盯着我，我很明白她们之所以这样，只因昨夜我在太子殿下面前出尽了风头，其实我也觉得昨夜的锋芒毕露有些不妥，但是为了保住自己与那位刺客，也顾不得那些了。

掠过众姑娘的眼神，好巧不巧地正对上苏姚那灵动柔美的眼眸，她朝我微笑颔首。我也回以一笑对她点点头，算是打招呼吧。

“潘姑娘，站这儿来吧。”我正在考虑该站在什么地方之时，苏姚淡漠中略带关怀的声音在我耳侧响起，我知道她在替我解开这尴尬的场面。

我莞尔一笑，徐徐走过去站在苏姚身边。谁都没再说话，沉默着等待着姑姑的到来。片刻的沉寂终于因姑姑的到来而稍缓。

她的年纪在四十左右，两鬓却已微白，眼角有着明显的皱纹，白皙的皮肤上透露着沧桑肃寂，锐利精细的眼神仿佛能看透一切。她不疾不徐地走到我们面前，用低而冷淡的声音对我们说："从现在开始我就是教你们学习宫廷礼仪的谨姑姑。我不管你们是哪家的千金，家族势力有多大，这十日你们都必须听从我的吩咐。我会严格训练你们在宫廷内的规矩，把最端庄贤淑的你们送到皇后娘娘面前。"

我们一直乖乖地听着她在我们面前滔滔不绝地警告，约莫半个时辰之后，她终于停了下来深呼吸一口气："现在开始教你们第一个规矩——认主子。"

"后宫内至高无上的主子是皇后娘娘，授予金印紫绶，正位宫闱，同体天王。在她面前尤其要注意你们的言行举止，不得出一分差错。"

"接着是正一品的三夫人，坐论妇礼，位次皇后，爵无所视。但是这三个位置虚设了二十年之久。"

"然后是九嫔，掌教四德。其分别为昭仪、昭容、昭媛，位视丞相，爵比诸侯王；贵人、贵嫔、贵姬，位视御史大夫，爵比县公；美人、才人、良人，比县侯。"

"其次为婕妤、容华、宝林、御女、采女、充仪、充容，共计一百零八位。"

我听得一愣一愣的，早就知道皇帝的后宫佳丽不计其数，真正听谨姑姑讲起我还真是不能接受。再看看与我同在的众女子，她们皆是为太子妃之位而来。可她们只看见这头衔的荣耀却看不见将来的祸事。太子若是被废，她们将来又该如何自处？她们有准备与之生死相随吗？反之，若太子有幸登上皇位，那他就会是众多女子的丈夫，而身为正妻又该如何面对这后宫无情的争宠？

"谨姑姑，我想知道为何三夫人之位虚设了二十年？"提出疑问的是薛若。

谨姑姑似乎早料到会有人提出此问，轻叹一声，目光似乎在看我们，却又像在看更远、更虚无的地方："因为袁夫人。"

在正堂呆站了三个时辰，终于能回厢房休息，许多姑娘都一脸倦态，抱怨连连地发着大小姐脾气。我却并未回房，只是一个人悠闲地逛着采薇宫。

风日薄，煦阳映圃，小阑芍药含苞结蕊。

旧巢双栖并颈，飘然又掠花翠。

不知为何，一切春意凛然的美景皆入不了我的眼，只是心情极为烦躁，内心更是五味参杂。

也许是因为听谨姑姑说起袁夫人，是因为皇上对袁夫人那经久不息的爱恋与疼惜？

这位袁夫人与杜皇后一样，在皇上还是位不起眼的皇子时嫁与他为妾，她们俩都是一代巾帼女子，联手为他除去太子，终助之登上帝位。皇上对于她的感情与对皇后的感情不一样，之于皇后是敬重，之于袁夫人才是爱情。

“后宫佳丽三千人，三千宠爱在一身”用在袁夫人身上一点也不为过，她夺去了皇上全部的爱恋。高台五宫的妃嫔们凝目凤凰楼，期待着皇上回宫能来自己的暖阁同坐，可是皇上只到“长生殿”，只宠幸袁夫人。然袁夫人却福薄，进宫两年就因难产薨逝，皇上如五雷轰顶，登时恸哭失声，连续一个月不上早朝，身离宫院，独居御幄，朝夕悲痛。

此后更是废去后宫三夫人之位，这二十年间也未再立任何一位夫人，可见袁夫人在皇上心中的地位至今仍然无人可以比拟。也许，这才是真正的爱情，就算皇上身边的女人无数，他的心却仅系一人之上。在我看来，袁夫人是何其幸运，能拥有这位掌控天下的皇帝那颗完整的心。

当我缓过思绪，才发现自己早已步出采薇宫，青葱的树木，翠绿的蔓藤，遮盖，缠绕，摇动，低垂，参差不齐，随风飘动。

陌生的环境，满目荆榛，寂寥无人，只有一湖碧绿的春水在阳光的照射下熠熠生辉。我单手拂过随风漫舞的柳条想着昨夜的刺客，他到底是谁呢，竟敢只身夜探东宫，目的何在？

“昨夜，那位刺客是你救的？”

这刻的宁静突然被人打扰，心里很不舒服，侧目瞧着离我只有几步之遥的男子。紫绸细白袍，青玉扳指，气质凛然，英姿飒爽，皇家风范。

“是。”我很老实地点了点头，声音甚为低沉。

“昨夜若是太子硬要进屋搜捕，现在的你已经被关在天牢内等候处决，你为何如此不冷静？”他话虽然是担忧之语，但从他的脸上却丝毫找不到担忧之色，依旧不变温润的淡笑，每每看见还是会令人迷惑，只因他眼中看不见一丝笑意。

我不语，静静地回首望着湖面，随手将手中的柳条折断后掷入湖中，平静无波的湖面上泛起涟漪，一圈又一圈，朝更远更深处蔓延。

他朝我走近几步，并肩与我立于岸边，遥望那纷飞的柳絮，如雪般飘落在我们发丝间，飘落在粼粼湖面上。望着水中我俩的倒影，竟是如此和谐匹配，我不禁笑出了声。

“你还有心情笑！”他的口气中似乎有些无奈，“一年前的你与一年后的你，竟然没有多大差别，还是一副天真幼稚的模样。”

我一怔，立刻敛起笑容，侧首望着他后退一步，盯着依旧温然的他，沉默许久才说话：“为何要我进宫选妃，难道你想让我登上太子妃之位？”我很迷惘，因为他总让我看不透，摸不清。

但是他没有说话，依旧将目光拉远拉长，缥缈地望着远方的天际，若有所思。

“纳兰祈佑！”我忍不住朝他吼了一声，我最讨厌的就是受人控制，而且是受他的控制。

“等到时机成熟，你会明白我的用意，这十日，你一定不可轻举妄动。”他的笑意更深了，扬手轻抚过我额前被风吹乱的发丝。

我身体一僵，片刻间的怔忪，回过神后，连连倒退好几步。惊异他的举动，但是使我更惊讶的还是他看我的眼神，那仿佛是看猎物般的邪恶淡笑。不可否认，我怕他，很怕他。因为他是我所见过的所有人中最能隐藏情绪让我看不透的男子，更骇人的是他有连我都自叹不如的骇世聪慧，他才二十不到就可以将一切掌握在手中，或许他若当上皇帝会让亓国走向昌盛的颠峰吧，我一直是这样想的。

“我走了。”仓皇地说了一句，便离开此地。

纳兰祈佑，也为皇后所出，在诸位皇子中最为沉默寡言不与人深交。宫内人人都说他避世不问朝政，只有我知道，这一切都是他营造的假象，对于朝廷，纳兰祈佑比谁都关心。

再次回到兰林苑时，云珠鬼鬼祟祟地将我拉进屋内，小声地问我去哪了，两个时辰前皇后娘娘派人传召我与苏姚去太子殿。

当下我心头一颤，定是太子将昨夜之事讲给皇后娘娘听，所以才要召见我吧。

“姑娘，我四处找不着你，所以擅做主张派人回皇后娘娘，说您身子不舒服所以不能前去。”云珠轻声说道，就怕我会生气。

“你做得很好。”我很感谢她为我解围。这次没去见皇后娘娘是躲过一劫还是错过机会我不得而知，但是我很明白，以皇后的为人处事，她这次的召见定是有很高的深意，一个权倾朝野的皇后不会去为一件无意义之事而费心。

又或许……她这次要见的人，根本不是我。

外面一片嚷嚷声，好不热闹。拉开门走出去，望着领着皇后的赏赐从太子殿回来的苏姚，她被五位姑娘团团围住。她们七嘴八舌地询问着皇后召见她说了些什么，苏姚也没明确地说，只是随便敷衍几句。

唯独杜莞与我站在门前冷望聊得起劲儿的她们，杜莞的眼睛仿佛快喷出火来，她轻倚在木门上侧，用所有人都能听见的声音说："只被皇后娘娘召见一次而已，用不着如此得意。"

顿时，鸦雀无声，目光急速凝聚到高傲的杜莞身上，她纤手一抬，笔直地指向我："可惜了潘姑娘，在这关键时候竟身子不适，否则一定也能得到皇后娘娘的赏赐。"

无奈地叹口气，怎么又扯到我身上来了，她似乎将我与苏姚当成了眼中钉。

只见苏姚挑衅地朝她娇媚一笑，然后故意将皇后赏赐的玉如意轻轻地托起："方才皇后娘娘怎么说来着……"佯作沉思地问问她的贴身丫鬟。

"皇后娘娘赞苏姑娘大方而得体，秀外而慧中呢，还说……若太子能有这般乖巧的太子妃是他的福气。"那丫鬟得意地说，杜莞的脸色早已铁青了一片，冲上去就给了那丫鬟一个嘴巴子，鲜红的五指血印在丫鬟嫩白的脸颊上格外骇人。

"臭丫头，这儿哪轮到你这身份卑贱的东西插嘴！"

苏姚的脸色一变，凌厉的目光射向蛮不讲理的她："杜姑娘，打狗也得看主人吧！"

"怎么，你要替她出头？"杜莞推开挡在她前面的几位姑娘，战火似乎一触即发。

原本怒气横生的苏姚突然退让了，她扶着那位挨打的丫鬟离开这里："敬儿，随我进屋，我帮你敷脸。"

杜莞笑得极为得意，我却暗笑她的不成熟，表面上她是赢了，可她早在昨夜扑往太子殿下怀中时就输了，今日又因妒忌与苏姚的争吵更是让她彻底输了。气质、理智、聪慧、端庄她哪一点都比不上这苏姚。

苏姚，不仅相貌美若天仙，忍耐与才智更是胜人一筹。

我望望已经看得咋舌的云珠问："你怎么看？"

她轻笑："云珠在宫中有四年，第一次见如此放肆的秀女。"

"大凡物不得其平则鸣，这个皇宫原本就不够平静，又怎能令她们静得下来？"也不管我的话云珠能不能理解，也没再继续说下去。

一整天都没吃东西，确实有点饿了，就吩咐她为我准备了些膳食。看着对我百依百顺的云珠，我相信她能懂我的话的意思，因为她并不是个笨人。

"兵者，诡道也。故能而示之不能，用而示之不用，近而示之远，远而示之近。利而诱之，乱而取之……"

黄昏已近，我坐于案前翻阅着《孙子兵法》。云珠怕我看伤眼睛就为我掌起一支烛火，还细心地为我熬了一碗清汤，虽然不是很名贵，但是才滑入喉中就有清凉之感，洗去了我一日下来的疲劳与烦躁，真是个体贴的丫头呢。

"姑娘，你看的是《孙子兵法》?!"她在为我收拾已经见底的清汤碗时发现了我看的书名，竟然惊叫了起来。

"嗯，怎么了？"我依旧翻阅书籍，并没抬头。

"我第一次见女子读这书。"她别有深意地停了一下，又说，"姑娘确非一般女子。"

我终于抬起了头，望着淡笑的她好一会儿，再揉揉疲累的双眼："云珠，你为何入宫？"

"家里穷，就将我卖进宫换些银两。"笑容依旧挂在脸上，丝毫没有伤痛的样子。这也是我疑惑的，与她相处了两日，我对她的好奇心越来越重，很想摸清她的底细。

当我想继续追问下去时，一位公公来传话，说是谨姑姑请我们前往正堂，有很重要的事要吩咐我们。众姑娘皆聚集到正堂等待着谨姑姑宣布所谓的"重要的事"。

谨姑姑依旧是那张千年不变的寒冰冷霜表情，冷冷地道："方才皇后娘娘那儿传下话来，每位姑娘要在九日后于太子殿拿出一幅绣品，若完成不了或手工不够精致，入不了皇后娘娘的慧眼，就会被取消选妃的资格。"

"绣品？那简单……"此次来选妃的姑娘们，花容月貌自是不在话下，刺绣描花更是等闲之事，一听此话都在窃喜，跃跃欲试。

谨姑姑拿出一匹长宽各十尺的白色丝绸绣布，说道："娘娘出的题目为'路尽隐香处，翩然雪海间。梅花仍犹在，雪海何处寻。'"

说罢就为我们每人分发一张长宽各十尺的绣布，要我们好好解题。回去的路上，我听到姑娘们的窃窃私语，都在为皇后娘娘的题目而愁。

"皇后娘娘到底是要我们绣雪景还是梅花？"薛若喃喃自语一阵。

"又或者是雪中梅？"程依琳一句话赢来众人的附和。

"你们都说错了。这两句诗出自《香雪海》，我想娘娘所说的定为香雪海之景。"苏姚缓缓地说道，随后低头浅吟，"路尽隐香处，翩然雪海间。梅花仍由在，雪海何处寻。

莲露沁芙尘，蓉花怡纷凡。芳颜如冰清，润物思玉洁。抒美丽忧伤，醉纯色浪漫。观晓宁娇娆，赞雪花依旧。"

众人皆叹苏姚的才情，真是位才女，一语惊醒梦中人，也解开了所有人正愁的问题。

在厢房内，我却是单手撑头，望着那匹雪白的丝绸发呆。皇后娘娘怎会出这样的题目，香雪海！难道她酷爱梅花？可是我却从未听闻皇后有这一爱好。

云珠奇怪地望着不动的我问："姑娘怎么还在犯愁？方才苏姑娘不是已经将题解开了么，难道有什么不对？"

我将丝绸放下："云珠，皇宫内哪儿有香雪海？"

"唯独二十年前薨逝的袁夫人所居住的长生殿有，其景观堪称举世无双。"

"袁夫人喜梅？"

云珠点点头说："因为袁夫人酷爱梅花，所以皇上为讨她开心从天下各县郡弄来千百来株优良梅种，每年冬季万梅齐放，其景观撼动人心。"

她的语音方落，我就跑了出去，也不顾云珠在后面的喊声。才跑出东宫没多远，我就止住了前进的步伐。我出来的时候怎么没有细问云珠，这偌大的皇宫里长生殿到底在哪儿，走到哪才是个头。

"少主，您这是要去哪？"一个身影无声无息地出现在我面前，我看着他一身禁卫装，手持银刀向我行了个礼，声音虽然如往常那般冷漠，却夹杂着丝丝的恭敬之态。

我惊讶地指着他，他不是在纳兰祈佑的府中吗，怎么突然变身到皇宫做禁卫军，这又是唱的哪出？纳兰祈佑他在搞什么鬼。

"我要去长生殿。"我强忍想一问究竟的冲动，这皇宫耳目众多，人多嘴杂，这个时候不是能谈话的时间。

"我带您去。"他也看出了我的隐忧，冷冷地向我点头，示意我随他去。

月上帘钩，淡荡初寒，晚风袭人，絮落无声。

也不知在这皇宫兜兜转转地走了多少圈，我的脚板已经开始生疼。始终未与他说话的我终于忍不住开口询问道："弈冰，还有多远？"

又走了几步他才停住步伐，指着前方说："到了！"

我朝他指的地方看了看，在粉淡殇颜的赤红宫门上，清楚地写着"长生殿"三个字，即使在黑夜也是金光闪闪，门两旁笔直地站着的四名侍卫于两侧把守着。我还在想应该找什么借口进去之时，只觉得脚下一轻，一双手臂已经将我紧紧地环住，我被弈冰以绝世轻功带着跃过那面高墙。

为了避免会引起不必要的麻烦，我叫弈冰在墙外边守着，稍后只要我轻轻敲几声赤红高墙，他就能听见，便可进来带我出去。他的轻功我从来没有怀疑过。

举目望去，飘尽寒梅，凋零枝犹在，路径残香已散尽，独留空空芳园悲寂寥。园中密密麻麻地布满千百来株梅树，可惜花期已过，无法目睹万梅齐放，想必那定为奇观，艳冠天下。

我望着一株株已经凋零的梅树，心中五味参杂，眼里酸涩难忍。我明白自己来长生殿的真正目的，并不是为了破解考题而来，更深的原因……是缅怀回忆。

也曾有人因为疼爱我而收尽天下之梅，只为让我开心；也曾一家人在梅林间饮酒赋诗……只可惜如今物似人非。

忧伤之情不禁泛满心头，我喃喃地吟起："定定往天涯，依依向物华。寒梅最堪恨，长作去年花。"

"谁在那里？"一个冷到极点的声音划破这寂静凄凉的梅林，格外森然。

我借着月光望着前方那一抹身影缓缓地朝我靠近，这个时候，怎么还会有人在这凄凉的梅园，难道是皇上？不对，从衣着身形上来看倒像一位二十左右的少年。随着他缓缓地朝我靠近，借月光微弱的照耀隐约可见其容貌。

发如青丝，丰姿飒爽，萧疏轩举，湛然若神，也许是他炯炯双目中那暗藏的忧伤感染了我，看着他我不自觉地出神，他……是谁？

"本王在问你话！"虽然依旧冷淡，但是语气中却藏着隐隐怒气。

听他自称本王我就猜到他的身份。能出现在梅林的王爷只会是五皇子楚清王。他的母妃正是皇上最为宠爱的袁夫人，然袁夫人福薄，二十年前在产出他后薨逝，独留下刚出生的他于世上。皇上在悲痛之余竟不依"凡未满十六之子不得封王"的祖例，封这位幼婴为王，可见皇上对这个孩子的疼爱。

我立刻屈膝跪下叩拜："回王爷话，奴才是此次进宫选妃的秀女，只因皇后娘娘出了一绣题，正是香雪海，所以臣女才斗胆跑来长生殿想寻找灵感。"

冰冷怒气的神色稍微有些软化，他也没有多加责怪我，挥手示意我起来，没等我站稳脚跟便转身望那早已凋零的香雪海，似在喃喃自语却又似在与我诉说："梅，早已凋零。来到这又能寻到什么灵感？"

"王爷错了，只要心中有梅，它就永不凋零，我相信王爷早已经将梅烙在心里。"正如这茫茫香雪海在他心中的地位，同样，它在我心中也无可取代。

看着他背影明显一僵，猛然转身张嘴想对我说些什么，却再没发出任何声音，怔然地望着我，由先前的欣喜转为怔忡再变为惊讶，最后转为深沉。我莫名地回避着他炽热的目光，心中暗惊他变幻的表情。

难道我真有倾国之貌，令人一见倾心，就连这位王爷都被我迷倒？深觉不对，他看我的眼神，并不是迷恋，而是深深的依恋，为何对我会有依恋之情?!

“王爷……”我不自在地清清喉咙提醒他此刻的失态。

“你叫什么名字？”他的声音一紧，低沉得让我觉得不太真实。

“潘玉。”

只见他勾起一抹苦笑，如此伤痛沧桑，似乎藏着失望之色。

他僵硬地转身不再看我，仰望空中的明月说起往事。

“这梅林是我母妃生前最为钟爱的东西，这儿有她与父皇最真实干净的爱情，一段见证他们爱情的曲子《凤求凰》。”

“万梅齐放那日，母妃有了身孕，父皇带着喜悦牵着母妃的手来到这允诺，若生下皇子便封其为皇太子，可是母妃拒绝了，她始终为父皇的江山社稷顾虑，祖训曰‘有嫡立嫡，无嫡立长’，此规若违，动摇国本。”

“父皇动容之余，亲自为母妃抚琴，一曲《凤求凰》是父皇对母妃的承诺。他说断然不学司马相如那般负心薄情，他的爱一生只一次，独予袁雪仪。”

奇怪他为何会突然对我说起袁夫人之事，是触景伤情吗？听他声音沙哑哽咽，是在强忍着眼泪吧，想上前安慰他，却不想手才碰到他的手臂就被他拥在怀中。惊讶之余想推开他，却发现他的双臂在微微颤抖。放下心中想将他推开的想法，我不能狠下心肠如此对待一个从小就丧失母亲的孩子。

“王爷，请……”

“以后，叫我祈殒。”他打断了我的话。

虽然奇怪他为何会突然如此，但是我还是如着了魔般唤了他一句“祈殒”，也许只有这一刻我才做回了真正的自己，不用再每天用面具将自己包裹着对人。毕竟他同我一样，有着一段刻骨铭心的伤，那段伤如同烙印，时刻提醒着我继续生存于此的目的。

最后，送我回兰林苑的是祈殒，一路上他只是静静地伴在我右侧一语不发，也不知道他在想什么，只觉得气氛怪怪的，但是不会令我尴尬难受，反而很是享受这一刻的安静。再想起我从长生殿内走出来时，那些侍卫见鬼般的表情就想笑。他们一定还在奇怪我是何时进去的，只因祈殒在我身边，他们也不敢拦下查问。

当我看见依旧在宫墙下等待我的奕冰，愧疚之心油然而生，我竟然忘记他还在那等着我，他会不会怪我呢?直到我看见他那双乌黑深幽的眸子里充斥着担心之色，我才冲他点点头，示意我没事，他可以放心。

云珠一直在兰林苑正门外等着我回来，见到我安然无恙才长长地松了一口气，刚想唠叨我几句却看见我身边的祈殒，她猛然跪倒拜见。

“起吧。”他的声音一如往常的淡雅，临走时还嘱咐云珠一定要好好地照顾我。

她一脸暧昧地盯着我说：“还是姑娘魅力大，宫中人都说楚清王一向孤僻自傲，从不爱与谁深交，今日竟然亲自送您回来，看你的眼神还是那样地温柔。”

“贫嘴！”我佯装生气地将她从屋中赶了出去，用力将门关好，身上似乎还残留着他身上的味道。不置可否，他与我真的很像，与他在一起能令我很轻松，不像与祈佑，总是令我压抑，令我放不开。

这些天除了每日依旧卯时聚集兰林苑正堂学习礼仪，其他时间我们都待在房内认真刺绣，偌大一个兰林苑顿时陷入一片宁静祥和的气氛中，所有人都想把最好的绣品送到皇后娘娘面前，只为博得她的欢心，登上太子妃之位。

十日之期去了一半，而我却被云珠念叨了四天，现在又在我身后踱来踱去地唠叨起来。

“姑娘，只剩下五天了，你不要光坐在这发呆啊！交不了绣品您就没机会了。”

看着嵌在绣架上依旧空空如也的白色绣布，我内心矛盾得不知如何决定，整整四天我都没动一针一线，也难怪她会着急地念叨着我。“云珠，你觉得我是该绣香雪海好，还是真正的答案好？”

“当然是真正的……难道答案不是香雪海？”她先是理所当然地点头，后来才恍悟我话中之意，连连追问题目的真正答案是什么，我没回答她，只是不着痕迹地将话题转移。

我沉思了好久才长长地吐出一口气，询问了一句：“你说楚清工是什么样的人？”

又回想起几日前梅林那一幕幕，至今都还有些悸动，尤其是他看我的眼神，仿佛……一想到此就忍不住想探听一些他的事情。

身后的云珠却始终没有回我的话，以为我的声音太小她没听见，于是又提高了一些音量问：“楚清王到底是个什么样的人？”

依旧没人回答我，我奇怪地转身想瞧瞧她是不是呆了，却发现云珠早已经没了人影，只有那个青色身影的男子站在我身后，充满笑意地望着已经尴尬得不知所措的我。紧张地朝他行了个礼，暗暗责怪云珠怎么连楚清王来也不通报，害我当着他的面问起如此尴尬的问题。

他的手轻轻地抚摸着依旧未动一分的细软丝绸：“很想知道我是什么样的人？”

如今的我已经不知道该说什么，只能将头垂得老低，目光随着他的银白色的靴子来回转动。我是万万不曾料到他竟然会来到兰林苑找我，他不怕皇上万一怪罪下来吗？这儿的姑娘虽说不是后宫的妃嫔，却也是此次的秀女，他这样贸然闯进来确实不合规矩。

"抬起头来。"他的声音在我头顶响起，这话是命令，我不得不抬头对上他那探究的目光，那双幽深的眸子，依旧忧郁伤淡。

"王爷……你该离开了！"不自然地躲过他越发炙热的目光，他却抓起了我的手，我的第一反应就是立刻抽回，但是一种冰凉的感觉传至手心，是一枚血红的朱玉，细细看来正是两只耳鬓厮磨的凤凰，他是要把这个东西给我？

"这是凤血玉，我母后的东西，希望你能为我保管。"

我疑惑地盯着那块玉半晌，无言地将它收下了，或许是因为他眼中那不容拒绝的气势，又或许是因为他真诚恳切的语气，再或者是因为他的手仿佛温暖了我的心……总之我收下了，将它小心地放入衣襟内保存。

第三章 QINGSHI HUANGFEI

凤舞凰血泣

随后我秘密地去见了汉成王祈佑，他在宫外时就将整个东宫完整的地形图给了我，只为方便行事，更重要的是可以不被人发现，秘密地去见他。曾听他交代过，他会居住在东宫的未泉宫，那儿的侍卫都是他的亲信，只要我能避过宫内众多耳目到达就不会有问题。所以我按照图上标好的红色标记一路躲躲闪闪地安全进入未泉宫，被他的亲信领到他的寝殿，看到他已经在床上歇下了。

虽然我非常不想见到他，但是如今的我已经没了主意，我也不敢自作主张，坏了他的计划不说，怕是我的努力也白费了。

“王爷！”屋内没有点烛火，偏偏今夜的天空也没有月光，可谓伸手不见五指，我只能乖乖地站在原地不敢移动半步，小声地唤了他一句。

竟然没有反应，怎么他一点警觉心也没有吗？我又稍微放大了些声音叫道：“汉成王？”依旧没一点反应，以他的武功造诣来说不可能在我一连两句叫唤下都没反应，一定是故意的！

火气一下子就冲上脑门，我用感觉辨别到床的方向，直冲过去，可是我却狼狈地被一个东西绊倒，狠狠地摔在地上，手心传来锥心的疼痛。

随后便闻一阵低笑，先是微弱的光亮将漆黑的房间一处照亮，不一会儿，雪亮的灯光将整间屋子填满。跌坐在地上的我一下适应不过来这突如其来的亮光，我将双目闭上好一会儿才睁开，一张邪魅的脸正充满笑意地看着狼狈的我。我挣扎了好一会儿，却还是不能爬起来，只能恨恨地盯着绊倒我的元凶——那条随我一起倒地的木凳。

“真的摔着了？”或许是见我许久都不能起来，他终于大发善心地问了一句，我撇过头不理他。

他半蹲在我面前想扶我起来，我扬手甩开他的手，却没料到自己的手腕被他握住了。他望着我因刚才跌倒时双手先着地已经擦破渗血的手心，好一会儿才吐出一句：“怎么这么不小心？”

他竟然说我不小心？明明就是他在整我，却来怪我不小心。他到底是喜欢把我当玩具耍着玩，还是料定我不会和他翻脸？

“快起来，我帮你上药。”他又想拉我起来，可是我死活都不起来，最后干脆坐在地上不动，他又不敢用蛮力拉我起来，怕将我弄得伤上加伤。

“不用了。”我始终不看他一眼。

“起来吧，馥雅！”他突然而来的一句温柔关怀之语，让我眼眶一酸。这两个字已经很久没人再叫过了，所有的委屈顷刻间涌了上来，但是我还是强忍住欲夺眶而出的泪水。

“不用你管。”我明显感觉到自己声音的哽咽。

“是我的错。”他长叹一口气，将坐在地上的我横抱而起，这次我没再挣扎，任他将我放坐在床榻上。此刻的情景，像极了一年前，他从几十名杀手中将我救下后，轻柔地将我抱上马背。他身上那股淡雅的味道，我至今依稀记得。

就这样静静地盯着他为我找来清水、纱布与金创药，认真地为我擦拭伤口的样子，我的心一动，刚才的火气消失得无影无踪。

要这个一向以逗我为乐高傲自负的王爷向我道歉，已经很难得了，我也没有理由再去生他的气。

“为什么要把弈冰弄进宫？”我忍着时不时由手心传来的疼痛，颤抖地问。

“自然是有原因。”他的目光始终注视着我的手，敷衍地回了这句我听过几百遍的话。每次我问他什么，他都回答自有安排，自有计划，自有原因，我就像个傻瓜什么都不知道。

“你今天怎么想到来找我？”他已经为我包扎好一只手，随后又着手第二只。

“杜皇后出了一个绣题，关于香雪海，你认为我该在这次选妃上锋芒毕露还是继续……”我的话才顿一下，就被他打断。

“母后不可能出《香雪海》的绣题。”很肯定的一句话，更确定了我心里的猜测。他终于抬头了，“你心里已经有明确的答案了对吗？那就照你找到的答案做吧。”

我惋然轻叹，他虽是杜皇后的亲生儿子，可他母后却从未将他当亲骨肉般看待，他们之间的感情淡漠如陌路之人。杜皇后的爱全部给了太子殿下，却吝啬着不肯分给他一些，也难怪他会对杜皇后有诸多怨言。

我想，他一直是孤单的吧，却从来不肯表露在脸上，一人默默承受。

“其实，皇位或许……没你想的那么重要！”我不自觉地说了这么一句，换来他一个惊讶的眼神，包含着复杂的情绪。

“若你经历过我所痛的，就会明白，那个位置对我来说，真的很重要。”这是他第一次对我坦白他的一丝真实情感，也许，我真的不能体会他心中的那份孤独。所以为了帮他，那日我不顾危险选择救了那名刺客，我相信，将来那名刺客会帮到我们许多。

刚出未泉宫不远，影度回廊，一阵狂风将衣袂卷起飘扬，一场没有预兆的大雨从天而降，我被困在回廊内而不得去。潮湿飘扬的尘土味，溃烂着的娇艳欲滴的牡丹蔷薇，略带草腥味。空阶夜雨频滴，伫立长廊边缘，伸出双手感受雨露的真实感。望着雨滴将我手缠的纱布浸透，最后将手上的金创药洗涤。

雨如丝，纷纷扰扰，风卷雷鸣闪电破空，庭院落红无数。如此电闪雷鸣我却无一丝害怕，反而享受地紧闭双目感受细雨拍打在手上的感觉。

“吹尽残花无人见，惟有垂杨自舞。”待我感慨后，另一声感慨将我的话接了下去。“绿黛红颜两相发，千娇百媚情无歇。”

将双掌收回，回首抬眸时，他已经站在我身畔，没待我行礼他就扶住欲跪下的我。他问：“那日为何没来太子殿？”

“身子不适！”我万万没想到，在这儿都能巧遇太子。

他的嘴角轻轻勾起，温和地笑了笑，竟也将双手伸到外面接起点点细雨。我与他并肩立于长廊，聆听在我们之间回荡的淅淅沥沥的雨声。他不说话，我也不敢开口询问。我们就这样静静地站了半个时辰，他的突然开口着实吓了我一大跳。

“我立你为妃如何？”似开玩笑的一句话由他口中逸出。

“小家碧玉女，不敢攀权贵。感君千金意，惭无倾城色。”我很肯定地拒绝了他那自以为是的美意，我来宫中的目的并不为太子妃之位。原以为他会朝我大发雷霆，却不想他依旧笑望我，瞳中无一丝愠色。

“你与她很像。”他悠悠叹气，“那日我问过苏姚同样的问题，她如你般义正词严地拒绝我说，不是所有人都如太子您想象中那般贪慕虚荣，如太子乃我心之所爱，就算陪之共度糟糠之日又如何。很特别！”

正如他来时那般毫无预兆，离开这里也是无声无息地，在他的背影中我寻到了迷茫与沮丧，我猜想那是因为苏姚与我同时对他的拒绝吧。或许这是他第一次尝到失败的滋味，对于这位享尽万千宠爱的太子殿下来说，是一件很失败的事吧。

更加能肯定，他对苏姚异样的情愫。也对，苏姚如此兼聪慧与美貌的女子，有谁能不动心呢？

阵雨很快就停了，我飞奔回兰林苑。出乎我的意料之外，云珠竟没念叨我，而是为我换下早被泥弄脏的绣鞋。当看见我受伤的双掌时，她张了张嘴想说些什么，却又吞了回去，为我重新上药包扎。

那夜我点着微弱的灯认真刺绣，一夜未眠。

十日已到，正是选妃之日，我们由李寿公公领进太子殿，我被安排站在第五排第五位。赤金猊鼎，熏彻麝香，碧海金镜，前后四方顶天柱，镶金嵌珠，精细雕龙，玉盘金盏，鹅黄细软轻纱，飘逸浮动。

我用眼角的余光偷偷地打量起凤椅上的杜皇后。

粉黛双娥，鬓发如云，凤绡衣轻，雪乍回色，雍容华贵之色逼人。虽已年近四十，却依旧容颜未衰，风华绝代。尽管她从我们踏进太子殿开始就一直在淡笑，却还是掩盖不住她眼底的那份沉稳老练。早就听闻她是位政治野心家，皇上所有的朝政她都要干涉，似乎想做另一位“武周圣神皇帝”。

太子与她并列而坐，脸上毫无喜色，仿佛根本不认为今日是他在选妃，他就像位旁观者，肃穆冷寂。

接着李寿公公就捧着笺金小册念着我们的名字，凡是被念到名字的都会上前一步走到正前方将绣品现于皇后与太子面前。不论她们的绣品好是不好，皇后都是千篇一律的温和谨笑。

李寿公公很稳重地吆喝着每个人的名字，一身绯淡清雅，头镶八宝绿细簪的苏姚站出来将绣品展开，所有的姑娘都冷冷一声抽气，就连面无表情的太子都浮出了诧异之色，随后转为赞赏。唯独皇后的神色依旧不变，淡笑点头。

这么多姑娘的绣品皆为雪中寒梅，其中也不乏上品之作，只可惜都是千篇一律的傲雪寒梅，看多了也就觉着枯燥无味。而苏姚这幅“残梅雪海泪”意在境中，境中有悲，悲中藏情，栩栩如生。最大的不同之处还在于她所绣之梅正在凋零枯萎，无尽的悲怆凄凉将我们带进一个悲伤动人的故事，不自觉陷入伤痛。

“路尽隐香处”，它独独突出“隐香”二字，孤烟袅寒碧，残叶舞红愁，雅姿妍萎，落红隐余香。

“翩然雪海间”，它注重绣描“雪海”二字，东风吹尽残粉枝，蚀雪散尽成玉树，残英点岫即瑶岑。

亦真亦幻，其绣功根本无从挑剔，实乃倾世之作。听到李寿公公叫到我的名字，我便捧着才赶绣完成的作品上前，轻柔地将其摊开展现在众人面前。众秀女中传来窃窃私语，最后转为不屑的低笑。我从容地抬头仰望杜皇后说："臣女这幅绣品名为'凤舞凰血泣'。"

皇后那张和煦淡笑的脸刹那一变，血色尽褪，单手无力地撑头软靠在凤椅的薄金扶手上。太子先是望我一眼，再关切地询问皇后的状态。她只是将头轻轻地一摇，示意并不碍事，很快收起倦态，尽量扯出她自认为很美的笑容，神色却暗藏几分凌厉。

她的突然变脸不为别的，只因我这幅绣品；也不是因为我的绣功有多么地惊世骇俗，而是因为我绣的正是一对翱翔于浩瀚蓝天的凤凰。

"难道你不知道题解为香雪海吗？"她问。

"真正的题解并不是香雪海，而是凤求凰！"我的声音如鬼魅般在安静的大殿上响起，回音一波一波来回飘荡，随后再娓娓道来，"宫内只有长生殿一处有香雪海，而香雪海象征着一个承诺'凤求凰'，爱，一生只一次，独予袁雪仪，所以臣女才绣了一对翩然血凤凰。"

她的脸色越发僵硬，近乎咬牙切齿地说："好大胆的丫头，竟敢不将本宫放在眼里，还提起袁夫人与皇上的事。"她一个箭步冲到我面前夺过绣品，毫不留情地将它丢在大理石地面上说："答案只有一个，就是香雪海。"

我低头不语，任她欲将我剥皮的冰冷眼神在我身上游移，我早就猜到这题不是皇后所出，根本就是皇上授意而出。我原本不想绣凤凰激怒皇后，但是祈佑却让我放胆绣血凤凰激怒皇后，揭起她的痛处。有时候我真的很怀疑，他们俩是不是亲母子。这更加证实了宫中所传杜皇后与袁夫人的感情如同亲姐妹，根本属于讹传，我从哪一点都看不出来杜皇后会与袁夫人情同姐妹。

"传本宫懿旨，漠北大将军之女苏姚，孝谨端庄，才情洋溢，温婉聪慧，深得本宫之心，即册封为大亓朝太子妃，择日大婚。"

杜莞听见这个旨意，一张粉白嫩脸顷刻惨白，眼泪盈盈在眼眶打转，几欲滴落。而我早就料到苏姚很可能会被封为太子妃，只因她的父亲是手握重兵的苏景宏。

朝廷有三位大臣手握兵权，第一位就是苏景宏，常年征战淮北一带，歼灭了无数个突然崛起的小国，亦得到"漠北大将军"的称号，他在朝廷的地位、声望、威信首屈一指。

第二位乃明贵人之子晋南王，十六岁封王那日，皇上就赐予他江南一带兵权。他不负众望，五年来的大小战役全胜，成为新一位崛起的战神。

第三位则是韩昭仪的亲弟弟韩冥，二十岁那年打败夏国，并与之签订二十年归顺协议。皇上大悦之下封其为“冥衣侯”，授予三十万禁卫军帅印，他只是一个外人，皇上却能如此放心地将这么重要的兵权给他，可见皇上对其信任程度之深。

这样的形势对皇后与太子的地位造成很大的威胁，即使她在朝廷上有亲弟弟杜丞相为其支撑，没有强大兵力做后盾依旧是她的心病，所以才有了这次的选妃之说。她不惜舍去亲弟弟的女儿将苏景宏的女儿推上太子妃之位，这样一来，她就顺利地将苏景宏与东宫绑在一起。

“至于这个潘玉……”她思忖了一会儿，“取消她所有选妃资格，即刻离开皇宫。”

回到兰林苑我就开始收拾起自己的东西，疑惑一重重地加深，我记得亓国选妃的规矩，未被选中之女皆被收编为宫女，而皇后却如此迫不及待地将我赶出皇宫，难道这其中有什么原因？仅仅因为一幅绣品就能令她如此失了方寸？

“姑娘……”云珠呆呆地站在我身后望着忙前忙后收拾的我，欲言又止。

“怎么了，吞吞吐吐一点不像你。”我依旧埋首于收拾东西之中，我还是想不通这些事。

“汉成王……约您去长生殿。”云珠的声音细微到颤抖，我身体一僵，深深地望了她一眼，什么都明白了，没再说其他的话，徒步出门欲前往长生殿，却发现我的手被一双冰凉的手握住。

“姑娘，我不是有意骗你……”她满脸愧疚，“汉成王是奴婢的恩人。”

“我不会介意。”打断她继续往下解释，虽然一直都知道云珠不是个平凡人，却怎么都没想到，连她都是祈佑安插在我身边监视我举动的人。其实我早该想到的，纳兰祈佑一直都是这样一个人。

凭着上次的记忆我来到长生殿宫门外，雕栏香砌，曲槛小池清澈，花草幽芳，冷艳幽香奇绝。我偷偷地躲在小曲桥前方一棵柳树后朝长生殿望去，记得上次来时门外的侍卫只有四位，今日再看却发现数十人守在外面，难道有什么大人物来才这样加强戒备？祈佑为何约我来此？大白天难道他不怕被人发现我与他的关系吗？

“何人竟敢在长生殿外鬼鬼祟祟？”

闻麝兰之馥郁，听环佩之铿锵，语气虽凌厉，声音却莺莺动人。回首望着说话之人，年约二十六岁左右，窈窕多容仪，婉媚巧言笑，盈盈秋水眸。

“放肆，见到韩昭仪娘娘还不行礼。”她身后一位肌肤微丰，身材合中的娟秀少女冲我喝道。

原来她就是大名鼎鼎的韩昭仪，腰如束素，齿如含贝，风华绝代，难怪能得到皇上十一年的荣宠而不衰。我跪地拜礼，却良久听不到她唤我起来的声音，我就只能忍着膝盖上的酸麻依旧跪着。

“你是哪家的姑娘？”她终于开口说话了，只是依旧不管还跪在火辣辣地面上的我。

“回娘娘话，臣女潘玉，家父苏州两江盐运使潘仁。”

最后，韩昭仪不仅没为难我，竟还亲自将我扶起，赏赐我一颗人鱼小明珠，我在多次推托不下后勉强收下。直到我离开长生殿都没见到祈佑的人影，我就知道又被他摆了一道。没猜错的话，他是故意约我在长生殿，目的只为让我“巧遇”韩昭仪。纳兰祈佑，一切尽在你掌握之中，那你的目的到底是什么？我只能等待，真相很快就会浮出水面了吧。

乘着马车飞奔过重重宫门，手中紧紧捏握着祈殒让我保管着的玉佩，看着他就像看见另一个自己，永远都存在说不完道不尽的伤痛。真的要离开了，那么祈佑也要选出自己的王妃了，是吗？那他的王妃会是谁？又有谁配得上他这位优秀的王爷？

掀开绣帘一角，凝望马车由太极殿奔出，再穿过长长的宫道，直穿承天门，最后直逼凤阙门，只要穿过那道门就真正离开了皇宫了吧？马蹄声声暗尘起，前方一匹白马进入我的视线，青衣男子紧握缰绳立于马侧，衣袂飘飘。马车离他越来越近，我对上他那对深深凝望着我的复杂目光，心中一阵苦涩。

手一松，帘布覆下，将马车内的我与外面的他完全阻隔，握住玉佩的手越来越紧，手心生疼，关节泛白，这块玉就由我永远代为保管吧。

出了金陵城，却发现云珠背着包袱在回苏州城的必经之路等着我，她说汉成王有吩咐，要她一路与我随行伺候保护我。还替他带来一句话“静候佳音”！

我相信他，不单只是因为他是我的恩人，更因他从来都说话算数，不打没把握的仗。也许下次回到金陵就能知道所有事情的真相了，而我也会在苏州城里，与这位被他派来继续监视控制我的云珠，静候佳音。

黯然几回首

此次回苏州我们选择以水路而归。听云珠说从水路只需十日，比乘马车每日颠簸要来得好多了，况且还可以提早五日到苏州。最后我俩选择了一条直达苏州的豪华大船，龙头凤尾，鳞片镶舟身，熠熠泛金光，如幻龙遨游于浩瀚湖面。

此船如酒楼分为两层，底层是让我们填饱肚子的地方，二层则是供大家安寝的厢房。今日已是上船的第四日，连续三晚我都睡得很安稳，躺在床上可以隔着厚实的木板细细听泛舟湖上之妙音，或起伏或平缓，或激荡或低沉，仿如催眠小曲，令我安然入睡，直到日上三竿才迷迷糊糊地被云珠叫醒吃午膳。

今日我一如往常又是睡到日上三竿，醒来时与我同屋的云珠已经不在房中了。我与云珠打扮成寻常百姓家的穷姑娘，原本是不想引人注意却不想这样更成为船上所有人的关注点。在他们眼中我们俩是“特别”的。能乘上此船的不是官宦千金小姐，就是富家子弟少爷，而我们两个“穷酸”丫头却上了这艘昂贵的客船想不被人注意都不行。

我在楼梯口上就听见争吵声，将视线凝聚在楼下争吵的声源处，一位姑娘与几个伙计吵得面红耳赤，也没有人上前帮其说话。那位姑娘不是别人，正是云珠。我飞快地冲下楼将几位已经将云珠团团围住的伙计扯开，轻声细语地问她怎么了。

云珠气愤地指着几个伙计，双唇紧抿，表情既可爱又惹人心疼：“姑娘，他们不给上菜。”

伙计们鄙夷地扫我们一眼：“两个穷丫头还想上桌吃饭，没看见这里全满座了？”

我一声冷哼：“穷丫头？”声音将在座所有人的谈笑盖过，从衣袖中取出几日前韩昭仪赠与我的人鱼小明珠放在手心摆于他们面前。夜明珠在这艳阳高照的白昼依旧泛着绿光。不只几位伙计看得眼盯着这珠子都快掉了下来，就连在场的官家小姐、富家公子都傻眼了。我对珠宝首饰也小有研究，韩昭仪所赠的这颗珠子有着足够买下一座城池的价格。

几个伙计立刻朝我点头哈腰，还收拾出一张桌子让我们就座，态度与先前有着天壤之别。还挑了最好的菜色一道接着一道上，芙蓉鸡片、雪衣银鱼、凤尾燕菜、翡翠龙虾、清汤鱼翅……

我与云珠一边细品着不仅刀工精细，口味更乃一绝的菜色，一边聆听着正前方一抹珠帘后的女子弹奏《阳春白雪》，时而绵婉悠悠，时而穿云裂石，时而如丹凤展翅，直冲云霄，或轻歌曼舞，或急管繁弦，或如情人间呢喃低语，真是妙不可言。就连我都想一睹弹奏此曲姑娘的芳容月貌，可惜轻纱遮掩，朦胧不清，只可依身形辨别出她娇好的身材。

“风光无限好，有女奏弦琴，琴声犹动听，只欲睹芳容。”一首狗屁不通的……暂且称它为诗吧，那诗在这美妙的琴音中响起，只见一位其貌不扬衣着光鲜的浪荡公子站起来大声吟诵，脸色自信满满，接着琴声戛然而止。

“李少爷真是博学多才，此千古绝句都能赋出，妙绝妙绝。”与他同桌而坐的一位公子竟然声情并茂地赞扬，仿佛此诗真的是惊世妙语。

“太好了，太绝了。”更绝的是他左右两侧而坐的公子竟然一边鼓掌一边叫好。看见此景只觉得好笑，简直是草包一个，竟还有人要把他捧到天上去赞美。

也不知是我笑的声音太大还是周围太安静，反正就是被他们听见了。

他横眉怒目直射我，“你笑什么！本少爷作得不好？”

“狗屁不通，还千古绝句，本姑娘作得都比你好。”我硬是撑他一句，他一张脸立刻涨红，嘴巴一张一合气得说不出话来。

“李少爷莫气，待子横去教训她。”最先赞赏他的男子安抚着他，转身朝我盈盈走来，生的一副好看的样子却一脸伪笑。看着他的笑我就想到数日前杜皇后的笑容，简直让我倒足了胃口，满满一桌佳肴已索然无味。

“如此说来，姑娘的才情定然上乘，不妨也作上一首让我们鉴赏。”他挑眉轻笑，仿佛料定我会当众出丑。

用翠竹碧筷夹起一块虾仁放入嘴里细嚼，然后咽下，真的与方才的味道不一样了。“充堂之芳，非幽兰所难。绕梁之音，实萦弦所思。如怨如慕，如泣如诉。余音袅袅，不绝如缕。”

自称子横的男子脸上已经挂不住笑容了，帘中奏琴之女竟挑起轻纱走出，丰骨肌清，容态尽天真，尖尖佼佼凤头一对，露在湘裙之下，莲步轻移朝我们走近，含着钦佩之色凝望着我道："想不到姑娘竟有如此才情！"

兴许是面子上挂不住，自称子横的男子要求我们各为此绝美女子作对联，声音温润，笑得轻松："巧笑倩兮美目盼兮欲消魂，大风起兮云飞扬兮舞霓裳。横批：风华绝代。"

"明眉皓齿，楚女腰肢越女腮。粉黛朱唇，粉颜双蕊鬓中开。横批：绝代佳人。"我丝毫未考虑脱口而出。

"脸衬桃花，秋波湛湛妖娆态似月里嫦娥。发丝如泻，春笋纤纤娇媚姿若宛边西施。横批：出水芙蓉。"他又道。

我不自觉浮出一丝笑容，即接道："冰雪之心，兰桂之气，更兼秋水为神玉为骨。桃李其貌，云霞其衣，自是飞仙如态柳如烟。横批：玉骨冰清。"

他脸色倏然骤变，还想说些什么，却被女子打断："不用比了，这位姑娘胜。"许多人都不明所以，我与他作的诗都极为工整绝妙，难分高低，为何她却断言我赢。

她缓缓说道："公子你说以我的美来作对联，可你第一对的'欲消魂'却格外轻浮，第二对又言'妖娆、娇媚'，敢问您是在以我作对吗？"她的声音如黄莺出谷，也惊醒了在座众人。子横了然地躬身向我行了个礼，服输，黯然离去。

我则钦佩地望着这位姑娘，她竟也看出子横的败笔。此女子的容貌是美而不妖，实而不华，其高雅之气质令人不敢亵渎，而他却用"消魂""妖娆""娇媚"数词加诸她身上，也难怪会输于我。

感觉有一道凌厉的目光从我说话开始就一直盯着我，可待我环视一周下来也未发现有何可疑之人，难道是我的多疑？

那位姑娘却与我结下不解之缘，她说这顿午膳由她结账，还热情地邀请我进入她的闺阁内鉴赏诗画。言谈中我了解到，原来她是这船主的千金，名温静若。自幼研读百家诗词，鉴赏名画，精通音律，通晓歌舞。只是难觅知音，直到今日遇见我，就仿佛见着另一个自己。

与她畅谈到亥时三刻方罢休，临走时她还约我明日继续品诗赏画，我欣然同意，毕竟与她在一起聊天我很开心。回到厢房，才推开门，一阵轻香萦绕在鼻间，我并不记得房内有摆设鲜花。我眼神蒙胧，昏昏欲睡，使劲儿摇摇越来越沉重的脑袋试图让自己清醒。

视线在房内绕了一圈，看到躺在地上纹丝不动的云珠，以及静坐于我床榻上的男子，恍惚间他变成一个，两个，三个……

“好久不见，馥雅公主！”平静的语气充满着笑意，他缓缓地朝我靠近。

双腿一软，笔直地往后倒，以为会同云珠一样与坚硬的地面相撞，却没有预期的疼痛，而是跌入了一个冰冷的怀抱。此时的我已经完全没有意识，只听见他在我耳边喃喃着什么，我陷入一片黑暗的无底深渊。

噬血残骸的肃杀之气，雾霭锋芒渐现，殷红遍地，我用力拽着父皇的手，却终被他无情地甩开，紧握着长剑便冲了出去，直到他倒地，乱刀还在抽割他的全身，血肉模糊，体无完肤。

“父皇，父皇……”我呢喃低吟，全身忍不住地抽动颤抖。

“小姐，小姐？”声声焦虑的呼唤由最初的细微逐渐变大，变清晰，是谁在喊我？是云珠吗？

缓缓地睁开眼帘，古色古香的屋子，沁人心脾的味道，眉微微蹙起。记得那夜与温静若闲聊到很晚才回屋，才推门就一阵清香扑鼻而来，最后就什么都记不起了，是迷香！

才醒悟，猛地从床上弹坐而起，戒备地盯着始终立在床头因担忧而猛瞧我的姑娘，沙哑地问：“这是哪，你们是谁？”

“小姐莫怕，这是卞国的丞相府。”

“我们是丞相派来伺候您的，我叫兰兰，她叫幽草。”

笑容甜美，眼神清澈，她们并不像有心计之人，我也渐渐地放下心里的戒备，随即又想到什么，全身变僵硬，依稀记得晕倒之前有人唤我做馥雅公主，等等……如果这里是卞国的丞相府……

“带我来这儿的是卞国丞相？”我茫然地盯着她们略带紧张地问，希望能从她们眼中找到一丝虚假欺骗，却不想她们干净毫无杂念的目光很肯定地回答了我的问题。这是真的。

最后一丝期待破灭，双唇微颤，再也发不出任何声音，这位卞国丞相，正是我曾经的未婚夫婿，连城。

天下分为亓国、卞国、夏国三个强大的国家，以及许多突然崛起却又被这三国轻而易举歼灭的小国。

以如今的形势来看，亓国乃三国中实力最为强大的国家，不论兵力、财富、领土、民心都是夏、卞二国无法比拟的。卞国的领土虽不及亓、夏二国广阔，但是军队的装甲资源为三国最强，不论从统军战术规划还是作战方略地势优劣来说都像一堵铜墙铁壁，令强大的亓国多次欲拿不下。而夏国……早在五年前便臣服于亓国，与之签订二十年不交战之契约，其国虽为三国最弱，却也民生安乐、百姓丰衣足食，直到一年前，夏国的一场惊天兵变，将所有夏国子民带入水深火热之中。

在夏国臣服于亓国的第五年，一位自称卞国丞相连城的人秘密来到夏国，他要求卞国与夏国一同联手灭掉亓国，平分天下。而夏皇早就不甘每年奉送白银布匹，割让领土受亓国压迫，当下便应允，还与其定下婚约：夏国皇帝最疼爱的馥雅公主嫁与卞国丞相连城为妻，修订邦盟。

而我，正是夏国的馥雅公主。

这一切都是如此地秘密进行，却不知为何会走漏风声，传到亓国皇帝耳中。皇帝大怒。父皇则为天下万民所不耻，瞬间民心背向，千夫所指。当亓国皇帝正欲派兵攻打夏国时，却不想，夏国竟然自己开始内乱。夏国皇帝的亲弟弟，我的二皇叔淳王竟然领着群臣与二十万精兵锐甲直逼“昭阳门”，以“荒淫无道、听信奸佞、宠幸权臣”的莫虚有之名逼我的父皇退位。父皇面对这场突如其来的兵变并没有束手就擒，反而奋力抵抗，最终被乱刀砍死于“甘泉殿”，我的母后也殉情而死。

夏国，一夜间易主。

原本我逃不过此劫，幸得夏国第一高手弈冰，他以绝世轻功带我逃离皇宫，而淳王却要斩草除根，生怕春风吹又生，一路上派杀手阻杀我们。虽然弈冰是夏国第一高手，但是面对如此疯狂的追杀还是险些丧命，况且他还带着丝毫不会武功的我。我有好多次都要他不要再管我，否则他会送命。他总是说，皇后娘娘于他有恩，他是决不会丢下她的女儿不管。

最终，在第六次追杀中，弈冰再也坚持不住了，我以为我们会死在那些杀手的刀刃下，却被一个领兵来到夏国的亓国王爷救下。

他见到我的第一眼就说：“馥雅公主是吗，我们谈笔交易如何？”口气如此肯定，也许是被他眼中的自信满满所吸引，又或许是因为他是我的救命恩人，我与他开始了一笔交易。

他用半年的时间将我变成亓国两江盐运使的女儿——潘玉，我只需听他命令办事，其他都不必多问多说。直到一个多月前金陵城传来一个消息，太子与诸王要选妃。我原本该在苏州等待下一步消息的，却被卞国的丞相弄来这里。醒来的云珠若发现我不见了，她又该如何焦急地寻找我？祈佑若是知道我失踪了，那他的计划会不会有影响……

卞国的六月与夏、亓两国相比格外酷热，每每兰兰与幽草停下为我打扇的手，我便会热得满头大汗，全身燥热，脾气也一天比一天火爆，而我的火爆并不是只因炎热的关系。

我来到丞相府就像只被养在笼中的金丝雀，整整五天，我只能与兰兰、幽草见面聊天，不能离开听雨阁一步。我很想当面问问连城掳我来丞相府的目的，我现在早已不是夏国的公主，与他的婚约也就作废。他为何还要抓我来卞国，难道是为了拿我交给夏国皇帝换取些利益？

每每问起身后如影随行的兰兰与幽草，她们丞相哪去了，她们永远只有一句："丞相很忙！"我就不信他能忙到晚上不回府就寝。

于案前提笔写下两句突发其感的词，一撇一捺，苍劲有力，一丝不输于男儿。为我打扇的幽草伸长脖子瞄了我写的词一眼，轻轻吟诵道：

红笺小字，说尽平生意。鸿雁在云鱼在水，惆怅此情难寄。

斜阳独倚西楼，遥山恰对帘钩。人面不知何处，绿波依旧东流。

"小姐的字真是炉火纯青，出神入化，鬼斧……"

我轻放手中的貂鼠花梨木毛笔，无奈地打断兰兰滔滔不绝的谬赞："别夸了，今天已经是第五日了，你们主子为什么迟迟不肯露面相见？"

"我当为何不允许人靠近听雨阁，原来是金屋藏娇！"原本微闭的楠木门猛然被人推开，一阵风过，将我刚写好的词吹起，飘飘转转好些圈，最后无情地躺在地上。

一名妙龄女子柳眉倒竖地瞪我。我莫名其妙地瞧着她怒不可遏的样子，心下奇怪。

兰兰与幽草因害怕而瘫跪在地上，身躯隐隐颤抖不止："夫人！"

原来是连城的夫人，难怪我会在她怒气之余察觉到她眼中带着黯然神伤之态。

她压下隐隐怒气，渐步逼近我，上上下下将我扫了个遍："你是谁，为何会在听雨阁？"

"那就要问连城了，是他将我掳来的。"在她打量我的同时，我也在观察她。肌如白雪，着粉则太白，施朱则太赤，国色天资，风雅犹绝。

她的眼神一阵涣散，眉心深锁，动了动嘴角还想说些什么，却有个比她更快响起的声音："谁让你来这的?!"语气虽平静无起伏，却暗藏凌厉。

面如冠玉，唇若涂脂，丹凤眼。那双带着贵雅之气的瞳目仿佛如璀璨的星钻，闪闪耀眼。我相信世上也只有他才配得上"倾世美男"四字，也正因为他令女子汗颜的容貌，一年前我只是远远扫过他一眼便深深地记住了这个卞国的丞相——连城。

"有胆子藏，没胆子让我知道？"她冷哼。

"灵水依！"很有威胁性的三个字由他口中吐出，显得如此自然，我也感觉到这是暴风雨来前的征兆。

我不想他们因为我而闹矛盾，便提步插进他们中间，欲劝阻他们的继续争吵。她却不领情地将我推开，我一个踉跄险些摔倒，幸好依旧跪在一旁的幽草扶了我一把。

"别放肆！"他的语气越发凌厉，而且一发不可收拾。

"你敢凶我，我立刻要皇兄免了你的丞相之位！"

现在我学乖了，站在一旁望着他们你一言我一语地争吵，确实挺有意思。还记得一年前父皇允婚时他还没有妻室，一转眼就娶了个凶悍的妻子，从言语中听出这位叫灵水依的姑娘是一位身份尊贵的公主，卞国皇帝的妹妹。

直到她泪凝满腮地跑出听雨阁后，这场争吵方停歇。只见连城将兰兰与幽草屏退，重重地吐出一口气，未待他缓过因方才争吵而疲倦的心绪，我就低声责问他为何要将我带到这里关着。

"因为，你是我的未婚妻子。"他神色平常，看不出情绪，见他温然一笑，我不禁看呆。人说女子倾国倾城，可现在眼前这位男子却有着倾国之貌。

"我早在一年前就不是了。"我纠正他话中的错误。

"你父皇与我立下的婚书还在，何来不是之说？"

我无言地瞪着他，手心传来丝丝冷汗，心下更有着惊慌与不知所措。我只能沉默地面对他，否则他一怒之下将我的身份暴露在卞国，势必又会引起二皇叔的追杀。在亓国，我的任务还未完成，在那，我还有想见的人。

"别用那样幽怨的眼神看我。"他被我盯得手足无措，惶惶地避开我的目光说。

"放我回去！"

"若我说不呢？"

"求你了……"

最终，我近乎低声下气的恳求也未博得他的一丝同情，依旧被禁足在听雨阁，两个丫鬟就像我的影子紧随我不放。我几乎要被她们折磨出病来了。心情也日渐低落郁闷，最后干脆连续几日几夜都不说话，也不理她们。

月如寒盘，新月娟娟，提起湘裙蹲在听雨阁偏庭后与曲桥连着的池塘，碧水映皑月，袅袅烟波起。光影映残姿，身后的两位丫鬟依旧挺立在身后，盖过了我的倒影。伸手拨弄起碧水，涟漪蔓延，将我们三人的影子打碎，一遍一遍不厌其烦地做着同一件事。或许是真的太无聊，我只能用这件事来打发无聊的夜。

自上次灵水依来闹时见过连城到现在已经又过一个月，其间我只见过他两次，第一次他肯露面是我实在受不了这样囚禁式的禁足，趁她们俩不注意之时不顾自身的安危，往那棵离高墙最近的桐树上爬，想由那逃跑出去，可是脚底一个不留神就整个人重重地摔下去，连喊痛的力气都没有。他这才大发善心地来瞧了我一眼，幸好摔在草堆里并不是特别严重，只是我的腰闪着了，一连在床上躺了五日才勉强可以下床走动。想来也傻，就算我出了听雨阁又怎样，丞相府还有更多的守卫，我又如何出去。

我真的是好了伤疤忘了疼，没过几天为了表达我对连城的不满，竟然开始绝食，不论兰兰与幽草怎么劝我，还是连续六日不吃不喝，导致休克。当我醒来时对上他一对沉郁与无奈的双眼。他说："你真的很想死？你不要复国了吗？你要妥协了？"只因他这句话，我重新拾起碗筷，将一口口白饭往胃里咽。

"小姐，你就与我们说句话吧！"兰兰适时地开口，我确实已经很久没同她们说过一句话了。

"我们只是奉命盯着您的，您别再生气了！"幽草说话的声音略带哭腔，换了以前的我一定很心疼，可现在的我已经没有多余的心思再去怜惜他人。

幽草见我不说话又继续说了下去："或许您不知道，自夏国易主之后，主子一直在四处寻找您，现在他终于找到您了，因为太在乎您所以怕您离开他。您就别再和我们赌气了！"我很惊讶她竟然知道我的身份，可见她们俩在连城身边的位置定然不一般。

"所以他就能将我关起来吗？"霎时我的恨意涌上心头，来得如此急切。我父皇与母后的死他难道不该负责吗，若不是他引诱父皇反亓，二皇叔怎会有借口造反，民心怎会背向，父皇一世的英明怎么会就此葬送在万人谴责中?!

"明日我就带你出去走走，让你看看汴京。"他带着笑意，无声无息地出现在我身后，波澜不惊地将一直蹲在池岸边的我扶起。我的双膝由于蹲太久的缘故而一阵麻痛，我闷哼一声。

看着他在我跟前半蹲下，还在奇怪他想做什么时，他厚实白皙的双手却已袭上我的双腿，轻柔地为我揉捏着，舒缓我双腿的不适。怔怔地盯着他，无法再言语，卞国堂堂一国丞相，竟为我揉腿。

"逃跑也好，绝食也好，都不要再伤害自己了。"他的声音藏着丝丝柔情，字里行间无不透露着关切。

“让我回去吧。”我的口气软下，又旧事重提，只感觉他覆在我腿上的双手一僵，动作顿住。

“如果我说……能帮你复国！”

坐在梳妆台对着铜镜独自梳头，脑海中始终盘绕着连城的话。他竟然说他能帮我复国，代价就是留在他身边一辈子。我竟然没有欣然接受，只是一语不发地回到房中。换了以前的我，一定会立刻同意，但是现在我却犹豫了。

“馥雅，你能坚持活下来，不正是因为心中那浓烈的仇恨吗？”我呢喃地对自己说，可心为何却隐隐作痛，痛到连呼吸都困难。

他果然没有食言，一大早就到听雨阁将我带出丞相府，也未有随从跟随其后，只有我与他。但是我知道，无数名高手就埋伏这四周，一来是保护丞相安全，二来是避免我逃跑。之所以要将他们隐藏在暗处也是怕我不开心吧，他还真是用心良苦。可是看不见并不代表没有，我快快地与他并肩走在人声鼎沸熙来攘往的街道上，从我们身边而过的百姓皆会侧目瞧我们好几眼，是因为他绝美的容颜吧，每次我看见他的容貌都会暗生妒忌，一个男人怎么能生得如此好看。

“想好了吗？”他郑重其事地问道。

我没有立刻回答，只是在一个小摊边停下来，随手拿起一个泥人，真像祈佑。他见我拿着不放，想为我买下来，却被我拒绝了。

我将泥人放回原处淡淡地问：“你真的有把握？”

“没把握的事我从不会承诺。”

“好，我答应你！”

“四年，你愿意等吗？”他给了我一个不可能的承诺。四年！在亓国，就连一向自负的祈佑给我的承诺也只是八年，可是他却如此肯定地给我四年，比预期少了整整一半。

虽然不相信，却还是重重地点下头，我必须相信他。又走了几步，小腹一阵绞痛，痛到我已无力承受，他立刻横抱起我朝最近的一家药铺冲去，大夫为我把完脉说没什么大碍，只是体质太过柔弱，开几方补药调养身子就好。他紧绷的神色终于放开，我也松下一口气。

因我的身子不适，一路上都是由他背着我回丞相府，在所有人惊愕、羡慕、妒忌的目光下将我背回听雨阁。

他轻柔地将我放在床上，对上他那双深邃幽深、勾人魂魄的目光，我的心下又是一阵轻颤。

他为我拂去挡在眼前的零落的发丝叹口气："馥雅，今生若有你陪伴，余愿足矣。"

我却是但笑不语。

右手抚过我的脸颊，同时低下头吻上我微启的朱唇，轻柔小心，生怕被我拒绝。我双手紧握成拳，最终还是无力地松开，轻轻地揽上他的腰际，微微回应他的轻吻，他像是得到许可，由最初的谨慎变为霸道却也不失温柔。

被他吻得喘不过气，用力吸一口气，他乘机将炽热的舌头伸进口中缠绕辗转，吸吮。我的声音与唇舌交缠间化为一声低吟。在我即将窒息之际，他松开了我，深吸一口气，压下眼底浓烈可见的欲望，沙哑地说："早些休息，明日再来看你。"

目送着他离开这间房，薄笑依旧，直到兰兰与幽草捧着丰盛的晚膳进来，脸上挂着暧昧十足的谑笑，我微红了双颊。我竟然忘记了一直形影不离跟着我的她们，方才她们一定都看见了吧?

几盘香气四射的菜摆在桌上，我食指轻点上一盘晶莹剔透如琉璃珠般颜色不一的盘中汤问："这是什么？"

"回小姐，这是三色鱼丸！"说罢，兰兰就拿起汤勺盛起一颗送入嘴里，这是丞相府的规矩，为免有人在主子的饭菜里下毒，所以必须由丫鬟先试菜。这丞相府的规矩与皇宫的规矩有异曲同工之处。

又是一指，一盘暗红油腻却不失精致的菜："这个呢？"

"这个叫糖醋咕噜肉。"幽草也夹起一块送入口中，吃得津津有味，似乎真的很美味。

我一阵点头，将所有的菜都指问一遍，她们也都一一回答，一一试尝。

"小姐你快吃吧，凉了味就散了！"兰兰提醒着我，又说，"这些可是主子特别吩咐做下来的，他说您身子太弱要好好补补。"她似乎有意要告诉我连城对我的好。

"第一次见主子对人这么上心。"幽草的眼底泛过羡慕与一闪而过的悲伤。与她相处一个多月，我看出她对连城的心意，又敬又爱，只可惜连城从未真正注意过她。

"这我都知道……"我的话才说一半，就见兰兰双眼一闭，无力地倒在地上，幽草一惊，想去扶起她，却也摇摇欲坠地倒在地上。

"可是我必须离开！"而我却喃喃地将未说完的话对着已经毫无意识的她们说道。

自昨夜我就计划好今日的逃跑，在街道上我故意装做腹痛难忍，连城果然毫不怀疑地将我带入药铺,在他与大夫取药之时,我偷偷藏下两味混合在一起可以使人昏迷的药。

待方才连城离去,我将其弄成粉末涂于指间,在问菜名之时借助细微的摩擦将粉末撒入所有盘内,只要解决了她们两个,要离开这丞相府就容易多了。

凭借着刚才连城吻我时从他腰间偷来的令牌，很容易地骗过听雨阁外的守卫,我离开这个关了我一个多月的鬼地方。我一路从容不迫地朝丞相府大门走去,虽然心里很紧张,但是我不能慌,若一失方寸就满盘皆输。

"姑娘,我们不能放您出去。"

当我以为能顺利地离开丞相府之时，竟然被守在府门外的管家给挡住去路,即使有连城的令牌都不行。我心灰意冷地将双眼一闭,连城,你真的留定我了吗?

"李叔,放她出去。"

诧异地睁开眼帘,不可思议地望着一脸高傲的丞相夫人——灵水依。

"夫人,丞相有交代……"他为难地皱起眉头。

"丞相就是怕她拿了令牌你们都不会放她,所以特别吩咐我来瞧瞧。"她握起我的手很从容地说着,可我感觉到她冰凉的手在微微颤抖,原来她也在故作坚强。

"待属下去问过丞相……"

灵水依冷凛地瞪了他一眼,他被骇得不敢再往下说。

"我是卞国的公主,丞相府的女主人,连我说的话都不信?"她的话说罢,管家的眼中却依旧存在着犹疑。

"有什么事,我一并承担!"直到她撂下这句话,管家才放我出来。

灵水依将我送出府,硬塞给我几十两银子当做路上的盘缠,她叫我不用谢她,她是为了她自己。她不愿自己丈夫的心永远被我牵动,不愿他的心始终被我占着。

她还说,她很讨厌我。

第五章 QINGSHI HUANGFEI

金戈啸铁马

出汴京城时，城门已经关上，我一亮出丞相的令牌，他们就立刻打开城门让我出城。这丞相的令牌还真管用，就像皇上的圣旨般让我一路上畅通无阻。

一路策马奔驰，也不敢稍作歇息，生怕一停下来就会被丞相府的人追上来。离开汴京也有一个时辰了，兰兰与幽草应该已醒，她们会怪我吗？还有连城，当他知道我欺骗他逃跑了，会有多么愤怒与失望。我只能对其说抱歉，亓国有我的恩人，有我牵挂的人，无论如何我是一定要回去的。

碧云天，山映斜阳天接水，翠柳成阴。

策马飞奔了一夜，我与马儿早已经累得疲惫不堪，酷热直逼我全身，实在受不了这燥人的天气，便在一个自认为很安全的地方停下休息，卧靠在一棵参天大松下小憩。我暗暗告诫自己只要睡一小会儿就好，虽然我是这样对自己说的，可当我醒来之时，暮色已近。

天呐，我竟然从晌午开始睡到太阳落山，暗骂自己的贪睡，再望望原本拴在溪边石上让它进些青草溪水补充体力的马，竟不知道何时已经没了踪影。我气得干瞪眼，心下又是一阵担心，万一连城赶了上来怎么办，我可不愿意才得自由又被他再次擒了回去。

转念一想，其实也不用太担心，因为此次我选的回亓国路线是一条令人意想不到的路线，这样我就可以避过那些自以为是的追兵。

很简单，将原本的路线换成过开封再直插邯郸，再过扬州回到苏州，之所以称这条路为意想不到，原因有二：其一，这条路比最初那条路要多花一半的时间；其二，开封与邯郸正是亓卞两国正在交战的地方，有谁会傻到跑往烽火沙场上去送死。

所以现在的我即使没了马匹也可以安然到开封，到那儿我就可以雇辆马车直接回苏州了。

徒步走了七日，确实没看到有人追来。一路走走停停，有小村我就会给些银两买点粮食，若走了一整天都没有供我落脚吃住的地方，就靠野果充饥，生起火堆就睡。我擦擦额头上的汗珠，望着火辣辣的太阳睁不开眼睛，这里应该是开封南郊了，再走几里就到开封城了，可以好好地吃一顿，睡个好觉，洗净连日来身上的灰尘。

我在南郊竟然发现一条小溪，不深不浅，清澈明亮，四面环树，若不仔细观察还真难发现这条小溪。蹲在小溪边用清水轻泼脸颊，沁凉之感将我全身的燥热洗干净，不自觉地露出了丝丝笑容。

"丞相也真奇怪，我们追到半路，他竟然要我们调头转往开封。"

"真不知道丞相怎么想的，这开封四处都是亓兵，一个姑娘怎么可能朝这走。"

突然听见不远处传来一阵喃喃的抱怨，在四下无人的寂静郊外格外响亮。他们的声音来回在四周回荡，他们口中的丞相不会是连城吧?

我也没敢多想，纵身跳进小溪朝中间的最深处游去，最后憋住呼吸沉到溪底，希望能躲过他们。心下更是不可思议，他竟然能追到半路上还折回朝开封追来，他太可怕了，连这条最不可能的路都被他料到了。

也不知道在溪底沉了多久，感觉到他们的谈话声越来越小，直至听不见我才缓缓地浮出水面，用力吸上一口空气，就听到一阵怪叫。

"喂，你干什么?!"惊愕之中还夹杂着怒火，回音一圈一圈地回荡在四周。

我瞪大了眼睛盯着面前这个一丝不挂地站在水中的男子，他张开双唇似乎还想说些什么，我即刻仓皇失措地捂住他的嘴巴。

"公子救救我，有个恶霸要将我抓去当妾，我不依就逃跑了出来，他们现在在追缉我……"我六神无主地向他编着故事，就怕他再叫一声会引来他们。很想试图挤出几滴眼泪博取同情，可是，他眼中戏谑的笑意，令我怎么都进不了情绪。

他将我覆盖在他唇上的手用力扯下，好笑地上下打量了我良久才说道："继续往下编啊?"

"不信算了。"我想他们应该走远了吧，就放下心朝岸边游去。

"丫头，占完便宜就想走?"他在后面冲我大喊。

"臭小子，本姑娘占你便宜是看得起你。"爬上岸，心想这男子确实轻浮，也不想与之纠缠不清，将湿淋淋的头发整好后，对上他那对如赤火雄狮般欲喷出火来的目光，又说，“小伙子，年纪轻轻不好好待家里耕田牧牛，反而跑这来嬉戏玩乐，啧啧……孺子不可教也！”我摇头晃脑地对他讽刺一句，看他想冲上来掐死我却又因一丝不挂而不敢上岸来的样子就好笑。

我没待他发怒，转身就跑，一阵贯彻云霄的怒吼在我身后源源不绝地回响着。

“你……给—我—站—住！”

我边跑边笑，我可以想象他现在那张早已经气得变色的脸，时不时朝后张望，怕他已经穿好衣服朝我追上来。跑累了我就站在原地用力喘气，好久都没这么开心地笑过，也许我真的不属于那粉淡高墙，而适合这碧水山涧。可是后来，我却怎么也无法笑出来了，神色僵硬地望着骑坐在棕红汗血宝马上面无表情地望着我的绝美男子。

思绪一动，转身就往回逃，他竟然……只带了几个随从冒险来到开封，他不知道这儿有多危险吗？他的身份足以诱动驻扎在四周的亓兵倾尽全力地来抓他，只身犯险只为了来抓我这个欺骗他的女子，真的值得吗？

我感觉到马蹄声声朝我逼近，明知道人与马的区别，却还是不放弃最后一丝逃跑的机会，可直到刚才那位被我奚落的男子紧拽住我的手腕不让我继续前行时，我的最后一线希望才破灭。如果我的眼光可以杀人，他早已经被我千刀万剐了。

“臭丫头，你还有胆子回来！”现在的他已经穿好一身盔甲，手持金刀，微湿的发梢被风吹过，显得放荡不羁，英姿飒爽。

连城猛地一拉缰绳，马嘶叫一声停在我们正前方不远处。他望着我身边的男子好一会儿才吐出几个字：“晋南王？”

那人朝连城望了望，然后大笑一声：“我当是谁呢，原来是卞国丞相连城。”

晋南王？亓国的三皇子纳兰祈星？天呀，我刚才竟然那样奚落他，我怎么就没看出来他有这样的身份呢！

“放开她！”连城的目光一直在我们身上游移，那噬血残酷的样子是我从未在他脸上见过的，这才是真正的他吗？一触及他的目光，我就回避着都不敢看他。

“如果我不放呢？”祈星丝毫不畏惧他的目光，反而笑得越发狂妄。

“你走吧，我真的不能同你回去！”我低声细语地说，头也越垂越低。

“听见了吧？我劝你还是赶紧离开，否则我的大军一到，你定然死无全尸。”他冷冷地出声警告。

连城最终还是离去了，我自始至终都没看他的神情，我想那一定是谴责、失望和伤心吧。我原本想进开封城里休息，可是听祈星说城门已经关闭了整整三日，里面的百姓出不来，外面的军队也进不去。我才知道原来他们的军队一直驻扎在开封城外五里地，准备攻城。我没办法，紧随其后，我只能依靠他回亓国。他既没赶我离开，也未同意我跟随，我就当他是默认了。

我一直在问他为什么放弃了抓卞国丞相这么个大好机会，他不回答我。直到我随他回到军营才找到答案。

他的部下们根本不晓得他偷偷从军营里跑出去，直到我们俩走进军营，将士们才一个个傻眼。我倒是很佩服他，方才只要他稍乱一点阵脚，就会被连城看出端倪，被俘虏的就会是我们俩了。看他好像大大咧咧的样子，还真不负"战神"这个称号。

亓国的十二万精锐驻扎在城外五里地，地势空旷占了很大的优势，只要一有伏兵闯入皆清晰可见。更重要的是四面长满了鲜嫩的野草，马匹可有充足的体力补充，这小子还挺有头脑的。

我与他一进入军中，将士们就一片哗然。历来的规矩，女子不得入军营。而我现在却光明正大地走进了军营，他们当然不能接受。

"王爷，你擅离军中之事暂且不与你论，可是你怎能随便带个女子进来，你就不怕动摇军心？"说话的是位威武英气的中年将军。

"苏大将军！我这不是回来了嘛，而这位姑娘……"他突然很悲伤地望了我一眼，我被他看得莫名其妙，只听他长叹一声继而说出令我傻眼的话。

"这位姑娘本是苏州两江盐运使之女，可就在一次踏青途中被两个人肉贩子绑去，卖给卞国的一位富家老头做小妾。你是不知道那个老头简直就丧心病狂，每日变了法地将她打到遍体鳞伤，有苦难言。你们说说，一个千金小姐怎么受得了这般折磨？在林中见她想上吊自尽，当然要救她一命，佛曰：救人一命胜造七级浮屠。"

看见周围看热闹的士兵皆用同情怜悯的目光看着我，我低头双肩耸动，强忍住想大笑的冲动，这个晋南王竟比我还能编，这么俗的故事也亏了他想得出来。

而那位被他称做"苏大将军"的想必是苏姚的父亲苏景宏将军了。他见我双肩耸动以为我正在哭泣，口气也由最初的强硬渐而软化："姑娘，并不是本将军无情，而是这军中确实不能留女子！"

"将军，小女子已经无家可归了。只盼得亓军能够早日攻克开封，这样小女子就能回到亓国。我想爹爹，想姐姐，想娘……"我用力挤出几滴眼泪，陪着祈星将这个戏演完。

苏景宏沉思了好久，终于同意留下我了，但是有一个条件：我必须换上男装。

穿着厚重的盔甲待在军中一晚，吃了我一生中吃过的最难以下咽的晚膳：一口大锅，将饭与菜一股脑儿地倒进去焖煮，这就是全军将士的伙食。我从来都不知道他们吃的伙食竟然如此不堪下咽，我向军中士兵打听了苏将军与王爷吃的是什么，他们竟然回答“与咱们吃的一样”。我更加佩服起苏将军与祈星了，他们在朝中地位是那么至高无上，可是却与军士吃住都一样，是很难能可贵的。所以，我决定今天他们的早膳由我亲自下厨做给他们吃。

我端着刚煮好的香喷喷的米粥与煎的烧饼跑进军帐，递给为商量如何攻城整整一夜未休息的苏将军与晋南王。可是苏将军一见到我给他们做的早膳就变了脸色，也不顾我是女子，当面就训斥起我来：“姑娘可知你为我们做的这一餐早饭，换在以前可以让军中十二人填饱肚子！”

“苏将军……”晋南王想劝他消气，却被他打断。

“作为一军统帅，就该与士兵同患难共甘苦，难道一军统帅身份就高人一等？这里所有的兵，有谁不是爹娘的宝？他们甘愿来此为国出力，我若不能一视同仁，就根本不配坐上一军统帅的位置。”

我脸色苍白地望着苏将军的脸好久好久，终于还是离开了军帐。晋南王追了出来，他说：“苏将军就是心直口快，千万别放在心上。”

我很用力地摇头，勉强一笑：“我终于明白，为何独独亓国为三国最强，原来有这样一位能同士兵同甘苦共患难的苏景宏大将军。”

朝他露以缥缈一笑，我看见他眼中有着惊奇，也没去猜测他的惊奇所为何事，悠然离开主帐。烟霭朦胧，黄沙滚滚，苍鹰啼嘶。望着漫舞的黄沙席卷着四处，似乎就要有一场大雨从天而降。可我心中却是五味参杂，如果父皇的手下能有像苏将军这样一心为国的将军，或许夏国就不会易主。

我再次回到灶房，学着昨夜的大杂烩，将所有的饭菜丢在锅里一起煮，我虽然不能改善他们的伙食，但我能让这些饭菜没有那么难以下咽。当我再次端着食物走进主帐时，苏将军与祈星用奇怪的目光盯着我，我露出淡淡的笑颜。

“将军，王爷，你们放心，这些东西与士兵们所食一样。你们一夜未眠，必须先填饱肚子才能有更好的精神想如何攻克开封。”我将一只盛满饭菜的大碗递到苏将军面前。

他望了我许久才接下它，叹一声：“方才是我太过于苛刻，你只是位姑娘，这军中之事你又能懂多少！”

我即刻摇头表示自己的不认同：“将军你说错了，不是所有女子的眼中只有浮华名利和红尘琐事，如果将军看得起潘玉，且听我一言。”

苏将军别有深意地打量了我一阵，才点头让我说下去。而祈星则一边狼吞虎咽地扒饭，一边好整以地看着我，似乎很期待听我会说些什么。

“听王爷说，十二万大军已在城外驻扎五日之久，却迟迟不能攻克开封。”

苏将军凝重地点点头：“开封的守卫如铜墙铁壁，我军曾几度欲将其一举拿下，却伤亡惨重。”

“我相信将军与王爷早就分析出问题所在：一是开封兵力强盛，地势位置位居上游，居高而临下阻防我军，很占优势。二是民心所向，开封百姓誓与城共存亡。”我娓娓道来，苏将军与祈星的表情微微一变。我知道自己分析对了，于是继续往下说，“虽说开封一直紧闭城门没有粮食来源，他们仅存的粮食持续不了多久，但是我军的粮食也因驻扎多日，即将耗尽，攻城迫在眉睫。所以……现在只有一个方法能够攻克开封！”

“什么方法？”祈星突然从椅子上弹坐而起，手中还端着那碗才吃了一半的饭，样子很是滑稽，我看不出他哪点像身份尊贵的王爷。

“水源，我今早提水时发现半里外那条河是直通开封的，如若我们毁了河坝，攻克开封指日可待。”

“你所说的方法我们早就想到，可这条河坝不只是开封唯一的水源，也是我军唯一的水源，所以……”苏将军立刻接下我的话，捋着胡须摇头，他的“所以”二字还未落音，就被我接了下。

“所以才有了昨日王爷擅离军营。”我把目光转至祈星，他先是一僵，继而赞赏地冲我轻笑。我也回以一笑，脑中浮现出的竟然是他站在水中一丝不挂的样子，双颊微微发热，甩去脑海里凌乱的思绪。接道，“他就是为再寻找一条水源，很幸运地被他找到了。一里外的南郊有着一条清澈干净的小溪可供给全军作为水源。”

我将所有的话都说完，却未见苏将军与祈星有任何反应，安静中藏着一丝诡异的气氛。难道我说错了什么，又或者是我说了什么不该说的话？

苏将军突然一阵大笑，随后走到我面前用力拍拍我已经被沉重盔甲压得疼痛的肩膀，力气大得惊人。我脚下一软差点没站住，幸好我用力顶撑着。

“好一个聪明的潘玉，才来军营一夜就将所有的形势摸透彻，甚至还想到应对的方法，难得难得……”他仿佛看见天人般，笑意源源不断地在脸上泛开。我望着他，仿佛看到父皇，他也有着一脸慈祥和蔼的笑容，开心之时也会拍拍我的肩膀。

祈星也上前来，一手将瘦小的我朝他胳膊弯里带：“依你之见，该如何？”

“万事俱备，只欠东风。”语音方落，一阵雷鸣在头顶“轰隆隆”地贯彻绝响，我与祈星对望一眼，异口同声地说道："东风来了！"

苏将军兴冲冲地跑出营帐将数千位士兵聚集起来，威信十足地说道："众将士听令，朝半里外的河坝出发，以最短最快的速度将其毁坏。"

望着数千位士兵随着苏将军气势磅礴地依序渐进，我也露出了欣慰的笑容。想随着他们一起而去，却被祈星拽住了："大雨将至，你要去哪？"

"与他们一起毁堤坝啊！只要堤坝毁了，大雨就会将岸上的泥沙全数冲进河水中。河水一被污染变得混浊也就自然而然断了他们的水源，开封一攻克我就能回苏州了。"

"你去凑什么热闹，不准去！"然后硬将我拖至右侧的椅子上将我按坐下，然后他与我并排坐在另一张椅子上说，"陪我坐会儿！"

我们俩就这样一直坐着，他也不说话。我看看他闷闷不乐的表情，再望望他深锁不放的眉头，甚为惊奇地问："这开封即将攻克，王爷怎么不开心？"

"母妃为我选了个王妃，杨太师侄女！"带着点讽刺，他笑了。

"王爷早已成年，成家立室是必然！"我理所应当地笑道，佯装看不见他眼底那千万个不愿意。他的母妃是明贵人，她出身名门贵族，心高气傲，从不屑与他人打交道。况且她的儿子祈星手握重兵，她还为皇上产下第一位小公主，在宫中地位更是高人一等。她若要选儿媳绝对也是高人一等的，这哪能容祈星自己做主呢？

他嗤之以鼻，"堂堂王爷，连婚姻大事都不能做主，说出去不成笑话！"

或许很不应该，但我就是抑制不住，笑出了声："王爷，问您个问题，能如实回答吗？"

见他应允点头，我以无比清脆的嗓音问："皇位，您想要吗？"

五日后，开封城不攻自破，早已饥肠辘辘的士兵与百姓弃械开城投降，开封正式归属亓国。同时邯郸也传来捷报，大胜，举国欢腾。而祈星硬是要将我送回苏州城，于是大军分为两批，一批由苏将军带回金陵，祈星则领着数千名将士一路将我送回苏州。

祈星说得好听是要送我回苏州，其实我们都心知肚明，他是为了逃避大婚，他根本不愿意回朝见明贵人为他所选的王妃。

还记得那日我问他想不想要皇位，他竟然斩钉截铁地回了一个铿锵有力的"想"字。

他说："从小母妃就对我说：'这个皇位并不是太子的，而是有能者居之。'那时年幼还不懂母妃之意，直到十六岁封王那日，父皇予我兵权让我出征。在战场上哪一次不是提着头在与敌人浴血奋战，而他纳兰祈皓凭什么坐享其成？难道只因他是嫡长子？”

我是该庆幸他能毫不掩饰地在我面前将心里话和盘托出，还是该为他有这样一个硬是要将他推向绝路的母亲而心疼？历来哪代皇帝的宝座不是用亲兄弟的血堆砌成的，又有多少英雄为那个可望而不可及的位置白白送了性命？可是依旧有一批一批执迷不悟的人在苟延残喘地争夺着。

那时的我只问了他一句话："你有信心能做一位名垂千古的好皇帝？又或是只会逞匹夫之勇？"

天高云阔，月白风清，杨花纷纷渐折。

秋香未浓，闲门落叶，疏桐落，润秋已近。

不曾想到我在卞国一待就是两个多月，如今中秋佳节已近，我站在苏州城的潘府外徘徊良久，却终究未跨门而入。而祈星并未询问我原因，正如他未询问我与连城的关系一样。他就这样静静地陪我站着，身后数千名士兵也就这样站着，苏州最繁华的大街被我们堵得水泄不通。

祈星的到来惊动了周边县郡的官员，知县、总兵、通判、千总……数十位官员带着大礼来到潘府外拜见祈星，却被他怒斥一顿赶了回去。

“丫头，你都站了近一个时辰，还不进去？难道不想你的家人？”他终于忍耐不住，强压抑心下的躁动问我。

“想。”只是一个字肯定了我真实的想法，我想母后、父皇……而潘家人对我来说根本可有可无。他们对我的好全出于想对祈佑的讨好，我厌恶潘家人那一张张虚伪的嘴脸。

“姑娘?！”一声兴奋、惊疑又带着欢愉的尖叫自身后传来，不待我转身，一个娇弱的人影便撞进我的怀中，胸口一阵闷疼。可现在的我已经全然顾不得胸口的疼痛，只是怜惜地搂着已经哭成泪人儿的云珠。

“您可知那日您失踪后，我有多着急……主子知道这件事发了疯地去找寻你，甚至连太子大婚都未去参加，可仍旧找不着您。我还以为……以为……”她紧紧地抱着我的腰，已经语无伦次，泣不成声。

我无奈中带着轻笑，原来云珠是这么担心我，而祈佑……发了疯地找我是怕计划因我的失踪而不得不放弃吗？我想出声安慰，却正对上祈星那对探究的目光，心下一凛，我完全被喜悦冲昏了头脑，竟将一直站在我身边的祈星给忽略了，他一定听见云珠那句“连太子大婚都未去参加”！

为避免云珠继续说下去会将祈佑的身份暴露，我轻轻地将她从我怀中拉开一些，指着祈星说：“云珠，快见过晋南王！”

云珠的哭声戛然而止，她瞪大了眼睛看着祈星，一脸慌乱，竟连行礼都忘记。我轻轻推她，试图让她回神，不要失态。

“云珠见过王爷。”她一回神，慌忙跪伏在地上。

而祈星则是带着别有深意的谑笑叫云珠不必多礼，可他的视线却始终徘徊在我的脸上，变得更加深沉，多了种含而不露的威严。脑子有些混乱，是他察觉到了什么吗？

“王爷大驾光临，卑职有失远迎，望恕罪！”潘仁，我现在的父亲兴冲冲地领着母亲张忧兰、姐姐潘琳出府跪迎。

“不必多礼，令二千金已安然送回，我也该返朝了。”他一脸和煦认真的笑让我觉得怪怪的，却又说不上来是哪怪。

送走祈星，我便一语不发地走进潘府。这个家太过于世故，我就像一位寄人篱下的孩子，所有对我的笑容都只是为了换取更大更多的利益。

果不其然，在我回府的第三日，朝廷里来了一位公公手捧金绫耀眼的圣旨来到潘府，潘仁被封为户部侍郎，即刻进京朝见皇上。他瞬间由三品盐运使晋升为正二品侍郎，从今往后他就能在朝为官了。

我与父亲收拾好东西随着他一同进京。我不解，为何他宣完圣旨后还附加上一句“请务必携令二千金一并进京”。我好奇之下塞给那位公公许多银两，询问起其中原因，他只是发出一阵嗲笑，提了个兰花指，“韩昭仪在圣上枕边一语，潘运使就晋升到朝廷中人人抢破头都争不来的位置。你们潘家有了娘娘做靠山，将来一步登天是必然的。”

第六章 款款凤求凰

在抵达金陵城的当日，父亲就进宫朝见皇上，而我则随着传旨的刘公公进入韩昭仪正位的西宫。

幽葩细萼，蔷薇尽香。粉蝶弄芳草，崎山顶嘶风，荒影枝散尽，淡荡初寒扶残柳。这西宫虽不若东宫那般高雅堂皇，却华美而幽深，景动心弦勾人心，宛若走进仙境。

东宫也好西宫也罢，难怪天下人都称皇宫为“人间天堂”。满朝文武不惜散尽千金往高处爬，后宫嫔妃硬是使出浑身解数站稳脚根。为其私欲，也不知有多少无辜良民百姓成为权谋斗争中的牺牲品。

很快我们到了披香宫别苑正中央的“望月亭”，远远就见一位紫绡凤衣艳冶妩媚的女子。青丝如云，明眸神飞，犹似那汉宫飞燕，西周褒姒，不是那位宠冠六宫的韩昭仪还能是谁?

我朝她行罢礼，她就赐我与她同坐于石凳，围桌而坐。我很听话地于她左侧坐下，这才注意到，亭内还有一人坐于她右侧，我的正对面。他俊秀挺拔，气质湛然风雅，犀利的目光似能看透一切。眉头深锁，盯着我的目光若有所思。

“这位是本宫的弟弟‘冥衣侯’。”韩昭仪许是见我盯着他竟看出了神，所以出声为我介绍。

三十万禁卫军统领韩冥?我立刻想起身叩拜，却有个声音比我更快。“免了!”冷寂如寒，冰晰凛静，这个声音似曾相识，却记不起在何处见过他。照理说，他这般俊秀又有身份的人我只要见过就不会忘记。

“本宫听闻数月前潘二小姐你在回家途中被人掳走，现在能安然回来本宫就放心了。"她妩媚地一笑，再轻轻抚过我置于石案上的手背。

她深居宫闱竟然能得晓我被掳之事，难不成她有派人一路跟踪我？那她的用意何在？

"你很奇怪本宫的用意吧，那本宫也就打开天窗说亮话。"她原本娇媚的声音一转，变得格外严肃郑重，"我要将你献给皇上！"

仿佛听见一个天大的笑话，我倏然从石凳上弹起，不可置信地盯着依旧神情不变的韩昭仪："娘娘您在说什么?!"

"我已经派人打听过你，家世干净，父亲并无党系，还有就是，你是被皇后娘娘赶出宫的。"她勾过颈边披散着的珞金流苏，再优雅地站起来与我对视良久。

"为什么选我？"事情的关键就在这里，也许只要这个问题有了答案，所有的疑问都将迎刃而解。

"也难怪，整个皇宫只有最初入宫的秀女们见过袁夫人的容貌！"她说得不清不楚却也还是令我的心漏跳几拍。

"什么……意思！"

"潘二小姐与袁夫人确有七分相像。"

祈佑初见我时奋不顾身地将我从杀手刀下救出，用邪魅的语气与我交易……

香雪海林间祈殒初见我时复杂多变的目光，以及他对我突然的温柔……

当我将绣品摆在皇后面前，她眼中的惊惶失措，以及大发雷霆地赶我出宫……

韩昭仪见我时，对我异常的热情……

一幕幕拼凑起来，最后的答案竟然是，我与袁夫人有七分相似。我微启朱唇，僵硬地吐出几个字："娘娘又是如何得知袁夫人的相貌？"

"只要你去长生殿，袁夫人的寝宫内，一幅幅传神的画像会给你答案的。"

未向韩昭仪与冥衣侯行礼我就放肆地离去。现在我只有一个念头，我要去长生殿。虽然知道韩昭仪是故意引我去长生殿，虽然知道我若进了长生殿后将再也出不来，但是我一定要去。我一定要亲眼看到，否则我绝对不会相信。

望着长生殿的宫门离我越来越近，我更放快了脚步，却被一个白色身影挡住了去路。

"不要进去。"他是在警告我吗，这一切不正是他想要的吗？打从第一眼见到我开始，他就打定主意要将我献给皇上了。

我越过他，与他擦肩而过，胳膊却被他紧紧拽住。他的力气很大，仿佛能将我的骨头折断，疼痛由胳膊蔓延到全身，也让我更加清醒。"你这样光明正大地拦住我，不怕被人怀疑我们之间的关系吗？”

“不要进去！”还是这四个字，冷冷的警告带了一丝凌厉，真是复杂呢。当日他约我来长生殿，根本是要我来碰见皇上。只是很不巧被韩昭仪给撞见，那时他就已经下定主意要将我推出去了吧。

“你就不怕所有的计划就此泡汤？”我泛起一阵冷笑，声音中没有夹杂丝毫感情。

“我说，不—要—进—去！”依旧是这句话，他还在等什么？我现在就已经决定要进去，用成为皇上的女人来报答他的救命之恩，来完成我的复仇大计了，他却阻止我，难道他犹豫了吗？

云珠在我们僵持不下之时及时跑来，她一脸担忧地望着我们俩说："主子，趁没被人发现你赶紧离开，我会看着姑娘的！”

他的手一松，我的胳膊得到了解脱，只是那阵疼痛却未解脱。他深凝我一眼，对云珠说已经在我耳边重复了三遍的话："记住，一定不要让她进去。”

我被韩昭仪留置在西宫的揽月楼，她告诉我，只要肯与她合作，我能成为皇上最宠爱的女人。在后宫我能翻手为云覆手为雨，潘家更可从此平步青云权倾朝野。我问她难道不怕我夺走她在皇上身边的宠爱，她说不论代价是什么，她只要我帮她除去皇后，仅此而已。很惊讶韩昭仪对皇后的恨，竟然达到这种程度，不惜代价。

坐靠在铺满玫瑰花瓣的浴桶内，任云珠用柔嫩的双手将适温的热水轻泼至我的肌肤上，然后为我轻轻揉捏。而我的脑海中全是韩昭仪的那句话："你与袁夫人有七分相似”……一遍一遍如魔咒般在我脑海中不断地回响，折磨得我几乎快要崩溃，那么祈殒对我的温柔，仅因我像他母妃，多么可笑的理由！他对我的情完全出于孩子对母亲的思念及依恋。

“云珠，诸位王爷还在宫里住着？”我问。

“应该是的，他们还未大婚呢，过些日子待他们大婚后就得离开皇宫回自己府邸住了！”

我头疼地将眼睛闭上，想起那日祈殒送给我的玉佩，我也应该还给他了，我根本无权拿那枚玉佩。却又听云珠对我说起祈佑的事，我立刻截断她继续说下去，现在我不想再听见这个名字。

“姑娘……其实主子很关心你的，那日你失踪他真的很着急。云珠跟了主子四年，第一次见他的脸上出现慌张的表情！”云珠没理会我的阻止，依旧对我说起祈佑。

我在心中一阵冷哼，他会着急只是怕他的计划因此而失败，他以为我不知道吗？

“他亲自带了一小队兵马将我们乘坐的那艘船当场截住，他盘问起所有在船上与您有过冲突或有密切关系的人，就连与您说过一次话的人都被他关了起来。"云珠的一句话让我全身僵直，我不敢相信地瞪着云珠……或许说是将云珠当成祈佑在瞪更恰当。

"都抓谁了？"

"第一个当然就是那个草包少爷李公子，然后就是子横，还有温姑娘，还有那几个伙计……"她一个一个地数着，我立即紧拽她的手问。"温姑娘，是不是温静若？"

"好像听船主是这样叫的！"云珠摸不清头脑地点点头。

纳兰祈佑，他竟然……竟然……脑袋一片沉重，我的思想已经完全不能转动，终于跌入一个无底深渊。如果我能永远这样沉睡的话，或许就不用面对那些令我觉得肮脏的岁月，也不用再独自承担"复国"这两个如此沉重的字眼，我才十六岁而已。

当我再次醒来之时已经是两日后了，云珠说我得了风寒。连续两日一直高烧不退，时常梦呓着什么。韩昭仪来看过我好几次，桌上那些补品全是韩昭仪亲自带来的。我伸手摸摸衣襟，玉佩呢？我挣扎着从床上爬起来，云珠没料到我会突然从床上起来，手中刚熬好的药一个没抓稳，全部泼洒在我的身上。

"姑娘……姑娘你没事吧……！"云珠吓傻了，立刻拿出绣绢想为我将身上的药汁擦净。

我丝毫感觉不到滚烫的药洒在身上的疼痛，紧握她在我身上乱擦的手问："我的玉佩呢？"

云珠的手僵住了，回想了一下就跑到妆台前将玉佩从饰盒内拿出来，"是这个吗？"

颤抖地接过那块依旧透血泛寒的玉佩，紧紧握住，最后还是松开了。我无力地从床上爬起来，这才感觉到身上被灼伤的疼痛，受不了皱皱眉头，"云珠，我现在要出去一趟，为我更衣。"我尽量让自己说话的语气显得没有那么虚弱，可还是虚弱到连声音都沙哑。

"你身子都这样了，还想去哪？"她扶着我，生怕一松手我就会倒了下去。

"很重要……的事！"

在梳妆台前，凝望着苍白惨淡如冰雪的双颊，血色尽褪干裂略紫的唇瓣，一双憔悴无神迷离的双眸，这样的我还能称为美吗？云珠小心翼翼地立于我身后为我绾起昭阳髻，我拿起胭脂轻轻将其敷于脸两侧，手在颤抖。

"姑娘，等云珠帮您绾好髻再为您补妆！"她见我的手在颤抖，绾髻的双手也无措起来。

放下胭脂再拿起眉笔为我描眉，细柳娥眉，宛然如生。

我原本憔悴无比的脸在云珠的巧手下，重现美态，似乎比曾经的我更美了呢。只要我不说话，一定没人猜到我现在有多虚弱。

我听云珠说起，祈殒因自幼丧母所以从小就在嬷嬷的细心照料下成长。直到十岁那年韩昭仪封九嫔之首后，皇上就将其托付给她养育，对于他们两人之间的感情没有人能说得上来。说祈殒不当她是母妃，可他每天下朝都会来西宫向她请安。若说他当她是母妃，却不如母子间那般亲密无间。或许是因为韩昭仪也大不了他多少的关系，所以造成了现在这样的情况吧。

步出揽月楼，我前往景仁殿，现在的祈殒就住在那儿。一路上我都在考虑见到他该说什么，我准备了一大长串的话想要对他说，可是总觉得不妥。直到进入景仁殿我还没想到该怎么与他说，他已经出现在我面前了。

他依旧是满眼忧郁淡然，在见到我时似乎很惊讶，没有料到我会来找他吧。我强扯出一个笑容行了个礼，他邀我坐下，我却未动。

“你怎么了？今天怪怪的！”他关心地问，如沐春风的声音淡雅怡人。

“王爷，我是来将这个还给你的。”我将紧握成拳的手摊开伸在他面前，那块玉佩安静地躺在手心中。

“我不是说了由你保管吗？”他并没有打算将其接下。

“潘玉无德无能，受不起如此贵重之玉。”我的手掌依旧笔直地伸于他面前，有些酸涩。

“我说有资格你就有资格。”

“可是，我并不想要这个资格。”

空气中顿时被一股冷凝寒闷充斥着。他的目光也变了，不再是温润低沉，而是冷漠间夹杂着丝丝怒火。我拉过他置于腿侧的双手将玉佩塞到他手中，他并未拒绝，接下了那块玉。

“潘玉告辞。”行礼，曼妙转身，毫无留恋地离开。

菡萏落，杨柳疏，潇潇暮雨纷飞乱，漠漠轻寒。我独自漫步于细雨微凉的西宫，望出神了。我与祈殒应该已经了断了，那我就可以了无牵挂地去做我该做的事了，对吗？

头昏昏沉沉的越来越重，细雨纷纷扰扰地将我的视线模糊。我盲目地在西宫四处打转，竟连回去的路也找不着了，干脆就坐在一弯长廊前发呆。真是可笑，我堂堂馥雅公主竟然也有如此狼狈的一日，若换了以前的我一定不会相信自己竟然如此消极面对感情。

远远望去，有人朝这儿走来，浩浩荡荡，金影掠迷眸。我莞尔一笑，扯开嗓音轻声唱起那首耳熟能详的曲子：

相遇是缘，相思渐缠，相见却难。

山高路远，唯有千里共婵娟。

因不满，鸳梦成空泛，故摄形相，托鸿雁，快捎传。

喜开封，捧玉照，细端详，但见樱唇红，柳眉黛，星眸水汪汪，情深意更长。

无限爱慕怎生诉？款款东南望，一曲凤求凰。

……

一双金绫绣靴，精致绣工的细龙盘绕其上，栩栩亦真亦幻。我抬起头望着靴子的主人，不惑之年，两鬓微白，眼神睿智，威严摄人。

"你……"我奇怪地问了一句，他却突然蹲下身子与我相平而视，握住我冰凉的双手，抢在我之前问道："你是谁？"

"你又是谁？"我眨眨眼睛，淡笑而望他。

他的视线始终放于我脸上，一刻也未离开，眼眶内竟泛起丝丝泪光，却有人在此刻怒斥一句："大胆，见到皇上还敢坐着。"

皇上?! 我才想起身行礼，却被他用力压回。他问："告诉朕，你的名字！"

"回皇上，奴才潘玉。"

"一别相思空如水，蓦然回首已三生。"皇上浅浅低吟，似乎已经沉浸到自己的思绪中，目光将悲伤蔓延到最深处。

终于明白，韩昭仪为什么说，只要我愿意，就可以将整个后宫玩转于手心，就算权倾朝野的皇后又能奈我何。更明白为何皇后那么急着要赶我出宫，祈佑为何要选我成为帮他完成登上帝位的人。原来我竟是这么一个有利用价值的女人。

第七章 QINGSHI HUANGFEI

一任群芳妒

翠阁朱栏,楼高暮薄,叶着露,斜风细雨已停歇。皇上屏退了所有紧随其后的奴才们,独携我离开东宫,前往那座我一直想一探究竟的长生殿。他在前默默地走,我静静地随后跟着,猜不出他现在在想些什么。

秋风一阵阵地朝我们吹来,乱了我的鬓发,寒意不时地往我本就虚弱的身上蹿,双手互环摩擦着。皇上步子一顿,转头瞧瞧我,随即将其绣绫镶金的龙袍脱下,披在我身上,他只穿了一件单衣。望着他,我受宠若惊,但是更明白,在他的眼中我是袁夫人。

"朕很想让你陪朕一同欣赏这万梅齐放之盛景,可惜……"我们置身于梅林,这是我第二次来,却依旧被这密密麻麻,一望无垠的梅树所震撼。

"三个月后,这儿定然已是万梅绽放。奴才定然与皇上共赴此处,欣赏艳冠天下之景。"被皇上眼中那浓郁的哀伤所动,竟连自己许下承诺都不知。

皇上笑了笑,沧桑狂放,"潘玉,从今日起,你就是长生殿的主人。"

"皇上万万不可,奴才只是一介民女,怎可住入……"我惊骇地忙着拒绝,却被皇上一语打断。

"朕会给你一个住入长生殿的名分。"他环视四周一圈,"翩然雪海间,就封你为雪海夫人!"

雪海夫人,多么至高无上的字眼!就连韩昭仪伴皇上十余年都无法晋封夫人,而我得到此位竟如此轻而易举,只因我的容貌与袁夫人相似。说白了,我只是袁夫人的替代品,我是该悲哀还是该开心?

“启禀皇上，皇后娘娘于殿外求见。”语气冰冷，夹杂着一丝瞬间即逝的怒火。

我不可思议地望着跪在我们跟前的人，竟然是弈冰。他怎会在皇上身边做事，难道这又是祈佑安排的？而皇上一听是皇后求见，流露出明显的不耐，他要我在此等他，交代完就迈步而去。

弈冰神色复杂地盯着我，良久不说话。我缓缓地将披在身上的龙袍扯下环抱胸前。

“要用你的身体来复国吗？”这是弈冰问的话，也是他第一次质问我。曾经，我说的或是做的他从未质疑过，而今，他也开始质疑了吗？

“如果我说是呢。”

“那我会看不起你。”暗哑的声音，以及怆然的目光，刺痛了我的心。我张开口想说些什么，他却头也不回地离开了，毫无一丝留恋。

慢慢挪动步伐，盯着他渐远模糊的身影，呢喃道：“你以为我愿如此吗？”回应我的却只有清冷的秋风以及摇摆的残枝。

等了许久都不见皇上归来，心下疑虑皇后这时候来觐见皇上所为何事，难不成她已经知道皇上携我来长生殿之事？我与皇上相见才不到一个时辰，她竟然就已然得知，暗笑皇后的眼线竟安插到皇上身边，我的出现她已经乱了方寸吧。

渐步出梅林，此时的夜幕已渐渐降临，寒气越来越重，我却倔犟地不肯将龙袍披上。悠然走到寝宫前，却见几个人影急匆匆地朝这儿过来，渐近，才看清来人。

太子殿下、祈殒与祈佑皆朝寝宫方向奔来，当看见我立在此处时全都呆在原地，无言地瞧着我。或许说他们瞧的是我怀中捧着的龙袍更为准确。

我尴尬地别过头，不理会他们带着疑虑质问的眼神，只听寝宫内传来一声怒吼：“你真以为朕不敢废了你！”

太子控制不住焦急的神情，想冲进去一探究竟，却被祈佑挡住了：“皇兄，你忘记父皇有旨，不得他允许，任何人都不得进入袁夫人的寝殿？”

太子听完便收回欲前行的步伐，而我则在思考着关于袁夫人长相的问题。这么多年来皇上定是从未允许某位皇子进过寝殿，所以太子与祈星见到我后都没有多大反应。而祈殒见过母妃的样子是理所应当，那么祈佑呢，他又是如何得知我与袁夫人长相相似之事？难道他进过袁夫人的寝殿？

寝宫内又传来一阵瓷器摔碎的声音，我们都紧张地望着那微掩的朱门，细听里面的动静。最为着急的还要数太子，他时而侧目想对我说些什么，可张了好几次口却又将话吞了回去。

里面安静了下来。当我以为事情应该已经平息下来之时，皇上却从寝宫内走了出来，脸上有着昭然的阴鸷戾气。

“父皇！”太子首先迎了上去，他的手才触及其衣袂就被皇上甩开。

“朕现在就下诏废黜皇后。”寒芒一闪，表情格外认真，仿佛他不只是说说而已。我很好奇一向以冷静著称的皇后做了何事引得皇上如此愤怒，甚至涉及废后。

“父皇，不可以！”太子猛地跪下，用身体挡住皇上欲前行的步伐，神色焦急地为皇后求情，希望皇上能就此息怒。

我凝神侧目望着祈佑，想看看此刻的他会有什么表情，却正好对上他那双暗藏多种情绪的眸子。呼吸一顿，我瞧见他眼中的目光却是我从未见过的心疼。我不敢相信地眨眨眼睛，再想确认是否看错，却发觉他的眸子依旧是冷到骨子里的寒意，原来是我看错了。

“望父皇三思而后行。”祈殒与祈佑也跪下，于太子之后为皇后求情。不论真情抑或假意，都是明智之举。

一位风华绝代的女子由寝宫步出，神色惨淡，单手扶栏，盈盈而望。却在见到我时蓦地一震，双拳紧握，扶在栏上的手深深地掐进朱木，恨恨地瞪着我。

皇上一脚踹开紧抱其腿不放的太子，怒不可遏，下手甚重，丝毫没有顾虑到他脚下的那个人是他的亲生儿子。只见太子瘫倒在地，一口鲜血吐出。皇后脸色大变，冲下来抱着已受伤的太子。在里面，到底发生了何事，竟引得龙颜变色，废后之心如此坚决，连亲生儿子都无法阻止？

“皇上！”我凝目蹙眉微启朱唇。

他这才注意到我的存在，目光中戾气之色减弱不少，“你怎么来了？”

“夜寒露重，恐皇上着凉，特将衣袍送至于此！”我将紧紧捧于怀的龙袍敞开，亲自为皇上披上。

皇上的目光转为深沉，最后将暗瞳中最后一丝戾气散尽，我也适时地开口：“皇上请一定三思。”

“你也为她求情？你可知她要朕如何处置你？”皇上俯望紧搂太子的皇后，无一丝温度。

“娘娘身为后宫之主，有权利处置任何一个奴才。可皇上万万不可因此小事而废黜皇后。如若皇上一意孤行，奴才被天下唾骂为祸水且不说，朝野国本皆会因此而动摇。故请皇上慎思而行。”我此话一出，在场五双眸子皆带着不同的情绪望着我。

太子感激，祈殒淡漠，祈佑复杂，皇上欣赏，皇后不屑。

"朕决定了，三王大婚后，册封潘玉为雪海夫人。"皇上勾起丝丝淡笑，柔情似水地瞅我。却换来祈佑、祈殒、太子、皇后的异口同声。

"皇上！"

音量夹杂在一起显得格外响亮。

"到时候，圣旨会送去东宫请皇后的金印紫绶。"不容拒绝的语气与神态，让所有人都变色，包括我。我没料到皇上会这么急，我更没料到我的心里竟然这么不开心。我马上就可以成为皇上最宠的女人，即使翻云覆雨也只是举手之事。我在皇上枕边一语，他定会出兵讨伐夏国，可是我为什么不开心？

"臣妾是绝对不会盖上绶印，除非皇上废了臣妾。"皇后的声音虽强硬，却有掩饰不住的颤抖。

"朕意已决。"丢下四个字，皇上也不再看我们，飘然离去。他的背影是如此落寞，这就是身为一个帝王的孤寂吧，但是为何却有这么多人想攀爬而上，他们不怕孤寂吗？

直到皇上的背影消失在宫门内我才收回思绪，转身欲向皇后行礼告退，才一回头只觉一阵风掠过，纤白玉手向我挥来。

"娘娘请自持身份。"祈殒飞速起身将她的手挡下，淡然地警告。我愣住，他竟然敢这样与皇后说话？

皇后气得全身战栗，用力将被祈殒挡下的手收回，寒光望了望祈殒再望望我，突然一阵魅笑，最后扶着受伤的太子悠然而去。她自始至终都未瞧祈佑一眼，将他单独留在此处，仿佛他根本不是她的亲生，我才明白祈佑为何会对皇后有着如此之深的怨恨。

祈佑优雅地起身，仿佛早已习惯皇后对他的漠视，也无太大的情绪波动。见祈殒离去，他也欲离去，却被我拦住。

"放了你在船上抓的人，他们是无辜的！"

"无辜？"他嗤鼻冷笑，"如今的你自身都难保，竟还为那些毫不相干的人担心！"

"什么意思？"心跳顿漏几拍，不安倏然蹿上心头，屏息看着他。

"明日你就会知晓。"听见他一闪即逝的微叹。

秋风拂阑散幽香，月转乌啼，缥缈寒漫漫。

才入揽月楼，云珠就怕我病情加重，急忙将我拽进屋，然后为我找来一件锦裘披上。还将因久等我而不至，拿出去热了一遍又一遍的宁神汤递至我手中，只为我一回来就能喝到热腾腾的汤。

冒着热气的汤袅袅袭颊，我一口又一口地送进嘴里，原本冰冷的身子因这碗汤而暖了起来。虽然云珠为我做的事皆再小不过，却已足够令我心生感激。看一个人待自己是否真心，并非看她对你笑得有多甜，给了你多少好处，而是发自内心的关怀，云珠就是。她于一件件看似微不足道却又让我铭记在心的事中体现出对我的真心。

"云珠，你的身世，能否如实相告？"我将最后一口汤饮尽，问道。

云珠却沉默了，良久没有回答我。

我轻微一叹，她还是不能放下心结对我坦诚相待。"若你不想说，我也不会勉强。"

"不，姑娘！"她一声急唤，仿佛作了什么重大决定，深呼吸一口气，才道，"奴才本名沈绣珠。"

"家父沈询乃声名显赫，功高盖世的大将军，却在六年前被皇上以谋逆之罪而满门抄斩。我之所以逃过一劫全靠管家用他的亲生孩子顶替我上断头台。别人许是不知，但我知道，父亲蒙此罪名皆因不肯与皇后结盟全心支持太子，所以皇后就捏造罪名嫁祸父亲。"

她的声音低而细，悲哀之态尽显于脸，全身散发着浓浓的恨意。

"说来也巧，我游荡在外皆以偷窃为生。直到那次我去偷主子的钱袋，被他抓住了。他没抓我去报官，只给了我两条路选择，一是继续偷，二是跟着他。我选了第二条，可当我得知他是皇后的亲生儿子后，我一怒之下行刺于他，却徒劳无功反被他关进牢里，他问我为什么，许是因为我太小，我竟然将身世和盘托出。"

我轻叹一声，将云珠搂进怀中轻声道："后来他是不是说，只要你为他办事，他就能洗刷你沈家蒙受的不白之冤？"感觉到她在我怀中轻轻点头，我一阵茫然，纳兰祈佑，只要任何对你登上皇位有帮助的东西，你都会不惜一切代价地利用吗？正如你看见我第一眼时的淡笑。

"以后我就叫你珠儿吧。"

她蓦然仰头盯着我，眼泪早已凝满腮，她说："好久，没有人唤我为珠儿了。"

沉默良久，她又说："数月前听主子说我沈家大仇即将得报，那个为我报仇的人就是姑娘你。初见你时我感慨您的倾世容颜，却也不知道您有何能耐可以斗倒皇后。直到多日与您相处下来才发觉，姑娘真的不是寻常女子。"

听罢，我一阵苦笑，我与其他女子不同的，只有我何其幸运地生了一副与袁夫人相似的容貌。

"告诉我，祈佑此次选的王妃是哪家千金？"念头一闪，我格外紧张地询问道。

"听说，是杜丞相之女杜莞。"

翌日，揽月楼来了许多不速之客，一个个浓妆艳抹，争奇斗艳、体态轻盈的绝美女子，才去一批又来一批，再这样下去怕是整个揽月楼都要被她们踩塌。云珠的火气也因她们不断地来去而暴躁了起来，同时也在担心我刚恢复的身子，怕是再这样见下去，再次疲劳而生病。

今日揽月楼之所以这么热闹，只有一个原因，昨夜长生殿所发生之事一夜间传开，"潘玉"这个名字已经成为整个宫闱所谈论的名字，也难怪众多宫苑的妃嫔都要来一瞧究竟，到底潘玉长的是何模样，就连皇上都要重启三夫人之位。大多数来瞧我的嫔妃都带了大礼特来讨好我，也有几个盛气凌人的嫔妃一来就气势十足，就恐我看不起她一般。

我被这一个个燕瘦环肥的佳丽折腾得眼花缭乱，心情沉郁，才明白祈佑昨夜所说之话——自身难保，就是怕我会被众多在宫里颇有心计的妃嫔所害？

"姑娘，又来人了！"看门的小幺子慌慌张张地进来禀报，云珠再也忍耐不住了，火冒三丈地吼道："不见不见，姑娘已经累了！"

"哟，好大的架子。"人未见，声先至，听这语音的气势猜想到来人必定为身份高贵之人，否则哪有人敢对过不了多久就晋升为雪海夫人的我这般说话。

修长弯曲的细眉下，明亮深邃的眼睛顾盼生辉，有着说不完道不尽的邪柔腻美，妩媚地一笑，玉颊上两个盈笑的酒窝立即呈现，恰便似落雁沉鱼，羞花闭月，香娇玉嫩。

当她的目光由云珠的脸上转至我的身上时，笑容已经僵下，再也挂不住了："你……你！"她着急着想说些什么，声音却只能停留在那个"你"字上不断重复。

"您是？"我聚目回望她与方才完全不一样的奇怪的表情。难道她也见过袁夫人，所以才会这样恐慌失态？

她盯了我半晌，终于还是收起失态之色。自嘲地一笑，舒素手，拍香檀，不高不低的声音在正堂响起："明贵人！"一听她报上自己的身份，我与云珠立刻跪拜行礼，原来她就是祈星的母妃明贵人，果然够有气势。

"昨夜听闻皇上要封立夫人，心下还在猜测是哪位姑娘能打动皇上那早已尘封多年的心，今日一见，原来如此。"笑容依旧，只是目光呆滞，似在凝望我，却又似在凝望另一个人。

凳未坐热，明贵人就匆匆而去，我与云珠惨然地对望一眼，这位明贵人似乎一直都深爱着皇上，我伤了她吗？一想到此处我就自嘲地淡笑，充其量我馥雅只是沾了袁夫人的光，可是我不想做她的影子，永远躲在她身后。我想，过不了几日整个宫闱都会知道潘玉与袁夫人长相相似。

“姑娘，你开心吗？”云珠喃喃地问我。

“她当然开心！”一个怒不可遏的爽朗之声插进我们的对话之中，我与云珠皆惊起而望向来人。

很不巧，我遇见了一位皇宫中最难缠的麻烦人物——灵月公主。她的大名我早在宫外就有所耳闻，皇上与明贵人所出之长女，从小被他们捧在手心，所以自幼娇生惯养，刁蛮任性。曾因两名宫女不慎将汤汁洒在她身上而被其鞭打致死。所谓“天子犯法与庶民同罪”，千百年不变之理。可皇上实在太宠爱她，不忍心责罚，只是将她送去宫外不远的清心寺思过一年后又将其接回宫中继续娇宠着。

“不知公主驾到，有何赐教？”我尽量避免与她冲撞，毕竟她是一个棘手的麻烦。

“赐教？本公主今日就是要好好教训你，让你明白自己有几斤几两。”一拍桌案，顺势高傲地坐下，随即纤指一扬直射我而来，“去，给本公主沏杯茶来。”

“公主，我为您……”云珠才说几个字就被我一个“是”字给截断。

我走至后堂为其沏了杯不凉不热的龙井茶端至她面前，“公主请用茶！”

她满意地接过茶，先闻其香，后皱眉，整杯茶水倾刻间全数泼至我脸上，紧接着的是云珠的一阵尖叫。我却在心中暗自庆幸，幸好我沏的不是滚烫的茶，否则我这张脸经这么一泼，铁定要给毁了。

“公主你欺人太甚。”云珠红了双眼，用丝帕为我擦净脸上的茶水。

“这是在教导你家姑娘，教导！”她起身扬手轻拍云珠的左颊，最后说到“教导”二字时出手格外重，只听“啪、啪”两声，云珠的脸上留下鲜红的指印。

我抬手紧掐她刚才打云珠的手腕，欺负我可以，但是云珠，她不能动。

“放肆，敢对本公主如此无理。”她用力想抽回手，可她越是挣扎我就掐得越紧。

“夫人比起公主，谁身份比较高？”我用不大不小的声音问云珠。

“当然是夫人！”云珠一笑，即刻大声说道。

“夫人？别说皇后那关你过不了，现在圣旨没下你就还是个奴才。”她虽然疼得连说话都无法连贯，却不忘保持脸上的笑容，这点和皇后真像。

“那本宫呢？”韩昭仪竟适时出现，云珠像见到救命菩萨般冲到她身边，可怜巴巴地望着她。

我手劲一松，将灵月公主的手腕松开，向韩昭仪行礼。她望望一脸狼狈的我，再望了望灵月："何事惹得灵月如此生气？"

灵月揉揉粉嫩的手腕，我瞧见鲜红的指印，看着我的杰作，心里也痛快多了。

"方才我看母妃竟是含泪归宫，听说是方才来过揽月楼！"灵月在韩昭仪面前气焰全无，嘟着双唇像只温顺的小绵羊，变脸的速度还真是快。

"所以你就认为是潘姑娘欺负你母妃，故来为明贵人出头？"韩昭仪巧笑着将她未说下去的话接下。

灵月颔首，看着我的目光依旧暗藏怒火，我这才打量起她的容貌。雪肌花貌常静清，桃腮杏脸行端正，月眉星眼天然性，袅娜仙娃，窈窕姿态。可惜生得一副端庄清丽的模样，却无蕙质兰心之本质。

"傻灵月，依本宫之见，明贵人绝不是随便任何人都能欺负得了的。想必是遇到伤心之事，徒增忧愁，使之落泪。"韩昭仪抚过她的鬓发，为我开脱着，而灵月似乎也觉得有道理，沉默不语，凝神思量。

"方才冥衣侯来西宫了，你不顺便去见见？你也好久未……"没等韩昭仪把话说完，灵月竟一句"灵月先告退！"一溜烟没了踪影。

我立刻了然灵月为何见着韩昭仪就像老鼠见了猫，乖得不像话，原来早已芳心暗许韩昭仪之弟韩冥。

我进阁内换下那身已湿透的罗裳后出来与韩昭仪相见，我们将各自的侍女屏退，我亲自为她沏杯茶端放于她手边，感谢她为我解围，否则刚才我还真不知如何能够收场。

她并未喝下，只是把玩着，后而幽幽地问："昨夜皇上欲废黜皇后，为何阻止？你要知道，现在你在皇上身边说的任何一句话都会左右皇上的决定。"

我轻轻摇头，不自觉地浮现出一丝笑容，"皇后的罪根本构不成被废的理由，皇上昨夜的决定只是一时怒气攻心，待静下心来思考定会后悔，那我为皇上找个台阶下又有何不可？"

沉静片刻，她终于端起茶水在嘴边抿上一口，"那你的意思是？"

"娘娘莫急，皇后在朝廷的势力早已根深蒂固，若要废她，除非将其势力连根拔起。"

"你是说……杜丞相？"她的笑容有些淡褪。

"错，娘娘细想，为何杜丞相与皇后能稳坐朝廷？"我轻声提醒，希望她往更深层面想。

她黯然思忖，突然灵光一闪，“你是说太子？”

“对！”我若有若无地点头，或许该去见见祈佑了，现在的他是否心中已经有对付东宫的计划，那他又猜得到现在我在想什么吗？

待送走韩昭仪，我唤来云珠为我给祈佑传话，交代她千万不能让人发现，她很谨慎地点头。对于她的办事能力我一向很放心，更何况祈佑能将她留在身边四年，定有其用意。

久等云珠不归，我就步出揽月楼，只身闲逛。再过两日就是三王大婚之日，再就是我册封夫人之日，隐约感到事情并不会如我想象中的那么顺利，正如灵月公主所言，光是皇后那关我就过不了。如果真的过不了，我是该失望抑或是庆幸？

冷笑出声，庆幸？当日不顾一切由卞国逃回亓国只为了谁？祈殒吗？或说祈佑似乎更恰当，不论他救我的目的为何，他终究是我与弈冰的恩人。我不喜欢欠人情，所以他的恩我一定会还。

“馥雅，今生若有你陪伴，余愿足矣。”

连城的话却在此时萦绕于耳，换而言之，若没有他们，我是不是就心甘情愿留在卞国，留在连城身边了？

“想什么这么出神？”

我被这个声音着实吓了一大跳，祈星如鬼魅般在我面前突然出现，我瞪大了双眼望着笑得贼魅的他，许久都无法说话。

“不会是吓傻了吧？”他收起笑容，手舞足蹈地晃晃我的双肩，“看着我，我是谁？”

我扑哧一笑，回神嗔道：“傻的是你吧，晋南王！”

他松下一口气，神色却突然转凝，变化之快令我错愕，他盯着我许久才说：“你……听说三王大婚后你就要晋封正一品夫人了。”

原来他是为此事而来，我静默不语待他下文，暗想他不会也是因明贵人之事而来警告我的吧，想到这儿我的脸色越发地凝重。

“早就猜到你不是寻常女子。”一阵轻笑继而逸出口，接着又是一阵沉默。我的眉头却更加深锁，他的表情为何变了又变？还有，他到底想说什么？

“然后呢？”我终于还是受不了这紧张奇怪的气氛，忍不住开口问。

“我父皇都那么老了，你还要嫁他。”他的话引得我先是一愣，后转为爆笑。原来他大老远来就为了和我说这，害我紧张了那么久，那我可以理解成为他不想让我成为皇上的妃子吧。

终于，我的爆笑在他怒瞪的警告下停止，我整整衣襟淡笑，“你以为我说不嫁，皇上就不会册封我了？”皇上是天子，整个亓国的都是他的，如今要封我，难道我有资格拒绝？

他邪佞一笑，仰望蔚蓝的天际，“做皇帝真好，想要什么就有什么！”

无奈的一声叹息，细微到自己都无法察觉，明白他又沉浸到自己的幻想中去了。“王爷，我想与您讨论，你若为皇上，将如何治国？”

“一家仁，一国兴仁；一家让，一国兴让……”未等他说下去，我就忙着打断，敛去脸上最后一丝笑容。

“王爷，我是让您谈治国之道，你怎么背起四书来了！”

“可书上的确是这样写的。”他眉头一皱，为难地看着我。

“如果光能背书就能做个好皇帝，那天下有那么多儒生，难道都有资格做皇上？”他实在天真，或许他在战场上是一代天骄，但说起治国，根本一窍不通，“王爷刚才提到，家仁，家让，那您告诉我如何使得家仁家让？”

可等了许久都没有得到他的回答，我冷笑道：“所谓家仁家让正指家族相亲相爱，恭谦礼让。手足相残者必斩首以定天下，妻妾互斗着必幽禁以正宫闱，子女犯罪者必严惩以安臣民。若王爷首先具备了如此狠心，便是一个好皇帝的开始。可是，您真的忍心弑兄、禁妻、惩子？”

他看着我，瞳目一眨不眨，似见鬼神般惊惧，良久都无法吐出一个字来。

我觉得自己说得似乎有些过了，便缓和语气道：“其实并不是当皇帝就能名垂千古，史上多少亡国昏君遭人唾骂？可恰恰相反，汉朝的卫青、霍去病将军，直闯漠北，横扫匈奴，立下赫赫战功。唐朝李靖将军，忠君护主，大小战役从未失利。他们照样载入史册，名垂千古，成为百姓茶余饭后津津乐道的话题。”

“说得好！”远处传来冷淡中夹杂着欣赏之味的声音，我循声而望，冥衣侯正徐徐渐近，还有紧随其后的灵月公主。

凝望他的眸子，越瞧越觉着好像在哪见过，但是……

“潘姑娘的才情比男儿有过之而无不及，若身为男儿定然成为一国栋梁，可惜……”韩冥对我的赞赏却令我蹙眉，将话从那个“可惜”中截断。

“谁说女儿就不能为国出力而报效朝廷？并不是天下红颜皆如妲己媚主，媚喜乱宫，我潘玉要做就做被唐太宗尊之为师的长孙皇后！”字里行间无不透露着自信，同时我看见他的脸上露出惊讶之色，而灵月则看看韩冥，再看看我，最后脸色一变。

第八章 QINGSHI HUANGFEI

鸳鸯碎红帐

黄道吉日，三王大婚，盛世空前。来来往往的奴才脸上无不洋溢着笑容，亓国三王一同大婚还是头一遭。奴才们也就格外细心，生怕出错，都端着盘点捧着喜烛，纷纷朝景仁殿而去，放眼望去，整个西宫都披挂上红锦喜帕，熙熙攘攘的官员捧着厚礼前来道贺，可是大家都被一个难题给卡在宫门外。

东宫未泉殿祈佑，西宫景仁殿祈殒，侧西宫锦承殿祈星，这哪一方都是他们得罪不起的主儿，去了这处又顾不上其他两处，都恨不得可以分身三人同时赴三殿观礼。为了这个问题，大多数官员都在宫门前徘徊不定，窃窃讨论。

而我，同他们一样在考虑该去参加哪处的婚礼。照礼说我被韩昭仪安排住在西宫，就该去参加祈殒的婚礼才是，但是我真的不愿见到他大婚时笑容满面的样子。去东宫那更不可能，我与皇后的关系都僵到这样的程度。那侧西宫？不行，灵月长公主对我敌意颇深，怕是前脚才踏进大殿，后脚就被她给轰了出来。

我还在想是不是就在揽月楼待着，哪都不去时，云珠就已将我盛装打扮好，头戴五凤攒朱钗，斜绾朝天翡翠挂玉簪，衣着缕锦百莺穿花荷衣，裙边轻系紫绦百心结。她满意地在我脸上这儿瞧瞧那儿瞧瞧，害得我全身都不自在。无奈地朝她淡笑道："今个儿又不是我大婚，你将我打扮得这么美做什么？"

"这正是，一双笑靥才回面，十万精兵尽倒戈。"云珠摇头晃脑地背起诗词来。

"傻珠儿，你不懂。"我将发梢的朱钗取下，置放妆台前道，"这新娘子的势头要是被道贺的姑娘盖了去，是不吉利的。"

"我们姑娘自然天成而为美，就算不戴这些行头都要把新娘子的光彩给盖下去。”她说的话甚为可爱，逗得我原本比较烦闷的心情顿时开朗起来。

“对了，楚清王的王妃是……”我小声问起，祈星与祈佑的王妃我都知道，唯独祈殒的王妃我至今还不晓，或许是我不敢问吧。

“姑娘还不知道吗？是多罗郡主纳兰敏。”云珠很惊讶我的问题，发出连连感叹。“这位多罗郡主是皇上于民间微服私访时收的义女，‘才思细腻，必为大事者’是皇上对其下的批语，自她被封为郡主以来就很少在宫中露面。在众人即将将她淡忘之时，她竟一朝被选为王妃。”

能得到皇上如此赏识的姑娘，想必不凡。听云珠说起，我都心动地想去瞧瞧她到底是个什么样子。于是决定今夜去景仁殿参加祈殒的大婚。

“姑娘，您真的要去景仁殿？”云珠喃喃自语，声音细如蚊丝，沉思了一会儿又道，“如果可以的话，珠儿很想去看主子大婚。”

我愣了愣，看着一脸失望的云珠，难道她……“祈佑娶的可是杜丞相的千金，怕是将来没好日子过了。”我连忙将话题转移到杜莞身上。

她扑哧一笑，拿起玉梳顺顺我的流苏，“可不是，那时还以为她会成为太子妃呢，兜兜转转却成了主子的王妃。”

“杜莞的脾气我们可是都见过的，所以……祈佑是不会喜欢她的！”我别有深意的将话带出，云珠却又陷入一片沉思，望着她的沉思，我也陷入了沉思。

红影拂动，一帘花梦，金猊熏彻，烛光摇曳。

今夜的新郎官在众人的拥簇下被大臣们频频灌酒，而本欲前来一瞧多罗郡主的样貌的我，却因晚到根本没见到她的样貌，她早已被送入寝宫。本想转身就走，想想也罢，人都来了，若是就这样转身离去显得我太没规矩了。于是就坐在殿内最角落，猛盯着笑得格外潇洒的祈殒。桌上的山珍海味我一口也没动，反倒是烈酒一杯又一杯地下肚。

“姑娘你别喝了！”云珠用力想将我手中的酒杯夺下，但我死捏着就是不放。

“姑娘您扪心自问，今夜如此折腾自己，到底是为谁？是西宫景仁殿的这位王爷，还是东宫未泉殿王爷？”她又一次试着将我手中的酒杯夺下，这一次却轻而易举。

我置若罔闻，摇摇晃晃地从桌案前站起来，云珠立刻搀扶着我怕我跌倒，我却将胳膊从她手中抽回，淡淡地说：“里面太燥热，我出去吹吹风！”没走几步又回过头猛盯着想跟随我的云珠说，“不准跟着我！”

幽寂长亭月映霜，北风吹尽枝香絮。

晚秋烟寂寥，微凉风飘袂，修竹绕回塘。

我站在回塘边凝望着水中那弯霭霭柳月悬挂于头顶正上方，与我的影子一同映在水中，我不由得发出一阵轻笑，“举杯邀明月，对影成三人。”呢喃一句，可惜有影无酒，白白浪费了李太白先生这么好的一句诗。

“离人无语月无声，明月有光人有情。”或许这句更能体现出我此刻的心境吧。蹲下身子，指尖拨动平静的水面，涟漪泛滥蔓延，冰沁透寒。

“没想到，潘玉你这般自负的女子竟也会吟出如此消极的诗来。”

仰头朝向由黑暗中走向这儿的男子，冰冷的眸子，黯淡的神色，羁傲的语气，心下一凛。待近，方看出他的脸，韩冥。我又是一阵笑，我终于想起在什么地方见过他了。我怎么早没想到，他就是我进宫第一日救下的那位刺客。

冥衣侯，我救的人果然是个大人物。

他与我并肩蹲在岸边，细细凝视水面。我望着他水中的倒影，“侯爷为何也出来了？”

“我不喜欢热闹！”依旧无起伏的声音，可以看得出来，从头到脚冷得像个冰块的人怎会喜欢热闹吵杂的地方。

“你的伤应该痊愈了吧？”我说得自然，他的眸子却一变，浑身的戒备又充斥着四周，望着我的眼神，仿佛下一秒就会拧断我的脖子。

与他对视良久，终于还是我先妥协。他的眼神实在让我全身冷栗，便想起身离开这里，他却猛按住我的胳膊，力气之大让我紧皱眉头。

“放开我！”我用力想甩开他的手，却全属徒劳。

“你若敢泄露出去，你会死得很难看。”他冷声警告，语气中有着不容拒绝的霸气。

“我叫你放开我！”实在忍不住疼痛，也不管他有着侯爷的尊贵身份，朝他怒吼。

他的眼中突然闪过笑意，我心中一凉，好诡异的笑容。接着，胳膊的疼痛消失，他的手已经将我松开。正当我得意之时，整个人重心不稳地摔进了池塘，我灌了好几口水下肚。我竟然这么蠢，忘记自己正身处岸边，难道真是喝醉了？

他在岸上似笑非笑地俯视着正在水中挣扎的我。这四周根本没有踏脚处，很难上岸，很想叫他拉我一把，却被他戏谑的表情给气倒，始终不肯出声求救。

“哎，不可一世的潘玉也会有这么狼狈的一日。”他竟然开始感慨起来，原本气愤的我却将怒火转为悲伤，最后眼眶一涩，是呀，我怎么也会有这样狼狈的一日。

我心下一冷便放弃了挣扎，慢慢地沉入水中。无尽的黑暗涌入我的思想，就连呼吸都无法控制。祈殒大婚，潘玉溺水而死，多么可笑。可为何就在这死亡的边缘我想到的竟然是那个一直利用我欲登上皇位的男人？

黄缎金凤锦袍，丹眉凤目，可亲而不可近的雍容华贵，柳眉下的眸子流露着昭昭恨意，她紧握住一位身着银甲战衣男子的手说："弈冰，一定要保馥雅万全。"

"母后……"我喃喃着想冲到母亲身边，却见她一个用力将丝毫未有防备的弈冰推开，银光一闪，划破暗夜，一把匕首已完全没入腹部。血，缓缓地渗出，滴在暗青的大理石板上。

"馥雅，若侥幸可逃过一劫……定要记住父皇和母后以及所有血溅甘泉殿的将士亡灵。"她用尽全力保留下最后一口气将话说完，才放心地将眼睛闭上，倒在我们面前。

胸口仿若窒息般缓不过气，耳旁传来许多零碎不堪的嘈杂声。我一阵猛咳，有冰凉的东西由胃中滑入咽喉，最后沿着嘴角滑落。我睁开眼睛，迷茫地望着一张张正俯视我的人。

"还好没在西宫闹出人命。"韩冥单腿跪在我身侧，见我醒转终于重重地吐出一口气，原来这个冰块也会有紧张的时刻。

我瞧见云珠，她的表情竟一反常态，怔怔地站在韩冥身后望着我，那种神色竟然是失望。

"来人，送潘姑娘回揽月楼。"他喊来两个奴才将我扶回揽月楼，云珠却始终跟在后面，一句话也不说。

我无力地走进屋内，云珠却站在门槛外。我惨淡地望她一眼，张了张口却一个字也说不出来，她却幽幽地开口对我说："姑娘，你太令我失望了。"

全身僵住，用不敢置信的目光紧盯着她毫无温度的美眸。我突然一阵冷笑，用力将门关上，将她阻隔在外，我背靠门缓缓地滑坐在刺骨冰寒的地面。

双手环膝，将脸深深地埋了进去。云珠的声音又在外面响起："一直以为姑娘是拿得起放得下，很有理智的女子，却没想到，您与这俗世上的姑娘是一样的。"

我沉默了好久，才深深吐出一口气，对于她的质问我只觉得很好笑。"为什么我就不能和俗世上的女子一样呢？我也是个普通女子啊。"淡淡的语气从我口中吐出，用不大不小的声音说道，也不管云珠听不听得到。

"难道只因为我是公主，就要肩负起复国的重担？难道只因为我像袁夫人，就要做皇上的妃子帮助你们？你们只想到，这个女人能帮我们完成自己所不能完成的事，却没想过，这个女人愿不愿意。”隐忍多年的泪终于滑落，一年前父皇和母后在我面前惨死，我都没落一滴泪，因为我告诉自己不能落泪，否则就无法肩负起这复国重任。可是今日我才发现，我真的肩负不起，真的好累。

有人在敲门，一声一声急促响亮，我丝毫没有理会，只是紧紧地抱住自己，任嘈杂声充斥着我即将崩溃的灵魂。终于，敲门声遁去，但是，窗户却被人撞开，一个身影由窗口翻跃而入，闯了进来。我泪眼婆娑地仰头凝视着来人，脸色惊变，竟然是纳兰祈佑。

“你……”我颤动着双唇，先是不可置信，随后再浮起黯然之色，望着一脸担忧的他，心中竟连苦涩都淡了。

他蹲下身子与我平视，我的目光随着他的举止所牵动。他伸出温热的食指将我颊上的泪痕抹去，沉眸哑然道：“所有计划，停止。”

暗自一悸，深望其眸，欲从中寻到此话的真假用意。

“从现在起，馥雅，你自由了。”将为我拭泪的手收回，唇边如钩的弧度扬起，笑得凄伤且柔情，“你不欠我什么，从来不曾欠过。”沉甸甸的分量含在其中，我的心一动，他是要放弃了吗？

“皇位……”我低低轻吟这两个能令人丧失心魄不顾一切的字眼。

“不要了。”薄笑中含着三分轻狂，“一直以为，皇位是我一生所追逐的目标，现在却发现，原来它是可以轻易放下的。”忍不住一声低叹，柔意流转，轻然如风。

身子一紧，我已被他牢牢圈入怀中，下颚轻抵我的额头。我安心地靠在他的怀中，听着强健而有力的平稳心跳，心竟然隐隐作痛。此刻的我才敢承认，今日所有的失态之举，并不是因为祈殒的大婚，而是祈佑的大婚。

一想到他对我的利用就会不自觉地难受，也只有他才能牵起我内心极度隐藏的怒火。一直拿喜欢祈殒当做我不顾一切回到亓国的理由，却没发现，最想念、最挂念的人依旧是他。始终忘不了我们之间的合作关系，告诫自己我们是在互相利用。对于我不顾一切地帮他，总爱把报恩挂在嘴边，不愿承认，是怕受伤吧？

“真的不要了吗？”我不能确信地又问了一遍。

“若拥有这个皇位，必须用你来交换，我宁可不要。”清澈真实的语气让我安心地闭上眼帘。他，真的为了我而放弃争夺那个皇位吗？我始终不敢相信，这样一个有着雄才伟略的男子会为了儿女情长，将梦想随手丢弃，我能相信他吗？

倏然从他怀中挣开，方忆起今日是他的大婚之日，鸳鸯红帐，洞房花烛。“你该离开了！”

他眼中闪过异色，随后轻抿唇角，幽沉凝视着我说：“今夜我哪儿都不去。”

“不行，大婚之日你在众目睽睽之下来揽月楼已经犯了后宫的规矩。若一夜未归，定然引起轩然大波。”勾起淡淡一笑，声音中有着连自己都能察觉到的苦涩。

他握起我冰凉的双手，一语不发，似在犹豫。突然又想起了什么，将依旧靠坐在地上的我扶起。“全身都湿透了，不怕着凉吗？还不去换身干净衣裳。”

低头瞧瞧自己的衣裙，才想起我是刚被韩冥从池塘中救起。又看看他那赤红新郎锦缎袍因我刚才靠在他怀中，而染上一层水渍，尴尬地将双手缠绕身后。

他并未介意，忙唤外面的云珠，待云珠小心翼翼地迈进屋，祈佑又深深地望了我一眼，才离开。

云珠走至衣柜前取出一套叠放整齐的浅青色百蝶衣。望着她的举动我问：“为什么？”

“姑娘把衣服换下来吧。”她答非所问，口气平静无波，我连忙又问道：“告诉我，这是为何？”方才祈佑的突然出现，我就猜到今夜的一切定是她安排的。

“心疼，心疼姑娘。”很简单的四个字，却藏着多少隐忍、辛酸以及退让。所以她早就通知祈佑来揽月楼，再故作对我失望，要逼我当着祈佑将心里的话说出。这一切，只因她心疼我，心疼到连她沈家蒙受的大冤都不顾了吗？

“我果然没高估主子对您的心，他是真的很在意您。”她向我明眸巧笑，纯净若雪，我馥雅何其荣幸，能有她陪伴左右。

“那么你对祈佑的心意呢？”我无法接受她这样无私地对待我。她也是个十七岁的姑娘，她也与我一样，从小就家破人亡，我能得到这么多人的心疼，那么她呢？她为何就不能心疼自己一回？

现在云珠就像偷了糖被抓住的孩子，不知所措地望着我半晌，最后才凄然淡笑，“只求今生能伴在姑娘与主子身边，别无他求。”

一夜无眠，唯闻楼外风高露冷，屋内频烛盖影。

满庭禁深锁

碧云天，黄叶地，暗香魂。

秋色连波，萧□夕照中。

我轻靠楼外长廊石椅上，望满庭落叶。听闻，三位王爷于大婚完后皆携娇妻回到王府，而我也好些日子未再见到祈佑了。他现在正做什么呢？是不是又在筹谋着如何扳倒太子，又或是寻找新的一名有利用价值的人？

这些日子，皇上亲临揽月楼好几次，我的表现却略显冷淡。甚至于三日前，他对我提起晋升夫人之事时，我很大胆地拒绝了皇上的美意，以致他拂袖而去。但是我很清楚，并不是我的一句“不愿意”就能打消皇上的念头，他毕竟是个皇帝，他想要的东西，没有得不到的。

我于此处一坐就是整整一个下午，夕阳染红满庭枫叶，似水天一色，渺而伤淡。暮色惊鸟啼，花深谢迎秋，云珠默默地立在我身侧，款款东望一排大雁苍茫飞过，无痕。

小幺子于此时匆匆跑到我身边，焦急地说：“姑娘，皇上派人传来口信，召您去、去……”他吞吞吐吐，面有难色，我奇怪地忙问道：“皇上传我去哪？”

“承宪殿。”这三个字不只惊了云珠，也惊了我。原本慵懒倚靠在石椅上的我倏然惊起，情不自禁地重复了一遍“承宪殿”三字。

“小幺子你可有听错，承宪殿可是每日百官早朝之处，皇上怎会召姑娘至此？”云珠脸色凝重地问。

“奴才方才也是这么问公公的，可他说皇上的口谕确实是这样说的。”小幺子也是一脸的困惑不解。

历来除太后、皇后有资格进承宪殿外，女子若擅闯可是重罪。皇上绝对不会糊涂到这种程度。直觉告诉我，皇上此次召见我于此定是有很重要之事，不好的预感顷刻涌上心头。

传话的公公将我带往承宪殿外，然后缓缓地告退，似乎皇上有吩咐任何人不能接近此处，四周竟连一个奴才也没有。

我迈入清冷的大殿，一阵寒气由脚底直逼心头。初映眼帘的正是那金光闪闪，镶金嵌钻，引得无数英雄尽折腰的龙椅，在微暗的大殿上依旧泛着耀眼眩目的光辉。每朝里踏一步，就会有来回轻荡的回音，尽管我极力克制自己的脚步声。

空空如也的大殿内只有我一个人，皇上呢？心里涌起茫然无措之感，却见皇上由右侧幽暗的偏殿走出。他被一阵惨暗之光紧紧笼罩，我看不清他的表情。直到他步至龙椅坐下，我才看清楚他那微倦而冷的眸子，既沧桑又矛盾。

"奴才参见皇上！"也许是心里没底，猛然跪下，膝盖被磕碰出一声利响。我微蹙娥眉，忍住疼痛向他叩拜，可是他良久都未唤我起来。我抬头看了看一语不发的皇上，却在他眼中找到多种情绪，似沉思，似犹豫，似在作着重要的决定。我被他的眼神看得很不安，怯怯地又将头低垂而下，等待他发话。

待我双膝已经开始麻木时，他由宽大的袖口取出一笺奏折，脸上突然变得异常气愤，"朕要你来决定，朕该如何处置此事。"他的话音才落，奏折已经被他从上方丢至我的脚边。

我颤抖着将它拾起，脸上大变，因为奏折署名"纳兰祈佑"，着急地将其翻开，里面只有一行刚劲有力的字，亦让我刻骨铭心，今生不忘。

——潘玉亦儿臣心之所爱

手，抖得更加厉害，只觉得眼眶一热。泪，滴洒在雪白的笺皙纸上，不敢相信。他，真的为了我，要放弃了吗？

"皇上……汉成王他……"我喃喃着想为他解释，想求皇上恕了他，可是我却连一句完整的话也无法说出。

"你不知道，朕在五年前许过他一件事。"他突然将话题调转，细微地叹气，"我允诺他，只要他有能耐将太子扳倒，而堵住幽幽众口，这个皇位就是他的。"

我全身一怔，骤然沉默，盯着一脸冷寂的皇上，喉咙里竟连任何声音都不能发出。

“事到如今，朕也不妨告诉你，朕心中能继承这皇位的只有祈佑一人。骇世智慧，雄韬伟略，心狠手辣。若他为帝，定能大展宏图，将亓国领向空前盛世。”他的话字字有力，撼动我心，整个大殿内也是他铿锵有力的回音。语气更是异常激动，可见他有多么庆幸自己能有这样一个引以为傲儿子。

“太子虽不差，但他却是皇后养出来的傀儡。若将来执掌大政，皇后排除异己，怕会是又一个武则天。所以太子必定要废，朕绝不能让后宫独大，朕要告诉她，这终究是帝王天下。所以朕在十年前选了位同样有野心的韩昭仪进宫来牵制她的势力。整整十年，朕隔山观虎斗，与祈佑秘密培养出一支军队。皇后是怎么也料不到，她的亲生儿子会将她出卖。”

皇上看着已经完全不能说话的我，勾起一抹邪恶的笑容说：“馥雅公主，我的计划中也有你！”

在听了他这番话后能猜到，我不只在他计划中，更扮演着一个格外重要的角色。

“朕很早就想到，若要真正废黜太子，将皇后的势力连根拔起，一定要有根导火线。我曾将袁夫人的画像拿给祈佑看，我要他去寻找一位与她格外相似的女子。直到那日，我在东宫见到你，就明白了，你是祈佑给我找来的棋子，但是，他没有告诉我！直到我质问他，他才将你的身份和盘托出，我就猜到他对你动了情，为了不让他影响我们筹谋多年的计划，我迫不及待地想将你封为夫人！”

我苦笑一下，早就奇怪祈佑为何会知道袁夫人的长相。猜过千百种原因，却未想到，这一切的主使者就是那位帝王天子。

“可惜，他还是躲不过一个‘情’字，终于要抛弃朕，要朕一个人面对皇后如此强大的势力。”他的目光闪过悲痛、怆然。

听着皇上的一字一句，我才发现，原来是我傻得可笑，曾以为皇上对袁夫人的感情是多么干净纯真，却没想到，他最终还是要利用袁夫人的名义来巩固皇权。这就是一个身为帝王的悲哀吗？一定要兼济天下，放弃最初最深的感情。

——爱，一生只一次，独予袁雪仪。

这句话又浮现于我的脑海中，爱，终是比不上权力来得重要吧？

“朕很了解祈佑，他是个有野心的人。如果他真的放弃了这个机会，将来他会后悔，他会痛不欲生。”皇上从龙椅上起身，走到我跟前，俯视着依旧跪着的我，想说些什么，却被我抢先了：“杜莞，也是你早就想拉拢杜丞相而为祈佑选的王妃吧！”

皇上看我的眼神露出赞赏，随后大笑，笑得格外轻狂：“皇后向我提起为太子诸王选妃时，我就猜到她的用意，想拉拢苏大将军做军事上的后盾。她却没想到拉拢了苏大将军，放弃了亲弟弟杜丞相。不久以后，朕会证明给她看，她的决定有多么地愚蠢！”

我不自觉地冷笑出声，或许在皇上面前有此举动，是何等不敬，但是我已经顾不了那么多了。我冷冷地望着一脸得意的皇上，“那皇上告诉奴才，此次召我前来所为何事？”

“你是个聪明的女子，不用朕来教你吧？”他别有深意的话，又换来我一阵冷笑，原来这个皇帝一点都不简单。他将所有人都玩弄于股掌之间，果然不愧为将亓国领导得如此强大的皇上。

心念一定，缓缓露笑，眸光锁定皇上，傲睨于他，此时的我绝对不能在气势上输了他，即使他是天子，是皇上，“馥雅不懂，请皇上明示。”

他剑眉一挑，利芒掠瞳而过，清冷之色深锁我片刻，“朕给你两条路，现在就回揽月楼，当做什么事也没发生，等待朕的册封旨意，助朕扫除东宫势力。”阴魅的声音中竟藏着四溢的柔情，继而又一转锋，冷吟道，“如若不依，你就会消失。”

我抑制不住，笑出了声，心头千百个念头一闪即逝，“敢问皇上，何谓消失？”

他细眯锐眼，脸色骤然有些阴沉，“那么馥雅公主是定然要选第二条路？你真的不要复国了？”他敛起脸上的笑，竟单膝跪于我跟前，与我平视。我看不懂其中的深意，却闻他又开口了，“只要你点点头，明日朕就出兵讨伐夏国。”

笑意在唇边扩散得更大，很诱人的条件。连城许的四年，祈佑许的八年，在皇帝这句“明日”下显得格外渺小，根本无法与之相提并论，但是……

“皇上的好意，馥雅心领！”

“你不愿意？”他的语气顷刻冷凝，杀意四起。

“是祈佑不愿意。”我的声音顿而变高变强硬，未得他的允许就起身，双腿早就因跪得时间太久而麻木。但是现在轮到我俯视单膝跪地的他，他似乎未料到我会突然起身，竟怔忡得仰视了我好一会儿。我暗笑在心，继而道：“祈佑亲口对我说，所有计划，停止。”

待我说完，他才意识到现在的自己正跪在我面前，有那么一刻的不自然，但很快调整，优雅而起，“那么，你就消失吧。”

酉时末，我才回到揽月楼，云珠见我安然而归终是松了口气。我与她站在庭院内未进屋，清风遐迩，疏影拂阑，落香满院。

“姑娘，皇上召您去做什么了？”云珠不安地问我，隐隐察觉到了些什么。

藏于袖中的手一紧，用力捏着手中由承宪殿带回来的奏折，不答反问："如若祈佑登上皇位，会是个千古明君吧？"

"千古明君珠儿尚且不敢断言，但是他一定会是个旷世奇主。"她用力点头表示她对祈佑的肯定与认可。

"那么，如若我帮他……"我将目光投向漆黑暗淡的夜空，话方说到一半，云珠就打断我。

"主子他，绝对不会利用您登上皇位的。"又是一句肯定，握在手中的奏折又用了几分力道，却发现云珠已跪在我面前，"主子孤寂了二十年，好不容易有您可以伴他左右让他定心，您千万不能丢下主子啊！"她仿佛意识到什么，竟用乞求的语气求着我。

喟叹一声，将她扶起，"傻珠儿，我怎么会离开他呢？"揽过她的腰，轻声安抚，"明日他下早朝，替我传个口信，我会在老地方等他。"

云珠听罢，方松下一口气，愉悦地点头，"姑娘放心，珠儿一定把话带到。"

天未破晓我就从揽月楼溜了出来，往我们的"老地方"——未泉宫而去。由于祈佑已经不在此处居住，这儿的丫鬟与侍卫很少。我神不知鬼不觉地溜进祈佑的寝屋，等了他许久都不见他来，望着那张软榻，竟萌生睡意。定是昨夜没睡好，今日又早起的关系。心念一动，脱下鞋袜就往被褥里钻，反正他应该没这么早回来，我可以安心地睡上一个时辰，醒来再等他也不迟。

将脸埋入柔软的丝被中，嗅着淡雅的清香，是祈佑特有的味道。与他认识了近两年，虽然相处时间不是很长，一般都是匆匆来忙忙去，但是他身上那股特有的味道却总是能令我铭记在心。

闭上眼睛，想着与祈佑第一次见面，他那温润的眸子，如沐春风的嗓音，温柔地将受伤的我抱上马背……思绪渐渐被风吹走，睡意的诱惑我无法抗拒，更是贪婪地恋上了这一刻的宁静。

迷糊惺忪间，似有只"虫子"正在我脸上游来荡去，我很不情愿地伸出手挠了挠脸蛋，想赶走它。却没想到它竟越来越放肆，呻吟一声，翻身侧躺，继续进入梦乡。

虫子？我混浊的脑子开始慢慢转动思考。半晌，我突然睁开眼帘，正对上一对含笑望我的眸子，我立刻从床上弹坐而起，睡意全无。

"你睡觉的样子真可爱。"他侧坐在床榻边，双手撑于我两侧，将我整个身子圈住。

我不自在地朝后挪了挪，这个姿势实在暧昧，尴尬地清清喉咙掩饰我心中的不安，“你来了！”

“想我了？”他戏谑地刮了刮我的鼻梁，充满笑意地问。

“新婚，还愉快吗？”我才问出口就后悔了，只见他脸上的笑容敛去，换为阴鸷冷戾，紧张和不妥的气氛在周围蔓延。

在我以为他会就此离去之时，他开口了：“馥雅，我只要你！”眼底透着坚定与一丝迷离。

我点点头，望着他回以一笑，他的瞳中映着那个白色身影的我，一看竟已出神，直到他俯下头吻住我的唇。我睁大了眼睛凝望他眸中的缕缕柔情，错愕间，温温柔软的感觉在嘴里蔓延，如火般的呼吸与我交融着，吐纳着。

我控制不住地喃喃呻吟出声，我身上的衣裳也一件件不知去向。额头、眼眸、下颚、颈项，唇一寸寸在我脸上游移，浓浓的情欲充斥于我们之间。最后，他搂着我一起跌进帏帐内，厚实的双手在我身上不停游走，轻抚。引得我一阵轻颤，一寸寸点燃了我全部的热情。

他却在此时突然停下了所有的动作，回视他隐忍的眼神，我不禁露出迷茫之色，“馥雅！不是现在。”他清了清低沉沙哑的声音，手指插进我的发丝内，将我按入怀。侧脸紧贴他赤裸火热的胸膛，心中早已乱了方寸。

“我一定会给你一个名分，我要你做我纳兰祈佑名正言顺的妻子。”他紧紧拥着我，仿佛欲将我与他融为一体。

而我，可以将他这句话当成是对我的许诺吗？“祈佑，我……”我犹豫着，终究还是没说下去。

“你怎么了？”他紧张地问。

我在唇边扯出一个大大的弧度，“我饿了！”

他愕然地望着我好一会儿，随即也笑了。至此我真真切切地在他眼底感觉到了笑意，不再是脸笑神不笑，漠然淡沉的诡异。现在的他，已经对我彻底敞开了心扉。

酉时我才与祈佑在未泉宫分手，依稀记得临走时他要我等他，他说过不了多久他就会迎娶我为他的妻子。我依旧淡笑不语，但是心里的苦涩也只有自己知道，皇上不可能让我与他在一起。在皇上的心中，已经没有任何事比铲除东宫来得重要，所以，皇上对我说：“三日内，若你没有在祈佑面前消失，没有在亓国消失，那就让朕来助你消失。”

我知道皇上所谓的助我消失，意味着——杀无赦！他现在给我机会，让我自己离开。可是我不明白，他为什么要给我这个自己消失的机会？他不怕我会将此事告诉祈佑，更加引起他的反叛吗？

回来西宫，并未归揽月楼，而是转入披香宫外。问起奴才们冥衣侯可在韩昭仪寝宫内，他们说已经进去很久了。我又不便进披香宫，撞到韩昭仪事就麻烦了。所以就站在宫门外等着他出来，冷风袭来，却未觉凉意。

璧月影摇，夜寂静寒声斜，宫涩阑珊冷。望着这条凄冷的大道，如此肃穆。

"你怎么在这儿？"

声音依旧冷淡如寒冰，不用回头，就知道韩冥从披香宫内出来了。他待在里边的时间还真长呢，我都等了他一个多时辰了。

"你是金陵城禁卫统领，我要你给我一个可以畅通无阻的东西。"我也不拐弯抹角，直接切入正题。

"你要离开？"他平静无波的声音终于有了变化，他转至我面前，直勾勾地盯着我，想从我的眼中找到答案。

"你不必多问，你只要让我离开。"不想回答他，知道这件事的人越多，就会有更多的危险。

"凭什么帮你?!"他好笑地望了望四周，最后又徘徊回我的面前。

"就凭我救过你一命，现在是你报恩的时候。"我尽量保持脸上的笑容，心下也担心他不会帮我。若我出不了这个皇宫，三日后皇上真的会杀了我，我相信。

本想要皇上下道旨意让我可以安全离开，可是转念一想我又觉得不可能，皇上之所以要我消失只为让祈佑找不着我，可以安心争夺这个皇位。若他下了旨不就等于诏告天下，潘玉是皇上送走的，皇上不可能让天下人耻笑。所以我才来找韩冥帮我，我在下赌注。

他沉默了好久，终于叹口气，从怀中拿出一块令牌，递至我手中。我望着那块令牌上清楚地写着一个"冥"字，这就是我的通行令了。感激地望他一眼，他却回避了我。

"你若离开了，韩昭仪怎么办？她将所有的希望都寄托在你身上了。"他低着头，望着青理石，声音恍惚。

"如果韩昭仪真的想铲除皇后，那么去找祈佑吧。"我看着他的脸色随着我说话而变，他用怀疑的目光盯着我，仿佛将我说的话当做是笑话，"今夜我对你说的话，不要让任何人知道，否则你会有很大的危险。还有就是……将所有看见我离开的人都禁口吧。”

我相信依照韩冥的聪明智慧，能理解我的话。更何况，他是冥衣侯，有夜闯东宫的胆子的男子绝对不会是胸无城府，毫无头脑的人。

第十章 QINGSHI HUANGFEI

萧萧雪中梅

卞国荆州城

翠李雏，鸥鹭惊，孤雁归。

秋香浓郁，蟠烟纷袅，西城暮云如璧。

我坐于荆州最豪华的酒楼中，因赏钱给得多，小二为我找了位于二楼一个靠窗安静的位置，正好可以观望全城的景色。双手置放于桌上交叠，眺望荆州四处的景色，却更是徒增伤感。

我离开金陵已经一个多月，虽然一路上没人追阻我，可是心中却有阵阵失落。潜意识中我是想让祈佑出来找寻我吧？可是他没有，皇上更加不会允许，我的心情压抑得越发难受。皇上要我消失在亓国，消失在祈佑面前，夏国我是肯定不能去的，那儿多数官员都曾见过我，不得以只能来到卞国。我相信，不会有那么巧就遇见了连城吧，他这位堂堂一国丞相应该待在汴京，为皇上排忧解难，分担国事，出谋划策。

“思往事，惜流芳，易成伤。拟歌先敛，欲笑还颦，最断人肠。”我单手撑头，低吟一句。

如今的我，将何去何从？是不是该在荆州落脚？落下脚我是不是该找份事做打发时间呢？但我根本不缺钱，撇去韩昭仪那颗人鱼夜明珠不说，光是临行前韩冥给我的一袋金叶子就足够我挥霍的了。现在的我，放弃了复国，却不知该做些何事了。

“姑娘，您的菜来了。”小二一脸笑意逢迎地端着一大盘菜于我桌前小心翼翼地放下，口中还不停地吆喝着菜名，“芙蓉金鱼虾，金蟾汆珊瑚，红扣果子狸，红扒熊掌，素炒菜心……”

一盘盘的菜看到我傻眼，方才小二问我点菜时，我只叫他随便上几个拿手菜，没想到却上了这么多，我一个人哪吃得完？虽然……我的钱很多。

他的菜名还未报完，正对面一位姑娘就拍下方木圆桌，朝我们这儿怒吼而来，“小二，你不是说没有红扒熊掌吗，为何给她上了？”声音尖锐无比，将整个客栈内的声音全数压下，所有人都将目光集中在我与她身上，小二则是尴尬地瞧了瞧那位姑娘。

“小的是说，红扒熊掌已被订完，这位姑娘的正好是最后一盘！”他努力赔笑着，想熄灭这场冲突。

“不碍事，若这位姑娘实在喜欢，就让给她吧。”况且我一个人也吃不完这么多菜，于是将那盘红扒熊掌推出一寸，笑容依旧。

打量起这位红衣胜火的女子，眉若远山，瑶鼻樱口，如同凝脂般的肌肤娇嫩如水，端为国色，可惜脾气太大。她让我联想到杜莞，她现在与祈佑处得好吗？祈佑对她的态度又是怎样？

我的退让并没有让她息事宁人，反而双眉冷蹙，竟朝我这儿走来，于我身侧立住，居高临下地俯视着我，“你看不起本小姐？”

我在心中喟叹一声，将菜让给她，她说我看不起她，若我不让她，她定是说我目中无人。“姑娘，别误会，我并无此意。”

“我看你就有！”她咄咄逼人地指着我的鼻子，怒火覆盖了全身。比起杜莞，还真是有过之而无不及。

“姑娘你无理取闹吧。”我从方椅上起身，将她指在我鼻子上的手拨开，随后将一片金叶子丢在暗青木桌上，算是饭钱吧。我并不想与她争执不下，毕竟我不是个好强喜斗的人。

小二垂涎欲滴地将那片金叶子拾起感慨轻叹，却在我欲离开之时怪叫一声“唉!?”吸引了我与那位姑娘的目光。她一把夺过金叶子，反复看了好几遍，最后扯出一抹诡笑，朝着她身后的四个侍卫道:“快把这个亓国来的奸细给本小姐抓起来！”

阴冷灰漆，恶臭不绝，鼠蟑四窜。我被关押在荆州最后一重大牢，被众位牢兵当做一级犯人看押着，我坐在早已腐臭的稻草堆上，背靠浸骨的高墙，双手抱膝，哀叹连连。我真没想到，来到荆州的第一日就会被当做奸细关进了大牢，这确实是我的疏忽。只知道韩冥给我的是一袋价值连城的金叶子，却万万没想到，每片叶子上都刻了一个“亓”字，若不仔细看还真难以发现。

“韩冥，你害死我了！”这句话我自被抓进来，就不停地念叨着，也怪自己不细心，否则就不会被那个刁蛮的小姐——郝夕儿，荆州府尹之妹给逮了进来。

许多脚步声朝关押我的大牢而来，一声一声就像是催命符般敲击我的心。

“大人，就是这个女人！”牢头弯身躯向他行礼，一手还指着牢里的我。

我扬眸淡笑，望着牢外一男一女，赤衣如火的郝夕儿，紫衣淡秀的郝俊飞。

“哥，我在她身上还搜到这个。”郝夕儿将那封我一直随携于身的奏折取了出来，摆到他面前。郝俊飞翻开它，将那句“潘玉亦儿臣心之所爱”重复念了几遍。

“这是什么意思？”他疑惑地望了望我，再望望郝夕儿，不明所以。

“你看这署名是亓国的汉成王纳兰祈佑，肯定是他给她的密折，想来荆州探取机密，这句话肯定另有深意。”郝夕儿的话刚说完，我就大笑，笑得格外轻狂，声音充斥着整个牢房，我瞧见他们的脸色都变了。

“是呀，这封密折可是一项秘密任务。”我边笑边点头。在看见这份奏折后，心中已有了一个置之死地而后生的方法，我必须赌一赌了。

“什么秘密任务？”郝俊飞着急地将双手紧握牢门的木桩询问。

我莞尔一笑，用非常平静的声音说道，“这个秘密，我只告诉一个人。”我的声音越放越小，所有人屏住呼吸想听我接下来说些什么，“我只告诉卞国的丞相——连城！”

郝夕儿与郝俊飞对望一眼，满是疑惑。我也不疾不徐，娓娓而道：“我是在给你们立功的机会啊，若是将我这么重要的奸细送往汴京丞相府，朝廷肯定给你们记个大功，连升三级也指不定呢。”我仔细观察着他们脸上的表情，由最初的疑惑转为了然，最后变为欣喜。

“对啊，我怎么没想到！”郝俊飞大笑一声，随后吩咐牢头将我带出来，即刻准备进汴京。

这就是以利诱之，凡是人都难逃过“名利”“富贵”，而这两兄妹正是中了名利这一重招，虽然不知道若我被送到丞相府后连城会怎样对我，但至少比待在这荆州受牢狱之灾要好。

他们两兄妹说罢就动身，将我关押在囚车内，一路押往汴京。路上我找百般借口想将那份奏折要回来，郝夕儿只回给我两个字“妄想”！从她的语气与眼神中可以看出她对我有着诸多敌意，我就不明白了，难道我生有一副人见人厌的脸蛋？深呼吸一口气，望着一路上从我眼前飞闪而过的景色。

东风凝露，梧桐已散尽，腊蕊梢头绽，红尘没马轮。吹尽寒天烟雨着，已是腊冬黄昏时。终于，经过三日的奔波，抵达了汴京的丞相府。

一位身佩长刀满脸横肉的中年男子在府外等着我们的到来，听郝俊飞称他为张副将，应该是在连城手下办事的。我还没来得及开口，张副将就命人将我押进丞相府禁牢。里面黑漆阴冷，唯有墙角四方篝火点燃，才能勉强将四周照亮。

此时的我已经被牢牢地捆绑在十字木上，由那位张副将亲自审问。而郝夕儿与郝俊飞则看好戏般站在后面望着我，而我只有五个字"我要见连城"。

"丞相是何等身份，岂是你说见就见得了的？"他拉了一张靠椅在我正对面坐下，似乎很有耐心地想要审问我。

"不让我见他，我是什么都不会说的。"而且，我确实没什么可以说，说我不是亓国的奸细，那封也只是普通的奏折，他们会信吗？

"张副将，这丫头的嘴巴硬得很。"郝夕儿好整以暇地笑望我。

"爷就怕她不硬！"他勾起一抹噬血的笑容，向牢头说道，"去拿本将军的专属鞭来！"

当我看到牢头捧着一根细长柔韧的长鞭过来时，我的脸色变了，因为鞭上涂有骇目的辣椒粉，他还没朝我下鞭，我就有那种皮开肉绽的感觉了。

"虽然不是很想对你这样国色天香的美人儿用此等酷刑，但是……"他原本的淡笑突然敛去，转为阴狠。一鞭已经无情地抽打在我的身上，鞭声在这空荡的牢中格外刺耳，"你不肯交代，我也只能对你动刑！"

我咬紧牙关，闷哼一声，始终没喊出口，只觉得被鞭打的地方先是火辣辣地疼，后如万虫撕咬般，一遍又一遍地啃噬我的伤口。

"我就不信了。"我的反应惹火了他，他扬起手又是几鞭，我被这一连数鞭折磨着，脑海中一片空白，只有一个醒目的字——痛！

"我就要看看你的嘴有多硬。"他抬手又想下鞭，手腕却被人狠狠地掐住，他凶神恶煞正想破口大骂，却在见到来人后转为面无血色，"丞……丞相！"他被那张恨不得立刻将他碎尸万段的脸吓得跪在地上。

我无力地松开紧咬着的牙关，很想吐一口气，却发现我早已疼得连呼吸的力气都没有了。冷汗由额头滑至眼角，再至脸颊，"你……终于来了！"我扯出苦笑，望着一脸愤怒无措的连城，以及他身边的管家。想必是管家去通报连城的，我这条命才得以保住。视线慢慢模糊，终于变得一片黑暗。

"小姐，你别动。"兰兰放下手中盛满药的碗朝正企图爬下床的我飞奔而至，欲制止我的行动。

“我已经没事了！”在床上已经躺了半个月的我实在忍受不了这样的煎熬，我的骨头要再不活动真的要散架了。

“丞相交代你要好好休息。”她将我按回床上躺好，再返回桌上将药端至我面前，一口一口地喂进我口中。

这药一连半个月我每日饮三次，起初苦涩难以下咽，吃了多次已经习惯了，根本不觉得有苦味。还记得我被鞭打得遍体鳞伤而昏死过去，命已经危在旦夕，就连大夫都摇头叹息说我没救之时，我就这样奇迹般地醒了过来。一睁开眼睛，看到的就是守在我床边的连城，容貌依旧却憔悴了好多，他那风度翩翩的高贵气质完全被悲伤充斥着。那时的我好想拉住他的手，对他说句“对不起”，可是我实在没有多余的力气再去讲话，只能望着他兴奋地跑出房唤人召大夫。

后来，听兰兰说连城将郝家兄妹发配边疆，而那位鞭打我的张副将被囚禁在牢内，每日都要受鞭打之苦。幽草还说，当大夫说他已经无力回天之时，连城哭了。我一笑置之，因为不信。

现在我的伤口已经基本愈合，结疤大部分都已经脱落，唯独几处重伤之处还未痊愈，也不知道大夫给我身上那丑陋的疤痕上涂抹了什么仙药，不仅复原极快，就连疤痕都隐遁而去。

幽草在此时推门而入，款款巧笑迎向我：“小姐，您可以下床了。”

“真的？”我眼睛一亮，立刻翻身蹦下床，差点撞到床边的兰兰，她惊得连连后退几步，那空空的药碗由手中滑落，摔碎在地。她无奈地叹口气，继而蹲下身子将碎片收拾起来。

幽草则是先为我选了一套淡鹅黄莺小褶裙，腰间系上豆绿宫绦。双手戴上玫瑰连环镯，颈上挂系翠珠璎珞八宝蟠链。然后将我拉至梳妆台前梳妆，绾起飞天五凤昭阳鬓，斜插白雪玲珑貂毛簪，耳佩双凤戏珠珞璎耳坠，络金流苏项侧披垂。轻描柳叶细梢烟黛眉，未施朱敷粉，天然去雕饰，自然真淳朴素，宛如洛水之神。

她的手功无可挑剔，与云珠的梳妆之技相比各有千秋。一想起云珠，我的神色即刻黯淡无光。现在的她是否安好，曾经答应过让她一直伴于我身侧，可是我却迫于无奈而将她一个人丢下。祈佑会不会怪罪她未将我看好，祈佑……你现在在做什么呢？

“小姐，幽草领您出去走走。”她扶起已经失神的我，领着我朝门外而行，兰兰却叫住了我们。她走到衣柜里取出一件银鼠貂裘披风为我系上，喃喃地说着：“腊月已至，天气大寒，小姐刚愈，恐着凉。”

我的手轻轻抚过这件柔软温煦的貂裘，心早已被填得满满的，而幽草一拉开朱赤檀木门，一阵冷风刮过双颊，犹似刀割。

“小姐请。”幽草伸手请我先出去，表情古怪，似乎有事瞒我，虽有疑，却未深究。迈腿跨出门槛，深呼吸一口冬日的凉风，连日来的憋闷之气一扫而空。再吸一口气，一阵芬芳清雅之香扑鼻，这个味道是……

我冲出长廊，遁香而寻，拐角之处粉白一片，触目惊心，这是……香雪海！

庭园深深浓香吹尽，凌寒仍傲犹自开，香杳遍满地。我渐步走进这片香雪海，记得上次来听雨阁时，这只是长满浓浓萋萋野草，如今再访却已成为可与长生殿媲美的梅园。我终于知道幽草的眼神为何古怪，原来是要给我这样一个惊喜。连城竟为我花了这么多心思，他又从何得知我喜梅？

疏枝梅花阑，香瓣舞纷飞，苔枝缀玉，被风吹散而残舞的梅瓣一片片撒在我的貂裘之上，几瓣拍打在我颊上，我不自在地眨了眨眼睛，伸出手接下几瓣于掌心，置于鼻间轻嗅。是这个味道，夏国的味道。

“喜欢吗？”连城无声无息地出现在我身后问，我没有回头，依旧仰望这漫天飞舞的梅，没有再说话。

“还记得初次见你，你在夏宫的雪海林间翩然起舞，舞姿颇有流风回雪，漫步云端之感，乍望而去，宛若仙子，撼动我心。”他的声音很低沉，有些字被寒风吹散，但是我却字字听得清楚，原来，他第一次见我，并不是在甘泉殿的晚宴，而是香雪海林。

“那是亡国之舞。”我蓦然回首望着身后的他，“从那日起，我就发誓，再也不翩然起舞。”

他但笑不语，扬手为我拂去发丝上的几瓣残梅，我低头浅笑，“你能将那封奏折还给我吗？”语气有些生硬。

“是这个？”他从袖中取出那本奏折，“潘玉，这是你在亓国的名字？”他将奏折翻开看了看。

我立刻想从他手中夺过来，他却用比我更快的速度将手收回，我有些愠恼地盯着他，用眼神质问他为什么不还给我，他勾起邪魅一笑，倾国倾城。

“这个东西对你好像很重要，所以我要将之留下，牵制你的离开。”

我无奈地盯着他拿着奏折的手，终于妥协地点点头：“我会留在这儿的，因为我别无去处。”我的话才出口，他的脸色就变了，似乎想问我发生了何事，却又不知从何说起。

“现在可以把它还给我了吗？”我伸出手掌向他要，但是他还是没还给我。

“若我还给你，你又会像上次那般，不顾一切地逃跑，我不会再冒险下注。”他将奏折收回怀中，声音平静如煦风之暖，敲动着我的心。

他一提起上次的事，我心里的愧疚之情油然而生，我说：“我不会再逃了，你把它还给我吧。”

“不行！”坚定的两个字破灭了我的希望，他转身就离开这片雪海林，像是怕我会继续追着他要，我竟发出一阵轻笑，引得没走两步的他回头望我，眼中复杂之色再起。我尴尬地回避着，双手交握身后，突然想到自己还欠他一句“对不起”，于是猛然抬头想说，却发现梅林中，他的身影已经渐渐远去，最后遁失踪影。

我暗自对自己说，下次，一定要把这三个字告诉他。

在梅林间站了许久，久到连自己都忘了时辰，直到漫天飘雪随着残瓣飞散落至地面，我才觉得全身冰凉。下雪了，该回去了吧。才回首，不远处的长廊内立着一位绯衣女子，迎着腊月北风，一袭淡绯长衫随风飘扬，说不尽的飘逸宛然，美眸久久地停在我的脸上收不回。

“公主。”我走向她，淡淡地向她露以一笑，她尴尬地将视线收回，回我以柔美之笑，缥缈无神。

“没想到，你还是回来了。”她故作轻松地走下长廊，纷纷飘雪洒在她的云鬓上，仿若凝雾。

“公主别误会，其实……”我想解释自己与连城之间的关系，因为不忍心伤她，毕竟我是插足他们夫妻的第三人。

她即用力摇头，示意我不必再解释下去。“看得出来，你是好姑娘，难怪连城对你如此记挂。”

听到这句话后，我的笑容有些淡褪，“连城能有你这样的妻子是他的福分，我相信，总有一日他会发现你的好。”语气略带惋惜，想到上次她助我逃跑的事我心中就是一阵感激，很想问问连城有没有为难她，可转念一想，她是堂堂公主，连城哪敢为难她。

她在听见我这句话后露出落寞的眼神，一时间万物无声，唯有淡香萦绕鼻间。

“小姐。”林中老远就传来兰兰的清脆之声，我与灵水依齐目望去，兰兰正打着一把伞朝我这儿跑来，原本一脸的欣喜在见到灵水依后瞬间消逝得无影无踪。

“夫人！”兰兰朝她行礼，一脸谨慎，似乎在提防着她。

灵水依淡望她一眼说：“带她回听雨阁休养着吧，身子刚愈，怎抵抗得了这寒冬之严寒。”

“公主你也注意身子。”我也回以关心的一句，在兰兰的陪同下离开了。

我们走了良久，随在身后为我打伞的兰兰突然冒出一句话：“小姐，以后少与夫人来往。”

“你好像对她颇有敌意？”我试探性地问道，由于走在前面，看不到身后兰兰的表情。

“她一点也不简单呢，别瞧她现在对你关怀备至，若翻起脸来可是六亲不认。小姐我和你说啊，以前我与幽草是一同伺候她的……”

轻轻的谈话声与淡淡的笑语隐约在林中回荡，缥缈，蔓延……

原本细若暗尘的小雪随着时间缓缓变大变密，将整个丞相府笼罩在一片茫茫白雪中，下了两日两夜依旧未停歇。我立于听雨阁顶楼的书房，伫望窗口睥睨苍茫白雪，这个位置恰好可以观望偏园的梅林与另一处别苑，于是我一有空就跑上来观梅赏雪。

竹梢红梅疏落处，路径敛香红，雪压霜欺，漫漫袅袅覆万里。

待我赏得正入神时，一阵刀剑相击的铿锵之声传来，我循声而望，别苑里有两个身影正在相互打斗，我连忙往另一扇可以更清楚地看到外面情形的窗户走去。

一抹白色身影与一抹灰色身影手持长剑互搏，四周的残枝皆随他们的剑气摇曳，在电光火石的交错间，原本占了下风的白衣男子开始了他的反击，势若惊鸿，宛若神鹤的身形，伴随着快若疾风的剑招，如梦如幻，逼得灰衣男子连连后退。最后，白衣男子的剑在他颈边划过，灰衣男子一侧首，避过了那致命一击。

终于，两人收起剑势，缓缓稳定身形，白雪依旧纷飞。我才看清楚，那白衣男子正是连城，我没有料到他的武功竟到了这样炉火纯青，出神入化的境界，若是与弈冰比起，胜负还真是难以预料。

那位灰衣男子又是谁呢？怎么会在此与连城比剑？我还在奇怪之时，却见灰衣男子突然侧头朝我这边望来。我一惊，立刻闪到窗后去。奇怪，我为何要躲？想到这儿我就暗骂自己的多此一举。

用晚膳之时，我终于按捺不住心中的好奇，问起幽草：“连城可还有兄弟？”

幽草疑惑地盯了我好一会儿才点头：“主子还有个小他两岁的弟弟，连胤，小姐你见过？”

我就猜到她又在乱想，立刻阻止她继续下去，“我是在书房窗口看见的，我可没有要偷跑。”

听到我的话，幽草才松一口气，可是后来竟然有位奴婢来到听雨阁，说是老夫人在正堂设宴想见见我，我与幽草对望一眼，很有默契地说了三个字："鸿门宴"。

兰兰劝我不要去，现在连城在皇宫与皇上商议出兵之事未归。而这老夫人又是出了名的厉害，怕我被她欺负。而我却整理起着妆来，我未做亏心事，怕她找什么麻烦。

在幽草与兰兰的陪伴下，踩着厚实吱吱作响的雪，一步一个脚印地朝正堂而去。当我走到正堂时，我的雪地靴已经湿了一大半，冰凉的寒气由脚心传遍全身。

正堂明亮宽敞，雕梁画栋，朱木插屏。转过插屏正是一方镶金圆桌，上面的摆设让我想到那句"琼浆满泛玻璃盏，玉液浓斟琥珀杯"，就两个字"奢侈"，更可见这丞相在朝中的地位有多高，怕是皇上过的日子与丞相都无多大差异吧。

首座的应该就是老夫人，圆脸，微肥，身穿白鼠貂毛银袄，四佩珠翠玲珑宝玉，在烛光照耀下熠熠生辉，更显雍容贵气。下手左侧坐的男子，剑眉星眼，神态自若，我猜想他就是白天我看见的灰衣男子。下手右侧坐的正是姿容美艳，出尘脱俗的灵水依。

老夫人见我来也未请我坐下，甚至连一句客套话都没有，我就这样站在老夫人面前与她隔桌对望。

"你就是城儿金屋藏娇的女子？"她用不屑的目光将我看了个遍。

我沉默，脸上依旧保持着笑容，等待她的下文。

"不要再缠着城儿了，我绝对不会允许他纳你的。"她语气转凛，想用气势将我压下去。

一听她这话我就知道她误会了，"老夫人，其实我与他并不如你所想……"

"你开个价吧！"她急躁得不等我继续解释下去，但是这几个字却彻底惹恼了我，难道在她眼中任何人都是可以用钱来打发的吗?！更加不可原谅的是，她将自己看得太高贵，将我看得太低贱。

"男人三妻四妾视为平常，况且连城是一人之下万人之上的堂堂丞相，就算金屋藏娇又有何过?再说小女子出身干净，也非风尘中人，并没有辱没丞相的脸面吧?"我的笑容一直未敛去，持久不变地挂在脸上。老夫人那原本盛气凌人的脸顷刻间变色，她拍案而起，怒不可遏地瞪着我。

"你爹娘从未教过你如何尊重长辈？"

"若要人尊之，必先自尊之。若老夫人没其他事，恕先告退。"未得她的回音我就转身离去，回首时见着幽草一脸笑意，甚为欣赏。

迈出大门，大雪依旧飘洒，我终于能理解连城为何要将我禁足于听雨阁，原来有此深意。幸好我不是真想嫁与他为妾。否则，光这个婆婆就够我受的了。

“小姐，你真厉害，第一次有人敢这样顶撞老夫人，她那一张脸都是绿的！”兰兰对方才发生的事感到很痛快，一路上叨叨念个不停，我的脸上也因她天真的语气露出淡淡的笑容。

“丞相……这次去边关攻打阴山，您真的有把握吗？”声音突然由回廊拐角处传出，我知道是连城回来了，立刻朝声源处冲去。

“连城，你回来了？”我格外开心地拽着他的胳膊，笑盈盈地问。

“嗯。”他瞧瞧我紧拽着他胳膊的手，有些不自在地应了一声。

“你要去边关攻打阴山？”声音又提高了几分，还夹杂着异常地兴奋。

“嗯。”他依旧点头，充满笑意地望着我。

“带我一起去吧？”

“不行。”他脸上的笑意渐渐隐去，一口拒绝，我的心立刻沉了下来。没错，阴山正是夏国最重要的关口，如若真能攻陷，灭了夏国是指日可待。刚才听他们谈到要出兵阴山，我心中的仇恨突然又被点燃。我很想与连城一同前去，我想亲眼看到阴山被攻陷。

“你不知，那儿很危险，这一仗我都没有把握。”他见我良久不说话，终于将语气放软，轻声对我解释。

“我不怕！”我立刻接下他的话，举起双手发誓，“我保证不会乱跑，会听你的话，一直跟在你身边！”我只想让他对我放心，可以带我随行。

他低头沉思良久，脸上忽明忽暗，难测他心中的真实想法，幽深的眼眸转而凝视着我，眸光中微露柔情，“好。”

第十一章 QINGSHI HUANGFEI

阴山铭血耻

阴山连绵两千四百多里，南北宽一百五十多里。地势高峻，奇峰林立，岗峦层叠，怪石遍地，悬崖立壁。是夏国的北部界线，更是卞国与夏国的交界之处。四日前，我随连城的大军已抵达边关，前方二十余里正是阴山，一望无尽的苍茫荒原，雪封万里，北风席卷着十万将士，寒风冻了四肢，他们却毅然守卫军帐，顶着漫天飘雪目视远方，以防有突袭者前来进犯。

而我则是一身男装，发鬓已全数挽于帽中，所扮演的正是伺候连城起居的小厮。这四日我一直待在主帐内一步也没迈出去过，他不允许。每日听着连城与赵鸿以及数位副将商议阴山的地形，寻找一个好的突破口，将其一举拿下。

令我奇怪的是，连城堂堂一个丞相，带兵打仗哪该轮到他出马，但经过这几天听起他谈如何布置伏兵，设关下卡还真是有模有样的。但是，就怕他是纸上谈兵，将这十万大军葬送阴山。这阴山可是夏国最重要的防线，夏国皇帝定会格外关注此处，连城若没有清晰的思路与果断的决心，怕是很难攻下阴山。

“赵将军，我们前去阴山边防的探子还没回来？”连城将所有的计划布置好，突然沉思道。

赵鸿摇头，连城的眼神再次陷入渺茫之处沉思，“派人再探。”

众将领命后就一个个离去，原本热闹的军帐顿时安静下来，连城有些疲倦地靠在银狐椅上，闭上双目小憩，他已经三日没有休息了，现在肯定很累。领兵打仗是最辛苦的，他为何要给自己接下这个苦差事？

“四年，你愿意等吗？”

连城的承诺突然浮现脑海，萦绕不绝。我不敢置信地盯着正安详地闭目养神的连城。难道，此次攻打阴山是他主动向皇上请缨，是为了我？

“连城……”我情不自禁地唤了一声，他淡淡地应了一声，依旧未睁开双目。

“很累吧？”我走到他身后，纤手伸至他太阳穴两侧，为其轻轻揉捏，算是我的一点心意吧。

他的身体因我的触碰突然僵住，随后又缓缓松弛而下，享受着我的揉捏，脸上现出了淡如春风的和煦微笑，“只要此次顺利拿下阴山，过不了多久……”他漫不经心地浅吟着。

“不要太为难自己。”手中的动作因他的话顿了片刻，随即又继续揉捏着。

良久，他都没有回话，平静的呼吸以及胸口一上一下的起伏告诉我，他已经睡了。小心地将手中的动作停下收回，若有若无地叹息一声："对不起！"

又是两日过去了，可连城派去的所有探子没有一个归来，军中将领个个都心急如焚，这并不是一个好兆头，难道真的出了变故？望望连城一脸的凝重，似乎这事真的很棘手，好几次我都想开口询问，可终是忍了下来，不想再给他增烦忧，只是静静地陪伴于他身边。

“不能再等了，这严寒之气逼得将士们的斗志慢慢下降，若再不速战速决，后果不堪设想。”一位副将急躁地吼了出来。

“可夏国的虚实我们都摸不透，如何能战？”赵鸿将军安抚着那位副将。

“难道我们就干耗着？”又是一位沉不住气的将军。

当两方争执不休，意见相左时，连城却一言不发地冷看着，他心中应该也没底吧。兵家从来不打无把握之仗，如今连对方的底都摸不透，如何与之开战？依我之见，现在只能等，敌不动我亦不动，现在就是比耐心了，连城应该不会不懂的。

“报——将军，方才我们在军帐外捉获一名夏国的探子。”一个士兵冲进来禀报。

所有人一听皆喜出望外，这个消息无疑是雪中送炭。当士兵将那位所谓的夏国奸细五花大绑架进来时，众人都围上来审问其夏国的内部消息，他却咬紧牙关一字不说。

“只要你说出来，我可以放你一条生路，并让你享有受之不尽的荣华富贵。”连城终于开口了，那名奸细一听，眼神变得迷惘，“你真的可以放我一条生路？”

“本帅一言九鼎。”连城很认真地承诺着。

他又是一阵思考，终于还是松口了，“驻扎在阴山边防有四万精兵，大青山四千余人，乌拉山八千人，虽然驻兵人数甚少，但是援兵于两日后就会赶来。所以将军把卞国所有的探子全部抓了起来，只是怕你们知道里面的真实情况，他只为拖延时间等援军。"

所有将士一听此话，纷纷调转目光，把希望放在连城身上，等着他下决心。这探子的话很重要，以现在的形势来看，驻守在阴山的夏军根本不堪一击，如若两日后援军真的抵达，怕又会是一场恶战，到时候血流成河，生灵涂炭是不可避免的。那么现在只能速战速决。

"众将士听令，即刻朝边防出发。"连城的目光闪烁，深知如今的形势危急，不能容他再犹豫，只能下决心。众将士一听此令，脸上立刻显露出蓄势待发之态，信心满满。

风劲弓鸣，军旗飞扬，号角连天，三驱陈锐卒，七卒列雄材，九万大军分为前锋军、右护军、左护军、后卫队四部，另有大队游骑齐出发，唯留一万大军驻守军营，而我也被连城给留了下来，他要我等他回来。

望着大军兵甲铿锵地向北挺进，气势如山，锐不可挡，我的心却乱了，总觉得事情似乎太过顺利，好像有个地方不对劲，却又说不上是哪儿有问题。或许是我太过多疑，但我总觉得那个夏国的探子特别眼熟。

北风呼啸，烛光摇曳，我躺在军帐中久久无法入睡，越想那位士兵我就越觉得眼熟，我肯定在哪见过。还有他说的话，真的很可疑，驻扎在阴山的军队仅仅只有四万？记得父皇在位时，将阴山边防定为第一关卡边防，光驻守的军队就有七万之多，现在的夏国皇帝只放四万，对这也太不够重视了吧？

我猛地从床上弹坐而起，快速披好貂裘就冲出军帐，朝关押那位探子的军帐中而去，一掀开营帘进去，就见那名士兵躺在雪地上依旧被五花大绑着，见我来，眼中有一丝惊奇。

我蹲下身子望着躺在地上的他，"陈易之教头，可还记得本公主？"我记起了他，他就是负责训练宫中禁卫的教头，以他的忠诚是绝对不会因贪生怕死而将夏国的军情出卖的。

听完我的话，他怔怔地打量我良久，眼中终于恢复神采，从地上爬坐而起朝我磕头，"馥雅公主，您还活着。"

"别叫我公主，我没有你这样的属下，父皇被人篡位，而你却如墙头草般投靠二皇叔。现在你竟然不顾性命跑来卞军传递假消息，你还有脸叫我公主？"我用力拽着他颈下的衣领，气愤地瞪着他。

“国家有难，匹夫有责，卞国欲攻我夏国，难道您要我眼看着卞国夺我夏国江山，杀我子民？况且，现在的皇帝，是个好皇帝！”他说得义正词严，仿佛，错的那个人是我。

“好皇帝？那你还当不当我是公主？”我一阵冷笑，失望地望着他。难道我的父皇不是个好皇帝？难道淳王篡位天经地义？

“您永远是易之的公主。”他重重地点下头。

“那你告诉我，夏国到底有多少人驻扎边防。”现在连城的命比任何事都来得重要，其他的事只能先放下。

他犹豫了一会儿，才开口，“实话告诉您，光驻扎在边防的夏兵就有八万。三日前，亓国又派来十万大军增援，卞军此次前去，定然全军覆没。”

我的手一松，脑中空白一片，无力地跌坐在冰凉的地面上。真的如我所料，有问题。这根本就是一个有预谋的陷阱，那连城此刻不是危在旦夕？

“卞军已经于晌午向边防挺进了吧，现在怕是已成为瓮中之鳖，根本无法逃脱而去。公主，乘现在大军还未杀到此，您领着剩下的一万残兵赶紧逃吧。”他别有深意地提醒着我。

“你说……亓国的十万援兵，主帅是谁？”灵光一闪，骤然出声询问。

“亓国的晋南王与汉成王。”他的眼神不明所以，却还是回答了我的问题。

他的声音方落下，我就飞奔出帐，紧急地找到留此驻守的李副将，将现在的情况简单地说了一遍，并恳求他助我，现在只有这一个办法能救连城了。若是不成，我会与他陪葬，毕竟现在他身陷险境是拜我所赐。若我不是毫无考虑地答应他的四年之约，他也不会如此迫不及待地向夏国出兵，我会为做错的事负责的。

幸好李副将对这一带的地形比较熟悉，我们俩策马横插一条小道朝边防飞奔。我问过他，若要伏兵将我九万大军困围住，最好的位置应该在哪，他说应该在大青山，那地势险要，极易隐藏埋伏。那么亓军定是躲在大青山守株待兔，欲杀他个措手不及。

我们连夜奔赴，终于在翌日的卯时找到隐藏在大青山的军队，希望，来得及。

李副将以他出色的身手将两名守卫打昏，我们换上他们的军装，堂而皇之地走进军中，四处来回巡视的士兵在我们身边来来回回走过一批又一批。

“喂，你们俩是哪位将军手下的，我怎么没见过你？”一名头绑红巾的士兵将我们喊住，在我们俩之间来回打量审视。

“我……我们是晋南王手下的兵。”我稳住自己即将软下的腿，很平静地说。

“我也在晋南王手下，怎么从没见过你们？”他的疑心越来越重，眼神锐利得想将我们看穿。

“我们是新来的。”刻意将声音放低，避免更多的将士前来围观，那我们暴露得就更快了。

“什么事这么吵？”一名男子从军帐中掀帘而出，是祈星！我朝他冲了过去，紧紧地揽住他的腰大喊：“王爷，王爷！”

他被我弄得莫名其妙，用力想将我推开，可是我却抱得更紧了，“臭小子，我是潘玉！”细若蚊丝的声音，他仍是听见了，全身猛地一僵，整个人呆在原地。

“王爷，你们……认识？”那位士兵疑惑地望着正“拥抱”的我们，八杆子也摸不着头脑。

“认识！”他很生硬地吐出这两个字，后将我拽进军帐，遣退了里面所有人，后借着烛火望着我良久，才吐出一句骇住我的话：“你没死？”

“你说什么疯话呢？”我将脸一沉，隐约觉得亓国发生了大事，而且与我有关。

“那夜，所有人都瞧见揽月楼一场大火，你被活活烧死在里面，现在你又……活生生地站在我面前，到底是怎么回事？”他始终不肯接受这个事实，而我却了然于胸。

难怪我逃出宫后没人来阻追我，原来是皇上演了一出偷天换日的戏码，那场大火肯定是他命人放的，目的只为让所有人都认为潘玉已死，尸体烧焦，又有谁能辨认出死者到底是不是潘玉？好一个用心良苦的皇上，为了让祈佑断了对我的念想，不惜做出这样的事。

“那么云珠呢？”我尽量平复自己的心情，小声地问起与我同住在揽月楼的云珠，她不能有事，不可以有事。

“她是第一个发现着火的，为了冲进屋救你，半边脸已被烧毁。”祈星的目光始终徘徊在我脸上，想确定站在他面前的人到底是不是真正的我。

云珠的脸被烧毁，为了救我。我无力地跪在祈星跟前，木然地仰头望着他，“我要求你两件事，如果你还当我是朋友的话，就答应我吧。”

“第一，今日见我的事，不可以对任何人说起，否则你会有生命危险。

“第二，求你放过卞国丞相连城，只要给他一条生路就好。”

他阴沉着脸，冷然不语地注视着我，复杂之色闪过，“第二个要求不可能，就算我答应了，七弟也不会答应，除非你亲自去求他。因为现在的他才是一军统帅，一切由他说了算。”

“不可以，我不能见他。”我用力摇头，紧拽着他的手恳求道，“你去同他说一句‘归师勿遏，围师必阙’，他听了一定会明白此中道理。”

“参见汉成王。”帐外传来士兵异常响亮的声音，我知道是祈佑朝这里来了，心中暗惊，立刻钻到床底，趴在里面大气不敢喘一声。我不能让他再见到我，否则我会害更多人，云珠因我而受伤，那么祈佑，我怎么能自私地再去招惹他。他是亓国将来的皇帝，他将大展抱负，我不可以牵绊住他的脚步，就让他当我已经死去，馥雅，就永远埋在他心中。这样才是最正确的。

“七弟，战况如何？”祈星的声音很平静并无起伏。

“九万卞军已被我十八万大军团团围住，只可惜他们仍做着困兽之斗，自不量力。”是祈佑的声音，依旧高傲自负，清淡如水，只是语气中似多了一分冷戾与沧桑。忍住想冲出去紧紧抱住他的冲动，眼泪却控制不住地滴落，我只能用力掩住嘴巴，我不能让哭声传出。

祈星沉默了一阵，继而叹气道：“《孙子兵法》中的《军争篇》有这样一句话‘归师勿遏，围师必阙’，生灵涂炭并不是我们此行的目的。”

“你要我给他们留后路？”一声冷笑，阴鸷之气渲染在空气中。

“错了，不是给他们留后路，而是给自己留后路。他们现在已是瓮中之鳖，难逃一死。若是他们拼死搏斗，我军势必伤亡惨重，到时候血流成河，尸横遍野，你愿意见到这一幕？换而言之，若是放了他们的主帅，剩下的九万大军就如同一盘散沙，我们要歼灭其根本易如反掌。”祈星说的话正是我心中所想，还是他理解我。现在只要看祈佑的态度如何，如若他坚持不肯放手，那么……卞国全军覆没。

帐内安静了下来，最后只剩下轻微的呼吸声。祈佑一定在两难吧，而我，相信他并不是一个冷血无情的人，会不顾自己子民的安危，将其推上死路。

我与李副将终于还是安全地离开了亓军，是祈星亲自将我们送走的。路上听他说会在大青山的南处小路让我们逃生，只要连城一离开，剩余的军队都会被他们继续困围，这是他最后能帮我的，他还要我万事小心。

临别前，我对他说谢谢，可是他却未接受，只是说：“你以为这次的事是你一句谢谢就能完的？告诉你，我会要你还的。”

这句话逗笑了我，与祈星在一起，他总是能将我内心最深的难过化解，甚至引得我连连大笑。在心中，我早已将他当做我的朋友，唯一的朋友。

可是，当我再见到连城之时，他的态度却让我彻底失望。他不愿逃，他认为这是一个统帅的耻辱，是懦弱，他说要与大军共存亡。

我用力甩了他一巴掌，周围的将士都看呆了，我指着被困住的大军，一张张绝望的脸，"保存自己，消灭敌人，这是战略的基本原则，虽说'败''逃'是人所不耻，但是你也不能以卵击石，自取灭亡。"

连城勾起一抹冷笑，讽刺地对我笑，"项羽兵败乌江，宁愿拔剑自刎，无脸逃过乌江。而我连城，又有何颜面逃回卞国去见皇上，面对卞国子民，我如何对众士兵的娘亲交代？"

"那是项羽傻。"我用尽全身力气朝他吼出，眼泪更是瞬间决堤，"他明明可以避其锋芒，保存实力，以待将来，况且他的雄韬伟略明明可以东山再起，而他却因怕面对父老乡亲而自刎，我看不起他。我眼中的男人要能屈能伸，像韩信甘受胯下之辱，他依旧千古留名，谁又小瞧了他？"

也许是被我所说的话所撼动，所有将士一同跪下齐道："丞相请速速离开，留得青山在，不怕没柴烧。"

连城动容地望着众将士，又望望我，无法言语，而李副将的眼眶早已酸红："丞相，您可知这位小兄弟可是冒着生命危险潜入亓军，为您求到这样一个机会，您可不能辜负了他，求您速速离开吧！"

他将目光凝至我脸上，目光隐藏着无法言语之伤。我用力将脸上的泪水抹去，紧紧扑进他怀中，用仅剩下的力气抱着他，"连城，你死了我怎么办?！"

我感觉到他的手动了动，轻抚上我的头顶，在颤抖，在犹豫。我已经不能等了，立刻与李副将对望一眼，示意他用蛮力将他弄上马。

几个将士携住连城的双手双脚，将他押上了马，最后领着两万人迅速逃往祈星唯一留给我们的出路。

我深深记得连城在马背上依旧连连回首，望着剩下的七万士兵，他说："今日阴山之耻，我会永生铭记。总有一日，我会为众兄弟报仇，我要亓、夏两国血债血偿。"他的神色是如此决绝，就连我也被他脸上的寒冷气势所震慑，那份噬血之态，我第一次见。

卞国的十万大军最后只有三万归师，举国同殇，整个汴京几乎成了一座死城，所有人的脸上再也露不出笑容。皇上对于连城的过失也未多加责难，而百姓们，提起卞国丞相皆是长叹一声，无言。而我，在连城回到汴京后整整五日都未再见过他，他在忙什么？有没有从兵败的阴影中走出？

站在阁楼顶的书房内，手中有意无意地翻过《诗经》："喓喓草虫，趯趯阜螽。未见君子，忧心忡忡。亦既见止，亦既觏止，我心则降。"

读着读着，又想到祈佑。听闻夏、亓两国再次修订邦盟，夏臣服于亓。难怪阴山之战，亓国竟然会来十万大军增援，那么卞国又会处在孤立无援之中，只怕有一日，两国联手攻打卞国，那后果不堪设想。

而这十万大军的主帅是祈佑，看样子皇上已经迫不及待地想要开始慢慢地将兵权转交给祈佑了，那么现在的太子又处在什么样的危机中呢？

我将视线从书中移开，转投窗外，深呼吸一口淡雅梅香，再举目四望，霍然全身一怔，手中的《诗经》掉落至地，我猛将窗户关上。闭上眼帘沉思良久，朝守在外面的兰兰与幽草大喊："快去拿几块木板来。"

她们闻声而至，在听到我这句话后皆不解地对望一眼，齐声问："做什么？"

我再次望了望这两扇窗，心底一阵凉意顿生："把这两扇窗户给我封了。"

"为什么？"她们依旧不解地望着我。

我只是勾起若有若无的淡笑，再躬身将掉落在地上的《诗经》拾起，"这两扇窗户太麻烦，封了吧。"

她们见我不愿细说，也就识趣地未再追问下去，当即就派来两个木匠，将这两扇窗户牢牢地钉死。我双手捧起金猊暖手炉，环抱至小腹前，静静地坐下，"丞相这些天还好吗？"

"不好。"幽草立刻摇头叹惋，眼中净是难过，"自五日前回府后，丞相就将自己反锁于书房，不见任何人，也不吃任何东西。真的好担心，主子会就此一蹶不振。"

"什么，你们怎么不早告知我?！"我倏然弹起，出声训斥了一句。

"我们不忍心告诉小姐您。"兰兰立刻向我解释，脸色也因我的呵斥而惨白一片，毕竟我从来没在她们面前厉色过。"我们都听闻了，此次主子能脱险，全仰仗小姐，我们见您这几日精神不大好，也不敢拿主子的事来烦您。更加以为老夫人能将此事解决，可谁知……"

我放下手中的暖炉，也发觉自己的语气是重了些，就平复心绪，放低声音，"你们太糊涂了，快带我去书房。"

明月如霜，寒雾漫漫，烛映帘栊。

我在书房外喊了半个时辰，里面竟然没有一点反应，我只能出此下策。找来两个高大健壮的家丁，将书房的后窗给撞开。我借着兰兰与幽草的助力，从窗口翻跃而进。

书房内一片狼藉，桌椅皆翻倒，书纸铺散了满满一地。而连城则一脸颓废地坐在地上，头轻靠在书架上，眼神呆滞，目光冷凝。我尽可能地避免踩到纷铺在地的书，朝他走去。

“连城，你这是做什么？”我俯视着毫无反应的他，他也不理我，依旧沉浸在自己的思绪中，无法回神。

“这么一点失败就让你这个不可一世的丞相变成了这般模样？还说什么四年帮我复国，就是给你四十年你都未必做得到。”我气愤地提高声音，他依然对我不予理睬，唯有我的声音在空荡的书房来回飘散，配合着蜡烛燃烧的嘶嘶吞吐声，格外悲怆。

“我真不该来！”火气瞬间上来，对他彻底失望，转身离开。却发现我的手被他紧紧地拽住，嘶哑的声音格外低沉，“不要走。”

我看着他的样子，心中一阵翻涌，回身蹲在他面前，用力回握他的手，冰凉彻骨，“我不会走的，但是你要振作起来，还我一个意气风发、潇洒儒雅的连城。”

他狂笑出声，将这几日来的沉郁一尽倾吐，笑颜中却透着沧桑的味道，“馥雅，谢谢你！”他伸出手轻柔地抚上我的脸颊，我的全身已经紧绷，冰凉之感滑入心头。

我复杂地望着他，淡淡笑颜勾起，“要谢我的话，现在就去吃东西，你知道现在的你有多憔悴吗？”

他无条件地颔首应允，“只要你在我身边，什么都依你。”

松开他的手，我立刻开心地将书房的大门打开，吩咐兰兰与幽草进来收拾屋子，再吩咐几个丫头将饭菜端进来。

我端了一盆温热的水进书房，亲自为连城梳洗。我望着他傻傻的样子竟然笑出了声，而他则是莫名其妙地望着我，眼神迷茫，却显得更为可爱。天呀，他现在的样子可是狼狈得很，我怎么会觉得这个连城可爱呢？

他终于还是忍不住问我：“你笑什么？”

“没什么，饭菜来了，快去吃。”我回避着他的眼神，一见丫鬟端着饭菜进来就上前接下，再将他拉到青木檀桌上用膳。我为他盛了一小碗汤，先让他填填肚子。

他端着那碗汤望了许久，却没有喝下去，只是问：“你会一直陪在我身边吗？”

沉默地望着他，我犹豫了。我想回亓国，我想待在祈佑身边，可是，我不能这样说。“我会的，一直陪在你身边。”连城现在的状况，已经根本不容许我说实话，我也必须陪在他身边。这，是我欠他的。

我在书房内陪连城至子时，他才安然睡下。经过这一次我与他的关系似乎更近了一步，屏去许多防线。也许人必须共同经历生死考验，才能真正做到彼此信任。望着在床上平静睡去的他，我安心地松开他的手，将之小心地塞进温暖的被褥里。“好好睡一觉，醒来什么都会过去的。”

吹熄桌上的烛火，悄悄地步出书房，为他关上门。一切都是小心翼翼的，就恐会吵醒好不容易睡下的他。寒风摧树木，严霜结庭兰，明月照积雪，朔风劲且哀。

一直伴在我身侧的兰兰与幽草也被我早早遣回去休息了，外头的寒风如冰霜袭身，她们两个如此单薄瘦小的女子要是一直守在门外怎么能受得了？

北风无情地侵袭着我的全身，我不适应地合合身上的披风，试图阻挡一些寒风，将头垂得很低，一路小跑至听雨阁。心中连连哀叹，早知道正月的深夜是如此凄冷，还不如待在书房内过一夜。

“姑娘这么晚还有胆子在丞相府内乱跑。”幽冥如鬼魅的声音在这原本就凄暗森冷的回廊内响起，我立刻刹住脚下小跑的步伐，僵直了身子望着正前方对面的男子——连胤。

我的心漏跳了好几拍，无奈地扯出笑容，“我……正欲回听雨阁。”

连胤勾起唇边一个小小的弧度，他的笑虚幻深奥，“让连胤送姑娘一程吧。”

不容拒绝的语气让我的心情又覆上一层压抑，我只能颔首应允着。一路上我都没有说话，反倒是他，先开口与我说起话来。

“姑娘果真是巾帼英雄，敢独闯亓军与元帅谈判，救回了大哥。”

“那是谬赞，我只不过同元帅说了一句话。”侧头嫣然一笑，尽量保持自己的自然。见他颇有疑问地盯着我，于是不慌不忙地解释说，“归师勿遏，围师必阙。”

他怔了怔，随后了然一笑，“姑娘对《孙子兵法》有研究？”

“略懂些皮毛。”起初我并不喜欢这些男儿家的东西，可自从父皇母后惨死后我便开始研究《孙子兵法》，只为将来复国能用得着，可如今看来，对救人也颇有成效。

我们俩有一句没一句地聊到听雨阁外，我在心中感慨，终于到了，这可是我一生中走得最漫长的一段路了。我正想谢谢他送我回来，他却比我更快一步地说道，“梅花开得可艳？”

双手一颤，莞尔轻笑，极力保持冷静，“梅花欲凋零，已无娇艳可言。”向他微微小鞠身一躬，算是行礼吧，便翩然而去。

这个连胤实在可怕，我也终于能解释为何初次见他，我要躲至窗后，是他眼中那弑杀之冷凛吧。如此男子，以后万万不可再接近，否则受伤的会是我。

【第二卷】

QINGSHI HUANGFEI

金杯潋滟晓寒妆

第一章 QINGSHI HUANGFEI

金缕登凤阙

晃晃如梦，雨如丝，过尽千帆，絮飞扬。

花自飘零，叶无痕，冬去春来，雪倾城。

一晃两年已过，我一直待在听雨阁，未再出阁一步，而老夫人也未再来刁难过我，许是两年前我救连城之事汴京已传得沸沸扬扬，她出于一个母亲对孩子的疼爱，对我心存感激，也就再没与我计较。陪在我身边的依旧是兰兰与幽草，她们对我的关怀似曾经的云珠。看着她们天真干净的笑颜，总会将我带入温馨的回忆之中，抚平我多年来的心伤。

连城每日都会来听雨阁，陪我闲聊小坐，偶尔对弈棋盘，研习兵法。出奇的是，我们的想法竟然一样，皆认为《孙子兵法》的最高境界只用一句话概括“立于不败之地，而不失敌之败也”。我们经过多日的商讨将全本书用一单字概括——政，只要国之政权明确清明，敢于仿效唐太宗纳谏，不断发掘人才，国若昌盛百姓安居乐业，人人纳税纳粮，军队得到充实，一切以政为主，以人为辅，攻心为上。

他与我都想到一块去了，我真的很惊讶。以往我对父皇讲出我之见解，可是父皇总是说那只是妇人之见，用兵最重要为一个“变”字，《孙子兵法》有句“战势不过奇正，齐正之变，不可胜穷也。齐正相生，如循环之无端，孰能穷之”。这就是父皇总拿来压我的一句话，久而久之我也就不再与父皇谈起兵法之我所见。

可是现在我说的话能得到连城的认同，我真的很开心能有他这样一个知音人。每日与他谈起兵法我总会很开心，将所有烦恼全数抛诸脑后。有时候我会想，或许……他若能为皇上，必定会是个廉正的好皇帝。

可是这两个月来，他都没再涉足过听雨阁一步。虽说他是当朝丞相贵人事忙，可是也不至于忙到两个月都不来此吧？难道外面发生了大事？

幽草推了推我，“小姐，您想什么这么出神，叫您好几遍都没反应？”

我骤然回神，看了幽草一眼，“怎么了？”

“主子好些日子没来，您是不是想他了？”她别有深意地瞅了我几眼。

我淡笑不语，继续沉默。这两年我已将自己的心性修养得更加从容安宁，发呆、沉思已是我每日必修的功课。害得她们都说我变了，变得忧郁、孤高、清冷，让人不敢亲近。难道我真的变了？

“我觉得，有些事应该让小姐知道了。”兰兰在我沉默许久后霍然开口，表情很是凝重。我静静地望着她，等待下文。

“其实这半年来，丞相一直都与亓国有来往，似乎正在谋划着什么。”兰兰的声音不高不低，却还是足以让我心头一慌，“这天……要变了。”

“你是说，连城篡位！”心下暗惊，音量提高了许多，难道他想联手亓国谋划一场逼宫的戏码？那亓国凭什么帮他，况且两年前他那句“定要亓、夏两国血债血偿”的话仍让我记忆犹新，他……怎么可能?!

终于，我还是缓缓地将紧绷的身子松弛下来，心中惋叹，原来他也是一位极有野心的男子。现在兰兰敢将此事告诉于我，想必是连城已经有必胜的把握。极有可能，现在的皇宫已经被他完全掌控，可是公主毕竟是他的妻子，他却这样冒天下之大不韪？

所有人，在面对权力的欲望源泉时，都必须低头吗？坐拥天下，真的如此重要吗？

承天十二年，七月初，卞高祖灵傲飞薨于永乐宫，厚葬皇陵。

承天十二年，八月中，卞国丞相得诸王侯推举，于凤阙殿登基为帝，改国号为“昱”年号为“贞元”，大赦天下。

连城……不对，现在应该称他为皇上，他将我安置在昭阳宫已经足有三个月之久，听雨阁的梅林他也命人移植而至。可惜，这片美艳绝伦的香雪海一至深宫，颜色尽失，殇淡清冷，何其悲凉。

“一望关河萧索，千里清秋，忍凝眸。”指尖拨过案前的弦琴，一阵轻响在这冷寂的昭阳宫响起，惊了兰兰与幽草。

“小姐，您怎么了？”兰兰顾盼之间流露出担忧。

这些日子我的情绪非常不好，好几次我派幽草去请连城来昭阳宫，他每回都以忙为借口推托不来。以前,他再忙都会抽空来听雨阁,哪怕只是坐一会儿。而今他这样,只有一个解释,在躲我,已经躲了整整两个月。

由于我根本不涉足外边,也不了解连城到底是怎样登上这皇位的,但是我敢肯定,这个皇位一定是他夺过来的。毕竟他与皇上只是君臣关系,再怎么轮也轮不上他接下这皇位。那么天下悠悠众口,他如何去面对?还有灵水依公主,他怎么交代?

"连……皇上还是忙?"突然要我改口喊他为皇上,我还真是有些不习惯。

幽草一笑,"皇上才登基两个月,当然忙啊。小姐您再等一段时间,皇上自会前来见您的。"

我再一次拨动琴弦,思忖片刻才说:"随我去凤阙殿。"既然你不敢来见我,那么就由我去找你吧,有些事是躲不了的。

我被几个侍卫挡在凤阙殿外,不得而入。兰兰唤我回去,而我却固执地不肯走,今夜我是铁了心要见他。有些事我必须让他知道,必须与他讲清楚。

我在殿外踱了良久,可终究没人理会我,火气瞬间涌上心头,也不顾两侧的侍卫就朝里面冲,可无奈还是被他们挡住。

"放开我,我要进去。"我用力甩着侍卫挟住我胳膊的手,朝里面大喊。

"快把这个疯女人给我拖下去……"一名公公生怕我会大闹而惊了皇上,立刻焦急地命令他们把我赶走。

我用力挣扎着,兰兰与幽草一见此状况也冲上来想帮我扯开侍卫们的挟持。"连城,你再不出来我就要死在你的侍卫手下了。"我丝毫不顾女子该有的矜持,朝里面大喊大叫,就不信他真的能充耳不闻。

"疯女人,竟敢直呼皇上名讳,你不要命了!"公公气得拿兰花指点着我的鼻子,全身颤抖。

"放开她。"连城终于还是出现在殿外,脸色很不好看,说话的口气也凌厉了许多。

抓着我不放的侍卫睖睁地望着盛怒的他,竟忘了手中的动作,却见连城上前一把将他们推开,我的胳膊才得到解脱。

他不言不语地拽着我的手朝凤阙殿内走去,步伐很大,我必须小跑才能跟上他的步子。待进入这金碧辉煌的大殿中央,他才放开了我,"正好,我也想找你。"

我嗤之以鼻,随即发出一阵冷笑,"若我不来找你,你断然是不会来找我的。"

他尴尬之色飞掠过眸,一闪即逝,他自嘲地一笑,却未说话。

“你根本不用躲我，我不会质问你如何得到这个皇位的，更加不会看不起你。而且，现在一定要立后，立灵水依为后。”我敛去冷笑，声音温润，含笑分析，“初登大宝，定然有许多人不服你，若你封先帝之妹为皇后，既可名正言顺地拥有天下，又可堵悠悠众口，所以你无需再犹豫。”

“可是我想……”他着急地想对我说些什么，却被我霍然截断，我必须将话与他挑明了说，“你是想立我为后，对吗？”

凝视我许久，终于还是颔首，脸色略微有些苍白。

“但是理智告诉你，要坐稳江山，必须立灵水依为后。但你怕不立我我会不开心，所以你这些天一直躲着我。”我的目光一直盯着他飘忽不定的眸子，同时也肯定了我的猜测，“但是，我无心于皇后之位，更不会成为你的妃子。”

“你说过，会一直陪在我身边。”他突然捏住我的双肩，眼神闪烁不定。

“我是说过，但是这句话是对连城说的，并不是对皇上说的。”双肩的疼痛几乎蔓延到心底去，可是我并没有呼痛，依旧平静地往下说，“现在的你，坐拥卞国，权力至高无上，可是你却出卖了自己的良心。”

他紧捏住我双肩的手突然就没力气了，无力地从我肩上垂下，“我做的一切都是为了你。”

听到这句话，我没有感动，只觉好笑，而笑声也就不自觉地逸出口，“不要再说为了我，连城。我以为我们是好朋友，是可以交心的朋友，可是如今你却不肯对我说实话，要把你的过错全归咎于为了我。你扪心自问，真的是为了我吗？还是为了你的私心、欲望、野心？”我的声音如尖刀刺骨，让他的脸色变得更加苍白和呆滞。

声音在空空的大殿中来回飘荡，直到遁逝他才开口，“我现在可以放弃这个皇位。”

“别傻了，你早已不能回头。”我深深吸一口冷气，“既然事已至此，就做一个好皇帝。记得你曾与我谈起治国之道时的每一句话，你一定要做到。”

“馥雅，”他突然将我狠狠地揉进怀中，“你不会离开我的，对吗？”

我用尽全力从他怀中挣扎而出，冷然地盯着他，“对不起，我不能再陪在你身边了。”

“为什么？只因我篡夺了这个皇位？”他的声音骤然变冷，紧抿的唇畔逸出森然的一句话。

“碧草韧如丝，磐石无转移。”我只能回答这十个字，我的心中一直只有一个人，就是祈佑，即使我与他天各一方，我也不会背叛我们之间的感情。所以，我更不能做连城的妃子。曾天真地以为，我会于听雨阁终老一生，每日与连城知音畅谈，把酒言欢，我用全心之意来陪伴他身边，为他解开心结，可是我错了。他是帝王，作为一个帝王，是不可能有知音朋友的。

男子亦为臣，女子亦为妃。

"好一句'碧草韧如丝，磐石无转移'。那你也听好，对于你，朕决不放手。"他突然将音量提高，情绪波动极大，而且，他在我面前自称"朕"。这一刻我就明白，两年来的情谊瞬间破灭，更无信任而言。今后我又会变成金丝雀，兰兰与幽草又会是曾经那两个监视我的工具，再也没有人真心对我好，听我倾诉心事。

"那么，奴才告退。"我突然在他面前跪下，行了一个叩拜之礼。他立刻后退了好几步，失望地望着我，不言不语。

当我由凤阙殿出来时，兰兰与幽草立即迎了上来，才张口想问我些什么，却听见里边传来连城毫无波澜的声音："兰兰，幽草，给朕进来。"

她们对望一眼，再不约而同地瞧了我一眼，最后无言地走进大殿，不用猜也知道，连城定是吩咐她们俩好生看着我，避免我像上一回那样逃跑。我与连城的关系，真的要回到原点了吗？

"你见过皇上了？"一身络衣凤绡紫衣的灵水依不知何时已出现在我身边。她的脸色苍白，眸中无光，略带一丝紧张。

我颔首，她的脸色又苍白了几分，眼神格外凌乱，慌张地握住我的手问："你与皇上……说……说什么了？"

她的手竟与我一样，冰凉刺骨，"关于立后！"

"立后？"她的脸色稍微恢复了一丝血色，手也明显一颤，显得僵硬。

"当然是立公主您为皇后。"我不着痕迹地将手抽回，不经意地拂过肩上一缕青丝，避过她的目光，"将来，公主就是母仪天下的皇后娘娘。作为六宫之主，定要检点自己的行为，莫给皇家丢脸。"

"你什么意思？"她目光一凛，声音却更显生硬。

"只是提醒而已，公主莫紧张。"温和一笑，再望望空中的皎洁磐月，"公主恨他吗？"

她沉默了许久，也侧首与我同望空中的皎月，秋风拂过，我们俩的衣袂飘舞，纠缠。"恨！"很坚定的一个字，可她后面又接了一句，"可我更爱他。"

我深吸一口气再吐出，"那么，请一定好好爱他，他并不如表面那般坚强。"

"他需要的，只有你。"声音中藏着嫉妒、不甘、绝望，纠结在一起终成复杂。或许正是这个复杂之情，可以让她堂堂公主放下对连城夺位的恨。看得出来，她到现在依旧在矛盾中挣扎。

我与她并肩而立，许久都未再说话，直到兰兰与幽草从凤阙殿内出来，脸上皆为一个表情——为难。是连城吩咐她们做一些令她们为难的事吗？

红绫青缎裁制的百褶凤裙，裙摆一圈镶有十二枚金绫冰片，碎小正珠二十九颗，金嵌珊瑚于腰间两侧垂挂，袖口蓝红宝石相措而镶。这件衣裳是连城差人送至昭阳宫的，意思再明了不过，今日是封后大典，我必须穿着这件价值连城的衣裳去参加。

但是，我绝对不能穿，这件衣裳怕是比今日册封皇后的灵水依所穿的凤冠霞帔还要耀眼，如若我如此不懂规矩，公然与皇后叫板，那我在这后宫的处境便可想而知。

随身着上一件素青百花穿蝶衣，头佩金松灵宝簪于鬓侧，简单清丽。可是兰兰与幽草却不答应了，毕竟皇上的命令不可违，若怪罪下来，她们要遭殃。

"放心，有事我一并承担着。"轻声安抚她们，再举目瞧瞧窗外的天色，夜幕即将来临。已近酉时，必须赶紧去凤阙殿，我可不想晚到，又引起众人的注目。

匆匆忙忙地与兰兰、幽草赶到凤阙殿。今日所见到的凤阙殿与数日前来时全然是两个样子，雕梁由绿水晶镶嵌，四壁雕画双龙戏珠，图嵌一等东珠若干颗，殿正中央铺着一条喜气的红地毯，笔直地蔓延到正前方的金阶下。细细数来，金阶共九层。正上方就是金光熠熠的龙椅，金翟鸟于扶手上嵌着，耀眼生光。紫檀席案分居红毯两侧，左右各三排，许多王公贵胄已然就坐于席。

我一踏入凤阙殿就慌了神，立刻提起手用宽长的袂丝摆挡着我的脸，朝左侧最后一排躲去。兰兰却抓住我的手，指着左侧第一排第一席的位置说："小姐，那才是您的位置。"

无奈，我随着她朝那个位置走去，头一直低着也不敢四处张望，却感觉有视线一直随着我的身影而左右。

僵硬地坐下，一抬头，对上正对面的一双冰冷的眸子。我尴尬地清清喉咙，掩饰着我的不自在。我怎么就没猜到，此次连城的登位，亓国定有很大的功劳，此次封后大典，亓国定会派人前来道贺。我该庆幸此次亓国派来的使臣正是韩冥吧？

"皇上驾到——"尖锐高亢的声音响起，在座诸位皆离席而拜，"皇上万岁万岁万万岁！"声音充斥着整个大殿，久传不息。

"众卿平身。"今日的连城一身龙袍，更显贵气凛然。我起身时对上他愠怒的眸子，我只是勾起一笑，也许现在只有我敢忤逆他的话吧。

接着，一位公公拿出圣旨念道："奉天承运，世宗皇帝召曰：灵水依，朕结发之妻，伴侧三年之余，孝谨有佳，端庄贤淑，宽和待人，颇有母仪天下之风范。于今册封为昱国'端谨皇后'，授金印紫绶，母仪天下，正位宫闱，统摄六宫。钦此。"

旨意才宣读完毕，一身红绫紫缎，头顶金凤五祥朝阳金珞的灵水依由屏插后款款步出，莲步轻移，气质高雅，笑容甜美，宛若天仙。皇后跪在连城身边接受他亲手赐予她象征着至高无上的地位的金印紫绶。

这样的晚宴是最无聊的，死气沉沉，又不得大声喧哗，又不得开怀畅饮，只能听着皇上捧着大一笺圣旨念着些什么，我什么也没听进去。我暗暗嘀咕一声，看着摆在席上的一盘精致的芙蓉糕，真是令人垂涎欲滴，随手拿起一块就放进口中咬了一小口，细细品尝，甜润之感充斥着舌尖。

"小姐……"身边的兰兰在桌下轻扯我的衣袂，小声地唤着我。

"怎么了？"我立刻回首望着她，却对上连城一脸无奈的眼神，我挑衅地望了他一眼，将被我咬的还剩一大半的芙蓉糕全部塞进口中。

一阵轻笑由对面传来，这一看，彻底让我傻眼。所有在场的官员都将视线集中在我身上，皆用不可思议的眼神愕然地盯着我，就连向来面无表情的韩冥的脸上都出现了丝丝笑意。

满口的芙蓉糕，咽也不是，吐也不是，卡在喉咙里好一阵，终于将我哽住。我涨红了脸小声地咳着，这声音在安静的大殿里格外清晰，吸引了更多人的纷纷侧目，就连手捧金印紫绶依旧跪着听旨的灵水依都回首而望。

我现在只有一个念头，马上离开大殿，真是丢人丢到家了。我怎么就忘记自己所处的位置是多么惹人注目，甚至还忘记这是册封大典，竟然就这样当众吃了起来。

幽草立刻为我倒下一杯酒，让我可以缓和卡在喉咙中无法咽下的糕点，一连三杯，终于止住了咳。我将满嘴的芙蓉糕咽下，也不敢再抬头看众人异样的目光。

直到韩冥的声音在大殿响起，我才缓缓地抬头凝望。只见他捧着汉玉璧盘，用平静无波的声音说："臣是亓国使臣韩冥，奉皇上之命特将此物送往昱国恭贺新皇登基，新后册封，以示两国友好邦盟，万古长青。"

"替朕谢过亓国皇帝，从今日起，昱国臣服于亓国。"连城轻笑，或许别人听不出来，但是我却能听出，这笑声既冷又僵硬。

原来亓国助他登位的条件，就是必须臣服于亓，现如今夏、昱两国皆归顺于亓，那这么说来，亓国一统天下即将来临。如今有两国的支持，废东宫轻而易举，只差一个名正言顺的理由。

醉影洛迎风，晓梦惊鸳鹭，轻纱拂寂宫，直到很晚我才由凤阙殿被兰兰与幽草扶回，我因不胜酒量，几杯下肚已是昏昏沉沉，就连走路都不稳。带着七分醉意被她们扶上帏帐软榻躺下，为我轻拭脸颊后就小心地离去。我闭上眼帘，许多回忆一涌而上，依偎在父皇的怀中，听他讲述这朗朗天下之势，细数历代风云人物。还记得父皇说，只要我喜欢，他就将他的江山割下半壁给我玩耍，可是我不要什么半壁江山，我只要父皇能够活下来……

人常说借酒消愁愁更愁，今日我才真正领会到其中的深意，往事一幕幕地飞掠脑海，涨得我头痛欲裂，既想清醒又想入梦。

画面飞速闪至父皇惨死于乱刀之下，血肉模糊，不堪目睹。耳边又回荡着母后的遗言："馥雅，若侥幸可逃过一劫……定要记住父皇、母后以及所有血溅甘泉殿的将士们的亡灵。"

眼角有冰凉的泪珠滑过，最后沿着脸颊滴至枕边。父皇、母后，馥雅是个不孝女，枉你们多年对我的宠爱，可是我真的无力承受复国之重任，更不能用自己的灵魂与爱情去交换。

"想到什么，哭得如此伤心？"空荡荡的寝宫传来如鬼魅般的声音，我的醉意清醒了一大半，从床榻弹坐而起，凝视这伸手不见五指的寝宫，寻找着声音的主人。

"是韩冥？"我不太确定地唤出口，这个冷淡的声音也只有从他口中发出才自然。

"没想到多年过去，潘姑娘还记得我的声音。"一阵轻叹，他已经坐至我的床榻边缘，在黑暗中我只能看见他幽暗的目光正凝视着我。

我将脸上的泪痕胡乱擦了一通，"你来这儿做什么，你可知这有多危险，到处都是连城的眼线。"

"夜探东宫我都做过，还怕这小小的昭阳宫？"他清冷地笑了笑，"看样子你在这过得不错。"

我不说话，他也将目光从我脸上移开。就这样沉默了大半个时辰，我终于还是忍不住开口问道。

"太子如何？"

"很危险。"

"祈星如何？"

"很急躁。"

"祈殒如何？"

"很安分。"

又是一阵沉默，空气中皆被寒冷之气所渲染，"问了所有人，为何不问祈佑？"

听到祈佑的名字，我苦笑一声，他的状况还用我问吗？他有聪明睿智的皇上为他安排一切，我根本无需为他担心。

"皇上这些年的病情开始加重，东宫已经蠢蠢欲动，也许废太子就在旦夕之间了。"他平稳的声音一字一句地敲打在我心头，"一年前，韩昭仪已经与祈佑联手，他们之间有一个协议，韩昭仪会用尽权力支持他登上皇位，若祈佑登上皇位就必须尊韩昭仪为太后。"

听到这儿，我舒眉一笑，韩冥还是相信了我临走时对他说的话，果然去找了祈佑。可是他们却在一年前合作，这么说来，韩冥花了一年的时间去注意调查祈佑，最终才放心与之合作。韩冥这个人一点也不简单，做事不马虎，细心且善察言观色，难怪皇上能放心将三十万禁军大权交付于他。

"是吗？"我很平静地回了他一句话，随后由床上翻身而下，摇摇晃晃地走到寝宫后窗。秋寒之风袭脸而来，拍打在我火热的脸上格外舒服，同时也让我的醉意完全清醒。"能告诉我，韩昭仪为何如此痛恨皇后吗？"

"你知道韩昭仪不能生育吧？"韩冥一语惊醒梦中人，听他继续往下说着，千年不变的声音中夹杂着伤痛，"是杜皇后害的，她怕韩昭仪若是产下皇子，会影响到她与太子的地位，所以暗暗买通了韩昭仪身边的贴身侍女，每日朝她的茶水中下药，她在毫不知情的情况下喝了整整半年。终于有一日，那名宫女将事实说了出来，韩昭仪盛怒之下欲拉那位宫女去向皇上揭发她的罪行，可是，走到半路上宫女却被人以暗器灭口，这事就这样不了了之。"

我低着头暗暗回忆着韩冥说的每一句话，不对。我正想开口继续询问之时，他却用冷声冷气的声音说："你随我回亓国吧？"

"我若回去，你们的计划定会被人看出端倪，况且……连城是不会放我离开的。"秋风卷起地上的暗尘，呛鼻的味道。我将窗户掩上，勾起一抹自嘲，"你走吧。"

一阵沉默，静到让我以为这个寝宫只有我一个人的存在，沉郁、压抑直逼我的心头，"你是在担心我吗？其实那日你助我离开皇宫，你就已经不欠我什么了，不用耿耿于怀。"

我听见一声细微的叹息，是从他口中传出来的，"那，保重。"一句话，另有深意，可谁都明白，这后宫永远是个最血腥最残酷的地方，就算我无心与他人争斗，他人也会无所不用其极地谋害我，我能在此生存下去吗？

第二章 QINGSHI HUANGFEI

沉沦帝血劫

金猊檀香阵阵扑鼻，寝宫内弥漫着一股诡异的气氛。今日是皇后册封的第四日，灵水依却来到昭阳宫，并且屏退了所有在场的奴才，独留我与她两人于寝宫内的汉白玉桌前静坐。她望着我良久，终于开口说话了，“恭喜你，将于三日后正式晋封为贵妃。”

乍听之下，我的手猛然一颤，将桌上的茶打翻，杯子滚落在地，重重的一声，将守在门外的兰兰与幽草惊了进来，戒备地盯着灵水依。

“谁让你们进来的？出去。”我低声冷喝，她们若有所思地对望一眼，才退了出去。

我将冰冷的目光扫向灵水依，“为什么我不知道？”

“昨日皇上的圣旨已送到我的寝宫请了绶印。这么大的事，你不知道？”她的脸色一变，仿佛根本不相信我说的话。

置放于桌上的手紧握成拳，怒火由胸口直冲脑海，连城你竟然对我玩阴的？我以为与你说得很清楚，可你却执意要册封我为妃，是你在逼我。一想到这儿我就从凳上倏然起身，但是我的手却被她用力按住。看她的目光，似乎已经相信我对此事不一无所知。

“我要去找他。”我抽回被她按住的手，怒气已经一发不可收拾。

“皇上若有意要瞒着你，就是已下定决心要册封你，现在你是不可能见到他的。”她轻声提醒，眼中划过惋惜，“你真如此不甘愿做皇上的女人？我以为你会很开心。”

“我从来都只当他为知己，一个可以交心的朋友。我更以为他会尊重我的想法，却没想到，他……”我紧握成拳的手突然松开，心已乱。

她的脸上显露出淡笑，“如果你真的不愿意，我可以助你再逃一次。”一语方罢，我却在她唇畔边看到一抹冷笑。

我的冷笑也随即泛开，深知其中另有深意。她真有那么好心？我不信。“为什么？你不怕他怪罪于你？”

“就凭我是先帝的妹妹，他也不敢拿我怎样。”她的目光中闪烁着自信满满，“我帮你的理由依旧如上次一样，因为讨厌你，讨厌你占有了皇上全部的心，全部的爱。自从你出现，他的眼中只有你，根本看不到我的存在。”说到此处她已声泪俱下，蒙眬的目光透露着无尽的悲伤，若我是个男子，定然会为她的垂泪而心动，可我不是男子。

“既然你不爱皇上，我求你离开这儿吧，皇上就由我来照顾吧。”她双手紧握我的手，滚烫的泪水滴在我的手背上，不一会儿已凝成冰凉的水珠。可是我没有说话，只是静静地望着哭泣的她。

她见我不语，突然双膝一曲，跪在了我的面前，恳求地说：“求你了，我以昱国皇后，卞国公主的身份恳求你离开。”

我的目光渐渐黯淡，盯着她的眸子，清澈透明如水，沉思了好久，“好，我答应你。”我此话一出，她的脸上出现了微微的笑容，可我又开口道：“但是你必须帮我在连城那取一样东西，若是取不到，我是断然不会离开的。”

翌日丑时，灵水依竟是一身黑衣夜行装，从寝宫后窗翻越而入。我的第一个反应就是——她会武功。我真的没有料到，这位看似柔弱纤细的公主竟然有这么好的功夫。

她将一笺金黄却略显黯淡陈旧的奏折递给我，“你看看，这是你要的吗？”

接过它，将其打开，里面赫然写着“潘玉亦儿臣心之所爱”，我点点头，将它收入怀中。

再看她走至桌前为自己倒一杯碧螺春，一口饮尽。“你的要求我做到了，那么你答应我的也得做到。”她从怀中取出一张纸递给我，“这是皇宫的路线图，你仔细看看。”

“玉华门位于皇宫四门之北，也是守卫最松懈之地。每日寅时都会有人入宫将大小宫中的夜香收集运出，我已经买通了其中两个人。只要你在神不知鬼不觉之下换下他，便可安然离去。出去有一条路是通往汴京大街，你是断不能在此露脸的，所以你必须走另一条通往汴京北郊的路。在那儿我会派人等着你，后将你带到安全地方，过了北郊你就安全了。”她怕我看不懂，为我详细分析了此次出逃路线，确实天衣无缝。

随后她又给我一支迷香用来对付兰兰与幽草，一套小厮的着装供我逃跑，"明日寅时，记住，错过了那个时辰你就再也跑不掉了。"

我将图笺收好，凝重地点头，"谢谢。"我的目光一直细心地在她的脸上游荡，就怕错过她一丝的情绪。

"我说过，这不是帮你，是为了我自己。"她的样子显得漫不经心，但是她的神色却泄露了一切，那是得意之色。

我呆坐在桌前愣神许久，目光一直凝视着灵水依离去的那扇窗，在风的吹动中摇摆不定，我的心也摇摆不定。到底该不该离开这儿？若是留下，连城必然封我为妃；若是离开，这很可能是灵水依的阴谋。

毕竟，我于两年前，发现了一个不可告人的秘密。

那日我待在听雨阁书房内翻阅《诗经》，正举目望向窗外时，却看见别苑中的石山后，有一对纠缠热吻的男女，他们不是别人，正是灵水依与连胤。那一刻我就明白，为何初见连胤时他望我的目光竟充斥着肃杀之气，而我却要莫名地躲着他，他从那一刻对我就有杀意了吧。

发现这件事后我立刻吩咐他们将那两扇窗给封了，可严重的危机感仍然存在于四周。我并不是个多事之人，所以每次面对连城话到嘴边却又吞了回去。而今灵水依突然百般要求我离开，难免她不会半路上对我下杀手，惨死林中就没人会怀疑到她。可若我不离开的话，就再没机会离开了。

我紧紧捏着手中的玉杯，手指关节已经泛白，指尖也开始生疼。我必须走，而且今日就得离开。

梧桐枕前雨，青松傲立岚，袅烟曦雾霜。

我按照灵水依的话做，很容易就离开了皇宫，只不过提早一日，希望她不会料到，否则我怕是在劫难逃。

这片树林幽森悲怆，荆木丛生，崎岖陡峭，确实是个十分隐秘的地方。若是她真在这对我下杀手，怕是根本无人问津。如若我走出了这里，又该朝哪走，这昱国怕是也待不下去了，难道我要去夏国？

"连胤，果真被你料到，她真的提前离开。"几个人突然挡在我面前不远处，说话的是依旧一身夜行衣的灵水依，站在她身边的是一脸阴笑的连胤，后边还有四位手持大刀的硬汉正虎视耽耽地望着我。

灵水依却一直朝我逼进，我连连后退几步，“我都要离开了，你们还是不放过我？”

“你看见了，对吗？”她阴冷的目光直射向我，杀意在全身蔓延。这样的她是我第一次见，或许这才是真正的灵水依。

“我若有心说出去，连城早就将你废了。”我的话一转锋，她一个愣神，我抓住机会就跑。但是依这个阵势来看，我根本跑不掉，难道我真要命丧于此？

一道黑影由我头顶上飞掠而过，我还未看清楚来人，颈项就被人紧紧掐住。我的呼吸开始困难，仿佛所有空气都被人抽走，痛苦绝望地望着面目狰狞的她，双手控制不住地紧握。

“我很奇怪，你凭什么能让连城如此迷恋，是这张倾世绝美的脸蛋？”她将一把雪亮透寒光的匕首在我脸上划下一刀，刺痛中夹杂着浓浓的血腥味，令我想呕吐。“如果，我毁了你这张脸，连城还会爱你吗？”又是一刀划过。

我用力咬着唇瓣，就是倔强着不肯呼喊一声，任她的刀在我脸上不歇止地划着。

“真想拿一面镜子让你瞅瞅自己现在的样子，丑陋恐怖。”血沿着刀尖滑落，滴至她的手腕，骇目惊心。

“啊——！”我用力尖叫一声，也不知哪来的力气将紧掐住我的灵水依推开。她没料到我的突然袭击，一个没站稳就摔至地面，而我也同她一样，重心不稳地向后倒去，可是我并不如预期般摔在地上，而是整个人悬空，朝着林中崎岖陡峭的山坡上滚了下去。

我是要死了吗？死在这荒无人烟的林中，无人问津。也许这样离开这浮华尘世，就可以不用再徘徊在矛盾中迷失我原本的理智。一片黑暗将我无情地吞噬，疼痛亦将我所有的理智抽空。

第三章 QINGSHI HUANGFEI

梦魇驻红颜

桃花香蕊入帘里，素腕灼灼轻红惹衣香，残枝掠鬓桃瓣逐水流。

我站在屋前的桃花林，望经风吹散的桃瓣，原来我在兰溪镇已经待了整整有一年又五个月了，我踩着纷铺于地的残瓣走过小径，芬芳扑鼻。

我合起双掌接着不停掉落的桃花，接了满满一掌心，好久没有感受到这样的充实感了。“去年今日此门中，人面桃花相映红。”我低头浅吟，望着手中粉嫩欲娇的花瓣，出神许久，当我回过神时，却不知我到底想了些什么。

“人面不知何处去，桃花依旧笑春风。”低沉阴郁的声音依旧冷淡如冰，却多了一份沧桑之感。我回头望着一身黑锦丝缎长袍随风而舞的韩冥，眼中闪过惊讶之色，我记得他每个月才来一次，而这个月这却是第二次。

他立于我面前，从树梢摘下一瓣桃花，别于我侧鬓说：“你瞧，依旧是人面桃花。”他勾勾嘴角算是笑吧，却惹来我一眼恼怒之色。

将鬓侧的桃花取下后紧紧地握于手中，“你来这儿只为取笑我的？”口气有些生硬尴尬。

“我是说真的，确实很美。”他很认真地向我点头，想用他的目光来证明他没有说谎，我别过头没去看他，只是眺望远方之渺茫一片。“说吧，你这次来做什么？”

“我要成亲了。”他的声音中隐约带着一丝自嘲，“皇上赐婚，灵月公主。”

“皇上……”我将“皇上”二字低吟一声，然后淡笑，现在的皇上已经是亓宣帝纳兰祈佑，他于半年前即位。真的好快，他都已经当上皇帝了。“成亲是好事。”

突然身后传来一声树枝被折断的声音，清脆无比。我回首望着他手中那枝被折断的残枝，原来他发怒了。我轻轻一笑，“灵月公主只是脾气差了点，其他都挺好。”我见他捏住残枝的关节已经开始泛白，难道娶她真有那么痛苦吗？

“是，她哪都好，但是我不喜欢她。”好一会儿他才松开残枝，残枝倏然滑落至地面，又是一声轻响。

“那你是有喜欢的人了？”我侧眉浅笑，用暧昧的目光望着他，他立刻回避着。

“你别乱说。”他低斥一句，表情很不自然，我还是第一次见到这样的他，于是便打趣道：“你在紧张？”

“说了没有。”他的声音猛地提高，我的声音戛然而止。不习惯地望着这样的他，真的很不像他，以往我无论如何拿他开玩笑他都不会如此生气，今日的心情似乎真的很不好。他望着我清清喉咙，“对不起。”

我微微摇头表示我不介意，他平复了脸上的怒气，声音又转为冷淡，“下个月我就要成亲，可能要忙着准备大婚，大概四个月不能来看你了。”

“我会自己照顾自己的，你安心大婚吧。”我说完后沉思了许久，“你大婚我也没有什么东西可以送给你，就为你唱一曲《念奴娇》吧。”

我清了清嗓子，心里却有些紧张。因为太久没有开唱，怕唱不好，于是背对着他望着茫茫桃花小声低唱：

纤腰袅袅，东风里，逞尽娉婷态度。

应是青皇偏着意，尽把韶华付与。

月榭花台，珠帘画槛，几处堆金缕。

不胜风韵，陌头又过朝雨。

唱到此处，我的声音也由最初的细小渐渐放大、放开，只是微微蹙起娥眉，心底的伤却不能放开。

闻说灞水桥边，年年春暮，满地飘香絮。

掩映夕阳千万树，不道离情正苦。

上苑风和，锁窗昼静，调弄娇莺语。

伤春人瘦，倚阑半晌延伫。

直到夕阳即将落山，烧云连绵万里空敛踪，韩冥才离开兰溪镇，我将他送到镇口就回到桃源居。这个桃源居是韩冥找人专门为我所建，里面很安静，很少会有人来打扰我，对于这样宁静的日子我也乐得安逸。

推开屋门，我坐在青木梳妆台前，对着铜镜仔细瞧着我这张脸，素雅清秀，肌肤白皙如纸，隐约有些病态，眼睛依旧如深海明镜熠熠泛光，每当凝眸低笑时两颊都会有不湾不深不浅的梨窝，很是动人可爱。

自那日从山坡上滚了下来，我就被韩冥救了，将我带回亓国的兰溪镇居住。我不知道他是如何找到我的，更不想询问，那段往事我早已经不想再回首。我深深记得我的脸总共被灵水依划了五道伤口，触目惊心。但是我在意的不是我的容貌，而是被我收入怀中的奏折，我发了疯地问韩冥救我时有没有看见那份奏折，可是他却说救我之时什么都没看见，我当场就哭了出来。我现在能拥有的只有祈佑那份对我的爱，可现在连唯一可以安慰自己的东西都不见了，我只能绝望。

后来我将自己锁在屋中，根本不让韩冥见我，也不敢让他见我，一张已毁的脸还如何见人？可是他没有介意我的样子，一直在身边安慰我，或许，那一日是他这辈子说过最多话的一天。

过了五日，我终于能冷静下来，也想开了，脸只是一张皮面而已。可是韩冥却带了一位神医来，其易容之术堪称天下一绝，目的只为让他将我的容貌恢复，我却拒绝了。

“姑娘想要什么样的脸？”

“平凡。”

“还有呢？”

“只要平凡。”

想到那日与他对话后，他无言地望着韩冥的样子仍觉得好笑，可能他认为世间的女子所追求的皆是美貌吧。但是我不想要，我不想再被人毁一次容，更不想要一张与袁夫人一模一样的脸，我再也不想被人利用，所以我选了一张清秀淡雅的脸，一段平凡无奇的生活。

后来我对韩冥说谢谢，他说他是在报答我的救命之恩。我只是苦涩地一笑，那我是该庆幸那日的决定是正确的吧，否则现在的我早就惨死深山了，世界上再也没有馥雅这个人。我只是不舍，我不舍祈佑，哪怕我真的不能再与他相见，每月听着韩冥带回来给我的消息就足够了。

一年前，听说皇上病重之日，东宫竟然策动了一场兵变的戏码，想逼宫于皇上让其退位。皇上何等精明，早就让祈佑在暗处布置好一切，在东宫逼宫那一日，大军突然出动将其一举拿下。太子千夫所指，皇帝愤怒之下将其废黜，逐出皇宫永不得归。而以皇后管教无方为由，将其打入冷宫永不复出。其后身为嫡子的纳兰祈佑名正言顺地登上太子之位，半年后皇上病逝养心殿，太子登基为亓宣帝，尊九嫔之首韩昭仪为皇太后，册封结发之妻杜莞为皇后。

两个月后已是桃花散尽，此片桃林长满了一个个鲜粉嫩白的桃子，挨在墙脚的几颗竟蔓延出小院。我站在院内听闻几声清脆的声音由外传来，细听此声应是出自小孩子的口中。我当下就猜到是孩子贪嘴，正想摘那几个蔓出墙外的桃子。我顿时童心大起，立刻推门而出，几个孩子一见我出来，立刻想撒腿就跑。

我不急不徐地喊住他们，"想吃桃子的随我进来。"而他们也很奇怪地瞧着我，似信非信地站在原地不肯动。

"进来呀！"我朝他们招了招手，很快他们就朝我奔来，我则牵着他们的小手走进院中。不可否认，我很喜欢孩子，因为只有孩子的眼神才是最单纯无杂念的。只有在他们的眼中才找寻得到久违的纯净，而我的纯净，早就随着时间岁月的推移而被磨光，但愿这些孩子们能永远这样纯真下去。

我从树上摘下一颗又大又红的桃子，笑望他们，"你们要是想吃的话，就与姐姐接诗，接对了就能吃，要不要来？"

几个孩子用力点头，我眼波一转，"榴枝婀娜榴实繁，榴膜轻明榴子鲜。有谁知道下一句？"

他们都互相对望，皆不知道如何接下去。我这才恍然，他们都还是孩子，哪有那么厉害能接下去，正想改口换个容易点的，却见一个约十二岁的男孩举起手道："姐姐我知道，这是唐朝李商隐的《石榴》，下一句为，可羡瑶池碧桃树，碧桃红颊一千年。"丝毫没有犹豫地将诗接了下去。我眼前一亮，在这个小镇上竟然有这么厉害的孩子。我将那颗桃子递到他手上，"你叫什么名字？"

"我叫展慕天，爹之所以为我取名为慕天，就是盼望着我有朝一日出仕朝廷，慕得天颜。"他接过桃子放在身上用力擦了擦，张嘴就是一大口。

我轻轻抚摩着他的额头，一听他说起慕得天颜我就一阵苦笑。百姓们都梦想着出仕在朝为官，却不想这朝廷你没有任何势力，如何才能找到容下自己的一席之地。除非攀附权贵，依附党羽，否则定难在朝廷大展抱负。

当我的思绪飘向远方之时，数十位官兵竟破门而入，一脸凶神恶煞地朝我走来，许多孩子都吓得躲至我身后。唯独展慕天依旧不动声色地站着，注视着那群官兵朝我们走来。

"登记你的名字！"为首的粗野男子拿着一本小册与一支毛笔朝我吼道。

"为何登记？"我将身后的孩子们护好，就怕他们会伤着这些幼小的孩子。

他不耐烦地瞪我一眼，口气很不好地说道："新皇登基，后宫宫女严重减少，皇上有命，于民间征收一批女子进宫为婢。"

"你们这是在强征。"展慕天竟然比我还快一步，口气凌厉得根本不像个十二岁的孩子，倒有王者般的气势。

"小鬼，哪轮得到你插嘴，一边待着去。"他的手一挥，就朝展慕天打去。展慕天用力抓住他的胳膊，张嘴就咬了下去。众士兵一见此景象，立刻上前将他拖走，却也费了好大一番力气，"小鬼，你不要命了?!"那位士兵首领捂住被咬的胳膊，已经疼得龇牙咧嘴，满脸通红，可见展慕天下嘴还真是没留一点情面。

我见一个士兵挥手就给了他一巴掌，我气愤地挡到他面前，拦住挥之而下的手，"小孩子不懂事，官爷莫计较，我随你们进宫便罢。"

宫粉玉砌，希涉紫庭，禁苑奇珍御花芬，九龙壁彩朱门粉淡殇。

再次进到亓国皇宫，看到的依旧是这气派倾世之宏伟大气，我与一千名从民间征召进宫的姑娘一起被领到关陵殿，一位公公捧着小册一个一个地念着我们的名字。

"陈绣绣，张兰，王冰凤，李静。分往邓夫人之凤吟宫。"

"马香，小玉，赵黛云，上官琳。分往妍贵人之雨薇轩。"

"郑晶儿，白紫陶，陈艳，万欣欣。分往华美人之紫雅居。"

我低着头，听着他一个一个地念着，我的心中竟连苦涩都已淡了。我在进宫前还想着若真被征召进宫，能见着他一面也好，可是我却忘记了，他有自己的后宫佳丽三千人，就算看到了又能怎样，还不是徒增伤心。

"雪海没来吗?"公公一阵怒喝，将我的思绪硬是拉回来，我立刻应道："雪海在这儿。"

"雪海，程梦琳，小茜，南月。分往绣贵嫔之翩舞阁。"

我与其他三位姑娘一同进入翩舞阁，三位姑娘都在好奇地四处张望，似乎第一次见如此辉煌之宫殿，忍不住多瞧几眼。

金水桥白宁寿秀，啼莺舞燕，晓花颦笑。

此景正配翩舞阁之名，时而有高山流水之声入耳，确是一个好地方。不知这位绣贵嫔又是何许人，貌若天仙抑或蕙质兰心?

"好了，本公公就送你们至此了，自个儿进去拜见绣贵嫔吧。"他一拂袖便丢下我们悠然而去。

待他走远，我与在场的姑娘们互相对望一眼，很有默契地同时走进那扇暗紫檀木门。细细观望房内的景色，只想到一句话"惆怅东栏一株雪，人生看得几清明"。寝宫内的前窗半掩着，风轻轻地将其吹动，几瓣杏花又从缝隙中偷偷溜入，落在地上，时而被风卷起飞扬，随后又安静地躺在地上。

"你们是谁？"轻轻的脚步声传来，我们就知道是主子来了，立刻跪在地上行礼，"参见绣贵嫔，我们是新派遣来侍候您的奴才。"说话的是南月，声音婉转悦耳，口气平稳，看得出来是一位很有头脑的女子。

"起吧。"绣贵嫔淡淡地说了句，还轻咳了几声，似乎受了风寒，怎么不请御医呢？我不禁对她产生了好奇，偷偷抬起余光打量着她，可这一看我就愣住了，全身控制不住地颤抖。绣贵嫔，竟然就是云珠！难怪祈佑要赐名为绣，也只有他知道她的本名为沈绣珠吧。

她未施朱抹粉，脸色苍白如纸，毫无血色。更令我骇目的是她的左颊，一块殷红如拳头大小的红色疤痕，令原本娟丽如花的脸尽失颜色。

"她是第一个发现着火的，为了冲进屋救你，半边脸已被烧毁。"

祈星的话蹿入脑海，我的双拳紧握，指甲狠狠地掐进我的手心，紧咬双唇，泪水凝眶。是因为我，云珠才会毁了那张脸。她早已经什么都没有了，可为什么上天连她的容貌都要夺去?!

"怎么，本宫的脸吓着你了？"她蹙眉凝望紧盯她不放而失态的我，随即苦笑出声。我立刻摇头，在摇头的瞬间也将眼中的泪水甩出，滴至地面。

她莫名地望着无声哭泣的我，怔忡了许久，"本宫的容貌真的丑到能将你吓哭？"口气突然转厉，还夹杂一丝羞愧，最终拂袖而去。

在翩舞阁内，我花了两日时间将云珠所有的处境形势摸透。听闻祈佑在册封皇后的第二日就封其为九嫔第五等贵嫔，赐号"绣"，所有人都不解，皇上为何要将一位长相丑陋、身份低微的人封为贵嫔。最令人奇怪的是，自封贵嫔以来，皇上从未召其侍寝，更未踏入过翩舞阁。就连我都奇怪，既然祈佑真的不喜欢云珠，为何又要册封她，留她在身边做奴才服侍自己不是更来得实在？

"娘娘，该用晚膳了。"我毕恭毕敬地站在寝宫槛内轻唤一直呆坐在妆台前细凝自己容貌的她。

她突然回首用异样的目光望着我的脸，良久，由最初的光芒四射变为黯淡无光，后又坐正身子继续凝望镜中的自己。我隐约从镜中瞧见她的苦笑。"娘娘怎么了？"

朝她走进几步轻问。

“乍听你的声音，我还以为……”她没有往下说，只是动了动唇，将话隐入唇中，再轻咳几声。我明白，她说的是潘玉，是馥雅。我压下心中的蠢蠢欲动，我不能说，什么都不能说。

“娘娘您身子骨似乎不好，奴婢为您请御医。”看着她的样子我很是担心，仿佛她随时可能就此倒下，一蹶不起。

她摇头轻叹：“老毛病了，不碍事。”她欲拿起妆台上的象牙骨玉梳，却被我抢先一步，“让奴才为娘娘梳妆。”

“你不怕我了？我可是清楚地记得昨个儿你被我的容貌吓坏了。”她勾起嘴角露出淡笑，在我眼中看来是如此地娇媚淡然。

轻轻勾起她披肩的一缕青丝，细腻柔滑之感充斥手心，我轻轻地为她理顺，“我从未觉得娘娘丑。”认真的口气让她的身体一僵，我继续道，“人的容貌只不过是一副皮囊，更重要的是本质，相信娘娘的本质定如莲花般高洁。”

“你真这样认为？”她带着兴奋的声音猛地回头，吓了我一大跳，手中的象牙骨玉梳一个没拿稳，掉落在地碎成两半，我立刻蹲下想拾起，口里还喃喃着，“奴婢该死。”

“不碍事。”她将蹲着的我扶起，才触碰到她的手心，冰凉之感传遍全身。她的手，好冷，“可是皇上为什么就不注意我呢？”

一听她提起祈佑，我的心就一阵抽痛，云珠真的如此喜欢祈佑，那么深切。“娘娘，那你就想办法让皇上注意你啊。”

她自讽地一笑，“皇上根本不见我，我如何让他注意。”她的手一松，将我放开，再转身望望自己的容貌，她始终介意这张脸吧。“况且皇上的眼中，只有静夫人。”

“静……夫人。”我的声音有些颤抖，祈佑他……另有所爱了吗？

她突然一阵冷哼，“静夫人之所以受宠还不是因为她的身上有姑娘的影子，否则哪轮得到她宠冠后宫？”声音有了一丝畅快与不甘。

我的心跳因她的话加快了几分速度，但见她深吸一口气，从木凳上起身，“去用膳。”

来到正堂，桌上有满满一桌山珍海味，我与南月立于桌前侍候着她用膳，门外是程梦琳、小茜与两位公公守着。一丝月光照进，铺洒在地如凝霜，我与她们的影子交错重叠，拉了好长好长。

“对了，你们叫什么名字？”她突然想起了什么，细声开口询问，再抬起丝帕轻拭嘴角的油渍。

"回娘娘,奴婢南月。"

"回娘娘,奴婢雪海。"

她怔住,凝眸细望我,浅吟出声,"路径隐香,翩然雪海,好美的名字。"

"娘娘谬赞。"我回避着她的目光,生怕她会察觉出什么。

"奴婢能问娘娘一个问题吗?"南月突然插了一句进来,得到云珠的颔首应允后,她开启朱唇,"您的脸,何故如此?"

听了她这句话我在心中暗叹她的大胆,竟敢当着主子的面问如此避讳的问题,她是真傻还是充愣我就不得而知了。只见云珠目光一凛,良久才将紧锁的娥眉松开。

"为了从火海中将我生命中最重要的人救出,可惜,徒劳。"她冷淡地将我们屏退,独居案前,也不知在想何事,如此出神。

夜幕绣帘卷,虫蛩鸣深切,夜来花娇媚。

在云珠就寝前我与南月捧着亮赤金铜盆前往秋琳院的井中提水为她梳洗。

正好,由于正为就寝之时,在井边提水的宫女也就多了,排了长长的一条小队。等了一炷香左右的时间终于轮到我们,可是却被另外两位宫女给插了过去。南月一阵怒火将她们推开,"去后面排队。"

"你敢推我们?"其中有位差点被她推得摔跤的宫女怒气腾腾地叉腰大叫一声。

"为什么不敢?"南月见她火气大,也不甘示弱地叉起腰,想将她的气势盖过去。

那位宫女一见她的盛气凌人,有一刻的怔忪,"你们是哪个宫的?"

"翩舞阁。"南月很大声地报出了这三个字,却换来两位宫女的对望,随即轻蔑地一笑,眼中净是嘲讽与不屑一顾,"原来是那个丑贵嫔的奴才。"

"你们说什么?"我将挡在我身前欲发怒的南月拉开,冷冷地瞪着说话的那名宫女,连自己都感觉到自己的语气格外阴冷。

她一阵轻笑,更加放肆地出言不逊,"说错了吗,你们的主子根本就是丑陋不堪入目,也难怪皇上厌恶她到连看她一眼都不愿意。"

我的火气在她这句话落音后顷刻冲上心头,扬手就扯住她披洒在肩的发丝。一阵惨绝人寰的叫声划破这清冷的小院。她也不甘示弱地反手扯住我的手臂,用尽全身力气掐着我的手臂。我更是顾不得其他,双手齐上用力扯着她的发丝,而她则是一脸痛苦,掐我胳膊的手臂又加了几分力道。

"你好大胆……我们可是静夫人的侍女……"与她一起的宫女尖叫着拉扯着我,想将我拉开,却徒劳无功。

我绝对不会允许有人这样辱骂云珠，在我心中，早已将她当做我的亲人看待，况且她的脸也是因我而毁。

“你们还不住手！”一声怒喝让我们停下了手中的动作，接着一声“嘶——”的声音，在这安静的一刻格外刺耳。我的衣袖被那位宫女扯破一大半，显得残破不堪，手臂上雪白的肌肤露出几点，触目惊心。可是现在我已无暇注意我的狼狈，而是看着站在院门前的男子。

不知是谁先唤了一声“弈大人”，其他人跟着也纷纷跪倒，伏身而拜。独我立于原地，望着一脸冷漠略带愠怒的男子——弈冰。

他走向我们，视线来回地在众人身上扫过，最后落至我脸上，终于还是离开。似乎他并不介意我没规矩地站着，出言道：“你们好大的胆子，竟敢在后宫重地厮打。”

“是她先动手的。”那名宫女立刻抢先指着我，理直气壮地将责任推至我身上。

“是她先侮辱我们娘娘的。”南月不甘示弱地顶回一句。

弈冰皱着眉头，眸中闪过一丝不耐，“你们娘娘是谁？”

“绣贵嫔。”我用不高不低的语气回答，却再次吸引了他的注意。他用审视的目光将我从头至脚地打量了一遍，“你是谁？”

短短三个字让我心中一慌，他看出来了吗？不可能，我的容貌早已不是原来的样子，没有人会看出端倪的，除了这声音。“奴婢雪海。”

后来，这一场闹剧在弈冰的一句“散了”中结束。回到翩舞阁我向两位比我们早来的公公小福子与小善子打听起弈冰，从他们口中得知，现在的他已经是正一品领侍卫内大臣，皇上身边的大红人，百官巴结的对象。弈冰已经开始享受起这样奢靡的日子了吗？他已经忘记馥雅公主，忘记他要帮助我复国的承诺了吗？这样也好，你就安逸地过你的生活吧，反正对于复国，于离开亓国之时我便已放弃。

翌日辰时我与小茜准时进入云珠的寝阁为其梳洗，而南月与程梦琳则在外准备早膳。

“娘娘，奴婢为您梳妆。”我请她坐于金凤妆台前，将金木檀盒打开，里边琳琅满目的首饰令我眼花缭乱。

“随便一些。”她面无表情地回了句，我明白现在的她对梳妆打扮再无多大兴趣，毕竟她有一张骇目丑陋的疤痕。

我不语，只是动手为她绾鬓，此次所选双环望仙鬓，头顶双配五凤宝珠紫花钿，斜嵌碧玉兰熏缨络簪，耳挂玉蝶豆绿细耳坠，项佩珞金玲珑玫瑰环。轻描芙若柳黛之细眉，恰到好处，淡扑珍珠香粉于双颊，欲隐疤痕，微拂瑰香胭脂于两腮，白里透嫣红。

"大功告成。"我开心地后退一步，让她自己欣赏镜中的自己。

她不敢相信地眨了眨眼睛，似乎不敢相信镜中人是自己。她脸上的伤痕已被我利用香粉胭脂尽量隐去，若不细看实难发现。况且她原本就天生丽质，经珠光宝气，玲珑首饰一番装扮，她宛若脱胎换骨。

"雪海，你是怎么做到的？"她终于肯相信镜中之人真是她，即刻侧首询问。

我薄笑欣赏这样的云珠，只是说了句："娘娘，以后有雪海在您身边，您什么都不用担心了。"

听了我的话，她先是怀疑，后为迷茫，最后转为感动，晶莹的泪珠在眶中凝聚。

"娘娘……"南月慌张地跑了进来，神色焦急担忧，"百莺宫的静夫人请贵嫔娘娘过去。"

"她？"云珠一阵疑惑，而我明白，大麻烦来了，定是因昨日与那两名宫女厮打之事。正好，我也想见见这位静夫人。

宫楼曙色气派，辉煌壁彩铺陈，碧玉妆绿丝绦，屐齿印苍苔。

我们伴着云珠来到百莺宫的侧殿，一名高傲自负的女子在首位等着我们的到来，手中不停地把玩着茶水，似沉思。

我们都向她行了个礼，在起身时我听闻一声："夫人，就是她。"目光直射于我。

而我只是凝眸而望静夫人，乌黑的青丝，白嫩的娇肤，秀而细长的柳眉，修长深邃的凤目，配合着身上淡淡的天然幽香，如一幅令人倾倒的美女图。她，就是祈佑最宠爱的静夫人。她，也是那日在船上与我谈诗品画的女子，温静若。我不敢相信，她竟然就是宠冠六宫的静夫人，这是我万万没有想到的。

"不知静夫人请我亲来，有何赐教？"云珠睥睨她一眼后淡婉掠过，口气似有轻讽之意。

静夫人诧异地望着云珠的容颜微愣，随即平复失态，"绣贵嫔你的奴才可真厉害，连本宫的芷清丫头都敢打。"她将目光扫向我。

云珠顺着她的目光望向我，神色中竟暗藏一丝笑意，"打也打了，那夫人想怎么样呢？"

静夫人脸色一凝，因她这句挑衅的话而变色，"这么说，你想护着她？"

"夫人可有先问问你的芷清，在我打她之前，她都说过些什么？"我回视她的目光，丝毫不顾虑她的身份与凌厉之色。"你，把昨夜对我们说的话，当着夫人与贵嫔的面再说一次。"我指着脸色有些苍白的芷清。

她很为难地望望静夫人，再胆怯地凝了云珠一眼，一字不敢言。

"说。"静夫人厉声一喝，她立刻全身轻颤，"奴才不敢。"

"她说贵嫔娘娘丑，所以皇上厌恶她。"南月适时地开口接话，引得在场的静夫人与云珠脸色大变。

"夫人的丫鬟这样出言不逊，难道不该打？"云珠的声音格外生硬，略带一丝颤抖。

静夫人脸上一阵青白，"就算要打也轮不到这丫头打。"她伸出纤手指着我后一阵媚笑，凝视云珠，"况且，芷清说的是事实。"我猛然一怔。这话竟然出自温静若之口！是那日她隐藏得太好，还是我被她的外表所欺，竟然没有看出她是这样一个女子。

"静—夫—人。"云珠咬牙切齿地瞪着她，真的发怒了。

静夫人依旧笑得娇媚如花，"即使你用脂粉将那丑陋的疤痕掩饰得再好，也不能掩盖住你丑陋的事实。"

我看见云珠的双拳紧握，似乎瞬间就能冲上去给她一拳，但是这件大逆之事决不能让身为贵嫔的云珠去做。我一个箭步上前就甩了静夫人一巴掌，清脆的声响伴随着静夫人跌倒在地，周围一片冷冷的抽气声。

"放肆！"怒火中夹杂着凌厉，我全身一僵，仿佛已经定在原地不得动弹，望着一身金锦龙袍的男子由我身边而过。

他冷冷地扫了我一眼，再关切地将倒地的静夫人扶起，关切地询问她可安好，我知道，他没有认出我。"来人，将这个大胆的奴才给朕拖出去杖责六十。"冰冷无情的声音回荡在耳边。我笑了，让我苦苦惦念了四年的祈佑，要杖责我。

几名随同前来的侍卫上前欲将我拿下，云珠却紧紧地将我抱住，不让他们动我，朝祈佑乞求道："皇上开恩，皇上开恩。"

他漠然不语，轻轻抚上静夫人颊上那殷红斑斑的肌肤，目光柔情似水，眼中只有她。

"皇上，她只是一个弱小的姑娘，哪里承受得了六十大板，您会打死她的……"云珠死死抱着我，继续乞求。而我的目光却始终盯在祈佑身上，心，好疼。

"拖出去。"他不耐烦地下令，根本没有要放过我的意思，也不想继续听她说下去。

云珠突然将我放开，跪爬至他跟前："皇上，您就看在……臣妾曾冒死冲进火海救姑娘的份上，您恕了她的不敬之罪……”她的声音哽咽颤抖不止，后猛朝他磕头。

祈佑听罢，眼神一闪而过的异样，俯视地上的云珠，沉思半晌，终于开口恕了我，搂着小鸟依人的静夫人离开。这侧殿顿时陷入一片死寂无声，云珠无力地瘫卧于冰凉的地面，而我则木讷地僵在原地冷笑。

对，这就是我所认识的祈佑，冷酷无情，对于没有价值的东西从来不会多去费神思量关注。那么当初他又花了多大勇气才下定决心放弃他多年追求的目标欲与我在一起，如今的他是不是已经后悔当初冲动的决定？现今的馥雅，在他的心中还有多少地位？

“你想知道皇上为何会封我为贵嫔吗？”云珠依旧伏在地上，口气近乎绝望，“为了报恩，因为我曾冲进火海拼了命地去救一个姑娘而将容貌毁了。他感激我，同情我，可怜我，所以封了我。可他不知道，若终日要受他的冷落，我宁愿伴于他身侧伺候他一辈子。”

我跪在云珠身边，颤抖地将她环抱入怀。原来是我将她推入这无情的后宫，到头来依旧是我的过错。是我毁了云珠，是我……“娘娘，您不能再这样沉默下去了，您要将皇上的心夺过来。”

“夺？”她抬头，满脸泪痕，不解地望着我。

“我……会帮您的。”这是我的承诺，为了回报云珠这些年来为我所牺牲，所承受的一切，我一定会帮她。

第四章 QINGSHI HUANGFEI

翩然荧光舞

自上回在百莺宫得罪了静夫人，这一连三个月翩舞阁的奴才们受尽了六宫奴才的白眼，众人避之唯恐不及。此刻的翩舞阁只能用“冷冷清清，凄凄惨惨戚戚”来形容。不知不觉，秋至，落花红满地，秋叶即凋零，梧桐愁几许。

好不容易从公公们的口中打听到碧玉湖，位居中宫西面，据闻那里很邪门，常有许多不知名女尸浮于湖面。久而久之，这也就成了一个荒芜死寂、无人问津之地，可今夜我却一定要来。

磐月如馨溶溶若霜，映入平静泛光的湖面，湖岸旁满目荆横，野草丛生，密密麻麻更显幽森。我紧握手心的小布袋，沉思片刻，吐出一口寒气，迈步冲进这片几乎可以将我整个身子淹没的草丛，张开双臂不停地拍动荆草，顿时，绿光乍现，如幽繁绿星点点，在我周围萦绕飞舞。我的动作依旧不停，在丛中旋转拍打，风乱了我的青丝，流苏几点拂于眼前又被吹散，手心略微传来刺痛。

绿光飘然而舞，清风宛然淡吹，摇曳、萦绕、飞舞、交错，一切如幻然天成之美景。但此刻的我已顾不得眼前令我怦然心动之景，只知道，我要将更多的荧火虫召唤而出。

还记得那次逃亡，被祈佑救起后，他将我安置在客栈内，终于能睡上安稳的一觉。可是梦中却屡屡闪过父皇与母后惨死的一幕幕，我猝然从床上弹起，冷汗淋漓，目光迷乱。为了缓舒心中的压抑至客栈后院闲走，望着茫茫一片草丛，内心涌现凄凉之感，忽看几点绿光由草丛飞出，我眼光一亮，竟冲进了草丛，顿时荧光乍现，围绕着我的身边四散。我扬手轻轻拂过漫飞的荧火虫，脸上露出了沧然的微笑。

而祈佑却不知何时来到我的身边，我清楚地记得他对我说的话："馥雅公主，你真的很无情！"他的突然出声打破了当时的宁静，扰乱了我瞬间的享受。我停下手中的动作，望着他的目光有一丝警戒。他朝我走来，双脚踏入草丛中，惊起更多的萤火虫，"国破双亲亡，你还有心情观赏这群萤火虫，笑得如此开心。"

望着清俊雅然、神采飞扬的他，我的笑容也随之敛去，"我在笑，并不代表不为国破而伤。"侧首仰望漫天的绿光，神色缥缈，"这里每一只萤火虫都代表着我的希望，希望父皇母后在天上过得安乐。"

"你太天真。"他伸手捉住一只萤火虫，然后狠狠地将其捏死在手心，"萤火虫能代表希望？那么你求它帮你复国吧。"

我的脸色倏然惨白一片，血色尽褪，动了动嘴角却一个字也吐露不出来。而他俊雅温柔的脸上透露出张狂，笑得满是清冷，"我也曾经有过希望，但是后来我才发现，真的很愚蠢。若真想你的父皇和母后在天上安乐，就拿出你的勇气，为他们复仇吧。"

我苦笑一声，收回思绪，内心的仇恨，或许是被他勾起的吧。

"潘玉？"一声略带惊奇之音于我身后丛林中响起，这不大不小的音量正好在这幽静之处波荡旋绕，回音阵阵。

我怔在原地，手中的动作、脚下的步伐也停下，一刻也不敢动，更不敢回头。只听得一阵脚步声夹杂着寸草被折断的声音朝我而来，我心头一片紧张，霍然回首，盯着眼前突然止步的祈星，他脸上激动的笑容突然隐去，转为迷惑、失望。"你是谁？"

"奴婢雪海。"我低着头尽量压低自己的声音。

"连声音都这么像，你就是潘玉吧。"他半开玩笑半认真的语气真是惊了我一大跳，我认识的祈星没有这么聪明吧，难道短短四年就将他磨炼得更加成熟？"奴婢不懂您的意思。"

他一阵轻笑，我蹙眉望着他的笑，心里陡生寒意，他又在笑什么。

"你在这儿做什么？"他突然转移话题问我。

"捉萤火虫。"见他不再继续追问下去，我的心也渐渐放下。

他举头望着飞舞的萤火虫，微微叹一声："我帮你。"

错愕地盯着他，一阵迷惑，他一个王爷什么时候喜欢玩小孩爱干的事啦，童心未泯？在怔忪间他已将我手中紧捏的小布袋夺过，"你去捉啊。"

一听他提醒我才回神，莞尔一笑，回首朝那绿光闪烁的萤火虫扑去，完全放下心中的戒备，或许，只因他是我唯一的朋友。又或是因为他能向我坦白心中真实的想法，即使我的容貌已不如往昔，他却能一口叫出我的名字，而祈佑却不能，难道这就是爱人与朋友间的不同?

我捉了满满一掌心，合起再回首走至他身边，笑望他手中的布袋，却见他迟迟未有反应，我拿胳膊蹭了蹭了他，“想什么呢? 把它打开啊。”

被我一蹭他才回神，尴尬地笑笑，再将小布袋松开一个小口，让我将其全数塞进去，后又去捕捉。却听他的声音再次响起，“为何捉这么多萤火虫?不止是因为好玩这么简单吧? ”

“就是因为好玩。”我头也不回地说道，一声低微的叹息却让我停下手中的动作，不解地望着他:“为何叹气? ”

他苦笑一声，竟就地而坐，置身于漫漫草地。他可是位王爷，竟然全然不顾这草地上的肮脏? 只看他眼神飘忽着，随着萤火虫的飞舞而转动，“小时候，我也常与哥哥、弟弟们一起捕捉萤火虫。后来，母妃不允许我再与他们一起玩儿，她说这个宫廷除了亲生母亲，不可以相信任何人，就算平时对你再好的人，都很有可能在你背后捅你一刀。”借着月光，我看见他眸子深处的孤寂忧伤，如今的明贵人已经贵为太妃，难道她还未放弃想将祈星推上皇位的念头吗?

“其实明太妃说的也不无道理，就如太子殿下与祈……”我的声音越来越小，最后隐遁于唇中。

“我不记得有与你说起我的身份。”他颇有深意地说道，我正着急想着该如何解释我的失言，却被他打断了，“我送你回去吧。”

我点点头，也不想再多作解释，不论他看出什么端倪，至少他未追问下去，我很感激。更庆幸，我竟会有一个这么了解我的知己朋友。

夜迢迢，吊影苍波锁窗明。花隐香，夜来惊落满中庭。后宫祈星也不便去，只是将我送出了中宫。

我轻手轻脚地跑回房中，小心地推开门，尽可能用最轻的力气将门关好，怕吵到与我同住一寝室的南月。“你这些天常常很晚才归。”南月的声音倏然由身后响起，骇了我一跳。

“有些事办。”走至桌旁，拿起火匣点燃桌上的残烛。顷刻间，微暗的烛光将屋子点亮。

“办事? 贵嫔娘娘交代的? ”她从床上爬起，随手拿一件外衣披上朝我走来。

我不语，只是倒了一杯早已凉透的茶水，一口饮尽，洗去了我喉咙里的干燥之火。她与我面对面地站着，也倒下一杯，却只是捧在手心捏握着，“真是弄不懂你，为了这个不受宠的娘娘打静夫人，现在还为她如此奔波劳累，到头来还不是竹篮打水一场空。"

"做奴才的，为主子办事天经地义。"我放下手中的瓷杯，稍用了几分力，与桌面相碰发出一声轻响。

南月一声轻笑，小声附于我耳边道："如今的绣贵嫔是再无翻身之日，我们何不另寻投靠别的主子，谋条出路。"

"你知不知道自己在说什么？"我立刻出声制止她的不敬之语。

"在这个后宫，你若不懂依附权势就会过得很惨。正如那日在百莺宫，静夫人如此讥讽绣贵嫔，她却不敢出一声，只有你这个不懂事的奴才会为了她而得罪静夫人。皇上来了，他也没问谁是谁非就要将你拖出去杖责六十，绣贵嫔都是拼了命才保住你的小命，可见我们翩舞阁在这后宫的地位。"她一顿，转眸凌厉地望着我，又道，"若我们有一位如静夫人那般有权势有地位的主子……"

我不等她继续往下说，立刻出声打断，"够了！"

她许是被我这一声厉吼吓坏，哑然地望着情绪失控的我，我也发觉自己的情绪似乎过了，平复心中的激动，暗握双拳，"你也说了，那日贵嫔娘娘竟为了我这样一个卑微的奴才，不惜下跪乞求皇上饶恕我的罪过。试问这样一个好主子，我怎会抛弃她而另行高飞？"

"愚蠢！"她用力放下手中的杯，杯中之水因她的手劲飞溅而起，几点洒在我脸上，她的袖口也沾了不少水渍。

翌日戌时，我又去了中宫的碧玉湖捕捉萤火虫，祈星竟早早地在那儿等着我。他怎会料到我今日还会来？虽是疑惑重重，却未细问，只是与他共捕如流光闪烁飘忽的萤火虫。草草幽欢，秋月无端，轻风微凉，暗香入襟。

一连五日，他都陪我抓萤火虫到体力殆尽，布袋深满才送我离开中宫。可今夜他却带我去了他曾经居住的锦承殿，命人准备一桌酒菜。一壶花雕酒酿，酒香四溢扑鼻，闻着都令人心醉，四盘家常小菜，鱼鳞茄子，冰糖银耳，糟炒鸡片，金银豆腐。菜香萦绕，与酒香混在一起，引得我早已垂涎三尺。在这皇宫内能品上这一桌精致的民间小菜实属不易，我暗自感激他的用心。

"吃啊，还与我客气。"他见我不动筷，就催促了一句。

"那我不客气了！"拿起摆放于侧的汤勺盛了一勺放入口中，香甜之味由舌尖传至所有的味蕾。当我正吃得津津有味之时，却发现他始终未动筷，只是静静地盯着我吃，害得我怪不好意思的，立刻也催促着他动筷。

“看着你吃，真是种享受。”他带着亲切的笑容，如水透澈。

我将筷尖置于唇齿间一怔，后转为淡笑，“听你说话，也是种享受。”

一时，我们无言相望，淡然一笑，同时举杯相碰，清脆的声响敲打在我的心头。饮下一口酒，喉咙中火辣辣的不适，立刻夹起几片鸡片放入嘴里细嚼。侧首望着窗外的夜空，磐月惨淡，冉冉悬空俯视苍穹。我不禁扯开嗓子道：“对酒当歌，人生几何？”

我与他又对饮上几杯，很久，没有喝得如此尽兴了，“能与之结为莫逆知心之交，无关风月，乃我之幸。”此刻的我虽有醉态，神智却很清醒。

“既你已认定我为莫逆之交，那我问你一件事，要如实相告。”他盯着我半晌，似乎作了什么决定，终于开口了，“你是潘玉。”

“对，我是。”丝毫没有犹豫，脱口而出，再看看他的表情，很平静，显然他很早就料到我的身份了。我勾起淡笑，也问：“既我如实相告，你能否对我坦诚相待？皇位，依旧是你的夙愿？”

“是，从未放弃过。”他亦如当年在军帐内，肯定地对我交代着，无欺瞒，“皇上……纳兰祈佑，是否你心之所爱？”

他的这个问题让我的笑容一僵，随即敛去，他……如何得知我与祈佑之事？良久我都未出一语，只是为自己斟上一杯酒一饮而尽，未尽兴，又是一杯。连续五杯，直到祈星按住我置于壶上的手，阻止我继续喝下去，方终止。

他说：“既你不愿相告，我也不强你所难。”

我一直低着头，凝望手中紧捏着的酒杯，而杯底早已见空，我一声苦笑，“是的，我爱他。”

当我再次醒来之时已是第二日的晌午，日上三竿，骄阳似火。我揉着昏沉的太阳穴，迷迷糊糊地睁开眼帘，正对上一双关切担忧的水眸。我的思想还未反应过来，她就小心地扶着我倚上睡枕，“终于醒了？”

“娘娘，您怎么在这儿？”我的喉咙干涩，说出来的声音都是有气无力的。

“今早没见你来伺候，问起南月才知道你宿醉未醒，故前来看看。”她的声音轻柔如水，让我渐渐沉重的心也放下。

我再望望云珠身后的南月，奇怪之余就开口询问：“昨夜……我怎么回来的？”

“晋南王的侍卫将你送回来的。”她的表情古怪，我心中的疑惑更深，难道我昨夜很失态？努力回想着昨夜发生的事，却始终无法记起，不会说了什么不该说的话，又或是酒后乱性?

“雪海,你与晋南王认识?”云珠的眼中也出现了疑虑。

“不是啦,我无意中碰见他……后与他喝了两杯。”我丝毫没底气地解释着,这就是贪杯的下场,以后再也不喝那么多了。“对了,娘娘您今日可有服药?”我立刻转移着话题。

“一个时辰前已服下。对了,你这个方子还挺管用,连续服了两个月,这疤痕虽依旧可见,却已无隐痛,更没以往那么骇人。”她欣喜地抚上左颊那块刺目惊心的疤痕。

“娘娘若坚持继续服食此药,所有的隐痛都会消失的。”这个方子正是当年那位神医开给我的药方,虽说是为我重新易了一张脸,但隐于脸下的疤痕却时常隐隐作痛,折磨得我身心痛楚。直到神医研究出一个药方,我持续喝了半年,疼痛根除。所以我就想,虽然云珠的脸受伤多年,但此药方若用在云珠脸上应该也会见效,所以斗胆一试。果不其然,不止她的疼痛消失,就连疤痕上的血黑之色也渐褪,真不愧为天下第一神医所开之方。

“那我脸上的疤痕……”她期待地凝视着我。

我轻轻摇头,若此药真能驱除这骇目之痕,当初他就不会为我换脸。她略微有些失望地垮下双肩,不过很快就平复下来,扯出笑容道:“你的事办得如何?”

我不说话,只是望望依旧立于其后的南月,南月一对上我的目光,了然地福身道:“奴婢去为娘娘准备午膳。”

待南月退下后,我才放下戒备,轻附在她耳边低语:“十日后的中秋之夜……”

七日后我又去了中宫的碧玉湖,我希望能碰见祈星,有很重要的事要请他帮忙。天映水,秋已半,夜稀愁,幕轻风,尽消瘦。如今萤火虫已渐渐稀少,只是偶尔惊了荆条丛中会从里边飞出三两只,于此幽暗寂寥之处略显惊艳。

我越过草丛,坐于湖岸边,双脚悬空而轻扬,时而将平静的水面拂漾出一圈圈水波。自上回在锦承殿内喝醉到如今,我都未再来此,我只是担心那日的醉酒说了一些不该说的话,毕竟后面的事我全不记得了。

仰望漆黑的夜空,竟没有新月。过两日就是中秋,难道月亮也不愿意出现在这孤寂无情的红墙高瓦中吗?

“我以为你在躲我。”是祈星戏谑的声音,我很惊讶,我根本没有抱多大希望他会来此。他堂堂王爷哪有那么多空闲之时来这荒无人烟的地方闲逛?

侧首望着他与我并肩坐下,不自觉露出点尴尬之色,“那天晚上……我是不是很失态？”

他低头凝望水面，声音伴随着轻笑而逸出口，“让我见识到不一样的你。”

我静静地考量他这句话的真实含义，他又开口了，“说吧，有什么事找我。”

我一声低笑，他还真了解我，就料到我来找他是有事求他帮忙。既然他都已经猜到，那我也不拐弯抹角了，从衣襟内取出一张已折叠成方形的笺纸递给他，“想要你将这个在中秋之日交给皇上。”

他接过，摊开细瞧，由于天色无光，他要靠很近才能看清，“落香散尽复空杳，梦断姿雅临未泉。”

他浅吟完就将其收入怀中，爽快地答应下来：“没问题。”他一如四年前，对于我的所作所为不多问只字片语。

突然，几点雨水打在我脸上，我望望天空，“下雨啦！”难怪今夜月蔽云遮，空气沉郁，原来是大雨将至的前兆。

我与他立刻离开碧玉湖，冲至回廊避雨。幸好雨不是特别大，我们也跑得及时，只是湿了我额前的流苏。才站一会儿，雨却越发下得大，似乎没有停下的意思。

秋雨拂尽寒叶残，满院落红香敛去。一时间我们竟无言相对，并肩立于长廊边缘望纷纷雨水拍打在泥土间，飞溅至我们的衣角边。

“皇兄？刚去向母妃问安，听她说你早就回府，怎么还会在此？”说话的是朝我们迎面走来的灵月公主，她一袭紫衣凤锦缎裁剪的百褶裙，头顶飞月流风髻，珠翠首饰金光闪闪耀全身。她身后站着的却是多月未见，于我有救命之恩的韩冥，一身黑衣风袍，乌黑的发丝全由一条金缕龙绸带绑于脑后，不失贵气。

他看见我时，脸带惊讶之色，却又碍于旁人未出声询问，我则是平静地向他们行礼。

“皇兄，你什么时候对这样的小宫女有兴趣了？”灵月公主的眼光在我脸上徘徊片刻，“生得倒还算水灵乖巧，只不过……合你口味？”话语中充斥着玩笑之气。

“灵月，别瞎胡闹。”祈星的声音多了几分凌厉。

她不但没因祈星的话而收敛，反而继续向我问道：“你叫什么名字，哪个宫的奴才？我向你们主子讨要了你怎样？”

“她叫雪海，翩舞阁绣贵嫔身边的丫头。”祈星没有反驳她，只是将我的身份告知于她，我还在奇怪他的声音为何多了几分警示之意，就发现灵月的脸色变了。

“绣贵嫔？”声音一个转调，格外严肃，却又暗藏几分凌厉，这是为何？难道云珠在这后宫真的已成为众矢之的？

“好了，灵月。”祈星的声音落下，此长廊又转为一片安静，各怀心事，气氛开始变诡异。在提到云珠后，灵月就不说话了，这其中定然有原因，我一定要弄清楚，才能保云珠在后宫安然生存下去。但眼前最重要的是一定要让皇上宠幸云珠，这才是确保她安危的保命符。

中秋佳节，秋高气爽，和煦风布暖。虽早就听闻奴才们说起，皇上今日会与静夫人共度，任何人都不许滋扰，我与云珠却还是早早就至未泉殿的庭院内等待着皇上的驾临。云珠很紧张，交握的双手紧紧扣在一起，关节泛白，无一丝血色。这样的她我还是第一次见，从何时起祈佑在她心中的地位竟如此根深蒂固？

我望着身后那扇紧闭着的门，回忆如泉涌入脑海，就在里面，他说过，要我做他名正言顺的妻子。我与他之间的感情也仅有一句缥缈的承诺而已。今日所做之举，不仅为云珠，更为想确定如今的馥雅在他心目中的地位。

夜幕低垂，筱墙藓阶蛩切，明月如盘悬于苍穹睥睨天下万物。我累了，孤坐廊前凝月，影子渐长递寒，风飘袂。而云珠则呆呆地站在庭院中央，凝眸而望，眼中的光彩由最初的期待转为黯淡失望，可她依旧痴痴凝望。

他，真的不来了吗？还是祈星未将那句诗交于他手中？又或是他根本没看懂其中之意？

“雪海，我们……”云珠收回视线，望着我，似乎已经放弃了。

“皇上驾到——”一声高亢的吆喝打破了这哀伤的气氛，我与云珠跪下行礼，他淡淡地扫了我们一眼，挥手示意我们平身。

“落香散尽复空杳，梦断姿雅临未泉。”他将我写在笺纸上的话念了出口，“你大费周章地请朕来此是何目的？”

“皇上，您与娘娘进屋谈吧。”我立刻出声插了进去，现在的云珠说再多都是枉然，只有进了那间屋子才能继续说下去。

他倏然侧首用犀利的眸子盯着我半晌，终究还是收回目光，将深邃失望的目光转向云珠，“有什么话就在这儿说，静夫人在等朕。”

“皇上，夜寒露重，请先进屋吧。”她轻声细语地恳求着。

他深吸一口气，沉思片刻，终是移步朝屋前走去。我小跑至前，为其开门。“吱——”一声轻响传遍空寂之庭。屋子内绿光乍现，原本暗然之地却已萦绕着漫天萤火虫，若隐若现，忽明忽暗。

祈佑惊讶地踏进门槛，眼眸一眨不眨地盯着四周，也不知在想什么。云珠紧随其后而入，几只萤火虫由门内飞出，仿佛得到自由，漫漫朝上方飞舞向远方，最后隐遁而去。

“皇上，这满屋的萤火虫是娘娘连日来耗尽心力捕捉而来，每一只都代表她的一个愿望，希望她的姐姐在天上能过得幸福快乐。”我的声音虽小，可却字字铿锵有力。

“姐姐……？”他收回被此景震撼的眸子，回首深望了我一眼。再看云珠，可以清楚地瞧见他的眸子已无初时的漠然。

云珠用力点头，“在臣妾心中早已将姑娘当做亲姐姐，今日乃中秋团圆之夜，臣妾怕姐姐一个人太孤单，故请皇上前来此处，欲与您共同陪伴姐姐度过今夜，让她知道，还有人正在惦念着她，从未忘记过。”她的声音哽咽，带着哭腔。

望着祈佑的目光由惊讶转为哀伤，我小步后退，顺手将门轻轻关上，给他们一个安静独处的机会。门一丝丝地相掩，最后紧闭，阻绝了我与祈佑。我的手指深深地掐进赤红朱木门，为什么，我的心要痛？里面那个是我妹妹，不可以，怎么可以痛。这是我欠她的，既然欠了，就该还的。

松开紧掐的双手，转身欲离开，却隐隐听见里面传来云珠的声音，“皇上，就让臣妾代替姐姐来爱您。”

我笑了，苦涩之泪却从眼角滑落。对，就让她来代替我爱你，我相信，她做得绝对会比我好，我放手了，纳兰祈佑，我彻底放手了。

湖光烟霭中，风劲落红如剪，爽气飒秋，萧瑟西风满院残。

我倚坐在未泉宫门外冰凉的石阶上。我不敢在庭院继续待下去，我怕自己会控制不住而冲进去，双拳紧握，指尖深深掐进手心，却感觉不到疼痛。曾经我以为自己会不在乎，我以为可以很大方地笑看他们恩爱甜蜜，然而我却错了，错得离谱。

今日我证实了一件事，祈佑依旧爱着我，从来没有变过。我本该开心的，可是我却开心不起来。天下最让人肝肠寸断的事，不是上穷碧落，不是两处茫茫，而是我就站在你面前，你却认不出我。

“问世间情为何物……”

原本的思绪因这一句话而回神，迷茫地望着倚在我对面高墙边的韩冥。“这么俗的诗你也拿出来念。”轻哼伴着轻笑，我狠狠地顶了他一句。

“那我该说些什么？这个世上只有月光是最干净的？”他仰望明月，轻笑而语，再见他，却发现，原来他的脸上多出了许多沧桑，这几个月，他过得不好吗？

我只是怔怔地盯着他，没有说话，他收回目光，瞅着我，正好对上我的目光，“当我听周围的孩子说起，你被官兵征召进宫了，我就没想过要再找你。因为我知道，以你的才智，完全可以躲过此劫，而你却进来了，唯一可以解释的就是，你自愿而来，你还是放不下他。"他的目光几乎要将我看穿，"可是今日，你却将自己最爱的人推到绣贵嫔身边去，这就是你进宫的真实目的？"

我依旧不语，淡漠地望着他，但是我的心早就因他的话而崩溃。如果可以，我真的很想大哭一场，但是我不能。曾经，即使再疼，再苦，我都不会哭出声，我不可以。

"你是胆怯，所以不敢与他相认，你怕自己这张脸他会厌恶是吗？"他的声声质问抨击到我的痛处，我大声否认，"不是！"

他突然冲上前，抓住我的手腕，"好，那我现在就带你去见他，亲口告诉他，你就是潘玉。"

"不要……"我立刻想甩开他的手，可是他握得很紧，我无法甩开，可是我仍用力挣扎，感觉手腕都要脱臼，疼痛锥心而袭全身。

他见我疯狂地挣扎，立刻松开了我的手，我狠狠地跌坐在地上，双手撑在地面，眼泪悄悄地滑过，滴至手背、地面。"是，我懦弱，我愚蠢，可是这就是我，那又怎样？"

他蹲下身子，伸手抚过我脸上的泪痕，"对不起！"

"在他心中，我早就已经死了。既然他已认定我死，为何又要重新出现在他面前？就算出现了又能怎样，我这张脸下，有多么丑陋……他身为一国之君，怎能要这样一个女子为妃……况且……"况且，我还是夏国逃亡的公主，若我的身份被揭穿，那祈佑当初对太子的阴谋就昭然若揭。

他突然将我揉进怀中，我惊讶地望着他，想挣扎出来。他却用了更大的力气将我搂在怀中，用很平静的语气说："容貌，并不是全部，在我心中，你永远貌若天仙。"

第五章 QINGSHI HUANGFEI

唯有香如故

翌日，专侍养心殿的总管太监徐公公带着皇上的册封绣贵嫔为绣昭容的旨意来到翩舞阁，后面还有二十来个太监宫女手捧珠宝绸缎而来。

“皇上有赏，金凤五只，嵌五等东珠二十五颗，内无光七颗，碎小正珠一百二十颗，内乌拉正珠两颗。”

“皇上有赏，帽前金花两枚，嵌五等东珠两颗。”

“皇上有赏，金嵌珊瑚项圈一围，嵌二等东珠五颗，五等东珠两颗。”

“皇上有赏……”

仅在一夜间，绣贵嫔连晋三级为昭容，位仅次于皇后和三夫人。昭仪，所有的人都不敢相信，这样一个身份卑微、容貌丑陋之人竟能得到皇上如此的宠爱，奴才们更是众说纷纭。他们只知道在中秋之夜，皇上抛下最为宠爱的静夫人而在未泉殿宠幸了丑绣贵嫔，却没有人知道其中的真正缘由。

一连五日，皇上都亲临翩舞阁，宠幸绣昭容，甚至下完早朝就直奔翩舞阁，与之闲聊对弈品茗。每日来翩舞阁拜访的小主与妃嫔更是络绎不绝，顷刻间，绣昭容的势头将静夫人的光芒压下。

望着如今的翩舞阁，早已不同往日。可是我却忧心了，锋芒毕露很容易腹背受敌，况且云珠在朝廷上根本没有可以支持她的后盾，很危险。

“我真的很好奇，你如何一夜间让绣昭容得宠。”南月好奇地挤到我床榻上询问，满脸期待着我会告诉她。

莞尔一笑，将溜至腰间的被褥往上扯扯，“娘娘原本就天生丽质，一朝得宠很平常啊。”

她白了我一眼，“你只会敷衍我，早知道就不问了。”她挪挪自己的位置，又朝我靠近了一些，小声地问："你到底是绣昭容的什么人，为何这么卖命地帮她？亲戚？姐姐？”

我仔细望着她的表情，想从中寻找出端倪，“你想多了，只要主子受宠，奴才当然也就沾光了。”

她微微低着头，轻摇头，“你认为她能受宠多久，一个月？半年？在这后宫三千佳丽中，多少莺燕，而娘娘她既无倾世美貌，更无靠山，终会被皇上遗忘的。”

“你深有感触？”听着她的话，我才惊觉她一点儿也不简单，她到底是什么身份，来到翩舞阁又有什么目的？

“睡吧。”她爬下我的床榻，那一瞬间，我在她的眸中看见一闪而过的亮光，我的疑惑再次加深。一切似乎都冲着云珠而来，那么云珠到底因何事引火上身？难道她发现了什么不可告人的秘密？其中的千丝万缕我怎么也理不出个头绪。

以祈佑的聪明才智来看，不会不知道祈星的野心。那么现在的祈星正处在悬崖边缘，只要祈佑下定决心推开他，他就会陷入万劫不复之地。可是这一年来，祈佑不仅没有着手对付这个对自己极有威胁的哥哥，反而将灵月公主赐婚于韩冥，他难道不怕韩冥倒戈，与祈星连成一线对付他？他到底想做什么，云珠与这场宫闱争斗又有何关联？

阁内檀香阵阵扑鼻，金猊香炉余烟袅袅轻散，笼罩着四周，温馨之感油然而生。皇上下了早朝又来到翩舞阁小坐，突然兴起竟与绣昭容对弈棋局。我在一旁伺候着，目光也一直停留在棋局上，她已经连输三局了，这第四局怕是又要惨败，皇上用引蛇出洞的计谋将她一步步诱进自己的圈套，最后将她的白子逼入绝境。

“不玩了，又输。”绣昭容将手中的棋子丢进盒中，棋子间的相碰，发出清脆的声响。

皇上勾起一笑，“你的棋艺还稍欠火候。”拿起手侧的汉玉璧杯，小吮一口香茶。

我看着他们俩和睦甜蜜地相处着，心中的开心却多过苦涩，这样的情形真像四年前啊。云珠的那句“只求今生能伴在姑娘与主子身边，别无所求”至今仍令我记忆犹新，现在我们仨又重聚小阁，虽然你们不识我，但是能伴在你们身边，此生我亦无憾。现在，祈佑与云珠，就是我的主子。

“如果皇上能赢了雪海，臣妾就服输。”她突然起身拉过我的手，轻轻地将我推到皇上面前。

皇上若有所思地望了我一眼，“她就是那日冒犯静夫人的奴才？”犀利的目光来回在我身上打转，我慌乱地低下头回避他的目光，“正是奴婢。”

“你的胆子还真大。”他的声音似乎永远都是淡雅如水，清风遐迩，听不出喜怒，这才是他最可怕的地方。

“皇上，其实那日是静夫人先……”我想将那日的情况和盘托出，我很肯定，云珠丝毫没在他面前为自己辩解过。

“好了，后宫这些琐碎之事朕没有兴趣知道。”声音中夹杂着不耐之色，显然他早就了然这后宫妃嫔间的相互争斗谋权，他只是充耳不闻罢了。“陪朕下一局。”

我不自然地坐下，身子在椅子上轻挪了一会儿。我从没想过，今日可以面对面地与他同坐对弈，颤抖着从盒中取出一枚白子，轻轻地落在棋盘正中。

此局，我们下了一个时辰才结束，我输他十子。“皇上棋艺精湛，奴才献丑。”我即刻从椅子上起身。

他将半倚着的身子坐正，细细地打量着我，目光炽热灼人。我的手心、额头已溢出冷汗。他，到底在看什么？

云珠也发觉这古怪的气氛，霍然出声打破，“皇上，她的棋艺不错吧？”

“的确不错，但是，不是棋艺，而是心思。”他犀眸依旧徘徊在我脸上，“一边要考虑着如何应对朕的攻势，另一边还要考虑着如何不着痕迹地输给我。”

听完他的话，我不语，算是默认吧。虽然他的棋艺堪称一绝，我若要赢他也没多大把握。但他毕竟是九五之尊的帝王，我若尽全力却不小心赢了他，龙颜大怒，又要拖我下去杖责六十大板。我可没那个胆子去挑战皇上的威严。

“朕现在让你赋词一首。”他似忽然兴起，又似故意刁难地出了一题。

我心下拿不定主意，便侧首望望云珠，却见她薄笑点头，示意我可以赋词。我收回视线，静静地闭上眼帘，那一瞬间浮现在我脑海中的是中秋之日，云珠于庭院中痴痴守望的孤寂身影，倏然睁开眼帘，脱口吟出：

落花飞舞，寒光掠影轻罗衫。

倚门望，凝眸思语，郁郁殇红颜。

黯然回首，轻舟泛水水空流。

雁单飞，泪落无痕，凄凄魂飞苦。

我的声音戛然而止，阁内骤然沉寂无声，却见祈佑豁然弹身而起，“你的词，还未赋完。”这一声惊了云珠，也惊了我。我们怔怔地望着情绪略微有些波动的他。

“皇上，奴才已然赋完。”我平复心境，倩兮一笑，保持自然之态。

他凌厉地盯着我，似不罢休，启开唇想再问，却有一个比他更快的声音由外边传来："皇上，静夫人在御花园昏倒了。"

皇上最终还是与静夫人的奴才芷清匆匆离去，我只是嘲讽一笑，昏倒这个借口虽不够新鲜，但是他还是去了。选择权在祈佑身上不是吗？他因为在乎她，即使知道是假，却还是选择去了。绣昭容并不是特别在意他的离去，或许她认为现在得到的恩宠已经够多了，她真的很容易满足。

她吐出一口凉气，轻靠上锦衾貂毛椅上，似乎累了。我至她身边轻轻地为她捏着双肩，让她缓和倦态。

"你那首词未完吧？"她的声音很低沉，此起彼伏显得缥缈不真实，"在皇上面前不便吟出，在我面前也不行吗？"

手中的动作僵住，怅然侧首仰望窗外，苦涩涌上心头，却悠然一笑，"后面几句俗得很。"

深深地吸了口气，才吟念道：

为情伤，泪似轻纱飘风随影去。

为情累，雨若悲秋纷飞孤城壁。

人面桃花，宫寂悲怆，红墙朱门，庭院深锁。

倾国倾城也枉然。

酸涩之感涌上眼眶，心头一热，泪凝在眶。此词前段是云珠的相思之苦，后段却是我此刻最真实的心境。当我将目光从窗外收回来之时，云珠已经回首凝望我，眼眶也有一层薄薄的雾气。

"雪海，怎么办呢？我对你很好奇。"她虽蕴着笑，但我却能体会到她那张笑容背后深藏着的苦涩，"虽生得一张普通的容貌，却无法让人忽视你的存在，你身上那股高贵出尘的气质莫说本宫比不上，就连静夫人也稍逊三分。言谈举止更是风雅犹绝，文采出众，诗词精湛，实乃奇女子。可你为何入宫呢？为何又要帮我呢？为何你能引得一向冷静的皇上动容呢？为何……我对你似曾相识呢？"她似在低喃浅吟自语，又仿佛在向我质疑询问。

"娘娘一连四个'为何'，奴才该如何回答您呢？"我怅惘一叹，心愈发压抑躁动，是被这个皇宫所逼吗？心头仿佛有一块千钧大石压在我心头，我无法移动它分毫。

她缓缓地将身子坐正，再慢慢地瘫软到椅中，沉沉地闭上眼帘，不再说话，也不知在想些什么。

"奴才想问娘娘一个问题。"我没得到她的回应，但我知道她在听，就继续问了下去，“皇上真的只因你救过那位姑娘而册封你吗？”

依旧紧闭双目，闭口不答任何一个字，但她胸口紊乱的起伏已经给了我答案。云珠，真的是个很单纯的孩子，连骗人，都不会呢。

当夜我就听闻一个消息，静夫人已怀有一个多月的身孕，皇上高兴之余设宴养心殿，请众妃嫔前去赴宴庆贺，毕竟静夫人是第一个为皇上怀上子嗣的妃嫔。所谓“不孝有三，无后为大”，如今有了子嗣就能更加稳固皇室根基。

今夜我本想为云珠盛装打扮一番出席晚宴，她却拒绝了，她只让我为她稍施粉掩去疤痕。我知道她的用意，她不想与众妃争奇斗艳。在这后宫像云珠这样没有欲望和城府的女子已经寥寥无几了。

我与南月伴着她至养心殿，里面云云众妃已不下二十人，个个美艳绝伦，争相斗妍。坐在皇上左侧的正是当年的韩昭仪，如今的韩太后，她已三十有余，依旧风华绝代，冰肌玉骨，只是眉宇间少了当年的风情万种，妩媚娇柔，多了一份成熟老练，肃穆严谨。右侧坐的是祈佑的皇后杜莞，她一直温莞煦笑，神情自若，当了皇后就是不一样，学会了冷静自持，这么多年来，她一定收敛了不少。杜莞下首是一脸疲倦却依旧自负的温静若。

静夫人，鼻腻鹅脂，香培玉琢，其素若何，珠翠辉辉，观之高傲。

邓夫人，翩跹袅娜，纤腰楚楚，娥眉颦笑，唇绽如花，榴齿含贝。

陆昭仪，明眸皓齿，柔媚娇倩，皎若朝霞，珠光宝气，光艳照人。

妍贵人，莲步乍移，回风舞雪，冰清玉骨，其神若何，淡雅高贵。

华美人，淡扫娥眉，质美如兰，香娇玉嫩，盈盈秋水，仙姿玉色。

惠才人，月眉星目，绰约多姿，珠围翠绕，秀色可餐，分外妖娆。

……

这些就是祈佑的后宫啊，皆是天资国色，令人看一眼都已难忘。我不禁昂首望着居于龙椅之上的祈佑，俊雅秀目，龙章凤姿，皓齿朱唇，眸若深潭，神仪明秀，浑身上下都散发着王者气派，令人只可远观，而不敢亵渎。

在与韩太后低语的他突然转头朝我这儿望来，目光锁定的不是别人，正是我。也许是被他仿若深潭的眸子吸引住，我一时竟忘了移开目光，就这样静静地与他对视。

“雪海，在她们中，是不是我最丑？”绣昭容的一声低唤将我敲醒，我仓皇地移开目光，不自然地回道：“娘娘，您一定要有信心。”

我藏于衣袖中的手缓缓握拳，刚才那份伤感哀伤，我真真切切地体会到，那是压抑许久已死亡的心，因他的目光再次获得重生，那种久违的心动，可以称之为幸福、甜蜜吗？那一瞬间……属于我的也仅有那一瞬间的注视而已。

这次的晚宴在祥和安逸中结束，静夫人由皇上亲自送回百莺宫，其他嫔妃也都各自回宫。而韩太后却将绣昭容叫住，喊往太后殿。一路上她也只是闲话家常地慰问几句，也无锋芒毕露的问题，但是我知道，绝对不止慰问几句这么简单。

梧桐临风枝摇散，晚来溢清寒，稍拢衣襟御小寒。随着太后至金碧辉煌、庄严肃穆的太后殿，韩冥就迎了出来，我一见到是他，立刻低下头不去注视他，心中又想起中秋之日他对我说的话。

"只要你愿意，我现在就向皇上要了你，你就不用再承受如此伤痛。"

那一刻，我真的动摇了，很想开口答应，但是我的心不允许，不允许我的心里装着祈佑却与韩冥在一起，不允许我抛下身边孤立无援的云珠而离开，所以我拒绝了，狠狠地拒绝了。

"不可能，我的心只有一颗，它全给了一个人，那就是纳兰祈佑。"

他听完我的话后就笑了，笑得轻狂，夹带着几分凌傲。这样的他，我第一次见。

"你猜，太后、侯爷与娘娘在里面说些什么？"南月将头凑了过来问我，扰乱了我的心绪。

我微恼地望着一脸诡笑的她："你很想知道？"

她即刻点头表示她的好奇，"若普通之事根本无须将我们支开留在殿外，肯定有着什么不可告人的秘密。"

"做奴才的还是守好自己的本分为好。"我口上虽是训斥警告，但是心中却也顿然生疑，云珠竟与韩太后也有牵扯。

直到云珠一脸惨白地从太后殿内走出，脚步虚浮，目光呆滞，我担忧地伸手想去扶她，却被她一把甩开。我怔然地望着情绪波动变大的她，更肯定了我的猜测。云珠一定知道一个不可告人的秘密，牵涉了韩太后、韩冥、明太妃、祈星、灵月，甚至……祈佑。那么，到底是什么秘密，竟然牵涉了这么多大人物？

当我还未将问题理清时，云珠猝然倒地，寒风晓雾，暗尘飞舞。

云珠的晕倒使原本打算于百莺宫安寝的祈佑改变了心意，他顶着漫天小雾赶到翩舞阁，我瞧见他凝望云珠的目光，是心疼，是自责，还有愧疚。

她躺在软榻上不住地轻咳，这个病情从我第一日来到翩舞阁就已警觉，我多次劝她请御医，她却怎么也不肯，总说是小病。"皇上，请位御医给娘娘瞧瞧吧！"

“不……不要请……御医。”云珠着急地接下我的话，此时已语不成句。

祈佑紧紧握着云珠的手，仿佛有千言万语要说，口中却没吐出一个字。

“主子……”云珠突然一改称呼，唤他为主子，“云珠不怕死……只是舍不得主子呀……您孤寂了一生，云珠真的不忍心离开……”她眉头因疼痛而深锁，目光涌现不舍。

祈佑依旧没有吐出只字片语，我的心如刀割，不好的预感涌出，似乎……似乎……我不敢相信地摇头，他真的要将云珠推上绝路吗？“不……你不能死。”我大喊一声，冲跪到榻前，紧紧搂着她，生怕一松手，她就会永远闭上眼睛，“娘娘只不过是患了小小风寒，喝几服药就会好了，怎么会死！”

“传朕旨意，”祈佑突然松开她的手，由榻上起身，转而望向窗外漆黑的夜色，“绣昭容，温婉端庄，聪慧灵巧，深得朕心，册封为正一品绣夫人。”

听完这个旨意，我的手一松，瘫坐在地，冷笑。他以为云珠要的是身份地位吗？我的不谅解、我的恨立刻涌上心头，全归咎于祈佑。他为什么不请御医来为云珠诊脉？他为什么到此时都不愿给云珠一句体贴关怀的话语？他为什么……要将云珠推开？他是一国之君，连自己的女人都保护不了，那他费尽心机登上皇位又有何意义?!

那夜皇上与我一同陪伴在云珠的床榻边伴她入睡，一刻也没有合眼。在沉睡中的她很安详，只是时不时轻咳几声，在安静的寝宫内格外响亮，回声蔓延到最深处。“皇上你走吧，这里有我照顾着。”

他突然紧握我的手腕，鸷戾冷凝地望着我，“你是谁?！”

我全身僵着不敢动，也不敢抽回手腕，无力地回望着他质问的眼神，张了张口却无法吐出一个字，他认出我了吗？我的心里有些期待。

他掐住我的手却更用力了，“你与祈星什么关系，他为何要帮你送信？”

一阵轻笑逸出口，我低着头，依旧没有说话。原来是我的奢望，他怎么可能认出这样的我，在他心中我早已死去。“他派你来翩舞阁监视云珠的？”

我用力想抽回手，却怎么也无法挣脱，“奴才不懂皇上的意思。”

“是么？”他突然松开了手，我整个人重重地跌坐在地上，疼痛由臀部蔓延至全身。我凝眸笑望他，带着一丝嘲讽，“绣夫人如今已危在旦夕，您还有心抓奸细。”

他的眼中突然闪出一丝无措，迷茫地望着我，“你……”他突然伸手想扶跌在地上的我，我倏然甩开他的手，很用力地甩开。

“那日祈星还告诉朕，你就是潘玉，他以为找个声音、背影与她神似的女人来到朕身边，他的计谋就能实现？”他突然笑了起来，我却完全怔住，祈星……祈星？

那日在锦承殿的一幕幕突然由我脑海中闪过……

我一直低着头，凝望手中紧捏着的酒杯，而杯底早已见空，我一声苦笑，“是的，我爱他。”

“云珠到底是谁？”他倒下一杯酒一口饮尽。

“云珠……是沈询的女儿，她的命运真的很不幸，你若能帮到她，就帮帮她吧。”我又为自己斟上一杯酒饮下。

“沈询？那么皇上……”他突然轻笑，放下酒杯凝望着我，眼中有着了然。我看不懂，我的思绪已经无法思考，最后倒在桌案边，不醒人世。

我垂下头，泪水沿着眼角滴至冰凉的地面，水渍在地上蔓延了好大一片，我的泪不是为祈佑不能认出我而流，而是为祈星。原来，他一直也是在利用我，他故意将我灌醉，想套我的话，那句“能与之结为莫逆知心之交，无关风月，乃我之幸”真是一个天大的笑话，我真没有想到，出卖云珠，出卖云珠的人，是我，竟然是我。

他见我不说话，以为我默认了，口中却传来一声细微的叹息声，似乎有些失望，“你，现在就离开翩舞阁，离开云珠。替朕给祈星带句话，安分一点，朕对他的容忍已到达极限。”

我猛然从地上爬起来，傻傻地望了他一眼，提步就冲出寝殿，南月却在外面将我拦住，她用奇怪的目光望了望敞开的宫门，再望望我，“你去哪？”

“让开！”我心情躁动，口气冰冷。

“想知道真相的话，随我来。”南月的唇边勾起一抹轻笑，笑得娇媚，我也笑了，我果然没猜错，她真的是奸细。祈星派来的奸细是吗？那么就由她带我去揭晓这个谜底吧。

当我再次踏入锦承殿之时，祈星依旧在殿中央摆放了一张小桌案，四个家常小菜、一壶陈年花雕。我尾随在南月身后朝他走去，他满满地斟上一杯酒端至我面前，我立刻扬手挥开，酒杯从他手中飞出，酒洒了满地，玉杯在地面来回翻滚了好几个圈才停住。

“为什么？”此刻的我心中只有这三个字要问。

“你都知道了。”他勾勾嘴角，神情淡漠，不喜于色。

“我问你为什么？”我再也克制不住心里的激动，朝他大吼而出。他为什么连我都要利用，皇位真的能令人丧失理智，出卖灵魂吗？

他淡漠的目光突然转为伤痛，后转为疯狂，“因为他害死了父皇。”他双手一挥，掀翻了桌上所有的盘子，"噼里啪啦"摔在地上发出骇人的声响。

我冷笑，他的借口也太牵强了吧？先帝是他的亲生父亲，且答应要传位于他，祈佑根本没有理由害死先帝，更何况，天下人都知道，先帝是积劳成疾而病逝。

"我知道你不相信，但是你必须信，父皇就是纳兰祈佑害死的。"他恨恨地瞪着我，食指一伸，笔直地指着我，"始作俑者就是你，潘玉！或者称你为馥雅公主更为恰当吧。"

"我不懂你在说什么。"我无力地后退几步，再无多余的力气站正身子，他……怎么会知道？

"你很奇怪我是如何得知你与祈佑的关系，又是如何得知你的真实身份，父皇又为何因你而死吧？"他轻笑，收起激动的情绪。

"那日揽月楼无故发生的一场大火，潘玉被活活烧死在里面，当我赶到的时候，清楚地看见一向冷静自持的祈佑激动地望着那具面目全非已被烧焦的尸体，流下了几滴眼泪。当时我就奇怪，他为何而哭，为你吗？那么你是他什么人，你们之间又是何关系？但是我却没有多加细想。

直到阴山之战，你就活生生地出现在我面前，求我放过卞国丞相，那你与连城又是什么关系，为何又要躲着不敢见祈佑，揽月楼那场大火又是怎么一回事，是谁的杰作？"他将一个个问题清晰地分析出来呈现在我面前。

"那么，你如何找到答案的？"我僵硬着声音询问道。我总认为祈星了解我、体谅我，什么都不会多问，原来我错了，他不是不问，是将所有的疑惑放在心里，事后去细查，我却傻地认为，他将我视为知己朋友，多么可笑。

"当然是从你那位胆小懦弱又贪钱的父亲潘仁那儿得知。"他从怀中取出一方锦帕擦拭着手中因掀盘而沾到的油渍，"我一直奇怪你与他的关系，根本不像父女。那夜我就连夜派人将他远在苏州的妻子、女儿掳来，逼他讲出你的身份，他害怕之余将所有的事和盘托出，你与祈佑的身份就已了然。那么你到底是谁？于是我派人拿着你的画像四处打听，终于从夏国的一位官员口中得知，你就是夏国曾经的馥雅公主。那么你来亓国的目的就是为了复国，你与连城的关系就已昭然若揭。"

"对，你说的一点儿也没错。"我很佩服他的才智，原来是我小看了他，一直以为他只会打仗，对于皇室中复杂的争斗根本一无所知，是他隐藏得太好，还是我太相信他了？

他将手中沾满污渍的锦帕丢至地上，"我还真是小看了七弟，一直以为他清心寡欲，与世无争，却万万没料到，他比谁的野心都要大。"

“当后来，父皇开始信任他，慢慢地将兵权转交于他，我就想到揽月楼那场大火。有能力让揽月楼突然着火，又让所有人误以为潘玉已死的只有父皇一个。这一切都告诉了我，父皇想将皇位传给祈佑，其用心良苦连我都妒忌。从那一刻起，我就放弃了争夺那个宝座的念头。”他的神色哀伤，语气中也有着不甘心。

“两年前，身强力壮的父皇突然染上了痨病，身子不行了，每日不断轻咳，愈发地严重厉害，所有御医都说父皇是劳累成疾。一年后，父皇病逝养心殿，当日，主治父皇病情的刘御医也消失了，我的疑心又起。我把目光盯上了这几年一直伺候父皇起居的云珠，她为何会突然被册封为贵嫔？于是我将南月安插到她身边。”

此时南月优雅地上前一步，朝我轻笑，“我曾向王爷描述过绣昭容的病，竟与先帝的病出奇地一模一样，只是轻重不同而已，所以她一直不敢请御医，生怕遭人怀疑。那你知道这个病为何在云珠身上也有吗？皇上的御膳，奴才们都必须事先试吃，以防有人下毒加害，她就是每日为先帝尝那些有毒的菜才患上此疾的，而菜里的毒，正是她每日一点一点地加进去的。”

“我真的很佩服她的勇气，为了七弟竟然连命都不要了。”祈星突然叹口气，“那日我是特地想要将你灌醉，我只想知道云珠的真实身份。我没想到你对我毫无隐瞒，你怎能这样信任一个，一个一心想利用你来扳倒当今皇上的人呢？”

我笑着点头，是我太愚蠢，“为什么要将我的身份告诉祈佑？”

“你错了，我并不是真的想将你的身份告诉他，那日我是这样对他说的，‘你有没有觉得绣昭容身边的奴才很像潘玉，或者就是潘玉？’你知道，我这句话无疑是要将你变成他怀疑的对象，毕竟南月已经遭到怀疑，我不能让她被怀疑，所以只能将你推了出去。”

我上前就给了他一巴掌，“纳兰祈星，我看错你了。”

他没有躲，硬生生地接下了这一巴掌，他笑了，“你果然有个性，不然祈佑不会为了你而谋划弑父。”

“为了我？”我像听到一个天大的笑话，疯狂地笑了起来。

“就因为他知道是父皇一手策划了揽月楼的大火，盛怒之下杀意顿生。”

“你凭什么这样说？”

“不然他为何要弑父，这个皇位迟早是他的。他为何要冒天下之大不韪，万一输了，他将会万劫不复。我现在只有一个疑问，父皇为什么要放你一条生路，不干脆杀了你？”

我不发一语地走出锦承殿，他的话深深地敲打在我的心上。不可能，祈佑怎么会为了我……他怎么会为了我杀先帝，难道从头到尾错的人是我？我根本不该自以为是地离开皇宫，我根本从一开始就该与祈佑站在同一战线上，我根本不该懦弱地退让以为这就是为祈佑好，我……我在祈佑心中的地位，真的比他父皇还要重要吗？

云珠，你真的……好傻，好傻。

疏影横斜惜晚露，百卉千花含风露，繁霜滋晓淡月知。

当我停住步伐举目而望之时，我竟在不知不觉走到长生殿宫门外。如今先帝已故，此处已是一片凄凉，连个守卫都没有，我踌躇着望着此处，考虑着要不要进去。或许……

想到此处，我不禁伤感，脚也克制不住地走了进去。使劲儿推开朱门，走了进去。如今的长生殿已物似人非，可惜了这片香雪海，再无人欣赏了吗？漫步进这片雪海林，却看见林中还有一人，不是祈殒还能是谁？我没有想到，四年前在这个梅林初次遇见他，四年后又再次在此遇见他，真的很巧。

“驿外断桥边，寂寞开无主。已是黄昏独自愁，更著风和雨。”他轻吟着陆游的《咏梅》，我朝他走去，顺势将此诗后半节接了下来，“无意苦争春，一任群芳妒。零落成泥碾作尘，只有香如故。”

我的声音引得他猛然回头，“潘……”声音却戛然而止，尴尬地望着我。我笑望着他，“只有香如故，说的很不错呢。”

“你的声音很像……我的一个……朋友。”他解释着，仿佛怕我会误会些什么。

“你那位朋友，是谁？”我若有所思地问了句，我的声音他还记得呢。

“在一场意外中死了，你知道她真的很像我的母亲，真的，很像……”他的声音越来越小，小到我根本听不见。

我莞尔一笑，他竟然还沉浸在母亲死亡的伤痛中，“你的母亲，她一定很美吧，像梅花一样，想必为品性高洁之人吧？”

“对，很美很美，也正因为她的美，被人害死了。”他的声音突然夹杂过一丝恨意，也惊了我，袁夫人是被人害死的？不是难产而死吗？

我谨慎地问：“被谁害死的？”

我见他双手握拳，“杜芷希！”几乎是咬牙切齿地吐出这三个字。

杜芷希，祈佑的母后？怎么会是她？我还想开口问，却霍然禁口，不能再问下去，否则会被他怀疑的。那么，要找真相，只有我自己去寻找了。

他过了许久才平复自己的心情，“我都不知道为什么会与你说这么多话，或许……是你的声音太像她了吧。你叫什么名字？”

“雪海。”

“香雪海?”他的眼睛一亮，猛将双手握紧我的双肩，微疼。我蹙了蹙娥眉，他才意识到自己的失态，不自然地笑了，“我太激动了。”

“那你的名字呢？”虽然知道他的名字，但是我的身份是雪海，我与他只是陌生人而已。

他侧头想了想才脱口而出，“殒，你叫我殒吧。”我点点头，心中也了然，他不想我知道他的身份，那我就当做不知道吧。

“为什么要叫殒呢？”

“因为我出生那一日，母亲就薨逝，父……亲就为我取名为殒，以此来铭记我的母亲。”

笑语渐渐飘散在梅林，无限蔓延至最深处……

第六章 QINGSHI HUANGFEI

翩舞阁惊变

与祈殒聊了两个时辰他才离开，也正因为与他轻松的闲聊让我紧绷紊乱的心开始平复，可以安心地理清所有的问题。我在一处庭院折下一枝桂花，芬芳扑鼻，轻轻地把玩着陷入沉思。以我认识的祈佑来看，他不可能会因为我而弑父的，绝对不可能！唯一可以解释的就是还有另一个不可告人的隐情。想到祈星的那句，"我现在只有一个疑问，父皇为什么要放你一条生路，不干脆杀了你？"同时也点醒了我，为什么要放我？难道也有着不可告人的秘密？

我现在是不是该去找云珠将事情问清楚呢，或者，我该将自己的身份告知于她，这样她才会将事情的真相坦诚相告。可是，我到底该不该去，这样对云珠是好事还是坏事？

我一直徘徊在翩舞阁外不知该不该进去，干脆移到一旁的梧桐小树下倚靠而坐，举头而望即将破晓的天际，想将今夜发生的事全部理清。

若真如南月所说，先皇真是她下毒害死的，那么她的病能拖近一年，可见她的生命已危在旦夕。我已经隐约可以猜到韩太后在太后殿与云珠说了些什么，定是他们已经发现祈星在着手查这件事，为了自保，想将云珠推出去，让她一人将此事承担下来。那么先帝的死韩太后与韩冥也有份？为什么他们要联手害先帝，她恨的人只有那位已被关在冷宫的杜皇后不是吗？

我一定要云珠将真相亲口告诉我，下定决心后睡意突然袭上心头。我暗暗地对自己说，小睡两个时辰，待云珠醒来之后，我就将自己是潘玉的事实告诉她。一想到这儿，我就安心地闭上了眼帘。

也不知自己睡了多久，只感觉有许多争吵声传入耳边，我迷迷糊糊地睁开眼睛，望着明媚的骄阳射在我的脸上，一阵更大的争吵声由翩舞阁内传来，难道云珠出事了？

我睡意全无，猛然从地上爬起，也未整衣着，立刻冲了进去。正阁内的情形让我完全怔住了，皇后、静夫人、邓夫人、陆昭仪四人同坐正副四椅，而云珠则是瘫软地跪在地上。守在门外的南月见我欲冲进去，立刻拦下我，"这不是你能插手的事。"

"发生什么事了？"为什么连皇后都来了，是找麻烦的吗？

"昨日有人给了静夫人一封匿名信，揭发云珠是乱臣之后。"南月很平静地说，拦住我的那只手依旧没有放下。

我冷冷地瞪着她，只有祈星知道云珠的身份，那么匿名信定是他送过去的，"皇上呢？"

"不要指望皇上了，皇上将处置云珠的权力交给了皇后娘娘，今日云珠在劫难逃。"她轻蔑地一笑，笑得很张狂，"当今皇上真是无情呀……为了自保竟要云珠独自承受这些。"

我静静地听着她说，目光却始终凝视着正阁内始终一语不发跪着的云珠，她娇弱的背影如此孤寂。我也明白昨日祈佑为何要下旨册封云珠为夫人，他的目的只为引起后宫妃嫔的不满与妒嫉，让她们加快速度要将云珠铲除，才有了现在的一幕。

"云珠，你最好老实交代，你进宫的目的为何，是谁派你来皇宫的？"杜莞的声音娇腻严肃，不失魄力。

云珠低着头，什么都不说，静静地盯着地面。静夫人却从椅子上起身至她身边，单手掐住她的下颚将她的头狠狠地抬起，目光凛然，"你以为不说话，我们就拿你没办法？"她回望了杜莞一眼，"皇后娘娘，您看……"

她沉思了一会儿，"静夫人，本宫把处置她的权力给你。"

静夫人奇怪地望了她一眼，沉默了片刻，"来人，给我打，打到她说为止。"她的话才落音，几名侍卫就拿着长棍冲了进来，看来是早有准备。我用力想挥开南月的手，她却死死地拽着不放，"王爷有交代，绝对不能让你进去。"

"如果我一定要进去呢？"我将一直放在云珠身上的目光投向南月，死死地盯着她不放。

她紧拽我的手又加了几分力道，"那么我现在就会揭穿你的身份。"

"随便你……"我现在只有一个念头，我要到云珠身边去，以她现在的身子来看，根本承受不住那些板子，我不能让她在临死前还要受这样残酷的刑罚。

“你不怕你的身份揭穿后，皇上的地位会因你的身份而受到威胁？他包藏沈询之女，又包藏夏国公主……”她压低了自己的声音对我提醒，彻底浇灭了我心中的怒火，只能愤怒地瞪着她，却又无可奈何。

“王爷也是为你好，他其实……”她开口想为祈星开脱些什么，却被我打断，“是呀，他对我可真好，利用我害云珠，利用我想打击祈佑，利用我想登上皇位。他对我的好，我一辈子都会记住的。还有你，南月！”

她苦涩一笑，“谢谢你记住我。”

我的目光投向已被侍卫按趴在地的云珠，静夫人无奈地俯视着她，“给你最后一次交代的机会。”

“云珠……没有什么可说。”她的声音很虚弱，却夹杂着坚定。我紧握双拳，她对祈佑的心真如此坚韧不移，始终不悔吗？可是祈佑给她的是什么，那是抛弃啊。云珠你怎么从不为自己想想，四年前你抛下自己对祈佑的爱。成全了我与他，四年后好不容易可以得到祈佑的疼惜，而今，你却为了他，独自承受所有的责任。

“给我打。”静夫人一声令下，两名侍卫就举起长棍狠狠地打在云珠的臀上、背上、腿上。我闭上眼帘，不敢再看这么残忍的场面。可是一声声强忍下的闷哼却传入我的耳中，有冰凉的泪水由我紧闭着的眼眶溢了出来。我一片空白的脑海中倏然闪过与云珠曾经的一幕幕。

“只求今生能伴在姑娘与主子身边，别无所求。”

你的愿望仅仅只有这么简单，却始终无法实现。

“为了从火海中将我生命中最重要的人救出，可惜，徒劳。”

明明知道里面的大火随时会要了你的命，你却依旧不作考虑地冲进去救我，只因为我是你最重要的人吗？

“皇上，您就看在……臣妾曾冒死冲进火海救姑娘的份上，您恕了她的不敬之罪……”

为了救一个奴才，你不惜将曾经的恩情拿出来恳求祈佑，你到底是怎样一个女子呀，你从来都没有为自己考虑过吗？

我缓缓地睁开双目，突然挥开南月的手，许是她没有料到我会突然甩开她。我很容易地越过她冲进阁内，飞身扑到云珠身上，将她牢牢地护在我身下。没有人料到会有一个人突然冲了出来，两棍子丝毫不留情地打在我背上，可是我没有感觉到疼，我只是想保护云珠。

侍卫见此情形突然将动作停住，错愕地望着我们，我望着云珠死灰般的脸，血缓缓由她口中吐出，染红了地面，好大一片。我颤抖地伸出手抚摸着奄奄一息的她："珠儿……"我轻唤一声。

她蓦然睁大双目，用不可置信的目光盯着我，张着唇想说话，"你……你……"却支支吾吾地说不出一个字，我知道她已经体力耗尽，是用最后一丝气力硬撑着自己的神智。我也知道她想说什么，我用力点头，轻附在她耳边用只有我们俩能听见的声音说着："珠儿，你听清楚，我就是潘玉，我没有死，我一直在你身边。"

她的目光愈发光彩，死灰般的脸上渐露笑容，用力撑起身子，只对我说了三个字："对不起。"

我万万没有想到，她得知我的身份后，只有"对不起"这三个字，她竟然对我说对不起。我知道她怕我怪她做了祈佑的女人，可我怎么会怪她呢？我怎么会……

"好一个主仆情深。"静夫人不屑地轻哼，优雅地拿起桌案上的茶水轻抿一小口。

"把这个奴才拖开，继续打。"说话的是一脸淡漠的妍贵人。

我一听到她的话，立刻跪到地上猛磕头求她们能放过云珠，"求求各位娘娘不要再折磨我的主子了，她已经快不行了，求你们让她安乐地去吧……求你们了！"

"你是什么东西，敢在我们面前为她求情？"邓夫人从椅子上起身，怒斥我一声，并没有因我的恳求而动容。

我猛然怔住，木然地听着她们口中无情的话语，以及那无情漠然的目光，也许现在的情形只有"世态炎凉"四个字可以形容。如今的云珠已经伤成这样，她们还不肯放过她吗？

"统摄六宫是本宫的职责，决不能允许逆臣之女蒙骗皇上，祸乱后宫。况且，本宫执掌金印紫绶，掌握这三千佳丽的生杀大权。她既然做错了事，就该受到应有的惩罚。"一直沉默的杜莞终于开口说话了，说得如此冠冕堂皇，义正词严。

我冷笑，她们会这样对待云珠，还不是怕皇上对她的宠爱日复一日影响到她们的地位，欲除之而后快。说白了，都是为了私心。她们有哪一位是真心为这个皇室操心，为祈佑着想？我的目光静静地扫过杜莞、温静若、邓夫人、陆昭仪，今天所发生之事，我会一生铭记。

那一日，骄阳妩媚多姿，枫叶四散飘零，心飞逐鸟灭，在侍卫将我拖出去之后，云珠只挨了两板子就咽下了最后一口气。我的眼泪始终徘徊在眼眶内，倔犟地不肯流下，怔忪地望着四位娘娘傲然地离去，口中还念叨着。

"真没想到，才挨三十几板就死了。"

“死了活该，逆臣之女还想一朝得宠，贵宠六宫。”

“还亏了静夫人提早揭发这小贱人的真实身份。”

……

我将指甲狠狠地掐进手心，牙齿用力咬着下唇，有血腥之味传入口中，待所有人都离去，我终于落下了眼泪。空寂的正阁，云珠静静地趴在冰冷的地面。我跪在她面前看着她带着甜美笑容的脸，仿若睡着了般，真的很安详。望着她我也勾起淡淡的笑容。

“如果我说，那封匿名信并不是王爷送给静夫人的，你会信吗？”南月也在云珠面前跪了下来，语气很缥缈，很冷淡，但是话语却是如此认真严肃。“王爷没有理由这么做……”

“够了，人都已经死了，你说这些还有什么意义？”我无力地回了她一句，现在的我已经没有多余的心情去想这么复杂的宫廷斗争，我只想好好陪云珠静一会儿。

“你以为我愿意说？王爷因为你差点就放弃了一切，你却这样误会他。”她激动地扯过我的衣襟，激动地朝我吼着，目光夹杂着我看不懂的情绪。

我轻笑伴随着轻哼出口，“可他确实出卖了我，把我对他的信任践踏在地，不是吗？”

她无力地松开手，莫名地哭出了声，最后飞奔出去，我也没有多想她的异样，只是一直陪在云珠身边，也不知待了多久，几个奴才拿着一个麻布袋进来将云珠装了进去。这是规矩，所有因罪而死的宫女或妃嫔都会被送出皇宫火化，最后将骨灰撒入西郊的荒蓝湖，绝对不会给她们留全尸，这就是所谓的规矩。

眼睁睁地望着他们扛着云珠步出正阁，再步出翩舞阁，我没有疯狂地拉住他们，没有追出去送她，只是望着他们越走越远，最后消失在我的面前。我从怀中取出我的锦帕，轻轻擦着地上的血迹，深深浅浅地将整个锦帕染了好大一片，然后将其紧紧握在手中，这是珠儿的血，是我妹妹的血。

第七章 QINGSHI HUANGFEI

祸起由萧墙

晚秋煞微雨，洒冷宫，萧疏凄然。

惹残烟，蝉吟蛩响，相应喧喧。

我掌着随风飘摇而四摆的灯笼走进这座幽怆的“碧迟宫”，幽禁先帝皇后杜芷希的地方。

推开半掩着的朱门，发出一阵刺耳的尖响，寒意袭身。我借着微弱的灯光观望漆黑的内殿，里边摆放得很简单，一张圆木小正桌。几方椅子正歪歪斜斜地摆放着，正前方是寝榻，一褥单薄的棉被凌乱地皱成一团，几缕轻曼纱帐随风飞舞。这就是冷宫吗？当年权倾朝野的杜皇后竟沦落到如此地步，那么曾经机关算尽，费尽心机得来的又是什么？浮华名利终究是一场空。

“你来这儿做什么？”幽怨凄然之声突然由我身后传来，毫无预警地吓了我一跳，手中的灯笼随之由手中滑落，冷汗由背脊渗出。一抹幽魂般的白影飘至我面前，用凌厉的目光狠狠地盯着我。我用力平复心中的恐慌，轻唤一声“皇后娘娘……”

她一听我的话立刻戒备起来，但神色却多了几分茫然之态。我立刻将手中的食盒摆放至早已沉积灰尘的桌上，再拾起掉落在地的灯笼，“是皇上派我来看您的。”

“皇上……不要……我不要见他。”她的脸色惊骇大变，挥舞着双手，仿佛见到比鬼神还可怕的东西。我连连暗惊，是什么令如此坚定冷静的她这么惊慌？

“娘娘，不是先帝，是您的儿子祈佑，他现在已是当今的皇上。”我抓住她的双手，想让她冷静下来。

她一听我的话果真渐渐平复了激动，怔然地凝视我，眼眶内闪着晶莹的泪光：

"佑儿,当皇帝了?"

我颔首而回望,再扶着她坐上床榻。她将我的手紧紧握住,冰凉之感如刀割蔓延我的手心。再见她傻傻地笑出了声:"那么佑儿一定承受了人所不能承受之痛,他该有多么孤单啊!"说罢,眼泪顷刻洒出,"真的是佑儿让你来看我的?"

虽不忍心欺骗如此狼狈的她,但是为了从她口中得知真相,我只能瞒着她,或者给她一个期望也好,即使她从未将祈佑当做自己的亲生儿子看待,"是的,娘娘。"

自讽地一笑,悄然松开我的手,"他还记得我这个母后……这样狠心对他的母后?"

此刻她谈起祈佑,态度与数年前简直有着天壤之别,是什么原因促使她这样?"娘娘,皇上要我来问您一个问题,一个藏在心中二十五年不敢问出口的问题。"

"我知道他想问我什么。"她了然地轻笑点头,伴随着止不住的泪格外凄凉,"他想知道为何我的眼中只有皓儿,把全部的疼爱都给了皓儿,却吝啬着不肯分一点点给他。是我的错,我根本不配做他的娘亲呀。"

"现在您的儿子已是一国之君,您再也不用有所顾忌,能如实相告吗?"我隐约感觉,她也有着不可告人的苦衷。

她低垂双眸,望着自己的双手沉默许久都未说话,当我以为她不愿意相告想继续追问之时,她开口了。

"不是我不肯给他疼爱,而是不敢给。"她止住了泪水,迷茫地盯着门外的皓月凄婉一叹,仿佛叹尽了世间悲哀,"有时候,权力真的是很可怕的东西呢,我正是一招棋错,满盘皆输。"

直到戌时,我才由碧迟宫离开,月洗高梧,凄咽悲沉,竹槛透寒。蕙畹声摇,苔径纷铺,飘然尘冷。脚下踩着"沙沙"响的落叶,在这幽静的翩舞阁内徘徊良久,此时早已人去楼空,珠儿你在黄泉路上走得可安好?姐姐为你报仇可好?让那些曾经害你的人得到他们应有的报应可好?

狠狠地折下一枝残柳,再将其折成两段,最后掷在地上。正如南月所言,祈星没有理由送匿名信,他不会不知道云珠对祈佑的忠诚,就算杀了云珠她也会紧咬双唇不吐露一个字。根本不可能利用她来扳倒祈佑,那么信到底是谁写的?难道是祈佑!

方才杜皇后的话又隐隐传入耳中。

"二十五年前,我犯了一个天大的错误,谋害即将临盆的袁夫人。我怕,怕她生下皇子后会夺去我的后位,夺走皓儿的太子之位。当下我就派了一个宫女朝她的茶水中下了红花,只想让她肚子里的孩子流产,却没想到加速了她的生产之期。奴才们都以为她要生了，就请来产婆为她接生，袁夫人太爱腹中之子，拼尽了全力将孩子产出，最后体力殆尽而去。所有人都以为她是难产而死，却不知是因我那一剂红花。

“自那日起，我就陷入了内疚自责中，我不该一时鬼迷了心窍去害她，因此种下祸根。后来皇上竟起疑调查起此事，我恐惧之下将那名下药的宫女杀死，以为此事就此了结。但我发现皇上对我的态度越来越冷淡，目光里甚至有些厌恶，那一刻我就知道，皇上知道了一切，只苦于没有证据，无法将我治罪。

“为了自保，我在朝廷里扩充势力，勾结党羽，只想让皓儿稳坐太子之位，将来登基为帝，就可以保护我这个母后。如若他不能顺利登基，那么我与皓儿将万劫不复，这个结果我早就预料到了。为了不想佑儿牵涉进这场恩怨，我尽量疏远他，只为让皇上将来对他手下留情。

“天下，有哪个娘亲不疼自己的骨肉，每对他冷漠一分，我的心如同刀绞。多少次我偷偷前往未泉殿瞧他，多少次差点控制不住想将他搂入怀中，多少次我想告诉他，其实母后是疼爱他的……可是我不能，我已将一个儿子推往风尖浪口，绝不能再将另一个儿子推向悬崖。

“为了与皇上斗，我已心力交瘁，最后还是输了。不是输在皇上手中，而是输在我一直欲保护的儿子手中。皇上他真的很可怕呢。”

听完皇后的话，我已猜到，祈佑弑父只有一个原因，他发现了先帝的阴谋。那么先帝的阴谋又是什么？莫非他从头到尾都在利用祈佑铲除东宫的势力？

“那么佑儿一定承受了人所不能承受之痛，他该有多么孤单啊！”

我明白皇后这句话的意思，祈佑承受的痛是，亲手将自己的母后送入冷宫，亲手将自己的哥哥推上绝路，亲手将自己的父皇毒害。这份痛，即使是我都无法承担。从小就渴望母后的疼爱，却始终无法得到，父皇给了他一个期望，却亲手将这份期望扼杀，母亲的冷漠，父皇的利用，他是何其悲哀?!

静静地闭上双目，回想着云珠始终不悔的目光，也令我顷刻间恍然大悟。那封匿名信很有可能是云珠亲手送出去的，主使者就是与她密谈许久的韩太后。这一切都是因为她深爱着祈佑，她的那份只懂付出不求回报的爱。我自叹不如，真的自叹不如。

“明日会有人将翩舞阁的奴才遣散至各宫，你打算何去何从？”韩冥无声无息地走到我身边，他眸光复杂，含着一丝诚挚。此时再望着他，先前的尴尬已一扫而空，平静地面对他，露出丝丝笑容，“你觉得我该何去何从？”

“我旧话重提，若是想离开这深宫大院，我去向皇上要了你。”口气虽冷，却多了几份轻柔。

我依旧摇头，“皇上已经认定我为祈星的人，不可能放我，除非……我将自己的身份和盘托出，若是这样，我更加不可能离开此处。自踏进这红墙高瓦中，就注定了我将一生陷入这无休止的宫闱之争，再无法抽身而去。”

“那你甘愿在此受苦？”他沉默半晌，倏然出声，提高了几分音量，多了几分担忧。

“再苦，再累，再痛我都坚强地走过来了，你认为还有什么能阻止我？”笑容却在此时越发夺目，望着他的目光却多了一丝迷离。“如今这个世上，我已无一人可信。”祈星的背叛已彻底让我心灰意冷。

“让我在你身边守护你好吗？”这句话，他似乎压抑太久，竟连声音都有一丝颤抖。我摇头拒绝，我不能再拖任何人下水，毕竟这是我自己的事，我想独立完成。

他怆然而笑，包含着太多情绪，“谁都有自己想守护的一个人，若你想守护的是祈佑，那么你，就由我韩冥来守护。”不容拒绝的坚定，让我愣住，他知道自己在说什么吗？

“韩冥！”贯彻整个庭院的尖锐声响划破寂静，我与他一齐侧目凝望。灵月公主已疾步朝我们而来，脸上的悲伤却多过愤怒。我哀哀一叹，麻烦似乎永远跟随着我。

“我自问嫁于你为妻后，安守本分，对于你与母妃、三哥之间的恩怨我也从不插手介入，甚至尽全力在他们面前为你说好话，差点与母妃闹僵。你却从不肯多给我一分体贴关怀。现在，你却将所有的关心给这个丫头，还要守护她？那我又算什么？”她痛心疾首地质问，哀伤之色蔓延全身，充斥着我们三人。

韩冥只是望着她，一语不发，灵月脸上的怒气愈发难看，将愠怒之眸转凝向我，恨恨地指着我：“你这个贱丫头，勾引我三哥不成，竟来此勾搭本公主的相公，你到底安的什么心！”

“闭嘴！”韩冥一声冷喝，夹杂着浓烈的怒火。

“你叫我闭嘴？我真是不明白，她有什么比得上我，韩冥你说……她哪点比我强？”灵月越说越激动，疯狂地扯着他胸前的衣襟。

韩冥也未反抗，任由她不住地撕扯着，以平稳的声音回答道：“她确实比不上公主，没有倾世的美貌，没有高贵的身份，更没有公主你对我那份诚挚的爱。”

“那你为何……”她的手依旧紧紧扯着他已凌乱不堪的衣襟，伤然凄凉地说。

“因为她值得，她值得我用一生去守护。”韩冥这句话才脱口而出，我与灵月都被骇住。她的手无力一松，垂下，整个人如虚脱一般，由于她一直背对着我，我看不清她的表情。“难道我就不值得你爱？”

韩冥将怆然的目光转向一直立于灵月身后的我，唇边勾勒出茫然之笑，“我的心早在第一眼见到她就全部给了她，再容不下任何人的驻入。”

他的声音终罢，换来的是灵月狠狠的一巴掌。四周静得只剩下我们的呼吸声在交错着。我看着韩冥那严肃认真的目光，已无法用言语来表达我此刻的心境，这是第一次，他在我面前公然坦承他的心。我一直以为他对于我的情感，仅限于我对他的救命之恩。孰不知，竟早已种在他心中，如此深。

腊月已至，除夕将临。往年此时早已是冬雪散尽，白雪纷纷铺满地，可这个润冬却未见皑皑冬雪之踪迹，唯有北风吹尽枝头叶，朔风劲袭衣袂裳。我在井边洗着厚重的衣裳，双手早已冻得通红，腰也直不起来，但是我依旧不断地揉搓着。这些衣裳都是太后娘娘的衣裳，我若是洗不完就要遭殃，晚饭没得吃。

自云珠死后，翩舞阁的奴才都被遣散，而我则被遣到太后殿服侍太后娘娘。听闻那日静夫人也曾想讨要我去百莺宫做奴才，只不过太后先她一步，静夫人也不敢与太后为难，就放手了。我很明白太后之所以会点名要我，定是韩冥在她面前恳求了什么，如若不然，我现在定是在静夫人那受尽苦头。我可没有忘记上回在百莺宫曾狠狠给了她一巴掌，她更不会忘记。

这个太后打从第一眼见到我起就在为难我，我也不晓其中原因，因为我曾是云珠的侍女，所以她对我格外戒备？

“你听说没有，正月初一昱、夏二国的皇上都会来亓国朝见皇上噢。”与我一同洗衣的宫女淡云突然说道。

“是么？”我依旧不停手中的动作，狠狠地揉搓。

“到时候会有一场盛宴啊，我若能去瞧瞧就好。”她发出叹息的感慨，似乎真的很期待去瞧瞧。

我也因她这句话停下了手中的动作，立刻侧首问道：“什么盛宴？”

“你还不知道吗？昱国的皇后灵水依，夏国的皇后陈缨凤都会在宴会上献舞。而我朝为东道主就有杜皇后、静夫人、邓夫人皆会献舞，我最期待的还是静夫人的舞姿。听别人说过，她的舞姿宛若天水洛神，翩若惊鸿之势，一旦看过她的舞蹈将会终生难忘，而静夫人也正是因一曲“狐旋”舞获得皇上的垂爱，一朝封为夫人，受尽万千宠爱的。”

她后面再说了什么，我都没听进去，只知道，那场盛宴是个关键。我将满手的水渍用力甩干，一个箭步往太后殿跑去，而淡月则是惊愕地望着我。

当我气喘吁吁地跑进太后殿时，却看见韩太后与韩冥正在说些什么。她一见我没规矩地冲撞进来，立刻将脸沉下，“太后殿是你这个奴才随便乱闯的地方？”

“太后娘娘……关于正月初一的晚宴，奴才想……”

“不行。”出乎意料截断我话的人竟不是韩太后，而是韩冥，我惊讶地望着他，心中还有不解，他为什么要阻止我？

我凝视了他好一会儿，见他不语，我又将目光投放到太后脸上，“奴才是想在盛宴那一日……”我的话又被韩冥的一句“不行”给截断，我愤然地瞪着他，他仿佛没看到我的目光，淡淡地朝太后行了个礼，“臣带这个不守规矩的奴才出去。”

“慢着。”太后突然出声阻止，优雅高贵地走到我面前，上下打量着我，“你说下去。”

“奴才是想在盛宴那日为三国皇帝献舞。”我迎上她的目光，无一丝怯懦，更多的还是自信。我知道，若此刻我的气势上有一丝破绽她就会断然拒绝我。

“就凭你吗？”她仿佛没看够我，竟在我身边绕了一圈打量着我，我淡笑而回视她的不屑之色，“娘娘您先看了我的舞姿再作决定也不迟。”

第八章 QINGSHI HUANGFEI

凤舞震九霄

正月初一，皑皑皓雪，却笑孤梅。

将青丝全数集于头顶，后分为几小股，每股弯成一个圆环，这就是南宋颇为流行的飞天髻。头顶嵌上凤凰金冠，配合着我椭圆的脸，更显玲珑娇美，飘洒婀娜。脸上并未施粉抹朱，而是用眉笔巧致地为我那双清澈的双眸描上眼线，更显灵动。身披红绫朱缎丝绸裁制的百凤朝阳裙裳，轻贴肌肤，丝滑沁凉之感由心而生。

此次我的装扮皆由韩太后一人着手打理，在众奴才的眼中我是何其荣幸。可我明白，此次的梳妆，太后在将来会要我加倍偿还，这就是债。

早在三日前，夏、昱二国之主皆携自己的皇后先后来到亓国，被安置在中宫的金翔殿住下，而今日正是盛宴举行之日。天下人都明白，夏、昱二国早就归顺臣服于亓国，此次前来只是进贡珍宝、割让城池。献舞之说，也只不过是为让此次盛宴更加丰富多姿，以示亓国歌舞升平之态。

"太后娘娘……我们再不去养心殿就晚了。"淡月忍了许久，终还是控制不住开口提醒，她的个性一直都如此急躁。

韩太后轻笑，她的指尖拨过我的发髻，后移至我的脸颊，温热的指尖不断在我的双颊四处游移，"这次的晚宴，哀家只期待雪海一个人的表演。"

我安静地坐在妆台前，从铜镜中看着太后那满意的笑容，诡秘邪异。突然，她单手掐住我的下颚，我的颈项顺着她的力气而高仰，只听她冷冷出声，"此次若因此得到皇上的垂青，可别忘记，是哀家给了你这个千载难逢的机会。"

"奴才……铭记于心！"她的力道之大让我疼得已无法完整清晰地说话。

她满意地一笑，倏然放手松开我的下颚，恢复了一向的和蔼之色，回首对淡月吩咐道："移驾养心殿。"

当我们至养心殿时，盛宴早已开席，太后悄然入座，未惊动他人。只见她俯身靠在祈佑耳边说了些话，他先是凝重地沉思，后微微点头。太后笑着朝一直在外观望的我点头，示意皇上已经应允我出场献舞。按规矩来说，我这个小小的奴才是万万没有机会在此等盛大的宴会上独舞的，但太后却有这个能力为我争取到这个机会，我很好奇，她到底对祈佑说了什么。

目光不自觉地移向正座皇上右下首的连城，他的眸光飘忽不定，却依旧清雅明澈，风雅绝美的笑容一直挂在唇边，不时举起玉琼佳酿一口饮尽。于他身边端庄而坐的正是灵水依，粉妆玉琢，雍容高贵，其美，鱼见之深入，鸟见之高飞，麋鹿见之绝迹。若我对人说起，将我容貌尽毁的正是这个端庄温婉的灵水依，根本没有人会相信吧？如今她已是一国之后，还会与连胤有所染指吗？

再微侧首望着皇上左下首坐的夏国皇帝，我的二叔，不惑之年，两鬓微白，额略有皱纹。他一直盯着殿中央正翩然起舞的静夫人，手掌时不时随着歌声而打节奏，很是享受。

"雪海，待会儿就该你献舞了，紧张吗？"淡月轻轻拽着我的衣袂问。

"有何紧张，如往常那般起舞便是。"看她竟比我还紧张，身体都略微地颤抖。

"可你是一人独舞啊！"她用力甩甩我的胳膊，想提醒我。

"你放心。"轻轻拍拍她紧握我胳膊的手背，示意她放松，不用为我过多担心。

将目光深锁殿中众打扮得花枝招展的宫女所簇拥的静夫人，她双手柔嫩轻拂宛旋，身姿绰约，纤腰摆动，细腿轻扬，每个动作都恰到好处，尽显美态，连贯不杂。将其全身之独特发挥得淋漓尽致，已有近两个月身孕的她还能将此舞跳得如此妙美，真是让我惊叹。

终于，她以四个曼妙的回旋舞步结束了她最拿手的"狐旋舞"，博得满堂喝彩，久久回荡四周不散。她满意地向众人行了个礼退居自己的席案。

"夏、昱二国的国主认为朕的爱妃表演如何？"祈佑淡笑而问两侧的皇帝，最后将目光深锁在静夫人身上，柔光四泛。

"我还是第一次见如此回风妙雪之舞，撼动我心。皇上真是好福气，有这么才貌双全的妃子。"夏皇大力称赞。

相较于他的赞叹，连城却显得格外淡漠，只是说了句，"不错。"

"看来昱国主看得并不称心，那么哀家再推荐一名女子前来献舞。"太后清了清嗓音，由凤椅上起身，明亮清脆之声飘荡于四周，"话说飞燕能掌上舞，她可谓是能曼空舞。她是哀家见过的最出色的独舞者，今日她将为二国国主带来惊天之舞——凤舞九天。"

我抽出一方藏于衣襟中的朱红锦帕，轻轻推开，再将其缠于脸上，蒙住了半边脸。淡月奇怪地望着我的举动，才想开口问原因，却听闻太后召我进正殿，我立刻翩然而出，由于我一直赤足行于冰凉的地面，寒意由足心传遍全身。

当我站在殿中央，摆好朝凤起舞之势等待琴音响起之时，我听见有酒杯打翻之声。觅声而望，正对上连城不可思议的目光，激动、疑惑。我立刻心虚地收回目光。

琴音乍响，我双手顿张，长袖两方而张扬，轻逸飘尘，随风飞舞。足轻点地面，瞬间将力凝于足尖，再使巧力翻身跃起，轻易地于空中翻旋三圈，后稳稳落地。双腿轻弹而起，飞跃成一，连贯有序，绰约多姿，纤柔腻舞。在落地时很不巧地又对上连城的目光，我的心一颤，险些未站稳，幸好及时回神，无伤大雅。

听琴音乍到高潮，我流转衣袖仰头挥洒于天地之间，顺势将藏于衣袖中的红绫抛出，顺利将其勾缠上大殿正上方顶梁宝柱，双绫交缠。纤手紧握，凝气丹田之上，借力而上，飞跃半空。腰姿弄正回舞，旋身轻摆，宛若鸿雁翩飞，漫步云端，身轻如燕，飘然裙摆随风四散而舞。犹若飘仙逸尘之势，但闻得琴音戛然而止，我单手紧缠红绫三圈，单脚扣红绫四圈。待琴声贯彻云霄绝响之际，我侧身疾旋，一连九个空中旋舞，势如疾风一扫而过。这就是凤舞九天之最高境界——九旋舞。

当我体力殆尽，悠然落地，以凤凰展翅之姿结束此舞时，没有人喝彩叫好，周围一片寂静。我偷偷扫过四周皆愣愣地望着我的人，最后瞧了正上方的祈佑一眼。他此时已离坐而起，惊然凝视着我，目光中竟闪着莫名的心痛，对上他的目光我的眼眸悄然蒙上一层水汽。

他突然举步朝我而来，可有一人却比他的速度还要快，健步如飞地闪在我面前，将我蒙在脸上的面纱扯去，是连城。

他的目光由最初的激动转为黯淡，而祈佑眸中那份伤痛倏然散去，眉头深锁，淡漠地望着我。

"皇上，我有个不情之请。"连城突然握起我的手，侧身回望祈佑，"我要这个女人。"

祈佑莞尔一笑，"你是想要朕的女人？"他信步走下一层层金阶来到我身边，将我拉入怀中。同时，连城也松开了他紧握着我的手。靠在祈佑怀中，我彻底僵住，这份熟悉的感觉顷刻传遍全身，多么想就此长居在他宽厚温暖的臂弯中。

"她是皇上的妃嫔吗？"连城的眉头深皱，诧异之色一闪而过。

"当然，她是朕的雪婕妤。"祈佑的手臂又使了几分力道将我按入怀中，以示他的占有权，目光更是坚定不移，不容人怀疑。

连城深深凝视了我一眼，苦涩一笑，表情也缓和下来，"恕我唐突。"

祈佑冠玉斯文的脸上带着春风沐人的淡笑，只有我看出他笑眸中隐含着丝丝寒芒与肃穆的冷酷。"朕的爱妃舞姿倾世绝美，难免引得一向冷静自持的昱国主动容。"他的余光瞥过我，眸光骤冷。我的手心因他的目光已透出冷汗，深莫能测的感觉，使我不敢动分毫。

"朕乏了，先回寝宫，你们继续。"他骤然将方才的凌厉敛起，悠然笑道，也不等众人有所反应，在众目睽睽之下紧握着我的手离开养心殿。

外边冬雪未融，白茫茫地笼罩宫墙、楼阁、残枝、石阶，我衣着单薄。冷风一阵阵吹起我身上的轻纱绸衣，飞舞飘逸。未察觉寒冷，只因我的手始终被祈佑那只厚实温暖的手紧握其中，我的笑容一直挂在脸上，掩饰了多少失落只有自己明白。

"踏雪也无痕，红衣亦赤足。"一声轻吟唤回了我的思绪，望着突然止住步伐侧首回望我的祈佑。我微愣片刻，才惊觉自己正赤足立于雪地间而不知，冰凉之感传遍全身，终于察觉到寒冷之感，不禁打了个冷颤。

他倏然松开我的手，一阵浓浓的失落油然而生，却又见他躬身将我拦腰横抱而起，我一阵悬空，手不由得勾上他的颈项，愕然地望着他此举，不知所措。

他神色沉静，似有所思，"怎么可能……如此相像。"淡然的语气将声音拉得格外悠远绵长，像是含着无限困惑。

微愣一下，沉吟一想其中含义，内心百感交集，一时难以分辨。只能蜷缩在他怀中，享受着这刻属于我的温暖，就连泪水悄然滑过方自知。他低头深凝我一眼，"为何落泪？"

我不语，只是缓缓地闭上眼眸，却听头顶又传来他低润的嗓音，"不论你先前是谁的人，从这一刻起，你是朕的女人。"他的声音暗藏隐忍与警告，我心知他还是将我当做祈星派来的奸细，他对我依旧有警戒。

"祈佑……"我轻喃出声，突然感觉到他的脚步顿在原地，身体有那一刻的僵硬，但是立刻缓和下来，又继续前行。我多么想告诉他，我就是馥雅，被你环抱在怀中的人，就是馥雅啊！

内心泛起伤感，真真切切地敲打着我的心，聆听他平稳强健的心跳声，脑中一片空白。

当我再次醒来之际，才发觉我竟安静地躺在皇上的龙床之上，我霍然弹身而起，正对上右侧正在龙案上批阅奏章的祈佑一双费解的眸子，他笑道："你醒了。"

我尴尬地将身子移下床，却见他朝我走来，双手撑在我两侧，望着正坐在床边缘的我，我咽下一口清痰，紧张地望着他，"皇上我……"

"以后你就陪在朕身边好吗？"他伸手拂过我额前一缕青丝，目光闪烁着柔情，可是我知道，他此刻望着的人，是馥雅，不是我。

多么可笑，难道馥雅不是我吗？苦涩如泉，顷刻涌入心间，我张了张唇，"皇上，其实我就是……"

"我知道，我都知道。"他突然打断我，不让我继续说下去。

"你知道什么？"我错愕地凝视着他。

他深吸一口凉气，后缓缓吐出，再低沉地将话语逸出口，"你是祈星的人，我不在乎。只要从这刻起，你真心待朕，朕所有的事都能不计较。"

我惨然一笑，伸手握住他置放在我左侧的手，轻柔相握，感觉到他明显轻颤："皇上，以后就让奴才陪伴您左右，奴才不想让您再孤单下去。"

他讶然望着我，神色迷茫不解，后还是用力点下头，将头轻靠在我的双腿间，如一个受伤的孩子般。我轻抚过他线条分明的侧脸。好久好久，没有如此真实地感受到祈佑了，或许，就让他把我当做馥雅，没有必要的话，我绝对不会告诉他我的真实身份。

我们一直这样安静地坐着，享受着此刻的宁静，我的心中不时涌现出一个天真的想法：若能永远与他这样相依而靠，并肩而卧，那该是多么幸福的一件事。但我知道，这只是奢望，就算他知道眼前之人就是馥雅，他也不可能只属于我一人，毕竟他是一朝君主，一代帝王，怎能独属我一人？

望望依旧靠在我双腿上的祈佑，似乎已然睡去，很安详，我的双腿虽已麻木，却也不敢动，生怕会打扰他此刻的沉睡。早已夜幕降临，紧闭的朱门早已将外头呼呼的北风阻绝。透过微掩的紫檀木窗外头的景色映入我的眼帘，似乎下雪了呢。诗兴突然涌入心头，我低喃："夜深知雪骤，时闻折竹声。"

"皇后娘娘，您不能进去……"外头隐隐传来总管太监徐公公刻意压低的声音，我一颤，竟然忘记我今日实在太出风头了，此次皇后来若是见到我竟在皇上的寝宫，将来定是危机重重。

祈佑突然睁开犀眸，骇了我一跳。他是被外头的声音吵醒，还是根本没有睡去？他轻轻将倚在我腿上良久的头抬起，惺忪地望了紧闭着的朱门一眼，慵懒道："让她进来！”

我一听他的应允之声，立刻从龙床上弹身而起。双腿已无知觉，渐渐又传来丝丝疼痛，加上轻颤酸麻，很难受，况且，我依旧赤足而立。

当朱门打开后，一身珠光宝气的杜莞踏入门槛，发梢挂着几点未散去的雪花。而祈佑已恢复以往的王者之态，傲然坐在床上，睥睨着杜莞。

“皇上，您怎能让卑贱的奴才来养心殿！”她略微有些激动，单手指着站在一旁默不作声的我。

“朕说过，她是朕的雪婕妤。”犀利之光扫过她，再凝望着我，目光含笑。

杜莞听着他的话，竟一时无法言语，只能愠怒地盯着我许久，胸口的起伏证明了她此刻的愤怒。我一直低着头，不敢也不想说话，多说只会惹得她对我的愤怒使成见更深。

“皇后找朕何事？”他轻轻整了整方才躺在我身上而凌乱了的龙袍，口气很是淡然。

皇后不回话，只是望了我一眼，用眼神示意我应该回避退下。注意到这古怪的气氛，我很识趣地行了个礼就此退下，祈佑也没有多说其他。看来，他与杜莞之间也有着很多不为人知的秘密呢。

我赤足行走在沁凉的回廊中，放眼望着夜空漫漫飘舞的飞雪。连城是否在正殿中已认出了我？毕竟，我的《凤舞九天》只有他一人看过，他真能凭一舞认出我吗？若真认出了我，他又将如何？是放手将我交给祈佑，还是揭发我的身份，让天下人都知道祈佑曾勾结夏国逃亡而去的公主？这样所有人都知道他曾经的阴谋野心，祈佑又该如何自处？

或者是我想得太过入神，竟撞上一堵坚硬的“墙”，我一声呼痛，骤然仰头看向来人，脸色立刻惨然一变。

“这不是凤舞九天的雪婕妤嘛！”低沉地笑了几声，我听着二皇叔别有用心的一句话，心中有着小小的震动。稍喘一口气，恢复如常，“参见两位国主。”

尽量闪避着连城若有所思的目光，只见二皇叔突然大笑，格外狂妄，笑声不断来回飘荡于回廊间，格外刺耳。我的心一紧，难道他发现了?!

“真的难以想象，此等平凡普通的女子竟有如此舞才，罕见罕见。”他回头看着面色异样的连城，“也难怪昱国主在殿上如此失态。”

我情不自禁地松了口气，原来是因此事。却见连城神色复杂，眼神流露隐痛，目不转睛地盯着我，“亓国皇帝真是享尽齐人之福。”此话听着别有深意。

暗自猜想着他说此话的真正目的，却已见他越过我，扬长而去。而二皇叔则是轻蔑地一笑，随之离去。在与我擦肩而过之时，清楚地听见一声冷哼由他鼻腔中传出。我僵在原地良久都无法再回神，直到祈星的出现，望着他隐在阴影中的侧脸，我顿时无法开口说话。

“我们再去喝一杯吧。”他的声音平淡，听不出高低起伏，我勾起莞尔一笑，“好呀。”

又是锦承殿，又是一桌家常小菜，又是我俩对坐，只可惜早已不如当日那般可以把酒畅谈。他一连饮下三杯酒，后又凝视着空杯，始终不说话。而我则是静静地坐着，沉浸在这略带诡异的气氛中，也未打破。

“丫头……”他突然举杯对着我，“对不起，我利用了你对我的信任。”一口饮尽，再倒一杯，又举起对着我，“对不起，我害了云珠。”

我望着他，笑出了声，声音却是如此讽刺。给了我一刀，再来对我说两句对不起，他以为这样就能弥补他做的一切吗？我为自己倒下一杯薄酒，“臭小子……”我轻轻举杯，此次再叫他臭小子，只觉一切都变了，“谢谢你，在阴山放过连城。”我饮尽，刺辣之感如火烧小腹，再倒下一杯，“谢谢你，给了我如此深的伤。”

我饮尽之后，将酒杯用力放下，响声回荡。我悠然起身，侧首离开。才迈两步，他就叫住了我。“潘玉，从今往后，我们两不相欠。”

一听他这句话，我立刻转身，勾起娇然一笑，“那么，我就可以放心了。”对上他的目光，我心下一凛，尽量将脸上的笑容表现得更加自然，最后还是转身离开了这个锦承殿，毫无留恋。

我一路漫目而行，也不知走到哪儿了，只知道自己已再无力气走下去，干脆蹲下，双手撑在冰凉的雪地间，冻了我的双手。

双手捧起一堆白雪，我凝视良久。“雪似梅花，梅花似雪，似和不似都奇绝。”吟完我就笑了，雪，梅，本就不该相似，更不能称绝。

“潘玉！”韩冥的突然出现，让我猛一回神，他这么大声叫我潘玉，万一让人听了去怎么办。

“你怎么独自在这儿？太后在等着你回去。”他的眼中隐含紧促，已将声音刻意地压低。

我动了动唇，放声一笑，他被我的笑搞得莫名其妙，我只是沙哑地说道：“我不认识回去的路。”

他错愕地瞅着我半晌，神情一变，轻笑出声，后回首背对着我蹲下，“你不是不认识回去的路，而是你已无法将此路走完。”

笑容敛去，望着他躬着的身子，宽厚的双肩，思绪百转。却又听他开口了，“既然这条路如此难走，就由我背你走过吧。”

轻咬双唇，犹豫片刻，终是趴至他的背上，由他背着我走向漫漫长路。这条路真的很难走，况且我还是赤足而行，真的无力承受。或许此刻的我是自私的，我真的想自私一次，我想要有个人陪我走下去，累的时候可以扶我，痛的时候可以慰我。

“韩冥……”我轻唤一声，“我能相信你吗？”祈星的背叛早已如烙印般，深深地在我心中砍下一刀，我不能再承受另一个人来加上一刀。

他没有回答我，只是缓慢而有节奏地背着我一步步朝前方走去。我侧首望漫天之飞雪，喃喃问道：“为何雪没有颜色呢？”凄然一笑，“记得有人曾对我说，雪本有色，只因它悲伤地忘记该有的颜色。”很傻，很蠢的一句自问自答，连我都觉得好笑。

“韩冥，我的名字，叫馥雅。”这是最后一次选择信任，所以我将自己的真实身份托出。或许我能预见韩冥如祈星那般无情地将我对他的信任践踏。可我必须给自己一个期待，期待在这噬血的皇宫中还有真正能信任的人。若是这个世上真的不能信任任何人，那该是多么可悲之事啊。

第九章 QINGSHI HUANGFEI

福寿冷争锋

次日，我由伺候在养心殿的太监总管徐公公领入撷芳院，与数十位婕妤同住。跟随在他后头，我的头有些昏沉，暗想应是昨日受了风寒，导致今日提不起一点精神来。百花凋零唯枝残，风劲云淡融露雪，天地一色，锁窗淡淡，浅罗衣润。厢门外徘徊着几位年纪稍轻的小姑娘，格外清澈水灵，一双炯然的眼珠随着我的身影而动。

"各位小主，这位是新来的雪婕妤。"徐公公只是草草地将我的身份介绍，后领着我走向东厢最后一间厢房。

一推开门就嗅到一股浓浓的灰尘之味，格外刺鼻。徐公公用手挥了挥在眼前飘散的暗尘，"小主您就在这儿先委屈几日，待皇上召您侍寝后，晋封为嫔妃指日可待。"

我因灰尘的扑鼻，轻咳几声，再从手腕上摘下一枚翡翠玉镯，递给徐公公，"以后还要仰仗公公您。"原本一直推托不肯接受的他一听我此言，便笑眯眯地收下，偷偷塞进了怀中，"一会儿奴才派个手脚麻利的奴才前来伺候着。"

我微笑着送走徐公公后，便轻坐于方木小凳上，单手撑着额头倚在桌上小憩，真的很累。全身仿佛快要散架般，很想躺到床上好好睡上一觉，却又无法安然睡去，脑海中涌入的皆是这几日所发生的事。

祈星的利用，云珠的死，太后的告诫，以及先帝那不为人知的阴谋，还有……我对韩冥的愧疚。因为，从昨日答应他背我走完那条路之时，我就已开始利用他。利用他与太后的关系，利用他与皇上的交情，所以我向他坦承了我的身份，只为让他信任我。并不担心他会将我的身份公之于世，因为他没有理由。或许……更多的还是那份对他的信任吧。

一声叹息，头疼得更加厉害，我想……我真是病了。突然，只觉右肩被人重重一拍，骇得我原本混浊不堪的头脑立刻变清晰，戒备地盯着眼前两位笑得格外纯真无邪的女孩。如此天真的笑颜，在我身上早已不复在，算算日子，再过三个月就满双十年华，算是个老女人了吧。

“你就是他们口中的雪婕妤啊！”声音清脆，宛若黄莺出谷，清晰悦耳，让我心头畅快。眉若远山，星眸熠熠，国色天香，只是身上多了几分稚嫩。

“你们是？”我有气无力地问道，实在没有多余的力气。

“我是苏婕妤，她是杨婕妤。”方才说话的姑娘又开口了，突然紧握住我垂放在桌案上的手，“我听闻昨日你的一曲《凤舞九天》乃惊天妙舞，奴才们传得可神乎了，连我都好奇什么样的人竟能将一向以舞为傲的静夫人给压了下去，今日一见……”她的声音由最初的兴奋期待转为失望，剩下的话隐遁在唇中。

却见杨婕妤轻轻扯过苏婕妤，柔美地朝我一笑，“我相信，能撼动满殿，艳惊四座的雪婕妤定有不凡之处，而容貌则为其次。”优雅的嗓音，宛若百灵低鸣，暖耀四方，“况且当今圣上并不是个贪图美色的君主，反之，他喜欢有才华、智慧、更能懂他心的人。”

“你如何得知？”有些许讶异她说的话，根本不像出自一位十五六岁的小姑娘之口，如若蒙得圣宠，想必她能很安然自处于后宫之中吧。

“听奴才们说多了，自然也就知晓一二。”她单手抚过耳边散落的流苏，自然柔美，清丽脱俗，“况且，静夫人不正是一个例子吗？皇上爱她的舞才、诗才、慧才。”

一听她这样说起，我便惊愕而望，胸口闷得喘不过气来，“静夫人……如何蒙得圣宠？”

“这我知道。”苏婕妤立刻插声而入，“她曾是一位船主的千金，也不知犯了何事，被当时还是汉成王的皇上给抓进大牢。而她的父亲身子本就不好，一听女儿被抓进大牢，一病不起，终是病死榻前。而她在牢中听闻父亲的死讯立刻恸然大哭，日夜吟唱武帝司马炎妃左棻所作之词：

骨肉至亲，化为他人，永长辞兮。

惨怆愁悲，梦想魂归，见所思兮。

惊寤号眺，心不自聊，泣涟涌兮。

此曲闻者伤心，见者流泪，守牢的侍卫们都不忍心。皇上更是被她的曲子所动，当下释放她，并收为妾。”

“等等……我怎么听说她是靠一曲“狐旋舞”而获得皇上的垂青？”我立刻想起数月前淡月同我说过的话，心中甚是不解。

杨婕妤倩兮一笑，扬起唇角，“我还听说，静夫人是因很像皇上挚爱的女子才蒙如此恩宠呢！谁真谁假早已说不清，反正静夫人在后宫就像一个传奇。”

“对呢，况且她现在已有两个多月的身孕，往后……若是产下皇子说不定还会被封为太子，真的很羡慕她……”只听得苏婕妤喋喋不休的声音徘徊在我耳边，我根本听不清她在说些什么。只觉口干舌燥，目光迷离，思绪混浊，四肢无力，最终我的意识渐渐沉入黑暗。

我在病榻上一连躺了两日，其间苏婕妤与杨婕妤来探过我多次，被徐公公指派来伺候我的心婉一直对我悉心照料，御医为我开的药方也是一日三次准时煎好送到我的嘴边。病情才稍加好转，就听有奴才传话，说是静夫人今夜设宴百莺宫，款待众位婕妤。

所有人都兴高采烈地在厢房内梳妆打扮，只为给静夫人一个好印象，说不准就能将她送到皇上面前侍寝，一步登天。

“小主，您就别去了，奴才去给静夫人禀报一声。”心婉有些担忧地凝视我。

“不可。”我由榻上起身，穿起绣鞋走至水盆边，用适温的清水泼拭我的脸。

她为我递来方巾，让我擦拭脸上的水渍，还是不放心地说：“可您若在宴上失态……”

我笑着将残珠拭干，“不去赴宴才是真正的失态。”走至青木妆台前坐下，凝视镜中那张憔悴得无一丝血色的脸，喟叹一声。若我没猜错，静夫人此次设宴的目的很可能是冲我而来。若我没去，她还不怒火攻心，认定我心高气傲，故意找借口推托不去？那我的处境就更加危险。

当日申时，我与数十位婕妤至百莺宫拜见静夫人，她打赏了我们每人一枚玉蝴蝶，小巧精致，入手沁凉，晶莹通澈，是上等好玉，她出手果然阔绰。

“各位婕妤生得仙姿玉色，又乖巧惹本宫欢心，相信皇上一定会喜欢的。”她扫过所有人一眼，最后将目光落在我脸上，别有深意地说道，“雪婕妤于两日前在养心殿一舞，本宫还真是记忆犹新，至今仍回味无穷。”

听她语中带刺，目光含异，我只是恭谦地回了一句，“夫人谬赞。”

但见她娇媚一笑，将目光收回，转投向众人，“只要众位婕妤忠于本宫，蒙受圣宠皇恩只是早晚。但是，若有人心怀邪念，欲颠覆后宫，本宫绝不轻恕。”她悠然又将目光转投到我身上。

我仿若没瞧见她警告的目光，随着众婕妤齐声道："奴才誓死效忠静夫人。"

她敛起凌厉的目光，巧笑盈盈，"好了，随本宫去福寿阁听戏吧。"

淡雾弥空，北风呼号，我坐在静夫人右下首第四位，隔了有一小段距离。坐我身边的是杨婕妤，她的目光一直紧锁戏台上的戏子们正表演着的民间广为流传的《牡丹亭》。

《牡丹亭》全本我幼时也曾偷偷读过，讲述杜丽娘和柳梦梅一段离魂相爱之情事。为此我曾偷偷抹下不知多少泪，我尤其喜欢书中那句"情不知所起，一往而深"，至今仍深有感触。

当我们听到高潮之时，却听闻皇后娘娘来了，我们皆起身行礼。只见她目光深凝静夫人而朝她款款而去，如一只高傲的孔雀，唇边净是伪善之笑。这就是后宫的生存之道吧，不论你有多厌恶站在你面前的人，你都不能表露出来，只能用笑容掩饰。

"听闻妹妹邀请众位婕妤在福寿阁听戏，本宫也来凑凑热闹，妹妹不会不欢迎吧？"她的声音虽很轻柔，却藏着不容拒绝的威严。

"怎么会呢。"静夫人退居一步，移至副首位前，邀请皇后坐下，"皇后娘娘请上坐。"

待皇后坐正，她也悠然而座，眼中闪过昭然的厌恶之色，随即很快敛起。

她才听了几句就侧首问静夫人，"《牡丹亭》？妹妹怎么喜欢此等戏曲？"

"游园惊梦，缘定三生。此戏感人至深。"她说此话之时，脸上露出迷人的浅笑，藏着忧伤。我很惊讶，她竟有如此性情。

"可《牡丹亭》终究是禁书，撤了吧。"皇后一声令下，将唱得正尽兴的戏班子打断，后沉思片刻，才开口道，"换马嵬坡。"

静夫人眸中闪过隐隐不悦之色，却还是未说话，一语不发地盯着已经得令换戏的戏子们，声情并茂地表演杨贵妃即将在马嵬坡上吊而死的戏份。

"妹妹你瞧，这杨玉环曾经也是集三千宠爱于一身的贵妃，可她的下场终究还是落得如此凄凉。曾经的浮华皆如过眼烟云，可悲啊！"皇后的声音很大，似乎想让在场所有人都听见，明白人一听就能发觉她话中对静夫人的影射。

"但她与唐玄宗的爱情也成为千古绝唱不是吗？七月七日长生殿，夜半无人私语时。在天愿作比翼鸟，在地愿为连理枝。"平静地娓娓道来，但是语调中却透着无比自豪。

我双手紧握，关节泛白。静夫人与祈佑的感情，似乎早已超出了我的想象，是吗？

他们之间的感情，已如杨贵妃与唐玄宗之间那般坚贞不移吗？我已经开始怀疑祈佑对于静夫人的好，真的只因她似我吗？

皇后不再说话，我下首的杨婕妤却叹了一声，我奇怪地凝着她，小声低问："为何而叹？"

她微微蹙眉，用比我还低的声音道："曲眉丰颊，清声而便体，秀外而慧中。飘轻裾，粉白黛黑者，列屋而闲居，妒宠而负恃，争妍而取怜。"她仅用了韩愈的短短两句话，就将此后宫的情景刻画得绘声绘色，实在难得。

我问道，"为何有此感慨？"

她凄然一笑，"一入宫门深似海。"说罢便垂首，似乎陷入自己悲伤的往事中，"我本不愿进宫，但是父亲、母亲硬是要将我推入这寂寞深宫，我对他们有恨，但他们终究是我的父母。"

"也不知为何，自从看了雪婕妤在养心殿一舞，现在看再好的戏都索然无味。"当我还在静静地聆听杨婕妤说着自己悲伤的往事时，皇后的声音却从侧前方传来，我循声而望，"不知本宫可有幸再赏你一舞？"

我立刻由椅子上起身，福身而跪，"臣妾身子不适，怕是不便再舞。"

静夫人倒是一笑，眸光也凝向我，"皇后娘娘怕是再无眼福赏舞了，雪婕妤的舞姿只为皇上而起。"

皇后神色一黯，"是本宫不够分量？"略带警告之音随着冷风传入我耳中，暗想今夜若是不舞的话，她定然不会罢休，但是以我现在的身子来看，要再跳《凤舞九天》怕是心有余而力不足。

静夫人佯装轻叹惋惜，"皇后娘娘还不知道吗？皇上亲口指明今夜由雪婕妤侍寝。"

我与皇后皆微愕，怎么我没有得到这个消息？是静夫人故意在皇后面前捏造此事，还是她早就打定主意今夜要坏我侍寝之事？

"难怪架子如此大，想爬上枝头当凤凰吗？"皇后倏然而起，冷凛的目光直逼向我，"雪婕妤，本宫就把话摆在这儿了：只要有本宫在，你就不要妄想上龙床。"

直到福寿阁所有人都散去，我依旧跪在地上，任北风无情地拍打在我身上，卷起暗尘。温静若，你这一招确实挺高明，将我与皇后纠扯在一起，你却安然抽身而出。

第十章 QINGSHI HUANGFEI

覆水也难收

当夜皇上确实没有召我侍寝，我更是没有听到任何风声，心中也暗生疑惑，却也是一笑置之。只是偷偷准备了一些饭菜，再次前往碧迟宫看望那位神智有些许混乱的杜皇后，我并无他意，只是想从她口中多了解祈佑。

再踏进碧迟宫只觉一阵寒气袭身，比起上次多了几分阴森之感，手中的灯笼忽明忽暗，随风摇曳。我不住地合了合身上的锦裘，仍抵不住寒气，打了个哆嗦，小心地推开紧闭的门。

"吱——"刺耳的一声轻响，我的手突然失去了力气，食盒与灯笼顷刻间滑落，摔在地上，发出更大的声响。我瞪大了双眼，望着眼前的一切，一声尖叫声划破苍凉冷寂的宫院，格外凄厉，最后四肢无力地瘫坐在地上。

一炷香之内，碧迟宫已火光点点，侍卫们将空寂的冷宫里三层外三层地围了个水泄不通。当他们将吊死在房梁上的尸体卸下抬出时，我依旧瘫坐在地上，呆滞地望着苍白的杜皇后，久久不能回神。

直到皇上来到此处，我依旧无法言语，呆呆地凝视着他呆站在杜皇后的尸体前良久，眼中藏着忧伤之色。他紧握双拳，"怎么死的？"短短四个字却带着危险无比的气息和不带感情的冷然。

"应该是上吊自杀。"一旁的侍卫战战兢兢地回了一句。

而正蹲在地上验尸的仵作，突然大喊一声："娘娘是他杀，颈上的淤痕蔓延了一圈，如此清晰。定是凶手从她身后用白绫先将其勒死，再吊上梁。"

祈佑猛然将目光盯向我，隐带森然，"你怎么在这儿？"

"我……我来给娘娘……送饭。"声音中有几分颤抖，却极力控制着。

"皇上，娘娘手中握着这个。"仵作怪叫一声，由她手中取下一块玉佩递与祈佑，他接过一看，脸色即变。后将玉佩紧紧捏在手心，转向众侍卫，"去把晋南王给朕请来！"那个"请"字用得格外冷厉，背着光的脸忽明忽暗，隐约感觉，即将有一场大变。

祈佑上前扶起我，目光闪烁有异，盯着我良久，终是重重地吐了口气，"受到惊吓了？"

"皇上……您的……母后。"控制不住地眼眶一热，泪水就此涌出，他立刻伸手接住我落下的几滴泪，另一手则轻轻地为我拭去泪痕。

"可见到有可疑之人出入此处？"他低声问，却夹杂着几分沉郁，猜不出喜怒。

我立刻摇头，"我一推开门，就见娘娘已被吊在房梁之上。"

他轻轻握着我的手，良久都未再言语，直到祈星被几位侍卫给"请"到此处，他依旧轻握我的手，温暖之感油然而生，抚平了我被惊吓的心。

"晋南王，一个时辰前，你在哪？在做什么？！"他淡漠平静地问道。

"已然就寝！"他似乎也察觉到事情的严重性，格外凝重地回答。

"谁能证明？！"祈佑步步紧逼。

他声音哑然一紧，"没有！"很僵硬的两个字，似乎已经将事情往最露骨的一处带领。我只觉祈佑的手一紧，有汗水渗出，传至我的手心。

"这个玉佩可是你的？"他将紧握在手中的玉佩摊在手心让他可以看仔细，上面清楚地刻了一个"晋"字。

祈星淡扫一眼玉佩，再望望我，最后凝视被摊放在地的杜皇后，很沉重地点了点头，没说任何一句话。

"来人，将这个弑杀我母后的逆贼给朕拿下。"他握着我的手似乎更紧了，而我却感觉不到疼痛，只是怔怔地望着被侍卫缚住双手的祈星。

"皇上，容我再说一句话。"他在沉默许久后终是缓缓地开口了，将目光放在我身上，脸上挂着笑，格外凄冷，"能与之结为莫逆知心之交，无关风月，乃我之幸，今亦不悔。"

我的手突然轻颤，唇角动了动，无声地笑了，蕴涵着太多情绪，有苦涩，有释然，有愧疚，有愉悦……终是只字不语，凝视着他被侍卫押下去，直到隐入宫门外，我的视线却依旧未收回，陷入了许久前的那段回忆……

"你与你的小妻子处得怎么样？"我一边捕捉着四散的萤火虫，一边找着话题与他闲聊。

他呵呵一笑，有些憨傻，连我都控制不住随他而笑，“到底怎么样啦？什么时候打算生个娃儿？”

“我与她已分房睡了四年之久，你觉得处得怎么样？”他幽幽一声惋叹，引得我手中的动作立刻停下，错愕地盯着依旧未停下动作的他，惊叫一声：“分房睡？”

“她睡主卧，我睡书房。”说得似乎理所应当，目光净是笑谑，我立刻扯过他，“你怎么可以这样，她可是你妻子。”

他眼中闪过无奈之色，“别谈她了，谈谈我们。”

奇怪地凝视着突然变了一种表情的他，后回避着他的目光，“我们有什么好谈的。”

“我们不是朋友吗？”他扳过我的身子，后从怀中取出一块玉佩递到我手中，“朋友总该有个信物吧，这个给你了。”

我盯着这块刻了一个“晋”字的玉佩良久，“可是我没有什么东西给你啊。”

他也沉思了一会儿，再仰望天空的溶月一番，后朝我勾勾手指，示意我靠过去。我虽不解，却还是靠了过去，只见他低头附在我耳边欲说些什么，很久却未听到有声音从他口中传出。我正想询问之即，只觉左颊传来一阵温热之感，我全身僵硬，尴尬地望着他，脑中一片空白，他……竟然吻了我。

我一时也不知该说些什么，却见他笑了起来，笑得格外轻狂，似乎发现了一件很新鲜的事，“果然，吻你的感觉就是与吻其他女人的感觉不一样。”

猛一回神，才了然，原来他在拿我寻开心，害我瞎紧张一番，“纳兰祈星，你找死呀！”

我静静地倚在皇上寝宫的朱门前，望着暗淡的溶月被些许乌云遮去，脑海中浮过的皆是以往的回忆，不堪回首。祈佑正在御书房与众大人商量着如何处置祈星，而我则再次被他安置在养心殿，他要我等他回来，因为……他有话要对我说。

寝宫内空无一人，唯有门外一个公公守着，我听着屋内烛火的嘶嘶吞吐声，再次走神。皇上……会如何处置祈星？如今祈星的势力在朝廷中已经有很大的影响力了，要杀他是断然不可能的。那么是削去番位夺去兵权，还是终身监禁永不复出？

我走至皇上的桌案前，指尖轻轻拨弄着烛火，温热的感觉传至指尖。亓国在此时发生如此大的事件，那么昱、夏二国会抱着什么态度呢？尤其是连城，他是趁火打劫，还是隔岸观火？

“能与之结为莫逆知心之交，无关风月，乃我之幸，今亦不悔。”

祈星的话突然涌进我的脑海中，我不自觉地喃喃道：“今亦不悔……当你知道是我嫁祸于你之时，你还不悔吗？”

一阵灼热的疼痛传遍食指，我立刻将手从红烛上收回，发现指尖已被烧红，疼痛锥心，仿佛也刺激了我的意识，提步就冲出寝宫，我……要去御书房，我要救祈星。

才跑出寝宫几步，就见姗姗而来的静夫人，我愣在原地，向她行礼。她似乎很惊讶我在此，怔忪了许久，“你怎么在这？”

见她似乎没有让我起身的意思，我只能静静地跪着，任膝盖的疼痛蔓延，“回夫人，是皇上要奴才在这儿等他。”

“皇上？”她喃喃自语一番，良久才说道，“你现在可以走了。”

“是皇上要奴才在这儿等他。”我又重复了一遍，声音提高了许多，很有挑衅意味。

静夫人脸色一变，“本宫的话你都不听？好大的胆子。”她立刻朝左右两位公公吩咐着，“给我掌嘴。”

“是！”一得到命令，他们就朝我而来，我一见不好，立刻从地上起身，连连后退几步，“温静若，是皇上要我在这儿等他回来，你想违抗皇上的命令？”

她娇媚地一笑，轻移莲步朝我而来，单手轻轻抚过我这张脸，“身份卑贱的丑丫头，也想蒙得圣宠，真是不自量力。”

我倏然一怔，瞧见前方有几个人影朝这儿而来，莞尔一笑悄然收回目光，低附于她耳边轻道：“你一个船家女，身份又能高贵到哪儿去？”

似乎说到她的痛处，静夫人狠狠扬手，给了我一巴掌，清脆的声响，响彻四周。我的脸撇向一侧，有血腥之感传自口中，右颊火辣辣地疼。

“温静若！”一声怒吼由不远处传来，冷戾之声不断在四处回荡，她的脸色一变，僵硬地转身望着一脸盛怒的皇上。

“你也太放肆了吧！”皇上疾步而来，越过一脸楚楚可怜的静夫人，走到我身边，察看我脸上的伤，“你没事吧？”

我淡笑着摇头，“臣妾没事。”

“皇上我……”静夫人突然扯住皇上的衣袂，细语柔声着想解释刚才的事，却被他挥开，“朕不想再看到你，滚！”

当静夫人泪落如雨，满脸凝腮羞愧而去之时，祈佑的眼中竟无一丝心疼。只是静静地朝寝宫走去，我却始终站在原地，怔然地望着他的背影，孤傲清绝。忽然他停住步伐，回首沉眸凝望着我，“走呀。”

依旧目不转睛地凝视着他，“你……”一抹很奇怪的感觉由心升起，他的面上看不出任何情绪，依旧挂着淡然的笑，可是眸中却无一丝温度。我知道，他在为他的母后而伤，即使他是如此恨她，终究血浓于水，有谁能眼睁睁见亲人的枉死而处之坦然？

“是要朕抱你进去？”一句似认真似开玩笑的话从他口中逸出，我一愣，后转笑，“是呀！”

本只当此时所言为玩笑之语，没想当真，却发现他竟真的往回走，横抱起我，走入寝宫。我虽有讶异，却未表现出来，“皇上……晋南王的案子，大臣们怎么说？”

“你希望朕如何处置？”他俯首凝了我一眼，竟将问题转丢给我。

我暗自思忖他话中之意，似在试探我。我怅然一叹，轻倚在他怀中道：“皇上的家事，奴家不便多言。”

“是不便还是不敢？”他已抱着我走进寝宫，守卫在外的奴才顺手将朱门轻轻关上。

他是在逼我吗？那我该如何回答才算恰当。“奴家以为，他毕竟是您的哥哥，虽不……”我小声地想替祈星说话，却因他奇怪的笑声而噤口，疑惑地凝望着他笑得格外虚无。

只见他轻柔地将我放在柔软丝滑的龙床上，深莫能测地凝视我片刻，“嫁祸他的是你，欲帮他脱罪的也是你。告诉朕，你到底想要怎样？”

心头因他此言一紧，呼吸一屏，他竟然知晓。他既都知晓此中真相，又为何放过我？第一个闯入我脑海中的名字就是——韩冥，因为，杜皇后正是他所杀。

当我推开碧迟宫紧闭着的朱门时，第一个闯入我目光中的就是一名黑衣男子用一条白绫紧紧地缠住杜皇后的颈项，她一直在拼命地挣扎着，想呼喊却发不出任何声音。当发现了站在门外的我时，她挥舞着双手向我求救，我却只能傻傻地站在原地，呆滞地望着那名黑衣男子，正是韩冥。我早已忘记呼喊。

直到她再无力挣扎，最后跌至冰冷的地面，目光却始终狠狠地瞪着我，仿佛……我就是杀人凶手。

韩冥瞥了始终僵在门外的我一眼，眸中闪过复杂之色，终是不言不语地从衣襟中取出一块金光闪闪的令牌，想将其塞入已殒去的杜皇后手中，借着惨淡的月光，一个“晋”字反射在我眼中，我立刻明白这又是一场嫁祸的戏码。

“等等。”我出声叫道，急促的声音飘荡在四周，略显森冷。我由腰间取出一枚剔透的玉，上面刻着一个“晋”字。“用这个似乎更容易让人信服。”稍一用力，将玉佩掷出，它在空中划出一个完美的弧度，最终落到他手中。

他什么也没有问，只是将那块玉塞进她手中，后以卓越飘然的轻功由后窗飞跃而出。片刻后，我的一声尖叫响彻黑夜云霄，什么也还没来得及多想，回荡在我脑海中的仅是那幽怨地瞪着我的双眼。这一幕正如烙印般刻在我心头，挥之不去。

那时的我根本来不及多想韩冥到底想做什么，受谁指使。我只知道，他的目的是为嫁祸祈星，云珠的死再次涌入脑海，若不是他始终惦记着那个皇位，若不是他想方设法欲扳倒祈佑……他们又怎会逼不得已将云珠推出做替罪羔羊。一想到此，我便狠下心肠助了韩冥一臂之力。

直到现在，祈佑的一句话将我打醒，更让我认清了一个不可能成为事实的事实。韩冥此举是受祈佑的指使！为什么，只为除掉祈星而已，他竟忍心对自己的母后下手，他真的如此灭绝人性了吗？

"在云珠死前我曾允诺过她一件事。"他的声音悠悠传来，打断我此刻的思绪，"替她沈家几十口翻案报仇，我是一国之君，一诺千金，所以不得不对母后下杀手。虽然她从不曾将我当她的骨肉看待，虽然她未尽过一分母亲应有的责任，纵有千万般不忍，但她终究是我的母后。但她残害沈家几十口人命却是事实，同时，我也想到一箭三雕之计，第一可为云珠报仇，第二将野心勃勃的祈星给铲除掉。"他压抑不住涌动的情感，声音微微战栗，紧握着我的手也有些无力。

"那么第三呢？"我一字一语地将话吐出口。才终止，我方惊觉，他与我说话之时一直在用"我"，而不是"朕"，我的呼吸开始紧促，心底一阵凉意上窜。

他抬手抚上我的颈，温柔地触及我的唇瓣、我的脸颊、我的眼眸，"可以将你永远留在我身边。"揽过我的肩，尔雅一笑，暗藏多少沧桑孤寂，却不时溢出复杂的神色，"馥雅，四年前我已失去你一次，四年后，我再不会放手。"

"你……什么时候知道的？"我压抑住心中的暗潮汹涌，低声问。

他的声音低沉了几分，却有着道不尽的柔情，"记得你叫祈星送来的信吗？'落香散尽复空杳，梦断姿雅临未泉。'其意不正是'馥雅'二字吗？起先我还以为是祈星的刻意试探，却在未泉宫见到你……"

"为何不能是珠儿写的？"

"珠儿根本不知道你名馥雅，又怎会写出此句。况且……你的声音，你的眼睛，你的字，我怎会不识？还有那满屋荧光，唯有你才会如此用心去捕捉萤火虫，也唯有你才如此懂我的心。"短短数语，却道尽了所有，如冬日一抹暖风吹散了我心中无尽的哀伤。

原来，他早在那日就已认出了我，我竟还傻傻地以为他什么都不知道，还想就此成全了他与云珠，未料，一直被蒙在鼓里的是我自己。

“莫怪我现在才向你坦白一切，若不是祈星的步步紧逼，想利用你要挟我……我只能漠然对之，你可知我忍下多少次想紧紧拥你入怀的冲动吗！”一句句言浅意深的话语由他口中吐出，字里行间的感情流露是多么真实。

而我，已然无言。

半生之事，皆如云烟，袅袅消散，终化为一声轻叹，一抹凝泪。

那夜，寝宫内黯然飘风，烛火熄灭，纱帘轻掩。他紧紧拥我入睡，头轻轻靠在我的发颈间，未发一语，只是将手臂强硬地圈住我。

我虽有好多好多话想问他，却未开口，因为我知道，此刻的他只想要一份安静。甚至自私地不肯将他母后之所以冷落他的原因告知，只恐他会更加自责悔恨，他已经背负太多太多，我只愿伴他左右，平抚他半生之伤。就让他以为……他的母后从来未曾真心待他吧。

一想到此，我便靠在他怀中，安然睡去。

朦朦胧胧，隐觉有影子在我眼前晃动，我很不情愿地睁开眼帘，迷茫地凝视着一脸淡笑地凝着我的祈佑，他说：“好久，没有见到你安静的睡颜，真的好美。”

我莞尔一笑，一刹那，我的心被填得满满的，对于这份甜蜜我甘之如饴，他真的不在意我的容貌吗？心中还有些隐隐不安，却见他俯首亲吻我的唇，在相触那一刻，如电流般的酥麻令我轻吟一声，唇齿间的交缠让我醉倒，迷失在他那看似温柔却又霸道的求索中，轻闭眸，感觉到喘息间的情欲之感。

“皇上！”很煞风景的声音从门外传进，“该上早朝了。”

他轻轻放开我，若即若离地在我鼻唇间厮磨，意犹未尽。我轻轻推开他，才发现天色早已破晓，“该去早朝了。”

他有些不情愿地抚过我的发，轻叹一声：“馥雅。”再紧紧握住我的双手，十指交缠紧扣，“生死契阔，情定三生亦不悔。”

闻言，我紧紧靠在他的衣襟前，用力揽着他的腰，埋进他的怀中，聆听他紊乱的心跳声，吟然一笑，“我亦如是！”

“皇上！”门外的徐公公又是一声不安的催促，惹来祈佑愠怒，“朕知道了！”

我一声低笑逸出唇齿间，换来他一个睖睁，略微不自然地放开怀中的我，翻身下床，已命奴才们进来为其更衣。而我则依旧静静地跪蜷在纱帐内，目不转睛地凝视着正被一群奴才伺候着更衣的他。一举一动确有着王者般的气势，只是浑身散发着一股让人观之冷凛的漠然。

“皇上……”我突然想起了一件很重要的事，急急地脱口而出，音量也不自觉地提高几分。

“嗯？”他侧首回望我，奴才们因他的突然转身而顿下手中的动作，小心地随着他换了个位置，继续为其更上那件负赘累累的龙袍。

“祈星的罪……皇上打算……”我的话才说到一半，就已哑然而止，因为他的瞳色稍暗，犀眸一沉，注意到他的异样，我暗自一叹，不敢再问下去。

他没回我的话，蓦然转身，不再看我，任奴才们七手八脚地为他更衣，寝宫内顿时安静得有些恐怖阴森。“一会儿我给你道手谕，去看看祈星吧。”

我猛然怔住，他是什么意思？难道他要——杀无赦？他一切准备妥当，正要朝外而去，我倏然回神，赤着足跑下床，口中急促地喊着：“皇上……皇上……”终于还是扯住了他的胳膊，止住了他的步伐。

他无奈地瞅我一眼，“朕意已决！”四个字，如一盆冰水，将我所有的希望全部浇灭。

最后只能僵在原地，望着他毅然离去的身影，颤抖着双唇，无力地跌坐在地上。真的是杀无赦吗？

半个时辰后，皇上果然派人给了我一道手谕让我可以进天牢见祈星。我双手紧握手谕，站在天牢外犹豫着该不该进去，进去之后该如何面对他，又该与他说些什么？却正好碰见了朝这儿走来的南月。她手中提着食盒，目光带怨地盯着我。

我的心中竟生起心虚，看着她不屑一顾地越过我，想进天牢，却被看守的侍卫给拦住了。她拿出金灿灿的黄金想贿赂他们，只想进去见祈星一面，却被侍卫给呵斥了几声，他们并不为钱财所动。看着她一脸失望还夹杂着着急的情绪，我终于还是提步朝她而去，将皇上给的手谕亮出，轻易地带着南月走进了天牢。天牢内黑漆漆一片，仅有几束火光将四周照亮，勉强可辨前方之路。

一直随在南月身后，她更是连正眼都不看我一眼，只顾着往前走。我也不说话，跟随着她的脚步而前行，突然她顿住了脚步，大喊一声：“王爷！”

我躲在一旁不敢现身相见，我……无颜以对，只能细细地聆听着里面的动静，牢中之人没有说话。

南月轻轻地将手中提着的食盒放下，“王爷，南月来看您了，您吃些东西吧。”她将一盘盘的菜端了出来，从缝隙中将菜递放进去。

依旧无人说话，南月倏然跪下，放声哭了起来，“为什么不解释，您明明可以解释的，那玉佩早就不在您身上了。”语气中有着隐忍、激动、暗责……“是不是因为她？”她突然撇过头，含泪凝望着我，带着浓烈的谴责意味。

我缓缓挪动着步伐，从一旁走至牢前，望着里面的祈星。他容颜憔悴，发髻凌乱，目光深陷，嘴唇苍白，坐在天牢中的木床上，软软地倚靠着稻草堆。一向意气风发的祈星，竟然变成了这个样子，都是我害的！若不是我将那块玉佩交给韩冥，他就不会如此百口莫辩。我低低地叫了一句："祈星！"

他终于动了动身子，抬头凝望了我一眼，苦涩一笑，未语，后又低头沉浸在自己的思绪中。

“吃点东西吧。”我蹲下，将一碗饭捧在手中，希望他能过来吃些，他应该一整天未进食了吧。

南月一把夺过我手中的碗，将我推开，我毫无防备地跌在地上。“不用你来假好心，你以为我不知道，嫁祸王爷的就是你，我亲眼看见他将玉佩送给你！”一字一语，如尖刀般划在我心上。

“南月！是我心甘情愿的。”沙哑的一声，将南月激动凄厉的声音截断，“若我解释了……你将会与我一同被关进天牢。”他惋然轻叹，深吐一口凉气，朝我走来。

“你不用内疚，就算没有你，纳兰祈佑也会有更好的理由将我送进天牢！”他到此刻还在安抚我，要我不用内疚？他要我怎能不内疚？

“我去自首，是我陷害你的……”我声音渐渐变弱，一转身欲朝牢外跑，胳膊却被祈星狠狠地箍紧，我愣愣地望着他的举动。

“我输了，彻底输了！”他突然仰天大笑，抓住我胳膊的手无力一松，“纳兰祈佑，真的是位旷世奇主，我纳兰祈星输得心服口服！”口吻中竟有着钦佩之意，我莫名地望着他，想从他的目光中找出他的真实意思。

“他比起我，也好不到哪去，依旧利用了你。”他的目光倏然一沉，笑着望我，却多了几分轻松之色，“只可惜，我输在没有赢得你的心！”

我骤然一凛，目光炯炯地盯着他，“你在说什么？”

“你以为他为什么让你来天牢中看望我？他明知我在朝廷的势力已根深蒂固，要杀我根本不可能。今日他却将你送到此处，他只为提醒我，只要我有求生之欲，你必是我的陪葬品。”他呵呵一笑，笑得凄凉，“他在与我赌，他赢了，我输了。”

我的手倏然握住铁牢之杆，手硬生生地疼痛，却不想接受这个事实。“不可能，他怎么可能利用我？”头一回，我如此激动，我绝对不相信，祈佑为了杀祈星，连我都视为棋子。

"你太天真了,若我不死,死的就是纳兰祈佑。"他恨恨地捶了铁杆一拳,我看见有血从他手背溢出,那鲜红的血液刺激了我的思想,同时也接受了这个事实。

祈佑确实利用了我,但是,"就算如此,我还是要去自首,如若皇上真的要杀我,我也甘愿!"

"丫头!"他猛地唤了出口,"就算我躲过了这一次,还会有无数次的危险在等着我。请不要让我为难,我之所以丝毫不作解释,只为了保你,你到现在还不明白吗?"

"我不明白,我不明白!我不要你死!"我疯狂地喊了几句,声音不断在空寂的牢中回荡,泪水早已泛滥如泉涌。嫁祸他之时,我怎么没有想到韩冥是受祈佑的主使,目的只为彻底铲除祈星!为什么,我要被仇恨蒙蔽了双眼,盲目不顾后果地犯下如此严重的错误。

他猛然将地上的盘子摔碎,清脆的响声传遍四周,惊了我。他摔盘子……要做什么!

只见他蹲下身子,拾起一块锋利的碎片,如释重负地笑道:"丫头,你知道吗,我是真的将你当做我的知己朋友……利用你我也是逼不得已。"他的手一动力,锋利的碎片划过他的手腕,血顷刻涌出,"现在若要用你的死,来换我的生……我绝对做不到!"

我只有那一刻的怔忪,倏然有个声音比我更快地尖叫,"不要啊……王爷!"这一声尖叫换来我的回神,我大喊着朝外边的侍卫道:"快来人啊……祈星,祈星自杀了……快来人啊!!"我嘶哑地喊着,疯狂地捶着铁门,想将它拉开,可是却纹丝不动。

几个侍卫好一会儿才匆匆赶到,手忙脚乱地将门打开。我冲了进去,抱住已经跌在地上的他,血染红了地面,染红了我的裙摆,"快请御医……快请……"

他反手紧握我的手,"丫头,曾经对你的利用,我……真的很抱歉!"

"我早就不怪你了,你……你别说话了!"我抚过他一直血流不止的手腕,血如泉涌,将我整个手心、手背全数染红,格外骇目刺眼。

"那么,我就……可以安心离开了!"他脸色苍白,目光迷离。

我用力摇晃着他,"不可以……御医马上就到,你坚持……坚持住。"

他气若游丝地哀叹一声。"浮华名利真的……只是一场空,早该听你的话,放弃了那个不属于……我的位置,丫头……答应我,不要被这个血腥的……后宫污染,能走多远就走多远。祈佑……不是你最终的归宿,你属于……属于……"他的声音渐渐变弱、变沉、变小……最终隐遁唇中,整个身体无力地松弛下来,反握住我的手已再无一丝气力,软软地垂至染满血迹的地面。

“王爷！”南月发出凄厉的一声号哭，用力磕了个头，无力地扑在地上，放声大哭。

我愣愣地望着眼前的一切，已然无法言语，我没有料到，此次我前来探望，竟是为他送终！这就是所谓的覆水难收吗？我亲手将一个，我真心视为知己的朋友，送上了绝路。

第十一章 QINGSHI HUANGFEI

冷香欲断肠

我盲目地走出天牢，朝御书房奔去，我现在只有一个念头，我要立刻见到祈佑！有些话我一定要当面问清楚，否则我不会相信。今早他还对我说“生死契阔，情定三生亦不悔”，难道都是假的？到最终我还是沦为他的一枚棋子吗？

步伐由最初的急促变得虚浮无力，也不知跑了多少路，我只觉得体力殆尽。全身瘫软，气喘连连，直到我已无力再走下去，软软地瘫靠在粉淡的朱墙上。眸凝淡荡浮云的天空，我真的不属于这儿，突然间有种想逃开的冲动，深宫大院，危机四伏，四面楚歌的宫墙内，又藏着多少不为人知的桩桩血案。云珠与祈星的死不就是个例子吗？

我已经放弃了再向前行，莫说御书房我进不去，就算进去了又能怎样？质问谴责祈佑吗？祈星说得很对，若是他不死，祈佑必死，难道我希望此时死的那个是祈佑吗？

苦笑一声，当初我为何要执著地不肯随韩冥而去呢，或许与他离去，我就不用置身于如此地步。

我木然地转身，勾起一抹苦涩的笑，才抬眸，发现连城已不知何时站在我的面前，良久他才开口：“我有话问你。”他夜眸如醉，依旧是那副令人生妒的绝美之容。

“我没有话能回答你。”此刻的心境早已陷入一片躁动与绝望之中，再无多余的力气向他解释。

“若你不回答，我现在就去揭发你的身份。”他朝我步步逼近，锐利的警告之色令我想笑，换了昨日若他对我说此话，我定然会怕。而如今，我已把一切看淡。

“连城，如今连你也要利用我吗？”我的笑始终挂在唇边，“你现在就去揭发啊，你去呀……只要你拿得出证据，证明我就是馥雅公主，你就赢了。”一声冷哼伴随着轻笑逸出口。

他的面色乍然一变，再次打量着我，竟有着昭昭的陌生困惑。我则轻抚自己的脸，不温不冷地道："这张脸早已不如当年那般绝美倾世。而你，扪心自问，你爱的是那副皮囊还是馥雅本人？"

他骤然沉色，不发一语。我唇边的笑越发地扩散开，邪恶之意涌入脑海，"若你想要解释，去问问你的皇后灵水依，相信她会给你一个满意的答案。"

越过他，我转身朝来的路走去，独留连城在原地。寒风略带冷香扑鼻而来，我用力吸上一口后轻轻吐出，我的思绪越来越清晰。

当我回到撷芳院之时，许多婕妤皆由房内跑出，站于廊边望着一脸狼狈而归的我，三两个一群窃窃私语着什么，我什么都听不见。只看着她们的朱唇一张一合，格外有趣，不自觉地竟笑了出声，惹来她们一阵错愕。

"小主，你怎么弄成这个样子？"心婉担忧地搀扶着我，生怕我一个不小心就摔倒在地，确实，我已经再没多余的力气去稳住我的步伐。

"没事！"只觉嗓子格外干涩，连说话声音都有些哑然，方才与连城的一次言语交锋，似乎已用尽了我全部的精力。

"哎呀，小主你的脸！"心婉一声低呼让我回神，只见她目光格外担忧地凝视着我的下颚，那是方才被杜莞用指甲划伤的地方。

我轻轻抚上，方觉疼痛。她还是一如往常沉不住气呵，那与生俱来的自负、狂妄，不可一世依旧没有收敛。

"雪婕妤，我这有瓶药膏。"杨婕妤手中握着一个陶瓷小瓶递来到我身边，"我为你抹上吧，很灵的。"

我颔首应允，再露以感激一笑，与她一同进入厢房。她亲自将透明晶莹的药膏涂抹在食指上，再均匀地为我抹在伤痕上，先有着略微的隐痛，后有沁凉之感传遍全身，隐含着淡淡清香使我心头舒畅。

"听说晋南王于牢中畏罪自尽了。"一句很平淡的话由杨婕妤口中说出，却让我脸色一变。

"畏罪自尽……"我发出一声嗤笑，引来杨婕妤奇怪的一眼，却换来心婉的一声感慨，"明太妃一听此噩耗猝然病倒，一蹶不起，真是可怜……不过我真不明白，晋南王为何要谋杀冷宫中的杜皇后？"

"确实……令人费解。"我轻然一语，怅惘而望，才抬首就见一脸匆忙而来的徐公公。

他的脸色微红，带着小喘，似乎一路疾步而来，"雪婕妤，皇上召您去养心殿。"

我不急不徐地问："皇上有事？"

"奴才也不晓，皇上只是叫奴才立刻请您过去。"他已渐渐平复急喘，但额上的冷汗依旧不断渗出，凝成一颗颗汗珠，滴滑而落。

杨婕妤姿态娴雅地放下手中的药膏道："快去吧，皇上召唤肯定有急事呢。"

我凝了杨婕妤一眼，再瞅了徐公公一眼，惋然一笑："去回禀皇上，我身子不适，不便前往。"

几声冷冷的抽气声，将此时的气氛冷凝到极点，徐公公的脸色由最初的红润变为惨白，杨婕妤的眸中闪过诧异不解，心婉则一脸惊惧担忧。

用过晚膳，我就遣心婉出去，想一个人安静地待着。屋内烛火通明，火芯随风摇曳四散飘浮，我一直立于窗前，影子拉了好长好长。只觉寒风由窗外扑来，割得我双颊疼痛，发丝随风四摆，衣襟飘飞。溶溶新月照拂霜满地，淡雅芬芳清晰扑鼻来。

自己也不知站了多久，仿佛一炷香，又似一个时辰，仿佛想了许多，又似什么也未想，迎风而立。

第一次，仇恨来得如此凶猛，覆盖了我整个心间。就连父皇母后的惨死，我都乐观面对，甚至还相信这个世间尚有真情在。可经历这么多事后，才发觉我的退让换来的依旧是一次次的被利用。我的隐忍，终究还是被人玩弄于股掌之间，自己却浑然不知。

祈星，不是我不离开这个皇宫，而是我不能离开，我的使命还未完成，我怎能一走了之？我真的不想再为别人而活，我想为自己活一次，我要完成母后的遗命与对珠儿的承诺——报仇。

"小主！"守在门外的心婉突然推开门，声音有略微的颤抖，"皇上……皇上来了。"

我依旧静然地仰望天际，不言不语，在他们眼中，我的举动应该称为放肆吧。但是，在祈佑面前我不想伪装自己，我怕自己的伪装会将我与他之间仅存的那份纯澈爱情污染，所以我不想因他的身份而委屈自己逢迎他。

"你退下吧。"他低而有魄力的声音在空寂的厢房内格外清朗明亮。

只听得一声细微的关门声，房内又陷入一片安静，仿佛，只有我一人。

"馥雅！"只是一声轻柔的低唤，却再没了下文。

我的手抚上窗槛，指尖轻轻拨弄着上面的灰尘，淡然一叹，"经历了这么多波折，我的退让换来的竟是你又一次的利用。"

"你知道,祈星知道得太多。"他的脚步声起,似乎朝我这儿靠近。

"所以,你选择利用我为你除去这块绊脚石,稳固你的地位。"我尽量让自己的声音显得很平静,不要夹杂过多的情绪,"告诉我,你如何得知我与祈星的关系?"

"韩冥。"短短两个字,更证实了我的猜测,唯有他知道杜皇后手中那块玉佩是祈星给的,那么……这算是出卖吗?

感觉到他已经来到我身边,他身上那股淡雅的气息让我喘不过气。胸口异常沉闷,对于他,我该如何面对?

"我给过他机会,甚至将灵月赐婚于韩冥,只为让他安安分分地做他的王爷。可是我的步步退让换来的却是他的步步紧逼,甚至欲利用你的身份揭发我当年的阴谋。"言语中满是清冷无奈。

"何必呢,根本无人能证实我的身份……"我的手紧掐窗槛,除了韩冥……却突然被祈佑打断,"前段日子他还秘密在民间寻访那位曾为你换脸的神医!你说他的目的何在?"

我倏然转身,内心百感交集,我竟然又被蒙在鼓里……

"聪明如你,不会不明白其利害关系。"他的神色格外认真严肃,"今日我只是想试探他对你的情到底有多深,果然,一试便出。"他猛然将我圈入怀中,用力之大令我无法喘息,"利用你,我也是逼不得已。"

"你不怕……祈星不吃你这套,硬要拖我下水?"眼泪悄然滑过,滴在他龙袍上,渐渐扩散。

"没有把握,我是不会让你踏入天牢的。"

哭泣之声不住地由口中逸出,声音猛然提高,"纳兰祈佑,我恨你!"当我这七字脱口而出之时,他的身子僵住了,手无足措地轻拍我的脊背。

"对不起,以后我再也不利用你了,我发誓。"他的声音很真诚,语气中更是充满了安慰。

我一语不发地靠在他怀中放声大哭,欲将这些年的委屈痛苦一股脑儿地发泄而出,心中更是暗暗地告诫自己,这将是我最后一次流泪,最后一次。

也不知在他怀中哭泣了多久,才发现自己的泪已经干涸,唯有淡淡的抽泣声。他微微叹了口气,搂着我的手松了些力道,由霸道转为轻柔。"第一次,你在我面前哭。"

他的这句话似乎蕴涵了许多情绪,复杂、欣喜、无奈、激动……只因我在他面前哭了?

“你知道吗，每次你即使再疼也不肯呼喊一声，总是强装坚强，总是以那缥缈不定的笑容来掩饰。那时候我就对自己说，我要照顾你一生一世。”他厚实的手掌不断抚摩着我的发丝。

“你是帝王，你有那么多妻子，你如何照顾我一生一世？”我哽咽着由喉咙里发出声音。

忽地一声低笑，“你是在吃醋吗？”声音中竟藏着得意激动之感。

“是呀，我吃醋。”我冷哼一声，却感觉自己的声音格外别扭，很矫情。

他将我微微推开些许，眸光如水般凝着我，藏着数不尽的柔情，“后宫佳丽三千人，独予你万千宠爱，这是我对你的承诺。”

看着他认真的目光以及那坚定的语气，我用力点了点头，“我会铭记你的承诺，若你负我，今生永不相见。”

他低头在我颊边轻吻，气息暖暖地拂在脖颈间，目光中隐有缠绵之意，却闻他低语：“记得我说过，一定会给你一个名分，要你做我纳兰祈佑名正言顺的妻子。”

“妻子……”我呢喃一声，心里暗涩，多么虚无的一个词。我知道，除非他废后，否则我永远无法成为他的妻，但是他不可能废后，除非他不想要这个皇位。毕竟，他能登上这个皇位，杜莞的爹出了很大一份力。

“十日后，我要你成为天下最幸福的新娘。”

我的脑中一片茫茫然的空白，笑容渐渐浮上唇边，内心翻涌着无限的甜蜜。然后闭目沉醉其中，对他的感情从什么时候已经这样难以放手？竟连他的利用我都能抛开，陷入他浓浓的柔情中，这样的自己，我很讨厌。

“祈佑……告诉我，为何要弑杀先帝？”我突然想到了一件困惑了我许久不得解的事，立刻抬眸而问。

他微微一愣，并没想到我会问出这样一个问题来，睖睁片刻才道：“谁在你面前乱嚼舌根！”话语夹杂的怒火昭然可见，“是祈星？”他恍然而言，目光隐隐闪烁。

那一瞬间，我真的被他的怒火骇住，可是还是问了下去，“能坦言相告吗？”

他不语，似在沉思些什么事，凛然淡漠充斥着我们之间。我微微一叹，便妄自揣测着，“是因为，先帝想传位的人，一直就是祈殒吗？”我的语音方落，换来他倏然一凝，暴戾之气仿佛欲让我压抑窒息，薰炉的淡香飘在空气中，沉沉郁郁。

夜半静谧的屋内，我茫然地与他对视良久，而他眼神中闪过微蓝的星芒，攥紧着我的手丝丝冷汗溢出。终因他此刻的骤然沉默找到了我要的答案，我的猜测是对的。

他终是放松了紧绷着的身躯，惋然一叹，“还是瞒不过你……

“那夜揽月楼的一场大火来得突然又奇怪，我问起云珠，她说几日前父皇曾召见你于承宪殿，我就猜到这场大火是父皇主导，当面质问，他亦不否认。那一刻，我心目中完美的父皇形象顷刻尽毁，但他是我父皇，他放那场火也是为了我，所以我不能恨他。”

“当我助父皇铲除了东宫，却隐隐发觉事情有变。他对我暗藏戒备，频频召唤祈殒深夜秘密进宫，幸好我早将弈冰安插在父皇身边，否则我根本无法察觉其中之天大阴谋。原来我一直敬重的父皇，竟只将我当做铲除东宫的棋子，他的承诺如一盆凉水狠狠地浇醒了我。你的死，父皇的利用如一把刀，狠狠地勾起了我的恨意。”

不知怎的，我的心突然一阵抽搐，一滴清泪斜斜地从眼角滑落，“祈佑，你……”我早就在猜测先帝根本就非真心欲传位于他，可现在真真切切地听到他说起，我还是被强烈地震撼了。心底慢慢地绞杂一缕哀伤，欲再言，却无言。

【第三卷】

QINGSHI HUANGFEI

谁道无情帝王家

第一章 QINGSHI HUANGFEI

品茗牡丹亭

祈佑终究是未在此处就寝，而是回了养心殿。他走后，我的心间泛起浓烈的失落之感。站在廊边一直傻傻地凝望着早埋没他身影的那个拐角处，很久未收回视线。今夜他该留宿谁那儿？是由静夫人承转恩泽还是由杜皇后侍奉左右？

始终伴在我身侧的心婉为我披上一件衾裘披风，恐我着凉。我伸手合了合衣裳，却觉得此时更冷，寒风呼呼吹来，我丝毫未有进屋安寝之意。

昏鸦尽，小立恨因谁？

急雪乍翻香阁絮，轻风吹到胆瓶梅，心字已成灰。

忧伤之情如泉涌，不断徘徊在心中，压抑着我的思绪，辗转着我的心。帝王，是天下女子的丈夫，暗暗提醒着自己莫须太介意，毕竟他不是我一人所能专属。

“小主，进屋吧。皇上已然走远。”心婉扯了扯我的衣袂，提醒我回神。

我若有若无发出一声叹息，正待回房而去，只见苏婕妤扯着杨婕妤朝我飞奔而来，“雪姐姐，雪姐姐。”苏婕妤怕我就此进门，扬声唤着我。

听着她由先前的雪婕妤改口为雪姐姐，心中略微闪过诧异。随即了然，方才皇上的亲临，怕是整个后宫都已传遍。

“妹妹有事吗？”我也顺其意唤她为妹，巧笑盈望这个性格浮躁略微冲动的苏婕妤。

但见她欣然一笑，已与杨婕妤立在我面前。相较于她的兴奋，杨婕妤似乎平静了许多，似乎是从睡梦中才被苏婕妤扯醒，眼神格外蒙胧混沌。

“听说方才御驾来到姐姐厢房内，真是羡煞了我们。”她倏然放开杨婕妤的手，转握着我的手。

我有些不自然地想抽回手，可才用力却又立马收回，转而反握她的手，含笑睇一眼一旁默不作声的杨婕妤。"蒙皇上垂爱，我身子略微不适，他便亲临探望，受宠若惊。"

苏婕妤一听便有些局促不安，担忧地抚上我的额头探了探，"怎么姐姐身子不适么？"

我努力赔笑回应着她突如其来的关怀，"怕是受了些风寒。"

"好了，思云。"杨婕妤开口唤了一声苏婕妤的小名，她们俩的关系似乎很好，"雪婕妤的病未愈，你还扯着她在此闲聊，不怕她病上加病？"

苏婕妤一听，脸色稍一敛后推扶着我朝房内走去，"都怨我，要不是容溪姐姐提醒我，我还未觉呢。"

我顺着她手的力，朝那花梨木小圆桌走去，"小病，不碍事。"

她为我拉开一方小凳，压我坐下，随后再邀杨婕妤就座，最后自己才坐下。然后又殷勤地为我倒一杯茶水，手才碰至杯壁的温度就一蹙眉，转而望着心婉道："这茶水都凉了，也不换壶热的，这叫雪姐姐如何下咽？"

"奴才的不是，这就去换。"心婉立刻伸手想将桌案上的朱凤朝阳五彩壶提起，我却立刻接过苏婕妤手中握着的陶瓷五彩杯，忙笑，"没事，我嗓子里本就燥热得很，正想喝些清凉的东西。"

一口饮尽杯中之水，换来心婉错愕的怔忪。而杨婕妤则接过我手的杯，"雪婕妤，你的脸色略有苍白之色，该去歇息了，我与思云就不打扰了。"

她不着痕迹地硬将苏婕妤给拽了出去。这位杨婕妤确实不简单，甚懂察言观色。我将内心对苏婕妤喋喋不休的不耐隐藏得如此之好，却被她给看破，故才拉着苏婕妤急急离去的吧。

她们走后，屋内安静了许久，心婉才道："小主，夜深了，歇息着吧。"

我轻轻地摇头，突然起了写字的兴致，飘然而往桌案前，捻纸研墨，再提起黑檀木兔肩紫毫笔，肆意挥洒了几句诗。

心婉瞧见我写的字，掩嘴取笑，"小主是希望与皇上白首偕老。"

当她的话音落下，我才发觉自己写的竟是：

死生契阔，与子成说。

执子之手，与子偕老。

我愕然一怔，提笔的手僵在半空中，目光凝着那十六个字发呆，直到毛笔上的一滴墨悄然而落，滴在纸上，泛了好大一块我才惊醒。毛笔随着我的力道一松，摔落在桌上发出一声轻响，我猛然将纸揉成一团，丢在地上。

"小主？"心婉奇怪地望着我异样的举动，担忧地唤了一声。

"我乏了。"我恢复了常态，疲倦地叹惋一声，遣她退下。

蓦然侧首再望望安静地躺在地上的那团纸笺，心中黯然神伤。

次日午时我才悠悠转醒，隔着糊纸眯眼而望，有暖阳射进，今日的天色似乎很好，心婉怎没来唤我起床呢？我慵懒着不肯由暖暖的被窝中起身，睁着双目安静地躺着，凝望着纱帷漫漫深深，静谧不动。桌上金猊小薰檀炉袅袅生烟，烟雾弥漫着四周，乍看犹如仙境，着实令人迷惘。

也不知静躺了多久，隐隐听见几声轻笑由门缝外传进，闯入我的耳中。是幻觉？我奇怪地侧耳凝神细听，一波波甜美的笑声毫无预警地再次飘进我的耳中。好奇地由床上爬起，想出去一探究竟。毕竟在这深宫大院内实难听见此般悦耳的笑声。

才推开门，一眼望去，小苑繁花早已落尽，唯留枝角尖尖迎暖日，清瑟的凉意伴随了暖煦的日头也别有一番滋味。偌大的小院围了许多女子，娉婷袅娜生姿，颦笑莺语动人，绵绵娆娆堪国色。

"雪姐姐，你醒啦。"第一个发现我的是正乐得起劲儿的苏婕妤，她一声高唤将所有人的目光皆吸引至我身上，我还未适应此时众人的审视打量，她已经微笑着起身到我身边，将我领入这片热闹的小地。

"我们正在谈诗品书畅聊乐曲，雪姐姐你有没有兴趣一起来？"杨婕妤格外热情地招呼着我，生怕将我给冷落了。

我望着这数十位各有所长的清丽绝美的小姑娘，心中多了几分感慨。见她们围案而坐，案上摆放了许多诗集、名画、乐器……看来她们无聊时就是这样消遣度日的，换了我也会乐得遐意。

拉了一方小椅坐下，安静地听着她们继续放声畅谈，不自觉竟聊到万种花卉，有人独爱水仙清水养，有人甚喜芙蓉赛海棠，有人总爱栀子白如霜……

"我比较喜欢牡丹，花之富贵者也。没有梅花的傲骨、水仙的超逸、菊花的高洁，牡丹是最现实不过的花。"此话出自一位犹自高傲的姑娘口中，她的肌肤如水似吹弹可破，眸闪灵光，她的美并不为倾城之美，然她的气质却脱俗傲立群芳，极为出众。

我细细打量了她很久，牡丹代表着对现世欲望的追求，而她此时竟在众人面前如此坦言自己的欲望，她不怕在这后宫四面楚歌吗？

或许是被她那份毫不避讳的坦诚所动，我不自觉地脱口问道："那姑娘你定然读过《牡丹亭》。"

没有想到我会开口，她略微迟疑地凝了我一眼，后认真地点头道："天下人皆称《牡丹亭》为淫禁之书，然我却不认同，牡丹很准确地揭示了柳梦梅与杜丽娘之间感情的实质，'梦其人即病，病即弥连，至手画形容，传于世而后死。死三年矣，复能溟莫中其所梦者而生'，更见证了一段震撼人心，刻骨铭心的爱情。"

我猛拍桌案而起，大赞一声："说得好！"她不顾女子该有的矜持，上前一步，略带激动地说道："你也读过？"她未被我突然高扬的语气惊吓倒，反倒是眸光渐闪，熠熠而望。

我也不回话，随手拿起桌案上被某位婕妤轻遗的西施浣纱团扇，随手轻拂，顺力而起，带起一阵轻风。我放声唱一句："原来姹紫嫣红开遍，似这般都付断井颓垣。良辰美景奈何天，赏心乐事谁家院。"

她唇畔勾起一抹迷人的微笑，将手中的折扇轻挥散开，紫檀木本就带有的芬芳扑鼻迎来。她曼妙一个旋身，翩翩起舞巧笑盈望，接下了我的曲，"朝飞暮卷，云霞翠轩。雨丝风片，烟波画船。锦屏人忒看得这韶光贱。"

望着她那纤楚玉姿在小苑翩然而起，一回眸、一低吟、一旋舞，无不将她身上特有的气质发挥得淋漓尽致，恰到好处。所有人都沉浸在她的天籁之音中无法抽身离去，甚至有几位婕妤因她情唱深处而悄然落泪。

我的眼眶也不自觉湿润，却不想落泪，转而一侧首，竟看见杨婕妤早泪如泉涌，抽泣不止。我心生奇怪，正想开口询问她为何，但见她双眼一闭猝然倒地。

众人一片尖叫。

凤高楼，漠漠皱红，潋滟云霞，欲逢春。此刻我已随一位公公进入宫中的太后殿，还记得方才杨婕妤的猝然晕厥，可吓坏了几位婕妤，尤其是苏婕妤。她眼中的担忧之色显而易见，甚至滴下了几抹清泪，还紧张地命人去请御医。而我则被太后殿的公公领来此处，说是太后召见。

一路上我紧随其后，思考此次太后召见到底所谓何事，心中也有着隐隐不安。我到底还是欠她一份情，难道她是要我还？可我又能帮到她什么呢？

"公公可知太后娘娘召我何事？"我正色询问道。

"小主去了便知。"略微回避闪烁的言辞使我的疑虑更是扩大，却无他言，继而紧随其后进入太后殿那庄严的红木门。穿过肃穆的正殿，再转而插入偏殿，越往里走，淡薄的轻烟徐徐升起，伴随着鹅黄轻软的锦丝幕帐朦胧飞扬，弥漫一殿。

穿插过这缦纱帐，转入偏殿的正堂，闯入我眼帘的是静坐于酸木红枝椅上的韩太后，她慵懒地将视线投到我身上，倩目巧兮一笑，“雪婕妤来了。”

“参见太后娘娘。”我福身一拘礼，再略微挪动脚步转向副首而坐的女子也行了个礼，“参见邓夫人。”

邓夫人温然一笑，眸光乍煦暖，笑容诚可掬，太后则是邀我坐下，“听闻雪婕妤已出入皇上寝宫两次，昨个儿夜里皇上甚至因担忧你的身子而亲临撷芳院，看来你在皇上心目中的地位不低。”太后的口气暗藏几分凛然之意。

一听此话，我丝毫不敢多作犹豫，忙接口道："全仰仗太后娘娘的恩典。”

她满意地一笑，指尖轻抚食指上那枚翡翠八宝绿脂戒，“那么下一步就该是晋封你了……三夫人的位置现空缺一名，皇上是有意欲将你扶上夫人之位吧？”

“怕是……没那么简单。”邓夫人插嘴而上，语音稍轻，有担忧之色，“皇后与静夫人是头一回站在一条战线上，先后派亲信向皇上谏言。”

“放心，只要有哀家在，绝不会让皇后她一人于后宫独大。”太后意态闲闲地轻笑道，侧首转望一旁的邓夫人，“今日哀家是特意为你们引见的，将来在这后宫相互有个照应。”

但见邓夫人嫣然一笑，莲步轻移徐徐地朝我而来，髻上红宝石的簪钗相互交错，摇曳着发出清脆的声响，铿锵耀目，“不介意本宫唤你为雪妹妹吧？”

我莞尔淡笑，迎向她，道："姐姐，以后在宫里可要多照应着妹妹。”

心中也暗暗猜想这邓夫人怕也是太后一手扶植而上的，太后到底打的什么主意？她为何又要在这后宫培植自己的势力？难道她还不满足于此时的尊荣？

在太后殿用过晚膳我才离开太后殿，望漫天繁星如钻闪烁，悠然一叹，站在偌大空旷无人的宫门前，再次回首而望那高高悬挂在正上方的“太后殿”三字。心中涌现无限感慨，我知道这次我已无法抽身而出，必陷入这后宫噬血残忍的争斗中，我真的能坚持下去吗？

当我正愣愣地盯着那块金光熠熠的匾时，韩冥略微沉滞的声音扰乱了我，“你不该出现在此的。”

收回视线，漠然望他，“为何将玉佩之事告知皇上？”

“身为臣子，忠于皇上。”

这八个字真是振振有词，我无可辩驳。难道我能要求他看在我们之间的友情份儿上，而对皇上有所隐瞒吗？也正因为这样，所以我未因他的出卖而怪他，毕竟祈佑是君主，即使他有心隐瞒，在皇上那强硬的质问下也不得不低头。这就是皇上的权力，也难怪无数人皆觊觎那个宝座，就连祈星也因此丢了性命。

“我明白。”轻颔首淡笑，声音有些幻渺，“苏景宏大将军，正因他有着铁面无私、忠于朝廷之心，所以他虽是废太子的岳丈，却也依旧在朝廷安然，皇上仍放心地将大权授予他。望你也能如他，终身效忠于皇上，摒去贪戾之心、欲望野心之源，亦能于此屹立不倒。”

再归撷芳院，心中一片凌乱，双手交握微微泛白。深冬之冷的确令人稍觉凄寂，这撷芳院更是一片萧索之态。方才与韩冥的一番对话确实令我心力交瘁，他说我变了，浑身上下包藏着浓烈的仇恨，与先前那个与世无争的纯真的我完全判若两人。或许吧，人都是在一次次背叛伤痛中成长。人无完人，就连神仙都会有七情六欲，况且我不是神仙，所以我也不例外。

经过杨婕妤厢房前，见里边灯火闪烁，晌午她猝然晕厥之态又闪入我脑海中，心中担虑她的病情，就信步朝她的房内走去。

“咯吱——”推开那扇半掩的红木门，第一个进入眼帘的正是半倚在软衾枕上的杨婕妤，目光呆滞，脸色惨白如纸，在微暗的烛光拂照下愈加晦暗。一股浓烈苦涩的药味扑鼻而来，只见苏婕妤左手端着仍旧在冒着热气的药碗，另一手捧着汤勺，正苦口婆心地劝慰她喝药。而床上那个人儿却纹丝不动，恍若未闻，依旧目视桌案上那支已快燃尽的红烛。

“雪姐姐。”苏婕妤一见我来，忙起身相迎，“几个时辰前御医为容溪姐姐诊脉，说是抑郁成疾，乃心病。开了个方子让奴婢煎了碗药送来，可是她怎么都不肯喝下。”

我朝床榻边走去，“御医都说这是心病了，又岂是一剂方子一碗药能根治的。”轻轻地为她顺了顺盖在身上的五福鸳鸯锦被，“一曲《牡丹亭》令之猝倒，定然有着心事纠结在心，若能吐出方能打开心结。”

木然的眼珠因我的话而转动，默默地流连于我与苏婕妤之间，似乎还在犹豫着。却又闻一阵脚步声伴随着推门声，我们仨一齐将目光投向迈进门槛的人，是晌午于苑中吟唱《牡丹亭》的那位婕妤。

她一见我们仨的目光倏地停下步伐，不自然地停在原地，“我是不是打扰了？”

“不碍事，尹婕妤怎会来此？”苏婕妤有些讶异她的到来。

“杨婕妤是因我的一曲《牡丹亭》而晕厥，心中有愧，故前来探视。”她浅笑盈望，散发着脱尘的气质，“可好些了么？”

“没事。”略带沙哑的声音听在我心中格外难受，看来她真是病得不轻，“其实今日只是颇有感触罢了。”

“听此曲会如此伤感乃至晕厥之人，必有心之所爱，杨婕妤的心中之痛定是因与挚爱之人的分别，故而伤心肠断如此吧。”说话的是尹婕妤，她朝我们这边靠过来，语气甚为肯定。

但见杨婕妤苦笑一声，算是默认罢。因病中说话有些吃力，气若游丝地道：“自幼就与府上管家之子关系甚好，青梅竹马，两小无猜，彼此倾心。可父亲非要我进宫选秀，只为让我有朝一日蒙得圣宠龙恩，光耀门楣。终是抵不过父亲的相逼，无奈之下进宫。”清泪低垂，早已是泣不成声。

我忙将置于腰间的锦帕抽出，躬身上前将她满脸的泪痕抹去，“妹妹要保重身子。”

“可这后宫无数佳丽，皇上又怎会宠幸于我，且不说宠冠后宫的静夫人那关难过，就算得宠又怎能保证某日的不失宠？我怕是也只能于此撷芳院凄凄惨惨了此残生。”越说越为凄凉，也感染了尹、苏二位婕妤，她们皆黯然神伤，垂首自思。

这就是寂寂深宫中妃嫔的悲哀，那我在她们眼中又是何其幸运，能得到皇上如此眷顾。是福是祸暂且不论，在这残酷阴谋密集的后宫，我怕是已无法抽身离开，必然会被卷进这场无休止的争斗中。

“众姐姐若不嫌弃，愿与之结为金兰姐妹，待日后相互有个照应。”苏婕妤骤然开口道。

我狐疑地瞅了她一眼，后舒眉一笑。与杨婕妤对望一眼，她眼中并无拒绝之意。再瞥向有些迟疑的尹婕妤，“思云妹妹好提议，既然咱们如此有缘，就结拜罢！”

苏婕妤注意到尹婕妤闪烁的目光，“尹姐姐莫不是嫌弃我们？”

她轻轻摇头，“怎么会呢？”再次沉思了一会儿，始终还是未有表示。

我轻轻握着她的手笑道：“你我如此有缘，我亦将你当做知己，那么结拜又有何妨？”

她怔然地望了我一眼，复杂之色流露，终是颔首应允。

在我与苏婕妤的搀扶下，将杨婕妤从床榻上扶下，后随我们一同跪在寒彻入骨的地面上。四人齐首仰对窗外惨淡新月起誓道：

“我，苏思云。”

“我，雪海。”

“我，杨容溪。”

“我，尹晶。”

“愿于此刻结为金兰姐妹，有福同享，有难同当。苍天可鉴，明月为证。有违此誓者，天打雷劈，不得好死。”

第二章 QINGSHI HUANGFEI

第一荣皇妃

五日后，原本暖日和煦的天色倏然飘起了翳翳飞雪，举目四望皆是皓洁一片，晶莹娟秀，绚丽多姿，滋润美艳之至。撷芳院的婕妤们顶着大雪在小苑内三五个一群地堆着雪人，双手与双颊皆冻得通红，却还是乐得尽兴。

我捧着手炉，站在窗前望着她们天真的笑颜，无忧无虑。银铃般的笑声伴随着这朦胧美景，令人产生无限的遐思。她们这般真的让我好生羡慕。庭院中的雪花越发积得厚实，飘洒在她们身上、发丝上，皆是满满的雪花，别有一番美态。

"小主为何不与她们一起玩儿？"心婉的心情也因她们的欢声笑语惹得蠢蠢欲动。

"一直比较怕寒。"短短地解释道，手掌不时在手炉上摩擦着。

心婉沉默地望着被雪欺压颓败的树枝，半晌才缓缓地问道："小主为何要与尹、杨、苏三位婕妤结拜金兰姐妹？我看她们是知道皇上对您格外恩宠，刻意想着巴结您，妄想将来也晋封嫔妃。"

我清冷转首，"在这后宫，多个姐妹总比多个敌人好。"

她怔怔地望着我出神，带了忧愁道："奴婢愚见，觉得小主根本没有必要与之交好。皇上对您是如此呵护，怕是将来连静夫人都要忌惮三分，您何需忌惮这些等待皇上临幸的婕妤。"

我仰首望苍穹无际的天空，水天雪一色相接，看得我眼眸花乱，有些迷茫。"尹婕妤之父，正一品督察院左。苏婕妤之父，正二品内阁学士。杨婕妤之父，沧州第一首富。"顿了一顿，又继续道，"现在后宫分为两派，一派为静夫人党，由于皇上对她格外恩宠，气势格外嚣张跋扈。另一派为皇后党，光她的身份是皇后不说，父亲杜文林丞相在朝廷的势力几乎能一手遮天，多少宫嫔争着巴结。若我受皇上龙恩圣宠必然遭受到两方的大压，我必须由此刻起培植自己的势力，否则即使皇上再宠我也只是昙花一现，终如浮萍飘荡。"

心婉遂沉默一番，再颔首醒悟，"小主心思缜密，想得周全，奴婢让小主见笑了。"

"圣旨到——雪婕妤接旨！"一声吆喝由撷芳院外传来，格外响亮。充满欢声笑语的小苑顷刻间寂寥无声，众人皆整整衣着，跪地相迎圣旨。

我也速速地将手中的手炉放下，与心婉疾步出门跪于正中央的雪地中迎接圣旨。徐公公立我跟前将一卷金黄的圣旨展开。

"奉天承运，皇帝诏曰：雪婕妤，朕之所爱，愿其伴朕余生。今封为大亓朝第一皇妃，赐号'蒂'，入主西宫，正位昭凤宫。农历正月十五元宵佳节，正式大婚授予封号玺印，普天同庆，大赦天下。钦此！"

当圣旨宣读完毕之时，我听到一阵阵冷冷的抽气声，而我也受到了震撼，忙出声道："叩谢皇上天恩，吾皇万岁万岁万万岁。"

我的声音打破所有人此刻的宁静，众婕妤皆回神道："吾皇万岁万岁万万岁。"

我双手捧接过圣旨，睖睁地凝望着手中的圣旨，如此简单的圣旨，没有华丽的辞藻为我修饰，只有短短一句"朕之所爱，愿其伴朕余生"。蒂皇妃——帝皇妃，如此高的封号，怎能叫我不为之动容？

"蒂皇妃，奴才给您行礼了！"徐公公扯着笑，屈膝而下向我跪拜，其他婕妤也调转身子，向我跪拜，齐道："参见蒂皇妃！"

"都起吧。"我立刻召唤他们起身，不习惯这样的场面，已经很久没有人再跪拜过我了。

徐公公站正了身子，躬腰哈首道："皇妃请移驾昭凤宫，奴才们早就将其打点好，只等皇妃您的大驾。"

我轻轻地将颈边被风吹乱的发丝顺了顺，"能否携心婉一同进入昭凤宫？她倒挺讨我喜欢的。"

他微一诧异，转瞬即逝，"皇妃都开口了，奴才们当然照办。"

我转首朝心婉笑一笑，再道："那就多谢公公了！"

他忙接口，"奴才不敢当。"

在众位禁卫军与奴才们的簇拥下，我乘着玉辇浩浩荡荡地朝昭凤宫而去，地上的雪花被踩得咯吱咯吱作响，心婉紧紧跟随在我身旁为我打伞，将风雪尽数挡去，徐公公则是走在最前边领路。我凝神侧望这朱壁宫墙，赤金的琉璃瓦上早已覆满皑皑白雪，如同银白巨龙蜿蜒伏卧这皇宫之上，是个好兆头。其间大小殿阁楼台复杂交错，连绵不绝。

临走时，我与三位妹妹于房内小谈了片刻才离去，她们皆是满脸欣喜地恭贺我的晋位。临别时依依不舍地凝视着我，似有千言万语却又不知从何下口。

不论她们的表现是刻意地讨好、虚假的奉承还是真诚的祝福，我都不介意。毕竟将来我要除去那不可一世的杜皇后与高傲自负的静夫人还要仰仗她们。这些天我也仔细对她们仨细细观察了一番。尹晶心高气傲，才学出众，能歌善舞。苏思云国色天香，心直口快，冲动浮躁。杨容溪温雅端庄，品貌兼备，不形于色。三人皆各有所长，独具一格。

几点雪花打在我眼上，不自觉地闭了闭眼帘，再睁开，茫茫之感更将我笼罩。当玉辇经过拐角处之时正碰上同乘玉辇迎面而来的静夫人。她依旧是一副不可一世的模样，眉宇间却少了初次在船上见她时那股脱尘、清雅，是这个后宫将她变得这般罢！

徐公公一见静夫人，立刻跪地行礼，"奴才给静夫人请安，夫人万福。"

她睇了徐公公一眼，"免礼！"再将目光投至我身上，眼神闪烁，"也不知雪婕妤你用了什么狐媚手段将皇上迷得神魂颠倒，竟合本宫与皇后之力都无法阻止皇上的册立之心。本宫真的很不解，你除了一张利嘴与惊天舞姿之外，还有哪儿能让皇上着迷？"

丝毫不介意她的暗讽之语，唇边勾勒出似笑非笑之态："虽说本宫未正式授玺印，可皇上的旨意毕竟已下，那么在本宫面前静夫人你是否该自称臣妾？后宫的规矩是这样吧，徐公公？"

徐公公脸色有些不自在，瞅着我与静夫人之间的暗潮涌动，"回皇妃，您是皇上册封的第一皇妃，除皇后娘娘外，任何宫嫔在您面前都必须自称臣妾。"

得到我想要的答案后，我的笑意越发浓，语气却格外温和，"静夫人，可听清楚了？这规矩你是懂的。"

她脸色登时一变，窘在那里，气得满脸躁红。而我也只是悠哉地倚靠在辇上，凝视着她。

片刻，只见她正身由玉辇起身，僵硬地跪在冰雪之地，半个膝盖已被白雪掩埋。"臣妾无礼，请皇妃恕罪。"语虽是请罪之意，却无半毫愧意，甚至有些愤恨。

我赶忙正身道："本宫怎受得起夫人如此大礼。你现在可是身怀六甲，若因这一跪，孩子出了个三长两短，本宫罪过不说，夫人你的指望也就没了。”

我瞧见她因我的话气得全身微微颤抖，艰难地由雪地上起身，“谢蒂皇妃。”她说那个“谢”字之时音量加重了几分。由于她一直低垂着头，我看不清她的神色，只见簌簌白雪压在她的青丝上、脊背上，凝结成霜，衣角被北风吹得翩然翻起。

“回昭凤宫。”我将视线由她身上收回，转而投向徐公公，此时他怔忪地盯着毫无气焰的静夫人。因我的话一个回神，不自主地打了个哆嗦，怯怯地望了我一眼，即刻收回，“起！”

丢下独自立于雪花飘零之中的静夫人，丝毫不顾虑她此刻到底是何脸色。而我方才之举，一是给静夫人一个下马威，二是警告这后宫众妃嫔，我并不是她们所能招惹的。

约莫一炷香的工夫，我便已到达一座朱红粉黛的殿宇前，正上方的金匾上写着三个灿灿大字——昭凤宫。

昭凤宫是西宫最为奢华的一处宫殿，若与东宫皇后娘娘的紫阳宫相比，则各有千秋。紫阳宫金碧辉煌、庄严肃穆，却多了几分森然之气。昭凤宫豪华气派、景致怡人，却少了几分辉煌之气。

插过宫门是偌大一个花圃，可惜冬日无法目睹万花齐放，只能空对萎枝。走了百来步，正是昭凤宫正殿，转插过正殿，左边是寝宫，右侧是偏堂。

“皇妃，这是专门伺候您的八个奴才，浣薇，莫兰，皓燕，潋秋，小路子，小玄子，小卓子，小影子。”徐公公为我一个个地介绍着，后又召唤四名手持刀戟的禁卫军来到我面前，“他们四个是皇上特别安排保护皇妃您安全的行云、流水、刀光、剑影。”

一听到他们的名字我仿佛置身于血腥江湖，被四大高手严密保护，只恐遭人暗算。可这明枪易躲，暗箭难防，况且我要防的是这后宫险恶的人心。

不习惯被人步步紧跟，便摒去了他们，独自观赏着昭凤宫之景。

我由偏堂后走出，才推开花梨木门，闯入眼帘的正是一副宛若仙画般的绝美之景。也顾不得此刻头顶上的风雪交加，不自觉迈步而出。狭道小径，曲径通幽，安宁僻静，唯有飞雪扑扑打在地上的声响。小道两侧的青松傲立雪中，为这茫茫一片点缀出动人之色。走了大概一盏茶的时间，便来到一弯九曲桥，蜿蜿蜒蜒如同巨龙卧湖。

走近，上面写着三个赤金大字“飞仙亭”，四方鼎柱上雕刻着八条飞龙，栩栩如生。我也走累了，便拍拍身上积压的皑雪，走进亭内在卧椅上座下，冰沁之感传遍全身，略微感到不适。小坐了片刻，便扫去那份不适之感。

深呼吸一口冬日之气，轻将身后栏杆上的雪拢放至手心，好冷，立刻抽回手。将藏于袖中的圣旨取出展开，细细观望。这苍劲有力，令我记忆犹新的字，正是出自祈佑之手。可为何找不到当初他写“潘玉亦儿臣心之所爱”的那份强烈的感觉呢？难道真是因物是人非吗？

捏着圣旨的手不自觉地用力，手心传来疼痛。蒂皇妃……我知道他自觉对我有亏欠，想把他所能给的全部给我。可是他不明白，即使封得再高，仍旧是妾。即使他给了我万千宠爱的诺言，那又如何，我依然要与这芸芸后宫之佳丽分享他。我不是圣人，不吃醋不在意我绝做不到，但我又能如何呢？

一想到此，我便将圣旨朝湖内一掷。“扑通”一声，圣旨掉入湖中，溅起水花，翻卷几圈后漂浮在水面，随风漂荡。马上我就后悔了，忙起身追了出去，看着风势，定是将它吹往南岸。于是忙奔跑至南岸等。雪花覆了一身浑然不觉，只想快快等到圣旨漂来。

一个时辰后，圣旨终是顺风徐徐漂到岸边，我紧紧拽着垂于岸边的柳枝，侧身去捞。可是它总是因风势而漂摆不定，总差一寸的距离。急急地又将身子倾了许多，终于是费尽千辛将它拿到。

“小心！”

正当我欲起身之时，一声怒火中夹杂着焦急担忧之声朝我吼来，我一惊，细滑的柳枝由我手中溜出。我整个人朝湖中狠狠地栽去，我以为会掉入这冰寒刺骨的湖水中，却有一双手及时将我搂住，将我安全带回。

我轻喘着平复内心的惊骇之感，再瞧瞧脸色铁青的祈佑与他身后那一批受到惊吓的奴才，我怯怯地唤了句：“皇上……”

“你知不知道刚才有多危险?!”他紧紧捏着我的双肩，目光中焦急之色难掩，口吻中有着浓烈的怒火。

将手中的圣旨扬起给他看，证明我没有说谎，更想平复他此刻的怒火，“我是为了捡它。”

“为了捡这个东西，你命都不要了。”睇了一眼手中的圣旨，后接过展开，里边的字迹皆因湖水的浸泡变得黑漆漆一片，哪还看得清里边的字？他无奈地吐出一口冷气，将圣旨递给身后的徐公公。“你若喜欢，我再写一份给你便是，千万不可再做此等危险之举。”

我垂首盯着自己鞋尖上那只绣蝶不语，心中有着说不上来的忧愁。我要的不是他的圣旨，而是他的心啊。

突然，自己那双早已冻得通红的手被他紧紧地握起，捂在手心相互摩擦着，想将他手中的温暖传递于我，可是依旧冰凉。却见他将我的双手置于嘴边，轻轻地将暖气呵出，温热之感传至已冻麻木的手心。

我无言地凝视着他的举动，心中的苦涩突然转化为甜蜜，眼眶突然湿润，水汽蒙上眼角。久违的心动油然升起，心怦怦怦跳得厉害。四年后，这是头一回感到他对我的爱，原来，他还是一如四年前那般在意我。

手中渐渐有了温度，他依旧为我摩擦着，我倏地将手抽出，反握住他的手："祈佑，我们永远这样好吗？"

对于我突然的哽咽之柔声，他有一刹那的失神。我握着他的手又用了几分力道。"正如你圣旨上所言，我会伴你余生，不论你为帝为丐，我亦生死相随。"

他顺着我手心的力道，反握住我的手，力气很大，令我有些吃痛。"纳兰祈佑，定不负相思之意。"

唇角上扬，巧笑盈然，轻靠在他怀中，拥抱在这漫天飘雪之中，徐公公尴尬地将龙伞撑起，为我们挡去这纷扬之雪。而心婉的目光则是暧昧而羡慕地望着我。

我不介意此刻的众目睽睽，依旧赖在这温暖的怀中不肯抽身而出，只因我感觉到，他是很用心在爱我。也许，爱情与仇恨我能兼顾，我能兼顾……

我们相处不到一个时辰，徐公公便禀报说弈冰于养心殿求见皇上，祈佑吩咐了几声便匆匆离开昭凤宫前往养心殿，似乎有很重要的事。

依稀记得方才我问起祈佑，先帝为何放过我，而不干脆杀了我。他只是一声冷笑，"原因有二，其一是因你太像袁夫人，故心有不忍。其二是留你一命以备将来能用你来牵制于我。"

他的话只能让我无声地叹息，在皇权的争夺中，夹杂了太多的阴谋利用，我早已领教过了，既然先帝想传位于祈殒，那么……祈殒现在的处境岂不是很危险？如今祈星已被铲除，为何祈佑对这个最具有威胁的祈殒迟迟没有动作？这并不像祈佑的行事作风呀！

坐在西暖阁里间窗下，轻倚在窗木上沉思。心婉捧着几束素心腊梅进来，芬芳扑鼻。她小心地将它插进五彩龙凤成祥陶瓷瓶内，引得我频频回首观望。我最喜的还是梅，毕竟梅有我太多的记忆。

一见梅我便想到连城，想到我的二皇叔，忙问道："昱、夏二国的国主是否还在宫中，何时离开？"

心婉走到我身边说道："原本是打算今日离开的，但听闻皇上要大婚，故留下来凑个热闹。"沉吟片刻又道,"怕是要元宵过后才会回国吧。"

他们要参加我的大婚?我最担心的还是连城,姑且不论他有无证据证明我的身份,若是大婚那日他真的将我身份说出,我的身份遭到质疑,引起二皇叔的疑虑不说,祈佑情何以堪?一想到此我就感觉全身冰凉,不行,我得去见连城一面。

她见我不说话,又道:"皇妃,您今日给了静夫人这样一个下马威,不怕激起她的仇恨吗?那您的处境岂不是更危险?"

一听此话我便笑容满面地说:"我就怕她不仇恨于我。"

心婉奇怪地凝了我一眼,也未再问下去,就算她继续问了我也不会回答,毕竟我不了解这个心婉。若她如当日的南月一般是哪位主子派来我身边的奸细,那何事不都被她给探听了。我不得不小心谨慎地看人,毕竟这个世上,再无第二个云珠了。

"皇妃!"浣薇的声音在外响起,"皇后娘娘在正殿等候。"

我嗤鼻一笑,"她?"静默片刻,"浣薇,请皇后娘娘在正殿等待片刻,就说本宫整妆后便去相迎。"

得到我的命令,浣薇立刻离开偏堂。而心婉则起身至妆台前望着我,而我却依旧倚靠在窗前,丝毫不动,静然望着茫茫白雪。

"皇妃?"心婉等了许久却不见我有所动作,忙唤了一声,"您不是要梳妆么?"

闻声嘴角含着笑意道:"去把桌上那盘兰瑰香菱冰糕给本宫端来。"

心婉轻轻蹙眉,却还是照我的吩咐将那盘绯红娇嫩令人食欲大振的冰糕给端来,我捻起一块便放在嘴中细细品尝。吃完一块又是一块,心婉有些着急地挪动身子,欲言又止。

我但笑不语,杜皇后,现在一定非常恼恨当日给了我一个机会吧。

约莫过了半个时辰,盘中糕点已被我吃剩得寥寥无几,浣薇急急忙忙地从外边冲了进来。我微微抬目见她满脸惊慌之色,她喘着气,脸色因疾跑而更显双颊红润,秀色可餐。"皇后娘娘有些恼怒了,请奴才速速请您移驾正殿。"

心婉也有些担忧地凝了我一眼,格外紧张,"这皇后娘娘是出了名的厉害,曾杖死宫嫔,皇上未对她有所惩处。如今皇后来到昭凤宫定是不怀好意,皇妃要慎行啊,万万不可像对待静夫人那般……"

"心婉,今日你的话特别多。"我淡淡地打断了她的话,"去禀报皇后娘娘,本宫想呈现出最美的姿态去迎接皇后娘娘,请她再等等。"

迟疑了片刻,浣薇才离开。我单手撑着下颚,出神地望着天空中漫舞的飘雪,心中舒畅了许多。

"心婉，梅的傲骨与雪的冰清，你更喜欢哪样？"我的声音打破了堂内的宁静，心婉未沉思便脱口而出，"梅须逊雪三分白，雪却输梅一段香。奴婢更喜欢梅。"

听她言语谈吐不凡，"你上过私塾？"

"奴才幼时曾偷偷躲在私塾外，偷听先生讲课。"清润的声音，伴随着淡淡的苦涩，"我知道皇妃您颇有文才，今后跟随在您身边定能学到很多东西。"

"傻心婉。"听着她强装开心的声音，自己也略微伤感，"你可会作诗？"

她立刻摇头，若有若无一声叹息，"不会，奴才可羡慕那些会作诗的女子啦，出口成章。"

我倏地起身，将她领至桌案，"那现在本宫教你吧。"

"起承转合，当中承转是两副对子。平声对仄声，虚的对实的，实的对虚的，若是有了奇句，连平仄虚实不对都使得的。就如这句……"说罢便提笔在纸上写下，"黄鹤一去不复返，白云千载空悠悠"。

心婉似懂非懂地点了点头。

"真的？"她眸光一亮，不太确定地喊了一句。

"自是真的，你并不笨，只要你肯用功。"我的话语才落下，浣薇就直奔了进来，神色恐慌，冷汗浸漫了额头，"皇妃……皇妃……"她一口气上不来，只能处在原地用力喘气。

紧接着一阵喧杂之声亦由外传来，"皇后娘娘……您不能进去。"

"啪！"一声清脆的巴掌声格外骇人，"狗奴才，本宫你们也敢拦！"愤怒之声渐渐逼近，这傲慢的声音不是杜莞还能是谁？

轻放下一直握在手中的毛笔，略微整整衣襟，再将别扣在胸前的紫棠宝凤胸针摆正，离案迎上已踏入偏堂的皇后，"臣妾参见皇后娘娘。"

一声冷哼出自她口，眸中的怒火之气昭然可见。"蒂皇妃你好大的架子，让本宫在正殿苦等你一个时辰，而你却在此舞文弄墨。"

我抬首而望，正好注视到她身后的莫兰，粉嫩的右颊有鲜红的五指印，还有略微的划伤。这皇后娘娘的手依旧是这样厉害呢。"皇后娘娘何须大动肝火，即使等了一个时辰您依旧亲自来见我了，不是吗？"我的笑容一直挂在脸上，所谓伸手不打笑脸人，况且她堂堂一个皇后，身份高贵，在众奴才面前总要顾忌几分。

她正颜厉色地指着我，全身因怒气而颤抖着，"你放肆！"

我泰然自若地将她指在我鼻子前的手拨开，"皇后娘娘忘记当日与臣妾的赌约吗？臣妾还未证明究竟是谁掌握着后宫的生杀大权，您就沉不住气了？"

她瞪着我良久无言语，我却上前扶住皇后那摇摇欲坠的身子道："皇后娘娘何不安心与臣妾同坐，细细品聊。臣妾也很想知道您今日此行目的。"

她的胳膊因我的触碰猝然一怔，僵硬地顺着我的力道而在花梨小木凳上就座，我回首对着早已看傻眼的奴才们道："还不快去备上好的大红袍与糕点，莫怠慢了皇后娘娘。"

莫兰与心婉首先回神，其他人也跟着渐渐回过神，轻手轻脚地退出去准备着，屋内独留下心婉与皇后身边的一位宫女在一旁伺候着。

此时的皇后已恢复一贯的傲气高贵，方才的失态早已不复见，清了清喉咙道："你与皇上早就认识？"不是询问，而是质问。

没料到她开篇第一句便是此问，很奇怪，她并不聪明，如何得知？"是又怎样？"

眼底闪过一丝诧异稍纵即逝，幽然问道："那么你到底是谁？"

"皇后娘娘的势力如此之大，难道也查不出吗？"笑讽一句，又换来她锋芒毕露之色。

"一个连身份都没有的丫头，倚仗皇上的宠爱，就敢与本宫叫板，你雪海是第一人。"

"雪海很荣幸做这第一人。"

堂内顷刻间安静了下来，唯有外边冬雪的簌簌之声，金猊内余烟袅袅，朝最深处蔓去，诡异之气弥漫。

她终是忍不住这压抑的气氛，倏地开口警告道："你与本宫争宠，本宫会奉陪到底。但是，若你想学温静若那个贱妇，妄想分刮杜家在朝廷的势力，本宫会让你死得很惨。"

我笑容依旧，她终是转入了正题。我心头一动，正颜道："天下都知道，这个朝廷有半壁是杜家的，雪海何德何能敢妄想与杜家争权？雪海的目的是皇上。"

她脸上的阴郁渐渐敛去，勾出一丝若有若无的笑，"蒂皇妃比起那个贱妇真是识时务许多。这后宫之事，那就各凭手段了。"

听她一口一个"贱妇"地称着温静若，可见她们两人的关系早已到水火不容之境地。这样的情景仿佛让我联想到先帝在位时，杜皇后与韩昭仪的十年之争，这更是我想见到的鹬蚌相争。待到两败俱伤，便是将其一网打尽之时。

随后皓燕、莫兰端着两盘精致的糕点走在前，小影子捧着茶水走在后，徐徐进来。我与皇后言语间的交锋才渐渐平息。随便小聊几句，她便离去。我也未相送，目光深锁着她那朱红凤绡裙摆逼出门外。我的手轻抚案上的瓷杯，里边的茶水早已凉透。

我暗眸一沉，随自轻笑道："纵是举案齐眉，到底意难平。"这便是杜莞与祈佑间最为贴切的一句话吧。

心婉因我突然的轻笑有些奇怪，深瞅我一眼道："皇妃您真有本事，竟连一向盛气凌人的皇后娘娘都对您隐忍三分。"

"你错了！并不是本宫有本事。"我神色一黯，笑容敛去，自讽道，"是皇上。若今日的我盛宠不再，将来她们必会百倍千倍地向我讨要回来。"

莫兰上前为我将已凉透的杯中之水换去，斟上一杯滚烫的大红袍。"所以皇妃绝不能失宠。"

热气袅袅而上，漫浸了我的双眸。失宠，会有那么一日吗？

不，我该相信祈佑的。我与他之间的爱不应卷入这后宫之斗，我不能利用我们之间仅剩的爱了。但是……我说不利用，就真能不利用吗？

是夜，我骤然由睡梦中惊醒，倏地弹坐而起。即使是深冬，我仍旧因此透了一身冷汗。紧紧拥着胸前的被褥轻喘，依旧沉浸在方才的梦魇中不得而出。梦中，满身是血的云珠冲至我面前紧紧地掐着我的脖子，一直问我为什么要出卖她。祈星突然出现，将我从她手中救出，风雅淡笑地朝我伸出手，说他在黄泉路上太寂寞，要我前去陪伴。我疯狂地逃跑，却又遇见披头散发，双目阴狠的杜皇后，她阴郁地将那鬼魅的声音蔓延，要我还她命来。

云珠死前那一抹苍凉之笑，祈星的话语犹在耳边，杜皇后那恶狠的眼神历历在目。我不住地轻拭额上的冷汗，侧首要唤正守在门外的莫兰与潋秋进来掌上烛火。倏地将目光睇转。

"啊——"

我的尖叫声划破了静谧的昭凤宫，顿时外边灯火通明，第一个冲进屋的是莫兰与潋秋，急急地跑到桌案为我掌灯，火光顿时充斥着原本黑暗阴冷的寝宫。后边紧跟着行云、流水、刀光、剑影，他们的刀已出鞘，眼光搜巡着整个寝宫。

"皇妃您怎么了？"莫兰此刻的口吻格外凝重。

我深吸一口凉气，弱弱地叹了一句，"梦魇缠身罢了，你们都退下吧。"

潋秋担忧道："奴才于皇妃榻侧伴您入睡吧！"

我轻摇头，"没事了，都退下吧。本宫不习惯睡觉有人在身旁。"

众人迟疑地对望一眼，终是退了下去。屋内只剩下已烧了一半的烛火仍滴着红泪，寝榻两侧的暖炉中有炭烧得滋滋声，袅烟漫漫飘浮，一切都是如此清晰迷幻。

寝宫内的青锦帘后走出一个黑影，我早已平复缓和了梦魇给我带来的恐慌骇厄，平静地面对眼前之人。

我披起一件紫貂衾裘将此刻衣着单薄的身子裹住，便下床，拂开轻纱帏帐。“我正想着如何去见你，却不想你先来找我了。”

“你的脸是被灵水依毁去的？”他的声音一如多年前温润如水，可听在我耳中却是如此危险。

“她承认了？不能吧？”我想，就算我与她面对面对质，她都会打死不认的。

“真的是她！”口气隐隐藏怒，略微提高，“那个贱人！”

我有些诧异地瞥他一眼，第一次听连城脱口而出的咒骂真让我觉得惊奇，他向来温文尔雅，不喜于色，此次真是破天荒头一遭。“就算是她，你又能拿她怎样？更何况事过境迁已整整四年，你从哪去找证据？”

“你不就是最好的人证吗？”

我立刻出声阻止道：“不可以！”细沉的声音有些尖锐，在寝宫内飘荡了一小阵才消逝，“你不可以揭发我的身份。”

“你是我连城的未婚妻子，婚书一直收藏着，我不能将自己的女人双手奉上。而且，你的身份很可能会扰乱亓国朝廷大小官员的心。”他嘴角蕴涵着笑意，如冬日普照在冰雪上的一缕煦薄暖阳，可是看着我眼中却如此冰冷刺骨。

我亦一笑对之，“连城，枉你为昱国之主。男儿间的仇恨不是应该在金戈破阵铁马冰戈的战场上一较高下，胜负决恩仇吗？而你竟欲利用一个女子来解你一时之快。”

他深深地看了我一眼，“你真的变了，曾经……”

断然截住他欲说下去的话，“别与我说曾经，我早已不是曾经那个避世不争愚蠢天真的馥雅公主了。”

他轻轻地抬手抚上我的脸颊，我未回避，因为我知道他在欣赏这张完全陌生的脸，更有着矛盾的心理，或许有着愧疚与失望吧。我从来都知道，他对我的爱仅限于夏宫雪海林里翩舞的我，那是一见钟情，那是惊鸿一瞥。但是，那是爱吗，或许称为梦更恰当。

“连城，你千万不可将我的身份揭露，万万不能冲动。毕竟你是在亓国，万一祈佑恼怒之下将你困于亓国，你可以预见其后果。”我深深地回凝着他复杂多变的目光，这句话，是我真心要对他说的。“而且，你真认为对我的情是爱吗？你错了，正因你始终无法得到我，所以我成了你心的梦。若有朝一日，你真的将我得到，你会失望，因为我并不如你想象中那么好。”

话音方落，他的手就从我脸上移开，我注视到他摆置于腿畔的手紧握成拳，青筋浮动。我不敢再注视他的眼神，撇过头望着地砖上深深浅浅的帘影与那淡细轻盈的袅烟交错成影。

“你说的没错，我是因你的一曲《凤舞九天》而惊为天人，深深地迷恋上你。”他笑了，声音虚无渺茫，“在阴山，你奋不顾身地相救，让我摒去了对你的戒备，让我开始信任你。在听雨阁，你我相交两年，我被你的才学、智慧深深折服，与你畅谈，我心平静如水无波澜。我为帝，你竟不受我的册封，毅然再行一次逃跑，我未如第一次般千里追寻，我放你远走。因为我已明白自己对你的情，早已超出了最初的迷恋，知晓你追寻的是自由，所以我放你走了。”

我听着他一字一句的叙述，如此真实，原来他早就想放我远走，那么当初为何还欲封我为贵妃？我倏地抬头想问，却见他又开口了，“你告诉我，这难道不是爱吗？”

“连城，既然你当初选择放我，那么如今，请再放一次吧。”颤抖着恳求着，如今的我，真的不愿再离开祈佑。

“是谁曾对我说，你今生的夙愿不是复国，而是隐于碧水山涧，笑望红尘世俗。而今你为了纳兰祈佑，竟甘愿放弃你的夙愿而沉沦于这血腥肮脏的后宫？”

我漠然对道：“自由是我的夙愿，但是与祈佑在一起，我才能真正得到快乐。”

他的神色开始涣散，迷离，最后沉沉地吐了口气，紧握成拳的手倏然松开，“好，那你就安心地待在他身边享受那份快乐。而我，也可以安心地做我自己的事了。”说罢，转身朝寝宫深处的偏堂而行，在拐角阴暗无光之处停住了脚步，却未回头，“别后悔！”

终于他还是离开了，而我则望着隐遁他全身的那个黑漆漆的阴暗之处沉默良久，喃喃念出：“谢谢……成全！”

第三章 QINGSHI HUANGFEI

龙凤大婚宴

雪，连绵不绝地下了四日依旧未停，宫内的奴才们也因沉积四处的蚀雪而忙碌地打扫清理。明日，就是我与祈佑大婚之日。方才徐公公已送来满目琳琅的璀璨首饰、绫罗绸缎，多得欲将正殿堆满。

莫兰、心婉、浣薇则在我身后清点着皇上送来的赏赐，时不时发出声声惊叹之气。我则站在殿槛前凝望，神色格外凝重。这场始终不停的雪到底是吉兆还是凶兆？

“石青锻缀四团夔龙银鼠皮褂，石青锻绣八团金龙貂肷皮褂……”心婉在一旁清点，莫兰则拿笔记着，读到一件时都会不住地颤抖，毕竟这一件件皆是稀有之物。

“蜜蜡朝珠一盘，松石朝珠一盘，金镶玉草著两枚……”

我回首望着她们仨格外兴奋异常的脸，轻叹惋然，淡笑凝望。

只见浣薇小心地捻起几颗熠熠泛光的宝石，朝我道：“皇妃，您看这是蓝宝石……还有红色的。”

我轻拂过摆放着的珍宝，却提不起多大的兴趣，慵懒地问道：“宫里可有发生什么大事？”

莫兰思索了一下道：“回皇妃，大事还真有一件。明太妃欲在皇妃大婚之日，为已故的晋南王出殡。皇上肯定不能应允此事，而今晋南王余党正与皇上僵持不下呢。”

我怕自己听错了，再次问了一遍，“出殡？”得到的是她们仨齐齐点头肯定。

“明太妃是公然与皇上叫板，她难道不怕……”万一祈佑真的恼怒上来，丝毫不顾虑晋南王一干余党，连个全尸都不给祈星留，那明太妃岂不是搬起石头砸自己的脚?

心婉轻附在我耳边小声道:“听徐公公说,皇上可恼了。但明太妃仗着自家的势力硬要与皇上对着干。甚至扬言,不论皇上答不答应,她都会于明日发丧。”

她竟如此狂妄,难道此次明太妃真正针对的人是我?突然想到那日在锦承殿与祈星的对话南月一直在场。她肯定已将我嫁祸祈星之事说出,怕是连我是馥雅公主之事都已和盘托出。那么,若皇上真的要与她作对,明太妃定会拿我的身份要挟祈佑。可是,她太不了解祈佑了!

祈佑能弑父杀母,早已经有秦始皇之风,他不会受到威胁的。如今若有人敢向他的威严皇权挑战,他会遇神杀神,遇佛杀佛。明太妃太糊涂了!

“心婉、莫兰、浣薇,本宫要去养心殿求见皇上。”

“皇妃可使不得。”浣薇惊慌失措地阻止道,“这明日就是大婚之日,若您与皇上见了面会不吉利的,万不可鲁莽啊。”

“可是,我必须见皇上。”祈星于我有恩,我于祈星有愧。如今他已仙去,我万万不能让他的亡灵受到一丝损伤。我现在能为他做的只有这些了。

终于,在她们多次劝阻未成之下,我摆驾去了养心殿。在养心殿外的游廊前,却被一脸冷漠的弈冰与几位侍卫拦下,他冷冷道:“皇妃,明日是大婚之日,您若现在与皇上见面,会影响天子之威严。”

我心中多了几分焦躁不安,生怕再晚见到祈佑后果一发不可收拾,口气自然凌厉许多,“让开!”

弈冰未因我的怒气而惊煞,依旧不让路,“为了皇室的威严体统,还请皇妃回昭凤宫等待明日大婚。大婚后您想什么时候见皇上都无人阻拦您。”

我把脸色一沉,“如果本宫一定要见皇上呢?”倒不是因他的阻拦而不快,而是因眼前阻止我的人是弈冰。以往,他从不敢这样对我说话,而今,虽说是因他不识我,但心中还是十分不快。

“那就莫怪臣无礼。”气氛冷得有些古怪,而心婉则怯怯地轻扯我的胳膊,想劝我回去,却被我不着痕迹地将手抽出,“本宫倒想见识弈大人您如何无礼。”

他的脸色禁不住就是一变,朝左右侍卫使了个眼色,“请——皇妃回宫。”那个“请”字格外森冷。

“且慢。”韩冥的出现及时阻止了两位欲向我动手的侍卫,只见他刚从养心殿内出来,好像与皇上刚刚商量完事情。

一见到韩冥我就安心多了:“冥衣侯,本宫要见皇上。”

“看上去侯爷与皇妃挺熟络，那此事就交由侯爷处理。这规矩您是懂的！”弈冷睇韩冥一眼，再瞥向我，丢下一句话便领着手下离去。

待他走远我才收回停留在他的背影上的目光，无奈地吐出一句，“好大的架子！”看得出来弈冰对韩冥的敌意，怕是同为皇上身边的红人所以相互不满所产生，那他对我为何也有这么大的敌意？

似乎看出了我心中的疑惑，韩冥平淡地对我解释道：“他与静夫人一向交好，可说是静夫人在朝廷上有利的靠山。”

静夫人？难怪对我颇有敌意。弈冰他什么时候也甘愿沉沦在这拜高踩低的朝廷，甘愿成为一名权臣吗？权臣的下场是什么，他知道么？

没错，做大臣很风光，也没有何错，但是他万万不该勾结后宫妃嫔成为一名权臣。若将来我对付静夫人，必定要牵扯于他。若输于静夫人，我无话可说，你可以继续成为你的权臣，但是一旦我赢了她，你就再不能如今日这般风光。

“明太妃之事……”

“这些朝廷之事，皇妃还是少插手为好。你知道的，历代后宫不得干政，干政者没有一个好下场。”淡漠的语气将话语拉得格外悠远绵长，“我不希望你成为下一个杜芷希。”

我全身一栗，“如果真的有那么一日……”我的声音越来越小，最后因身边的奴才们在场，所以未将话说完。

他的脸色依旧不变，将视线投向漫天皑雪散花，晓色清天苑，凌烟金碧，霏微凝冰。也不知他在想些什么，“皇妃请回，明日，大婚。”

“你我都欠了晋南王，若皇上连明太妃也要诛杀，你良心何安？”

“是明太妃在逼皇上，她在自寻死路！”声音苍劲有力，微带一丝无情噬血之味。

我淡笑一声，欲启口再言，却见养心殿紧闭的紫檀雕龙金赤木门倏地被人拉开，发出沉重厚实的一声，我们齐目望去。

一脸阴郁的祈佑立在槛门内，渺茫的神色略带寒戾，他冷冷地吐出两个字：“进来！”

我还未因此时突如其来的转变而缓神，他便已遁进灰暗一片的大殿。我与韩冥对望一眼，挪动着步伐朝里面走去，心中更夹杂着彷徨。

由于冬日的阴暗之色，将原本金碧辉煌的大殿映得有些阴沉，四壁皆点亮了朝凤赤龙红烛。流金般的光芒在风中摇曳，香气陶然，萦绕在鼻间。里边只有我与他，每走一步便会有回音来回飘荡，不断回响，略显阴森。

祈佑一直背对着我，双手置放于身后，也不知在想些什么，显得格外桀傲不逊。我低唤一声，“祈佑……”上前几步，望着他的侧脸，想从他脸上看出些端倪。

“你此次前来，是为了祈星。”柔中带厉的声音让我心生寒意。

“你打算如何处置明太妃？”

他倏地转身面对我，薄笑中含着阴冷，“不识好歹的人，杀无赦！”

我一阵轻笑，“一定要用血来解决一切吗？”连我自己都不晓此刻为何要笑，“我真的不想用一场杀戮来成全这场大婚。”

他许久都不语，只是定定地看着我，多种复杂之色闪过。我有那一瞬间的窒息，唇边扯出苦笑，“如果有一日，馥雅影响了你的皇权，请皇上告诉臣妾，您会如何处置臣妾。”说得倒似云淡风轻，心中却暗紧，在期待着他的回答。

他却是犀眸一沉，闭口不答。

我等着等着，心也逐渐下沉，除了失望更有了然。早该明白的，帝王，怎会容许有人侵分他的皇权，更何况是一个女子。

犹自一笑，转过身即要离去。一双手臂却从后紧紧箍住我的双肩，阻止了我前行。“如果真有那么一日，我纳兰祈佑愿割下半壁江山予你玩乐。”

“只要馥雅你喜欢，父皇就将这江山割下半壁给你玩耍。”

这是与父皇一模一样的话，真的如此相像吗？酸涩涌上心，音调都开始颤抖，“什么半壁江山我不稀罕，我只要你好好活着。”

他将头轻轻地靠在我的发颈间，似乎沉浸在此刻的安宁中。他温热的呼吸深深吐纳着，我不放弃地又问道：“明太妃她……”

“南月已经悬梁自尽。”他吐出一句看似毫无意念的话，却暗藏了多少意义非凡的深意。

南月怎会在此刻悬梁自尽？定然是祈佑已知晓明太妃欲借用我的身份大作文章，故而先下手为强。南月……她是被人谋杀的。

我冷冷地抽了一口气，“你打算……”

祈佑并不答我，空气却像沉寂了一般，如此静谧。我终是放弃了最后一丝期望，只是柔声恳求道：“不论你作了什么决定，请一定让祈星完好入土为安。这是馥雅求你，第一次求你。”

农历正月十五

浣薇轻捻螺子黛为我描眉，扑上瑰香脂粉于双颊，娇艳欲滴。心婉为我在额间眉心上贴一朵金箔镶金凤凰花钿，轻绾缓鬓倾髻，再将紫凤金翟凤冠插嵌鬓顶。莫兰为我着上一身凤舞玫瑰千褶如意朱红霞帔裙裳，裙边钻闪熠明，在拂动之下发出窸窣碰撞交鸣之声。

镜中之人有着说不尽的妩媚高雅，这真的是之前那个平凡无奇的我吗？经过一番巧夺天工的精心打扮，便已如斯美丽，真是应了一句话——人靠衣妆。

在众人的搀扶下我走出寝宫，雪依旧未停，只是比先前小了许多。听徐公公说，出了昭凤宫会有花轿抬我至承宪殿，届时皇上会在朝中文武百官面前正式授玺印于我。可我却无一丝喜悦之色，一路上都在强颜欢笑，勉强硬撑。我始终担心皇上会如何处置明太妃一干人等，难道真的要血溅大婚？

步出昭凤宫，第一个闯入眼帘的是一顶金光灿灿的花轿，竟是用金子铸成的。我不禁泛出苦笑，此情此景让我想到的是汉武帝之后陈阿娇——“若得阿娇作妇，当作金屋贮之”。可是武帝并不懂，阿娇何需金屋贮，她要的只是武帝的那份真爱。

韩冥一身红袍在风雪中拂动，散落在肩的发丝被风吹散，见我出来立刻迎了上来，“皇妃请上轿，承宪殿的大臣已然就席，只等皇妃驾临。”

我愣愣地凝着他毫无起伏的瞳目，为什么今日是他来迎亲，真有如此巧合？

“让臣背皇妃上轿吧。”诚恳的语气与坚定的神色却让我犹豫了，手心不自觉地冒出冷汗。难道皇上已经知道……无力地后退几步，轻轻摇头拒绝他，不可以，绝对不可以。

他倏地笑了起来，似乎了然我此刻的举动，蓦地开口，“请让韩冥最后背你一次，往后，你便是韩冥的主子。”缓缓地转身半躬身子，用不容抗拒的举动在等待着我。

复杂之感涌上心头，终是趴在他的背上，由他背着我朝那顶金轿而去。脚印深深浅浅地踩在厚实的雪花上，头顶的金翟凤冠流苏下的珠翠挡住了我的眼眸，不时发出铿锵之响。依旧是这样一个雪天，他再一次背着我走向那条不归之路。

“皇妃即将进入钩心斗角的深宫大院，望皇妃保重。”他的声音如冬日之冰，依旧寒如霜，显得沧桑无力，“如果有一日皇妃有危险，臣定会拼命保您万全。”

我低低地附在他耳边轻声道：“不要……管我。”

“韩冥说过，会守护你的。”他一声长叹，已然走到金轿前，轻轻地将我背入轿内。在回首一望间，他深睇我一眼，终是放下了轿前帘幕，硬生生地将我们隔开。

端坐在轿中，随着它的律动而摇晃，摆得我直打瞌睡。也不知晃了多久终是停了下来，一声落地之声惊得我睡意全无。

“皇妃，到了。”心婉轻声地提醒道，后为我揭开锦帘，一阵冷风吹来。

我合合身上的衣襟步出轿门，望着面前这宏大的殿宇——承宪殿。这已是我第二次踏入此处，依旧是如此金碧辉煌。踏入大殿，血红的地毯笔直地蔓向宝殿正前方的汉白玉阶，两侧的官员皆躬首哈腰迎接，身后的宫女将鲜嫩的红玫瑰花瓣朝我头顶上空撒去，花瓣落下，纷纷拍打在我的鬓发、脸颊、衣襟之上，芬香萦绕。

走了大约二百步，终于到了玉阶之下，祈佑由龙椅上起身，站在阶梯上方朝我伸出手。我真的要成为他名正言顺的妻子了吗？高兴激动之余却还有着失落和恐慌，我在怕什么？

我的步子由汉白玉阶而上，步步实实地踩在台阶上，甚为用力。只剩一步之际紧紧握上了他的手，他温热的掌心如数日前为我温暖冰凉手心那般，亦抚平了我的心。

他目光泛着柔情，嘴角边勾勒出潇洒不羁的笑容。“她就是朕的蒂皇妃。”他大声地朝朝堂上的人宣布着，洪亮的声音来回绝响。

一位公公谨慎地捧着一个用金布包裹着的小匣子递与祈佑，他松开我的手接过，摆至我面前。我缓缓地跪下，听着他说道：“西宫凤玺印，今赐予蒂皇妃，亦掌管后宫之大权。有不服者，以玺定其罪。”

“谢皇上，万岁万岁万万岁！”接过那沉甸甸的凤玺印，祈佑轻轻扶着我的肘将我托起，轻声道：“你终于是我名正言顺的妻子了。”

我含笑低头，回避着他炽热的目光。在这众目之下，我依旧是红了双颊，滚烫灼热。眼神飘忽间突然瞧见下方笔直站立漠然凝望着我们的连城，那份神色就像是……陌生人，完全陌生。他是已下定决心要将我从心中摒除了，很高兴他能看开。但是我又不得不忧心，连城的仇恨早已弥漫了他的整个心，对于亓国，他必是要雪阴山之仇。那我该不该提醒祈佑对他多加防范？可若是提醒了，连城岂不是很危险？若是不提醒，祈佑的地位岌岌可危。

一场无聊的册封大典终于结束，我在众位宫女、公公的簇拥下离开了承宪殿。

我端坐在养心殿正寝内，桌案上的龙凤双蟠大红喜烛已燃烧一大半，红泪滑落滴垂。烛中灌有檀香屑，火焰明亮带有馥郁香气，也不知自己呆坐了多久，只觉浑身麻痛。现在的脑海中只是空空一片，像是着了魔。立在我身边伺候的心婉与莫兰也一直呆呆地注视着那红若流霞的烛光。

浣薇推开寝宫之门，急忙冲至我身边：“皇妃，听闻方才静夫人动了胎气，皇上此刻正在百莺宫抚慰她呢。”

莫兰冷笑一声，“这么巧，偏偏在皇妃大婚动胎气？”

心婉咬牙说：“她肯定是故意想破坏皇妃的大婚，存心要给皇妃难堪。”

我悠然起身，将身上繁复的凤袍脱下走向梳妆台前，身后又传来心婉的声音：“怕是今夜静夫人会缠着皇上留宿百莺宫。”

已至梳妆台，将头上那犹如千金重的凤冠取下，“既然静夫人动了胎气，皇上留宿抚慰是理所应当的。”

“太欺负人了！”莫兰气愤地敲了一下桌案，发出很大一声响在四处游荡不绝。

将鬓侧那支固定发髻的银细小簪拔下，乌黑的发丝顷刻间散落一肩，望着镜中的自己，脸色竟有些苍白，连这些胭脂都无法遮挡，“你们都下去吧，本宫累了，想歇息了。”

身后一片安静，似乎还在迟疑着，我无声地叹道：“本宫叫你们退下。”带着几分凌厉。她们却突然齐声道：“皇上！”夹杂着几分惊喜。

我从镜内望着身后的祈佑遣她们下去，最后将宫门轻轻地关上，里边陷入一片安静。我紧握住象牙玉梳的手才缓缓松开，“我以为……你不会回来了。”

他信步朝我走来，单膝跪在我的妆侧，伸手抚上我的云丝，“今日是你我大婚之日，我怎会独留你一人于此？”轻轻捻起我腰间一缕发丝置于鼻间轻嗅。

我略带醋味地轻哼一声，“那你的静夫人不管了吗？还有你们的孩子。”

他目不转睛地凝着我的侧脸轻笑，“你竟然会吃她的醋。她只是你的一个影子，我又怎会因她而弃你？”

我愣愣地转过身，笔直地望着他的眼睛。早就听闻云珠说起，静夫人之所以得宠只因气质神态与我格外相仿，而今亲口听见他说，我还是一阵心动。“可是……那日你还因为她要杖我。”

他倏地敛笑皱眉，“你还记着呢！都怨我，幸好那时云珠拼命救下你，否则我会后悔一辈子的。”

当他提起云珠时，我的神色黯然一沉。低着头，双手纠结在一起，“我对不起她，若不是我……”

“不关你的事，这场争斗你全不知情。”他握住我冰凉的手，低声安慰道。

望着我们俩交握的手，我心中矛盾，很想询问明太妃之事他欲如何解决，却迟迟不敢问出口。我怕他会生气，真的很怕他对我突然的冷寒淡漠，仿佛他马上就要离我而去，我怎么都抓不住。

突然感觉身体一轻，整个人被他横抱而起，未料到他突然的举动我紧张地呼了一声，紧紧拽着他胸前的衣襟。他轻轻地将我置放在温暖柔滑的龙榻上，馥香郁郁，耳边传来他的低语，“今日可是我们的洞房花烛夜……”

我脑海中一片混沌，对上他幽深的眼神，我的心跳逐渐加速，仿佛只要我一张口，它就要跳了出来。“我……”

他低头在我额上烙下一吻，夜眸如醉，魅惑般地在我耳边轻道：“我终于能拥有你了，你可知从我第一眼见到你，将你搂在怀里时，我就在想，若是能永远拥着你，那是多么惬意之事。”

依附着他滚烫的身躯我不由得迷茫，“你不在意我的容貌早已不如昔日？”

他眸光一沉，在我颈项右侧轻咬一口，有惩罚之意，“你当我如此肤浅。”

微微的疼痛感传来，一声呼痛，却换来他的笑声。我不满地轻怨，“你为何都不问我为何毁容？”

他将头埋进我的颈间深呼吸一口气，突然安静了下来。我注意到他的异样有些奇怪，急忙扯扯他的胳膊，他此刻的安静让我惊慌。

他用双手紧紧搂着我的腰，娓娓道：“我若问了，你定然觉得我很在意你的容貌美丑，我不想因此影响我们之间的感情，你能明白吗？”

愣了半晌，才恍然回神。原来是这样，我一直误会了。动容之余我侧首在他唇上落下一吻。“祈佑，对不起。”

他全身一僵，那双深邃幽沉的眼眸，里面还有着层层迷雾，丝丝柔情。“我想听的不是对不起。”

我却只是淡笑不语地回避着他询问的眼神，他许久得不到我的回答，猛地勾住我的脖子向上倾，同时低头狠狠地吻上我的唇。我还未来得及反应过来，唇上就传来疼麻之感，他的吻中带着一丝不容拒绝的霸道与惩戒，将我的呼吸一并吞噬。

他的手很快将我身上的薄衫解开，温热的掌心不断地抚摩着我的肌肤。我启口深吸一口气，他的舌尖顺势滑入我的口中，吸吮缠绵，嬉戏交缠。空气中弥漫着浓浓的情欲醉感。

唇齿间的交缠几乎让我窒息，他的手在我腰间摩挲着，下身被灼热的欲望抵着，我有些害怕地朝后微挪，却被他制住，“馥雅……”他沙哑地轻唤一声。

吻渐渐变得温柔小心，似在抚慰我此刻的惊慌，“相信我，放轻松。”

我轻轻地闭上眼睛，感到他喘息相间的旖旎。才吐出一口气缓和此刻的紧张，下一刻剧烈的疼痛便蔓延全身，我猛咬住唇，克制自己不让呼喊声吐出。

只觉他的手轻轻地抚上我的唇，声音有强忍的暗哑，“痛就喊出来。”

唇齿一松，手指狠狠掐进他的脊背，疼痛也渐渐平复。他细稠的密吻渐移到胸前，下身时紧时松，时快时慢地律动着，我不自觉地躬身相迎嘤咛出声：“祈佑……祈佑……”

汗一滴又一滴地从他的脸上滑落，一遍又一遍地低吟我的名字，诉说着他的爱意。

我紧紧地攀住他，承受他强烈的爱……还有他那二十多年来孤寂的一生。很早就对自己说，要陪在他身边让他不再孤单，却迟迟未做到。如今有了这样一个机会，我会将自己所能给的全部给予他，更要让他明白，这个世上不全是冷漠、利用、阴谋，更有我全心全意地在爱他。

血泪祭皇陵

床上的温暖一丝丝地消逝，我伸手想找寻祈佑的身子，可将床摸了个遍却未找寻到。我眼珠一动，双眸缓缓地睁开，在黑暗中呆滞了片刻才由床上弹坐而起。

如今还是申时，离早朝还有一个多时辰，他人呢？我的目光在空荡的寝宫中搜寻了一大圈，心中茫然之感升起。我立刻将已凌散在地的衣物捡起。身子还有那阵阵疼痛，一想起方才与祈佑的交缠，我的脸火辣辣一片潮热。

慢条斯理地穿戴好，随手将披散的发丝用一条朱红绫缎丝固定于颈侧，再披起一件貂裘便开了寝宫之门。

"皇妃您怎么起了？"一直驻守在外的徐公公惊讶地朝我行了个礼。

我望了望朦胧漆黑的夜，雪花终是停了下来。"皇上呢？"

"皇上……在正殿。"

奇怪地瞥了他几眼，心中暗生疑惑，不由得朝前殿方向而去。徐公公立刻拦住我的步伐，"皇上正与几位大人商议要事，吩咐不许任何人打扰。"

我冷冷地扫视他，用警告之色示意他不该多管闲事，注意身份为好。而他一接到我的目光当下噤声，为难地僵在原地瞅着我朝正殿而去。

我刻意压低脚步声在这条冷寂阴暗的殿廊行走，偏殿空无一人却灯火闪耀。我奇怪地继续往前走，灯火却渐渐消散，烛光渐而变暗。我屏住了呼吸，隐约听见细微的声音由正殿传来。

蹑手蹑脚地来到正殿拐角处止下步伐，才清楚地听见里边的谈话声。仔细一听，有祈佑、弈冰、韩冥的声音，他们仨此时鬼祟地在这谈什么？

“都解决了？”祈佑一声低问，口气甚是阴冷。我更是暗惊，解决什么？

“是的，皇上。”弈冰的声音冷淡却恭谨。

“现在只有被扣居在中宫的明太妃与晋南王的尸首未解决，皇上打算……”韩冥拿不定主意地询问。

殿内有那么一刻的寂静，而我的双手紧紧相扣，焦急地想听祈佑的决定。他答应过我的，他不可以食言。

“臣认为明太妃当诛，晋南王的尸首当挫骨扬灰！”弈冰见祈佑良久不语，自作主张地开口道。

我心中涌现一股无名怒火，想也不想地转出拐角处，伫立在正殿前正好直视他们，“弈大人好狠的心！”

殿中三人先是微怔，满含杀气地转头朝我望来。由于殿内未掌灯明烛，故只能因身形衣着辨认他们，表情更是看不清楚。

“蒂皇妃好大的胆子，竟敢偷听皇上议事，可是重罪。”弈冰朝我走近几步，语音格外阴寒。

我丝毫没被他的语气吓住，勾起冷笑，“若说罪，弈大人你岂不是更大？见本宫非但不行礼，竟出声威胁质问，皇上未责难你便先言，这……是君臣之道？”

他身体一僵，瞅着我良久都不敢再言，我不禁黯然。从何时起，我与弈冰竟要如此针锋相对？

我越过弈冰朝龙座上的祈佑跪下，“皇上，臣妾求您放过明太妃一条生路吧，还有晋南王，他毕竟是您的哥哥！”

“蒂皇妃！”弈冰忍不住再次出声，字字凌厉逼人，“你想效仿武则天吗？”

“皇上……”我不理会弈冰的言辞，继续想恳求皇上，却被他一句“退下”给截断了。

我僵跪在原地，凝望他冷漠的脸以及那在黑夜中依旧犀利冷鹜的眸子良久，他又开口了，“朕叫你退下！”他的声音又凌厉了几分。

我默不作声地起身，一步步退下，转遁入偏殿。一路上脑袋一片混浊，步伐不由得加快，最后变为疾步而行，整个身体几乎麻木，脑子更是无法思考。当我回到寝宫之时，徐公公一脸讶然地瞅着一脸呆滞带了略微的怒气的我，才张开口想说些什么，我便已狠狠地将寝宫门关上。在关门那一刹那，随手披上的貂裘也从肩上滑落。

我视若无睹地扑向龙床，用软被将自己连头带脚地包裹进去。我睁着眼睛享受着此刻被窝中的黑暗，前一刻他可以温柔地说爱我，后一刻却如此冷言相向。我在他心中到底算什么?他是真的爱我吗?又或是只当我为他的后宫妃嫔中的其中一人。他说要我成为天下最幸福的新娘,可是我真的一点也不幸福。

我蜷缩着身子,沉浸在属于自己的思绪中。也不知待了多久,呼吸渐渐有些困难,里面空气混浊燥热,热气完全蔓延至脸,汗水溢出额头。我立刻想探头出来呼吸新鲜的空气,却听见"咯吱"一声,轻微的脚步声朝这边移来,我知道是祈佑回来了。忍住掀开被褥的冲动,静静地等待着他会有什么举动,可是左等右等他却迟迟未有举动,似乎只是安静地立在榻前。

我实在憋不住,倏地将被褥揭开,一得到解脱我猛呼吸几口气,缓和了我此刻的不适。

他端坐在床榻俯视着我,瞳孔中尽是笑谑,"我以为你打算一辈子闷在里面。"

别过头,不去看他。他却俯下身子用龙袖为我擦去额头上的汗珠,"就算生我的气,也别如此虐待自己。"他轻叹一声,脱下绫金龙靴也钻进了被窝,双手紧紧地搂住我的腰。

我挣扎地想从他怀中挣出,他猛地按住我:"馥雅,听我说。"

"我不要听!"我狠狠地推开他,转身背对着雪白的墙壁。身后一片安静,唯有他的呼吸声。我不自觉地将手紧握成拳,"我从不曾看透过你,你对我的忽冷忽热让我好怕,怕你有一天弃我于不顾。你有如此多的妃嫔,个个都比我美,更比我会讨你欢心。我只会给你添麻烦,若有一日你烦我了,要丢下我,我该怎么办?我已经一无所有了……"我哽咽着声音,用力将眼泪逼回去,我不想哭。不想用眼泪来博取他的怜爱。

我们之间沉默良久,他长长地叹了口气,扳过我的身子正对着他,用坚定的语气道:"我不懂如何去哄人,现在我只想对你说一句话,绝不会丢下你。"

我紧紧地将头埋在他的胸前,双手用力搂住他的腰,他则是轻拍我的脊背,"不生气了吗?那可以听我说了?"在我唇上落下轻轻一吻才道,"方才我若不阻止你继续说下去,弈冰定然要求我治你干政之罪,所以我才冷漠地赶你回去。瞧瞧你这么小心眼儿,就生气了,连我的解释都不听。"

我闷闷地问道:"那你是不打算将我的身份告知弈冰了?"

"少一个人知道你的身份,你就少一份危险。如今知道你身份的人已全数扫尽。"

他的话让我全身一个哆嗦,"明太妃她……"

"她胆敢用你的身份威胁我,杀无赦!"一句残忍的话就这样漫不经心地被他脱口而出。

"祈星呢?"我紧张地问。

他宠溺地抚过我脑后的发丝,“三日后葬入皇陵,满意了吗?”

得到他的话我总算是松了口气,可随后又全身紧绷。他既已放话无赦明太妃,那么方才在正殿所谓的“解决”定是明太妃一干党羽已遭毒手。

不对,还有一个人知道我的身份。祈佑不会对他也起了杀心吧?“那韩冥……”

“我相信他对我的忠心。更何况,他喜欢你,怎会陷你于不义。”他的目光高深莫测让我看不懂,猜不透他到底在想些什么。

我紧张地说:“其实我和韩冥没什么的,你不要误会。”一说完我就后悔了,此刻的情形怎容我再去解释?岂不是欲盖弥彰?偷偷睇着他的表情,却发现他已闭上双目,眉头略微深锁,似乎很累很疲劳。

“祈佑。”轻轻抚上他的眉心,为他抚平纠结的伤。

“嗯?”他由喉咙中发出一声低应。

我在他臂弯中找了一个最舒适的姿势,也缓缓地闭上早已开始打架的眼帘,启口道:“我爱你。”

搂着我的手又加重了几分力道,深深吐出一口气,“我也爱你。”紧紧拥我入眠。

次日,西宫众苑、阁、楼、宫之主皆来到昭凤宫请安。都是巧笑盈然盛妆来此,还备着贺礼恭贺我晋位。一整日下来我都在应付着她们的言语,赔着笑脸。脸都快僵硬定格。

此刻前来拜会的是邓夫人,她说是带了自己的心意和太后的贺礼来祝贺我正式晋封为皇妃。我望着锦盒中那块小金锁好一会儿,就听见邓夫人用那温和之语道:“太后娘娘让臣妾带着这枚金锁赠予皇妃,祝皇妃早日怀上龙嗣,为皇室延续香火。”

从盒中取出金锁,放在指尖轻抚。“好精致名贵的金锁,太后娘娘有心了。改日本宫亲去谢过。”

邓夫人巧兮一笑,拿起案边的雨前茶放置唇边抿上一口,“听闻这金锁可是太后娘娘准备给她自己的孩子,佑其一生平安。只可惜太后有天生的不孕之症。”

我惋惜地一笑,“如此珍贵的礼物,本宫受宠若惊。”我的心思渐渐游移,不孕之症……记得曾经听韩冥说过,是杜皇后派人在她的饮食之中一点一点地下红花,才导致如此。但是最奇怪的是那位自己突然跑出来承认罪过的奴才,为什么要出来承认?若她不说,没有人会知道韩太后的不孕之症实是人为,这样岂不是自寻死路?

“皇妃?”邓夫人提高音量唤醒已失神的我。

“邓姐姐,以后还是称我为雪妹妹吧。”将手中的金锁小心地放回锦盒,“邓姐姐可知朝中发生了什么大事？”

邓夫人的目光微微闪烁，“明太妃溺水身亡，朝廷中属于晋南王势力的三位领头人物皆被暗杀。”

我用一声轻笑来掩饰我内心的震惊，一夜间，祈佑竟能如此迅速地将明太妃的势力扫荡，实在太可怕了。更不得不佩服他的政治手段，确实是一位强势的皇帝。

邓夫人轻轻地拂过额前的流苏，再把玩着案侧的茶水良久，“如今雪妹妹已是宠冠后宫，下一步做何打算？”

“太后的意思是？”我试探性地问道。

“太后说，杜鹃花开得太艳，不是一件好事。烦妹妹想办法盖其锋芒，由其凋零。”

很快邓夫人便已拜别昭凤宫，一日下来接见了近二十位嫔妃，我早已累得疲惫不堪，软软地埋进贵妃椅中闭目小憩。心婉则为我抚揉太阳穴，力道恰好。我舒服地轻叹一声，心中默默念着杜莞、温静若这两个名字。

原来，太后一直想对付的是杜家。这也难怪，如今杜家的权势已快威胁到皇上的地位，以祈佑的性子，是绝不会容许有人影响到他的皇权。但是如今的我根本无法与如此强大的杜家抗衡，这个事还是丢给祈佑去烦吧。相信他早有诛杜家之心，试问有哪个皇帝会容许一个臣子的权力盛于皇权，祈佑现在也很忧心吧。如今的温静若更是身怀六甲，从她身上下手似乎不太明智，那现在我该做的就是培植自己的势力，那样才能与她们对抗。

突然间额头上的揉抚突然没了，我一时不适应，低唤道：“心婉？”良久却没人理会我，我迷茫地睁开双眼，惺忪地望着空空如也的寝宫。人呢？

“皇妃，让奴才伺候您吧？”一阵笑谑的声音从身后传来，我立刻由贵妃椅上弹起，却被他给按了回去。“今天很累了？”

“嗯。”我对上他的眼眸，“你怎么这么早就过来了？”

他将我盖在身上滑落的紫貂毛披风重新为我盖好，然后为我揉着太阳穴，动作很轻柔，“想你了。”

我呆呆地望了他好久都不说话，他奇怪地问道：“怎么了，这样看着我？”

“我想……”我犹豫着该不该开口，想了许久，鼓足勇气道，“祈星下葬那日，我想同去。”

他手中的动作一僵，笑容也渐渐敛去，一口回道：“不行！”

我放低声音恳求道：“我知道自己的要求很无理，但是……真的很想去。”

“连日来你一直替他说话，在朕面前提他。从什么时候开始，祈星在你心中的地位竟如此重要？竟比朕还要重要？"口气很是恼怒，最重要的是他已经开始自称"朕"了，我明白他生气，很生气。

他一拂袖，就朝寝宫外走去，我一惊，忙从椅上翻身跃起。紧紧拉住他的衣袖，"祈佑，是我的错。以后我不再提他了，你别生气了好吗？"

他背对着我，笔直地挺立，也不看我。怒火还是未熄灭，我又继续道："你知道，他是我的第一个朋友，他更有恩于我。我不但未报答他，反而还害了他。现在他不在了，我能为他做的只有这些，你若不喜欢，我以后再不提他了，你别生气。"

渐渐地，他僵硬的双肩松弛了，缓缓地转身拥我入怀，"你总是为他人着想，你可知祈星曾经如何对你？他灌醉你由你口中套出云珠的身份，他在民间秘密寻访为你换脸的神医，就连死前都要你记恨于我。"他顿了顿，长叹一声，"你与他的事我全都一清二楚，所以很在乎。"

我放下了心中的担忧，一声轻笑，"原来你也会吃醋。其实我与他只是朋友，很好的朋友。在阴山，他曾卖了我一个人情，对于这个恩情我一直铭记在心。"

"阴山？"他有些奇怪地想了想，"是四年前父皇派我与他出兵助夏国那次？怎么你也在？"

"是呀，曾经……我就躲在军帐中。"我傻傻地笑了几声，脑海中再次浮现连城临走前那阴狠的目光，我立刻道："连城，你一定要当心他。"

他点点头，似乎早就得知他的野心，"待我先解决朝中之事，下一个就会对付昱、夏二国。"

"夏……夏国？"

"我可没忘当初与你的交易，八年内定为你复国。"

原来他还没忘，一直铭记在心。"真的吗？"

"对于你，我一向说到做到。"手指抚上我的颈项，有些冰凉刺骨，"你去找韩冥吧。"

我错愕地仰头望他，"找他做什么？"

"他是禁卫军统领，也只有他能带你出宫。"轻敲了敲我的额头提醒着。

"真的？你真的答应了？"我不敢相信地从他怀中挣脱，想在他眼中找出此话的真假。前一刻不还是怒气横生地想将我剥皮抽筋，后一刻怎么就……就变得这么好了？

他很认真地点头了，然后邪魅一笑，"你知道方才去太后那儿，她要我与你早日生个孩子，所以我们要努力了。"然后将我拦腰抱起，朝寝榻走去。

月朗空寂，芙蓉暖帐，旖旎情深。

白幡飘飞，细雨微薄，哀乐声声。

我一身禁卫盔甲，腰佩铁戟长刀跟在长长的队伍后进入皇陵，望着众人将先帝陵墓百十来步的一块空地挖掘出一块正好可以放下棺木的坑。我凝睇着先帝的墓碑，心中五味掺杂，内心涌现一股凉意。先帝，你还有多少未揭晓的阴谋呢？我敢肯定，先帝定然还有着未浮出水面的阴谋，毕竟他是祈佑的父亲呀。

韩冥一直站在我身边，一语不发地凝视着祈星的尸体下葬，我的双手紧紧地握着腰间的佩刀，小声问道："今日是祈星下葬，灵月公主为何没来？"

他轻笑而叹惋，"她现在已经不屑与我同行了。"

"灵月是个苦命的公主，短短几日时间哥哥与母亲都离她而去，你不能再对她如此冷漠了。毕竟她是你的妻子，所谓一夜夫妻百日恩，你们之间再多矛盾她始终是你的妻子。况且，她对你的心一直如此真挚，你不要待失去之后才懂得珍惜。"我的声音越压越低，不想让周围的人听见。

韩冥一直沉默着望着远方缥缈之处也不知在想什么，细雨霏霏打湿了他的发，如蒙上一层露水。

"侯爷，晋南王已然安全下葬。"一名侍卫跪至韩冥面前禀报着。

他点点头："你们先行回宫，本侯稍后便到。"一声令下，数百名随进皇陵的侍卫纷纷离去，唯留下我与韩冥。

雨袅烟残，寒波欲流。

我倏然将腰间的刀拔出鞘，白芒乍闪，我狠下心在手臂上划下一刀，血浸漫整个手臂。韩冥一把夺下我手中的刀，"你做什么，这样伤自己？"

勾起一笑，跪在祈星墓碑前，将手中的血缓缓滴入碑前泥土中，"祈星，这一刀是馥雅还给你的，希望你一路走好。"

"皇妃真是个性情中人。"韩冥低沉道，再将那把刀丢入一旁深密的草丛，"若有一日韩冥亦如晋南王而去，不知皇妃可会为我如此？"

我一僵，被刀划上的痕迹突然传来剧痛，蹙着眉头，"不会有那么一日。"

"世事无常。"他与我并肩跪于墓碑前，亦拔剑在手臂上划下一刀，"这一刀是韩冥还给你的，当日奉命嫁祸于你，实非本意，在天莫怪。"

我蓦然侧首望他，心中百感交集，心念一动，立刻道："韩冥，你向皇上辞官吧，离开这个是非之地。不想你牵入这场血腥之斗。"

"韩冥若走了，皇妃岂不是孤军奋战？杜皇后有杜文林丞相为靠山，静夫人有弈大人为后盾，而皇妃仅有皇上的宠爱是完全不够的，所以韩冥甘愿留下做你在朝廷的支柱。”

手臂上的疼痛越来越锥心刺骨，眉头皱得更深更紧，有汗与细雨夹杂在一起，沿着额头滴落：“真的不想……你步祈星的后尘，能走多远……就走多远。”我的声音格外虚浮。

韩冥奇怪地侧后凝着我，“你的脸色怎么如此苍白？”他握住我受伤的手臂，“你中毒了！”

“怎么可能……”

“刀上有毒，这刀是从哪来的，谁给你的……”他的脸上露出慌张之态。

一股滚热的血腥之味由喉咙涌出，血由唇边滑落，滴至衣角。韩冥一瞬间失了方寸，愣在原地望着我。

“嗯……”我的五脏六腑几乎都要胀裂，更瞧见手臂受伤那块逐渐变黑，正朝整个手臂蔓延。

“潘玉……你不能有事，千万不能有事。”他猛然回过神，将早已经匍匐在地的我拦腰抱起，冲出皇陵，口中一直紧张地吼道：“我们马上就去找御医，你会没事的……”

我痛苦地靠在他怀中，血源源不绝地由口中涌出，“我要见祈佑……祈佑……”我用尽全身气力将话完整地吐出。内心涌现了二十年来从未有过的恐惧，第一次，面对死亡竟如此害怕。我才找到自己的幸福，我不想就这样离开。更怕连祈佑一面也没见到，我就死去。

我舍不得死，我真的舍不得。

剧烈的疼痛将我吞噬……

第五章 QINGSHI HUANGFEI

晓梦迷羽衣

荒烟外，鹰飞鸷，一鞭横渡洛水河，日连旗影遂神州。

巍石山，蹑翠微，笑谈潇潇骤雨歇，吟唱九歌悲国殇。

落日笙，月胧明，烟霏秋雨杳霭间，梅蕊如诗蝶恋花。

我与他并肩伫望三江碧水涌诗涛，淡赏白雪纷飞梅吐艳，他乘白马拥我笑览五岳山川千峰秀，侃谈尘寰俗世沧海日……

此情此景是我馥雅做梦都不敢想的一次芳华盛景，陪在我身边的还是那个千古帝王纳兰祈佑。但我知道，这是一场绝美的南柯一梦，若可以的话，我甘愿沉沦在这盛世之景内，永远都不要出来。我要他陪我走遍天下，笑傲红尘。

可是为什么恍惚间有人偏偏要摇晃着我那早已疲惫的身子，要用看似在我耳边却又缥缈虚幻的声音唤着我?

“醒过来……不要抛下……”一遍遍的低喃浅吟却又魅惑着我，“记得你和我说过……伴我余生……生死相随。”

有湿润的水汽蒙上我沉重紧闭的眼眶，冰凉的泪沿着我的眼角滑落，是谁，谁在喊我……是祈佑吗? 是不是他……

我用力睁开我的眼帘，一片黑暗，渐渐转入一片朦胧迷茫。“醒了……御医她醒了！”一阵疯狂的怒吼回荡在耳边，我用力眨了眨眼睛，缓和着眼睛的不适。

一名御医小心翼翼地将一条红线缠绕在我手腕上细细诊脉，半晌，他凝重的脸上终是露出了微笑，“皇上，皇妃已无大碍，只要略加调养身子就可以恢复！”

我虚弱地抬眸望了祈佑一眼，他的眼神迷离中带着欣喜，黯然中带着自责。原本细腻精致俊逸的脸庞上出现了沧桑之态，仿佛一瞬间老了十岁。他缓缓挪动着步伐来到我身边，轻柔地握着我的双手，仿佛怕一个用力就会将之捏断。唇轻轻摩挲地吻着我的手心，仿佛有千言万语要对我说，却无从开口。

我虚弱地抬起另一只受伤绑着纱布的手轻轻抚摸他的脸，睇着他眼底的血丝，似乎很久未睡去了，“我没事了！”嗓子虽沙哑，却还是用尽全力吟了出声。

他启了启口，还未发出声音，一滴泪就由眼眶内滑落，我很快便用手心接下那滴泪，然后紧紧地握在掌中，“这是……你为我流的泪，我会……好好保存的！”

“对不起……都是我不好！”他的声音哽咽着，最后埋首于我的手心，我轻轻动了动身子，“帝王，是不能在别人面前表露悲伤的……”

他埋首良久，仰起头，方才的悲伤之色已渐敛，“幸好你没事……我一定会查出是谁对你用西域劣毒，绝不轻饶！”

我摇头，“请让我……自己去查。”若是祈佑自己去查，定然会在宫中引起一场轩然大波，此事不能闹得如此大，这对皇权有很大的损伤。

他似乎看出了我的意图，沉默许久，用力点头应允，后又哀叹一声，“韩冥此次护你不周，我要收了他的兵权。”

一听到此，我猛地想阻止，却牵动了手臂上的伤，我闷哼一声，冷汗溢出，“皇上不要，根本不关冥衣侯的事。”

“我只不过随口说说，你就这样紧张。”他轻轻松开我的手，舒手为我抚去额头上那丝丝冷汗，“你好好休息，知道吗？夜里我再来看你。”俯身在我额头上轻轻烙下一吻，嘴角勾起淡淡的笑容。

“嗯。”轻轻颔首，再望着他离去的背影，我的心中沉静了许多，才意识到手臂上的疼痛疯狂地传到心里，欲将我折磨到连叫喊也无声。

从外边端着一盆正冒着热气的水走进来的心婉一见我如此，手中的盆“哐啷”一声摔到地上。连忙冲到我身边，焦急地道：“皇妃，您怎么样了，样子这么痛苦，要不要传御医来？”

我强忍着疼痛摇头，“只是扯到伤口罢了。”我悄然将手静静地瘫在柔软的丝被上，用力平缓自己的疼痛。

心婉吐出一口气，“皇妃您昏迷了五日，可把我们吓坏了……”

“我竟昏迷了……五日？”我有点不敢相信地望着她，是什么毒竟能让我伤得如此严重？西域劣毒？

“是呀，皇上在您榻边守了五日，也未去上早朝，只是一直在您身边唤着你。咱们做奴才的都为皇上的情意所动……"她惋然叹息，目光中更多的是羡慕。

我的心颤动了几分，难怪他的脸色竟如此苍白颓废，他是一位圣明之主，怎会因儿女私情而不上早朝？我在他心中的地位真的已经超出了皇位吗？笑容不自觉地浮上唇畔。可是脸色又倏地冷了下来，在我刀上下毒的人到底是谁？知道我离宫的除了祈佑与韩冥就只有一直在寝宫内伺候着我的九个奴才与四名护卫。记得我走前千叮咛万嘱咐不能泄露出去，却还是走漏了风声。唯一能说通的就是——有奸细。

现在以我的身体状况来查证这些是不可能的，那我该用什么方法才能揪出里面的奸细呢？疲倦地闭上了眼帘，将整个身体软软地埋进寝榻内，深吸着被褥上的风雅之香，思绪渐渐迷乱，最后昏昏睡去。

·

在寝宫内整整躺了五日我才渐渐能自己下床，手臂上的疼痛依旧隐隐传来刺痛，锥心之疼。绾青丝，攒花钿，描青黛，披凤裳。一切皆是心婉为我梳妆，望着铜镜中被脂粉掩盖着的略显苍白的脸，我的思绪却飘到了远方。

片刻后，十二个奴才皆纷纷而至寝宫，满满跪了三排，心婉则安静地立在我的身侧。我依旧背对着他们，瞅着镜中的自己，手上把玩着翠绿玉梳，寝宫陷入诡异的安静。我听他们的呼吸声都有些急促紊乱。

我深吸一口气，"啪——"的一声将玉梳重重地放下，摔在梳妆台上已是两半，空气中弥漫着令人窒息的气氛。我终是开口了，"本宫临行前对你们交代过什么？"

"不许泄露皇妃的行踪。"他们异口同声答道，有低沉的，有清脆的，夹杂在一起变得格外响亮。

"记得倒是很清楚，可为何有些人却记得到做不到呢？"我调转一个身，凛然望着他们，脸上却依旧带笑。

又是一阵冷寂，我轻轻整整衣襟，"心婉，那身禁卫服与佩刀是你给本宫准备的吧？"

心婉一听，脸色倏地惨白，软软地跪在地上，"皇妃明鉴，那套禁卫服是行云护卫转交给我，让我交给皇妃的。"

我悄然将目光转投向一脸坦然自若的行云，"若我没记错，是莫兰与皓雪一同前来将禁卫服与佩刀交给奴才的。"

"皇妃，那些是冥衣侯亲自交给我们的，我们只是按照吩咐将它交给您啊。"皓雪慌乱地解释着，而莫兰倒是比她冷静些，只是声音微颤："我与皓雪拿到这些，中途是动都没敢动一下，直接交给了行云侍卫。"

皓雪立马点头："是呀皇妃，我们可以互相作证的。"

望着她们互相推卸着，我心中暗自好笑，一套禁卫服与一把佩刀竟能转交四人之手，最后再到我的手上。这位奸细还真是不可小觑，想用多人的视线蒙蔽我的判断，不过，这招还真是挺管用。这四个人中，到底会是谁呢？

我的盘问被前来探访的尹、杨、苏三位婕妤给打断，虽然她们的突然来访令我有些奇怪，却还是笑容满面地出寝宫至正殿相迎见。她们一蓝、一橙、一红，三色裙裳配合着案几上一盆素白一盆研紫，相得益彰。三人并立，燕妒莺惭，一时道不尽的妩媚动人。

正殿中只有浣薇与潋秋在伺候着，其他奴才仿佛在瞬间没了踪影，我猜想此刻他们定聚在一起相互猜忌吧。

"雪姐姐，几日前闻你遭人毒手，可急坏了我们。又碍于皇上一直不准许他人接近此处，故未前来探视。今儿终于是见着你了，恢复得如此之快，做妹妹的也就放心了。"苏思云永远都是最先开口，话最多的一位。很多时候我都会觉得她是刻意地讨好，但是每当见着她那纯澈干净的水眸，以及那温暖人心的笑颜，我又会觉得，这或许是她的本性。

"多谢妹妹们关心，吃些凤梨吧。甘甜可口，清热去火。"我拿起一支竹签，挑起果盘内早已分切成块的凤梨，晶莹剔透，令人垂涎欲滴。放入口中细嚼片刻，最后咽下。

她们仨倒只是相互对望一眼，未动盘中之凤梨，尹晶倒是先开口道："对于敢加害雪姐姐的人，必要严惩。"

我摆弄着手中的竹签笑道："可是，这昭凤宫的奸细还未捉到。又或许……这背后之人不简单呢？"

"难道因此姐姐就要放过这害你险些丧命的人？"她的声音提高了些许，更藏着明显的怒气，为我抱不平。

将竹签摆在果盘边缘，再抽出帕子擦擦唇畔，"既然这样，那由妹妹们帮本宫猜猜，到底是谁在佩刀上动了手脚。"

我细细将刚才四人的反应与说每一句话时的表情一字不漏地告诉她们。她们听完后约沉默了一盏茶的时候，从头到尾都未开口说话的杨容溪终于是若有所思地开口了。

"姐姐您说心婉一听，脸色立刻惨白一片，格外紧张地跪下澄清。而行云却在如此情况下异常冷静，两人相比之下有明显的差异，令人怀疑。莫兰与皓雪能相互作证，可以排除嫌疑。"她娓娓分析着。

苏思云很赞同地点头附和，“容溪姐姐说的没错，那她们俩到底谁是奸细呢？”

“我认为是心婉。”杨容溪语未落下，尹晶迅速将话接下，“我倒认为莫兰与皓雪的嫌疑最大。”

她凌厉的口吻将我们三人的目光急速聚集至她身上，静静地等待着她的下文。她则从容不迫地淡淡道：“行云是护卫，不便亲自将东西送来给皇妃情有可原。那么莫兰与皓雪为何要借行云之手将其转交给皇妃？这岂不是多此一举，欲盖弥彰吗？”

杨容溪明显一怔，“可是她们俩都能相互为证，其间并未碰过……”

“谁说奸细只能有一个？”尹晶一语惊醒梦中人，而我更对她欣赏有佳，竟与我的猜测不谋而合。

“听尹婕妤这么一说，奴婢倒是想起来了，在皇妃离宫前一日，与奴婢同寝的莫兰竟在半夜没了踪影。约莫过了一个时辰才鬼祟地回来，那时我也并未在意此事。”

我深吸一口气，笑容中隐含冰意：“今日之事，谁都不许对外泄露只字片语，否则，后果你们是知道的。”

“臣妾、奴婢谨记在心。”

禁烟酿春愁，百柳露心角，莺雀贺新歌。初春的一切皆是春意凛然之态，清晰的空气充斥着整个昭凤宫。我今日的心情格外好，与心婉、浣薇在宫内剪着凤凰纸鸢糊风筝。

“瞧这凤凰，经皇妃的巧手一剪裁，竟变得栩栩如生，若真的放飞肯定犹如飞凤在天，”浣薇一个劲儿地手舞足蹈，声情并茂地赞着我。稚气天真的脸蛋上露出两个浅浅梨窝，可爱至极。

自上回她知道莫兰与皓雪可能是对我下毒之人，对她们俩疏离了许多，甚至连话也不同她们讲。而我则是召来刀光、剑影，让他们秘密调查莫兰与皓雪的身份来历。我对她们俩的态度一如往常，时不时与之闲聊打趣几句，心中却在等待刀光、剑影的消息。算算日子，他们去了近半月了，还没查到么？

“皇妃，咱们出去放风筝吧。”心婉兴奋地晃晃手中的风筝，像个孩子似的。

颔首应允，携她们俩一同步出昭凤宫，至西宫凤栖坡，那儿四面环树，嫩角新发，生机勃勃。中部一片空旷无垠，野草丛生，三两点野花点缀在碧丝韧草上格外艳丽夺目。春风伴着暖阳徐徐吹来，一阵一阵将我们的衣角吹翻，发鬓吹乱。斜插于髻的流珠凤簪也随风势，铿锵作响，如泉水清鸣。

心婉耐不住性子，当即就奔入草地想将风筝放飞，可是不论她朝哪个方向放，都无济于事，她着急得乱了手脚。浣薇笑着上前帮她放飞风筝，一人引线，一人持风筝，在两人默契地配合下，风筝很快飞起，翩翩盘旋于碧蓝的空中。

我眯着眼仰头瞧着翱翔的风筝，宛然如生。

“皇妃。”刀光、剑影竟适时出现在我身边，无声无息。

拂开被风吹落而挡在眼前的流苏，“查到了？”

“这些日子我们分别到杭州莫兰家与江西皓雪家调查到，她们都曾收过一名叫慧心的妇女一大笔财富，所以她们才肯将自己的女儿送进宫。经奴才调查……”刀光说到一半，就见心婉手握风轴，轻扯细线来到我身边，他的声音立刻止住。

“皇妃你快一起来啊。”她将风轴递至我面前，我犹豫了片刻，还是接过它，轻轻扯线，只见风筝越飞越高，我放线的速度也更快了。

心婉与浣薇早因四处奔跑引线而累得无力地瘫坐在草地上，刀光跟着我渐渐放快的步伐，用只有我听得见的声音道：“那位慧心，是杜皇后的奶妈。”

一声轻微的断裂之声，风筝离线，摇摇坠下。我怔忪地瞅着风筝的飘落，竟会是杜莞！我一直猜测是温静若，虽说自我封蒂皇妃后就未再与她有过任何交集，但是……我一直认为她会对我先出手的。

“啊，风筝！”浣薇与心婉异口同声地大喊一句，由草地上弹起，追着风筝跑了出去。

望着她们慌张的神色，我的心竟也紧张起来，步伐不自觉也迈出，随着她们的身影一同追去。

废苑朱门闭，寸草漫漫，荒烟凄凄。我追着风筝来到此处，早与浣薇、心婉走散，也不知此为何地，只觉四周一片森冷。我心中暗自擂鼓，一个声音在告诉我，快点离开此处。

正欲转身，却瞧见风筝躺挂在一棵榕树上，我犹豫了一会儿，还是冲动地想将它取下，踩着树上坑洼之处，轻易上树。微踮脚尖将风筝取下，却在收眸回首之际，隔墙而望，树上的我将苑内一览无余。我用力捂住唇，生怕会发出一丝声音。

“夫人，以后我们不要再见面了。”弈冰用力推开怀中紧搂着他不放的人。

温静若含着怨恨，幽幽道：“为什么，你怕了？”

他冷峻的脸上露出沧桑的悲哀之色，还有强隐下的柔情，“为了夫人，更为了夫人腹中之子。”

“所以你要抛下我，不管我了是吗？”她脸色蓦地泛白，眼眶凝聚着泪，仿佛随时便要滴落。

他深深地低垂下首，很坚定地道："弈冰永远会在夫人身边，助你铲除皇后。待夫人产下龙子，臣定扶他登上太子之位，您就是母仪天下的皇后。"

"如果我说，这一切我都不想要。"她轻抚上自己微微隆起的小腹，脸色泛出甜蜜，"我只想与你，与我们的孩子在一起！"

我睁大了眼睛凝视着这一幕，心漏跳了好几拍，仿佛快要窒息。她刚才说"我们的孩子"，那个孩子竟是温静若与弈冰的！指尖用力掐着支撑我的树干。

"皇妃，快下来，危险！"浣薇一声尖叫划破了此时悲怆寂静的小苑。

我一惊，手中的风筝由手中摔落，院内二人闻声仰头，直勾勾地凝视着树上的我。静夫人的脸色登时惨变，毫无血色。弈冰目露冷光，杀气毕露。

我立刻侧首道："刀光、剑影，扶本宫下去。"

浣薇被我这句莫名其妙的话弄得摸不着头脑，回首四处张望了良久，又微启口道："没……"

我急忙打断，"浣薇，你还站着做什么，把风筝捡起。"

她果然不疑有他，躬身将掉落的风筝拾起。我立刻从树上跳了下来，重心未稳，险些摔倒，幸得浣薇扶住我。

"皇妃你……"

"走！"我扯着她的手臂就跑，她仿佛也察觉到什么，与我一同飞奔而去。

直到跑出这片荒芜的小林，我才放慢步伐，但是依旧不敢停留，疾步朝昭凤宫而去。方才，若不是我机警地喊出刀光、剑影的名字使弈冰有所顾虑，怕是我与浣薇已成他刀刃下的亡魂。

直到寝宫外我才将紧绷的身体松弛下来，轻轻地擦着额上的冷汗。我馥雅为何总目睹此类之事，曾因目睹灵水依与连胤的私情而遭毁容，此次之事我不能再心软了。但是……这样会害了弈冰的，我并不想对付弈冰。

寝宫朱门微掩，露出一条小缝，可观里边一切，我猛地握住浣薇欲推门的手，冷冷地注视着莫兰静静地立于躺在衾软卧椅上沉沉睡去的祈佑身边，手指轻颤着，若有若无地抚摩着他的额、眼、脸，目光泛着爱意，抑不住的迷恋。

浣薇也凑过头朝里望，忍不住地轻叫一声，被我及时捂住唇齿，防她将声音四处扩散。她瞪大了眼睛不可置信地望着我的眼睛一眨不眨，还有着气愤。

我作了个噤声的手势将她的情绪缓和下来，"浣薇，这风筝就赏你了。"我刻意放大声音，后将捂住她嘴巴的手收回，推门而入。

一眼望去，莫兰已规矩地立在他身边，双手自然地摆在身侧，目不斜视，仿佛刚才根本什么都未发生。

我淡淡地笑睇她问："皇上几时来的？"

"来两个时辰了，因久等皇妃不归便沉沉睡去。"她目光平静，声音毫无起伏。

躺在卧椅上的祈佑缓缓转醒，睁开深邃的瞳目惺忪地瞧着我，"你跑哪儿去了，好几个奴才都寻不到你。"

我晃晃手中的风筝，"臣妾放风筝去了，本想唤皇上一同前去的。可皇上是一国之君，哪有闲心陪臣妾玩这小孩子的东西。"我朝他轻步移去，后轻坐卧椅边缘，他顺势环上我的腰笑道："只要是爱妃陪在朕身边，就算捏泥人朕也爱玩。"

我的笑容抑不住地泛开，目光偷偷地睇着莫兰脸上的变化。一闪即逝的妒忌、愤恨还有那淡淡的失落伤感，隐藏之快让我都惊讶。我是该庆幸自己见到方才那一幕，否则我永远不会知道，自己身边竟有个如此厉害的角色。比起杜莞与温静若，她的心性才是最可怕的。

他轻轻由卧椅上起身，我才伸手欲相扶，却有一双比我更快的手将祈佑扶起坐好，我淡望脸色无异常的莫兰一眼，不动声色。

祈佑未觉得有何不对劲，握着我的手走至梳妆台前，目光柔情似水："让我为你画眉。"说罢就执起螺子黛，认真地睇着我的眼，轻柔而描，笑容淡然。

镜中那两条弯弯新月眉经他之手描绘更显明朗清澄，只是略显生硬不自然，可见他对画眉的生疏。他从身后搂着我，"若此生能就此青灯翠屏，常伴妆侧，共享画眉之乐就好。"

我把头微微一偏，望着他半开玩笑半认真地道："那皇上不要江山了？我可不愿做妲己惑主。"

他在我脸上落下一吻，抹着迷人的笑容道："不用惑，我已经沉沦下去了。"

我未再接下这个话题，而是想起了另一件事，"皇上今夜打算在何处就寝？"

"昭凤宫。"没有犹豫脱口而出。

我笑容依旧，目光含笑而四顾，"不行，我身子不方便。"对上浣薇不解的目光，我继续道："我在撷芳院认识了一位尹婕妤，她博览群书，才气兼备，吟曲宛若天籁。"

他似乎明了我的意思，神色有些黯然，"如此出众的女子，你不怕我真被她勾了去？"

"若我与你的感情如此脆弱不堪一击，那么我无话可说。"不知为何，我竟是如此信任他，信任我们之间的感情。虽然我舍不得放祈佑给别的女子分享，但是……我必须如此。

他深呼吸一口气后点头，瞳中有我看不懂的神色。渐渐消逝后，他扬眉轻笑："我相信，我们之间的感情不论过多少年都会一如往常。如父皇对袁夫人那般经久不息的爱恋。"

很快，我送走了祈佑，望着他离去消逝的背影我心中渐露失落。纵有万般难受，千般不愿，却也是逼不得已。这后宫虽有太后与邓夫人与我一线，但太后的野心太大，我伴君如伴虎。邓夫人却不够聪明，既无特长也无荣宠，更重要的是，当日逼死云珠的四妃之中，她是其中一位。所以我只能扶起尹晶，她够聪明，有才学，在细微的小事上她都能细心观察到位。我相信她，所以我将她推给祈佑，我不可以让自己在后宫中孤立无援。

遣退了寝宫的奴才们，独处榻前，闻窗外枝叶簌簌之声，我紧握一条满是鲜血的帕子，怔然而望。血迹随着时日的推移而变暗沉，已无初时的骇目惊心，我的指尖不住地抚摩着血迹的痕迹，微颤。

"弈冰……"我反复吟念这两个字，始终下不了决心，"为何你要牵扯进来，还要做如此大逆之事，为何偏偏是你?!"

胸口沉闷而压抑，竟无法正常吐纳呼吸，心上似乎压了千万斤担子，无法放下，"珠儿，告诉我，到底该不该将静夫人的丑事揭发?"

缓缓闭上眼帘，脑海中闪过的是弈冰奋不顾身地救我脱离夏宫，一路上以命相搏，拼死护我周全，怎么都不肯弃我而去。这份恩情如烙印刻在我心上，无法抹灭。心一软，我怎能狠心陷他于不义? 只有一个办法了。

翌日，浣薇早早地来到寝宫为我梳妆，不停地追问着："皇妃，昨儿你在树上看见什么了?"

我只是笑而不答，心婉却奔了进来，口中不住地喘息，"皇妃，刚得到消息，尹婕妤被封为美人。"

平静地点点头，无其他多余的表示，浣薇可急了，"您真的一点也不担心吗? 万一……"

我将腰间的百蝶同心结整了整，沉默良久后，将目光投至心婉脸上，"去太医院为本宫取一碗药，本宫要前往百莺宫探视静夫人。"

浣薇与心婉因我突如其来的一句话而互望一眼，略有迟疑，片刻后还是一齐退了下去。

宫粉殇淡，幽阁深深寂寥，啼鸟相应声声。

清尘露散，小曲幽芳阵阵，朱壁翠瓦卷檐。

当我来到百莺宫之时，静夫人的贴身丫鬟未禀报就请我进了偏殿，仿佛静夫人早料到我会来。我的视线在偏殿环顾一番，无一人。我用眼色示意心婉将盛满黑汁的药碗放至汉白玉桌上，后遣她们退下。我则安静地就坐于玉桌之前，待静夫人的姗姗来迟。

眸光飘浮横浅黛，憔悴鬓点淡如霜，腰肢无力软轻行。她行单影只地踏入偏殿，鬓上的碧玉簪随她的脚步而声声作响，她的目光直射于我，无力中藏着惨然之色，“皇妃……”她一声低诉，泪已滴落，双膝一曲，拜倒在我跟前。

我别过眼，不去看她此时的表情。而她已是泣不成声：“皇妃，臣妾可以任由你处置，求您放过弈大人……”

她见我没有说话，猛地磕头，地与头的相碰间发出“咚咚”的声响。“臣妾为曾经对您的不敬磕头了！”

我立刻伸手制止她继续自残下去，她额头上有触目惊心的血痕，我无声一叹，“早知今日，何必当初。”

她伏在地上，全身因疼痛与悲伤而颤抖着，哭声渐渐止了些许，“曾经，我是多么爱皇上。”她抽泣着仰头，凄然望我，“可是，我却发现，皇上对我的疼爱完全是出于我像一个女子。多少次，皇上梦中喊的名字不是我温静若，而是馥雅。”

我出奇地平静，口气平缓冷淡，“是么？”

“在我最难熬最悲伤之际，是弈大人一直陪在我身边，他同我讲述人间乐趣，领我享受这辈子都未尝过的快乐。他懂我，了解我。甚至为我放弃了他避世之心，努力迎合皇上，登上权臣之位，只为护我周全，不让嚣张凌人的皇后欺辱。这份爱，是多么无私，而我又怎能抗拒？”此时的她虽在哭泣，但是说起与弈冰的往事，脸上却又透着笑容，幸福。

我的手因她的话而轻颤，为她所说而动容。但是理智告诉我，不可以心软，“即使你们的爱情再美，再感人，你依旧犯了宫规。”

“我不求这条贱命能留下，但求皇妃你放了弈大人。”她的声音压抑不住地颤抖着，始终为弈冰求着情。

“你肚子里的是个孽种。”我单手将一直摆放在桌上的药碗端起，凝望良久，最后摆在她面前：“我绝对不会容许有人妄想将一个孽种带入皇室，冒充龙子。”

她本就惨白的脸色在见到这碗药后更加惨淡，“这是……”

“只要你喝下它，你与弈冰都会安然。我不会再计较那日我所看到和听到之事。”声音顿下，许久之后，“若是不喝，你与弈冰，还有这孩子……都会死。”

她怔怔地望着我手中的药迟迟不敢接过，我一直伸在她面前的手已开始酸涩。

“只要我喝了它，您真的能不将我与弈大人之事抖露？”她的神态已经平静了许多，却对我还有着不信任。

我很诚恳地点下头。她倏地将我手中药碗夺过，一饮而尽。“希望你说话算数。”

静静地坐在圆凳上，望着她手中的药碗摔落在地，发出一声刺耳的声响，惊了我的心。她的脸色痛苦地纠结在一起，手抚着隆起的小腹，痛苦地惨叫，声声凄厉。最后瘫在地面不住地翻滚，血，缓缓地由她裙下渗出，将地面染红了整整一大片，触目惊心。

她的惨叫声引来外边奴才们的破门而入，他们一见此景便尖叫声声，瞬间，百莺宫成了一片混乱之地。御医速速赶来为早已经疼得连说话力气都没有的静夫人诊脉，祈佑闻讯也匆匆赶来，焦急地望着死气沉沉地躺在床上的温静若。我则依旧静坐在汉白玉小凳上，目光一眨不眨地盯着地上那滩殷红的血迹。

我目睹着一个未出世的孩子，经我的手而这样死去。从什么时候开始，我的心竟变得如此狠毒？

“皇妃……”浣薇颤抖着声音唤我，似乎觉察到了什么似的，双目中闪着泪光。

“静夫人小产了。”御医怅惘地长叹一声，遗憾地摇头。

“你说什么？小产？”祈佑的声音顷刻间提高，目露寒光，“好好地怎会小产？”

御医战战兢兢地瞥了我一眼，支支吾吾地道：“好像是……是……堕胎药。”

没等祈佑作出反应，温静若虚弱地唤着：“皇上……”

他立刻上前紧握住她的手，“朕在这儿，别怕。”

“是臣妾大意，摔在地上……臣妾无能，没能保护好孩子……求皇上……降罪。”她越说越为激动，泪水控制不住地从眼角滑落，滴在枕上，湿了好大一片。

“没事，朕不怪你。好好睡一觉，什么都会过去的。”他轻声抚慰着她。

她无力地一笑，余光扫过我，不着痕迹地将被他握着的手抽回，转而闭上眼睛，昏昏沉沉地睡了去。

祈佑深深地凝视了床上娇小惹人怜惜的人一眼，将视线扫向地上摔碎的碗，再移向我，“随朕出来。”未等我有任何反应，他率先离去，朝正殿而行。

我脚步虚浮地跟着他的脚步，来到寂静无人的大殿，清冷森森，格外凄凉。他瞅着我良久，一字一句冷声问：“是不是你?！”

我回视他阴鸷的眼神，用我很虚渺的声音吐出一个字："是！"

话音方落，一巴掌已经狠狠地挥了过来，"啪"的一声在大殿内来回响彻良久不息。我因他突然而来的一巴掌而打得后退几步，很重，丝毫不留情面的一巴掌，将我打得脑中嗡嗡作响，一片空白。

我曾料到，他会责骂我，他会不理睬我，他会疏离我，万万没料到，他会打我。甚至没有问我为什么，一巴掌就挥了下来。很痛，真的很痛。

"你何时竟变得如此心狠手辣?！"他愤怒地指着我声声责问。

我的视线始终徘徊在他脸上，一刻不曾离开过。"是啊，人都会变的。"

他的目光中净是失望，毫无感情地朝我冷笑一声，"那是朕的骨肉，你连一个未出世的孩子也不肯放过吗？"

"是，我妒忌，她凭什么拥有你的孩子！"我猛然放声，激动地吼了一声，凝聚在眼眶中的泪却始终不肯滴落，"我杀了皇上唯一的孩子，您要如何惩治我，我都无怨言。"

他的声音比我还响亮，把我的回音全数盖了去，"你以为朕真的不敢对你怎样？"

我不再言语，静然相望于他，而他也望着我良久。在他的目光中，再也看不见那柔情爱意。他猛地合上双目，再次睁开已一如往常那般淡漠，不再看我，轻然拂袖而去，没有半分留恋。

我一声冷笑，幻无飘荡在这大殿中。

第六章 QINGSHI HUANGFEI

葬花亦心伤

我与浣薇、心婉于昭凤宫殿后的飞仙亭静坐，骄阳煦暖和风吹，风散飞花絮渐飘。两个月，他再没来过，温静若小产之事已随着时间而淡去，竟没人再追究她的孩子到底是我害的还是她自己摔的。弈冰也未再上表请奏彻查此事。如何平息下去的我不知道，但是平息之人定是祈佑，我知道。

陪在我身边的也就只有她们俩了，其他奴才都懒懒散散，对着我的态度也不如往常那么殷勤，对我的话置若罔闻，似听非听。这也许就就叫世态炎凉吧。

我端起亭桌上摆放的梅香酿煮香茶，放在唇边轻抿一口，我的心情顿时开朗许多。这是心婉每日为我调配的茶，很香很甘甜，最重要的是，这个茶名带有一个'梅'字。

心婉突然朗朗吟道：

辽阔苍穹，千林白如霜。卧看碧天，云烟腌霭间。

细叶舒眉，轻花吐絮，绿荫垂暖，只恐远归来。

临水夭桃，倚且酬春。千里暮云，瑶草碧何处。

隐隐青冢，画戟朱翠，香凝今宵，遥知隔晚晴。

我讶异地瞅着她，"这词是你自己作的？"

她用力点头，"这是奴婢昨夜想了一晚的词，就想着今日借它让您心情开朗些。"

我放开自己一声轻笑，心中渐浮感动之情，"谢谢。"

"皇妃，恕奴才多嘴说一句。两个月了，如今的尹晶已是九嫔第三等昭媛，皇妃败落失势，她却至今未来瞧您一眼，亏您当日还将她推荐给皇上。她真是忘恩负义。"浣薇紧抿着唇畔，恼怒形于色。

“如今我失势，众人都避之不及，尹晶的叛离情有可原。”我将眸投放至微波粼粼的湖面，光芒因水波荡漾而刺着我的眼睛，微带疼痛。

心婉哀哀一叹，“我认为，您与皇上还是可以和好如初的。要不……您写首梅妃的楼东赋，奴婢给您送过去？要不，卓文君的数字诗也行。”她滔滔不绝地念叨着，想为我出主意。

听着她的一字一句，我用力忽略掉心中逐渐荡开的酸涩，霍然开口道：“不做阿娇吟长门，不为飞燕乱后宫。不学独孤禁帝爱，不罕长孙尊为师。这是我封皇妃后每日对自己说的话，如今我失了皇上的宠爱，也绝对不会如历代皇后那般自艾自怜，妄想利用手段而夺回皇上的心。”

“但是，您可能会永远唤不回皇上的心……”

“请让我留下自己仅剩的骄傲吧。”

我的声音刚落下，另一声起，“皇妃。”韩冥远远地叫了一句，我们一齐朝他望去，只见他悠悠而来，神色如常。

“冥衣侯，这可是后宫，您这样出现在此会害了皇妃的。”浣薇惊道，口气中全是戒备之色。

韩冥的视线在四周环顾了一下，“如今的昭凤宫早已不如前，一路上我一个奴才也没见着，你认为还会有谁注意我的到来？”

“你们都退下吧。”我又端起杯中之茶饮下一口，香气扑鼻传遍口中。

待三人都远远避开，韩冥才与我面对面坐下，竟一把夺过我手中的茶，由于他的力气较大，茶洒出了一些在他袖口上，“好香的茶，你常喝吗？”

“这是梅花酿茶，我每日都喝，现在已然成为一种习惯。”对于他的举动我只是一笑置之，“你知道吗，佩刀上的毒，是皇后所下。”

他的脸色并未因我的话而有所变化，只是放下手中的茶淡淡说道：“是么？”

“你似乎一点也不惊讶呢，但是我却很惊讶。”我抚弄着指甲上的镶金细纹，凹凸之感，“皇后怎就料定我会拔刀呢？”

韩冥不语，回避着我的问题，似乎在考虑着我此话之意，又似在回避着什么。

我未再继续说下去，而是将话题调转，“你今日找我有何事？”

“关于静夫人之事，那个孩子……”他的声音突然延长着。

“是我。”毫不避讳地承认，对他我一直毫无隐瞒。况且，以他与祈佑的关系，又怎会不清楚其中之事，“我很奇怪，你竟与皇上一样，没有问我原因。”

他再次回避了我的目光，垂首道：“因为我相信你。”

"又或者，你根本就知道原因？"我半开玩笑半认真地问了一句，笑容依旧如常，仿佛与他只是闲话家常而已。

只见他的手轻颤，最后勾了勾嘴角，想开口说些什么，我抢先一步道："我开玩笑的，侯爷怎么会知道呢。"

他轻轻拨弄着案上的茶盖，"皇上许久未来了吧。"一句话暗藏几层意思，我明了，亦轻点头，他又道："或许……这对你是件好事。"

"听说，皇上很宠爱尹昭媛。"如今再说起尹晶，我已心如明镜，平淡无波。

"过些日子，皇上就会封她为夫人，或许……正位西宫之人会是她了。"他有着担忧之情，说话时也是小心翼翼，生怕我的情绪会因此而有波动。

我只是云淡风轻地洒脱。浮华一场，我费尽心机换来自己的心有不忍。若我够狠，现在的我依旧是宠耀一身的皇妃。可若真的狠下心，我就真成了一个世俗的女子："记得吗？你曾对我说，上天赋予我美貌、聪慧、善良。可当我被仇恨蒙蔽之后，我的才智尽被湮没，我沉浸于一个完美的梦中，再无与身俱来的灵气。"

"现在，你清醒了吗？"

"这两个月来，我真的冷静了许多，也理清了许多，我真的错得离谱。"冷不丁地，凝望不远处粉白一片的桃林，来到这个皇宫有一年了。在这短短的一年间，竟发生了这么多事，云珠的死，祈星的死，杜皇后的死，我册封为蒂皇妃，被人下毒加害，亲手拿掉静夫人的孩子，这一切的一切串连起来，竟是如此清晰。"韩冥，陪我去那片桃林走走好吗？"

韩冥点头，扶起略微有些站不稳的我，领我朝那片桃瓣纷飞的林中走去，粉白一片，飘然幽卧，倾国倾城。犹记得毁容后的一年多时间，在兰溪镇的桃花源是我过得最平静的一段日子。只可惜，我为了一段情而孤身来到皇宫，毅然放弃自己的自由，只为见他一面。但是，见面换来的是什么呢？

我俩置身在桃林间，枝上花如雪，似血染雪色，淡褪去。烟尽溶溶与谁同，暗凄断，无人说。"你知道吗，温静若曾来过。还记得她临走前对我说了一句话。"蹲下身子，双手拨开微湿松软的泥土，脏了我的手，却依旧不停地拨弄着。

"她，说什么了？"

"她说，她看见了将那封揭发云珠身份的匿名信送至百莺宫前的人，是徐公公。"我将纷铺在地的片片桃花拢于手心，再一片片地将它丢入那个不深不浅的坑，"一直伺候在养心殿，皇上身边的徐公公。"

此次的我又是一身禁卫衣着，随在韩冥身后进入了养心殿，是我求他带我来的。因为我不愿再逃避，我想面对，我想知道一切，虽然，我心中已隐隐浮现了真相。但是我更想的是亲耳听到真相。

养心殿只有几名侍卫看守着，我想，那些都是皇上的亲信吧。而我则以韩冥的亲信看守在外，正殿内只有皇上有韩冥，朱门微微掩着，露着一条不大不小的缝隙，我不住地朝那条缝隙轻轻挪动着，竖耳倾听里边的动静。

"皇上打算拿皇妃怎么办？将她丢在昭凤宫永远不再理会？"韩冥声音中藏着隐隐的怒气，在皇上面前，他敢这样说话，是第一人吧。

"朕……不想再将她牵扯进来了。"祈佑的声音依旧是淡漠如常，无波无澜。好久没再听到他的声音了，我竟是这样地怀念。

"那就是打算不再管她了？"音量又提高了几分，"皇上当初打算牵扯她进来的时候为何不考虑着要放她？你可知道她为你承受了多少，她待你如此真心，凡事都为你着想。而你竟为了巩固您的皇位，吩咐莫兰将毒涂在佩刀上，而嫁祸给皇后娘娘，只为唤起她的仇恨，助你铲除杜家！"

"皇上可知道，当她在生命垂危之际，想到的依旧是皇上，她的口中不断念着皇上您的名字……她说她不要死，她不要再抛下你一个人继续孤独，她想一辈子陪着您……我看着她的血源源不绝地从口中吐出，染红了整个衣襟，染红了我的双手。"

"那毒有解药，只要救得及时，她绝对不会有事。"祈佑的声音略微有些沙哑。

"皇上知道，那不是解药的问题！"韩冥声声质问着，"你可有考虑过，若她知道自己如此信任的人这样对她，她会有多伤心？你真的没有考虑过吗？"

"还有静夫人的孩子。你早就知道那是她与弈大人的骨肉，你故意让她发现他们两人之间的私情，你要借她之手除掉静夫人与弈冰。但是让你没想到的是，她始终不忍心如此对待静夫人与弈冰，而是放了他们一条生路！"他的声音越来越大，如鬼魅之音源源传进我的耳中，我木然静站，静静地听着韩冥一声一声地将我心中早就猜到七八分的真相说出。

对，自那日刀光对我说，是皇后在佩刀上下毒，我就起了疑心。杜莞怎么能料到我会拔刀，最了解我的只有祈佑。对，我是故意在众目睽睽下端着堕胎药去百莺宫，我的目的只为证实自己心中的猜测。对，我一直在怀疑祈佑，这一切的一切都是他一手安排的。

"弈冰竟妄想将自己的孩子冒充朕的龙子，这是谋逆，难道不该杀吗？"祈佑情绪突然波动了起来，声音提高了好多。

“是该杀，但是你不该利用她对你的感情，对你的信任，这样比你亲手杀了她还要痛苦。”

“所以在那日我就已经决定不再利用她了，我要放了她。”

“然后你就找了尹晶，一个与皇妃同样有过人聪慧的女人，代替她来完成她未完成的事？”

我再也忍不住了，捂住颤抖的唇，抑制自己的哭声，不让自己的声音传出。原来，最傻的那个其实是我，我妄想着感情与仇恨可以并存，我天真地以为祈佑对我的感情是纯澈干净的。原来我们之间的感情还是抵不过皇权来得重要，原来我们的感情竟是如此卑微不堪一击。

“只要尹晶助朕除去了一切障碍，朕就会对她说出真相，她就是朕唯一的皇后。”

“皇上认为，她若知道真相还会原谅你？”

“那朕……就不对她说出真相。”声音片刻间的停顿，然后娓娓而道。

“纳兰祈佑，你根本不配爱她，更不配得到她的爱。”一声怒吼响彻殿内，与我同站的几名侍卫皆打了一个冷战，我更是无声地冷笑着。

爱？

他对我的爱，远不如皇权来得重要。

爱？

不顾我能不能承受，而毅然对我用毒。

爱？

或许，他更爱的是他自己。

只听见“咯吱”一声巨响，微掩的朱门被人用力拉开，一阵冷风吹打在我身上，未看清来人，手腕已被人握住，他扯着我就走，我必须放开步伐才能追上他的步伐。

游廊百灯通明，灼灼映影，脚步声声荡。也不知走了多久，他才放慢步伐，领着我一步一步在寂静悲怆无人的游廊内走。脚步很沉重，握着我的手始终不放。

我一直盯着他的背影，勾起苦涩一笑，“那样顶撞皇上，你不怕吗？”

他苦笑一声，“若我怕就不会带你来了。”

跟随着他，虚浮地踩着那步子，很有节奏感。

“若拥有这个皇位，必须用你来交换，我宁可不要。”

没有拥有皇位之时，你舍不得拿我来交换。如今你拥有了皇位，却舍得拿我来交换了吗？

我不敢接受今夜发生的一切，我早就猜到了不是吗？为什么还要如此心痛？纳兰祈佑，你想利用我扳倒杜家，可以明确对我说啊。我会帮你的，可你为何要用这样的手段呢？你难道忘记了，你说过不再利用我的，难道我们之间的承诺就像过眼烟云？只要风一吹便飘散无踪？

我中毒醒来那日，你为我流的泪，原来不是心疼我，不是怕失去我，而是愧疚。你对我的宠爱只是为了把我推向风尖浪口，用仇恨来蒙蔽我的心，你要用我来对付这后宫的势力。你竟如先帝对韩昭仪般，想用她来牵制皇后的势力。我在你心中的价值竟是这样的吗？

既然，你已将我拉进局，为何半途又要踢我出局？因为舍不得？也许真的是我不够狠，无法达到你的标准，所以你要放弃我了？尹晶，确实是个很聪明很有野心的女子呢，你很会挑人。而我从头到尾如一只猴，被你耍得团团转。

我的双腿突然失去了知觉，一软，便蹲在地上。韩冥的步伐停了下来，握着我的手松开，静静地俯视着我。

我克制住自己颤抖的声音问："我是不是很可笑？"

他重重地吐了口气，也曲膝而蹲，"爱上像祈佑这样的帝王，你注定要受伤。"

"是我错了……"我哽咽着声音，忍着从心底涌上眼眶的泪，强逼了回去。可是，泪终是滴落在手心。

"哭出来吧。"他将我搂入怀中，轻拍脊背抚慰着我。

双手不住地扯着他胸前的衣襟，哭了出声，将泪水全都抹在他胸前，"他怎么可以这样践踏我们的爱情，他怎么可以！"

他的双臂又加重了几分力道，用他的温暖安慰着我，我的泪水更如河水决堤，把我的恨全数涌出。

"冥衣侯这是在做什么呢！"清淡之声由我们左侧风雅地传来，带着几分凌厉。

我与他一惊，齐目望去。

"这不是蒂皇妃嘛！"他又是一声戏谑之语，目光深不可测，我猛地从韩冥怀中挣脱而出，慌乱地擦擦脸上的泪痕。

只见他一身青衣的绫缎，风雅地淡笑着望着我们俩，不知道为何，在他眼中我却感觉到有暗藏的冷凛。不对，这不是我认识的祈殒。

韩冥向他行了个礼，"楚清王。"

"侯爷和皇妃好兴致，深夜相拥游廊前，难免让人产生遐想。"他朝我们俩靠了过来，轻风吹散他披肩的发丝，更显潇洒飘逸。

我与韩冥对望一眼，很契合地没有说话，因为我们知道，此时说什么都是欲盖弥彰。

浴血也重生

最终祈殒还是一字不语地淡笑而去，未追问，也未警告和威胁，我猜不透他会打什么主意。临走时那略带奇怪的笑让我非常不安，或许又是我多疑了。祈殒一向是个与世无争的人，没有兵权，没有党羽，就算有野心也无法作乱。这也是皇上一直未对他下手的真正原因吧。

我将一身盔甲禁卫服脱下递还给韩冥，仅留下一身单薄的绯衣锦衫。在这初春时分略带寒冷之气之时我沙哑地对他说了一声谢便独自离去，步伐如千斤重。

我开始将那百转千折的思绪一条一条理清。昭凤宫十三个奴才，莫兰与皓雪皆是皇上的人，那为什么刀光剑影竟对我说，她们是杜莞的人。所以现在可以确定，他们俩也是皇上的人……不对，四大护卫应该皆为皇上的人。

凤栖坡风筝突然断弦，绝对不会是偶然，定是人为。只为引我去发现弈冰与温静若的奸情。那么，风筝肯定事先被人挂在那棵树上，会是谁？

脑海中努力回想着那日的一幕幕。

“皇妃，今日风和日丽，我们去放风筝吧。”

这个提议是浣薇出的，在废苑发现我的也是她，难道是她吗？

“凤栖坡啊，四面空旷迎风，是放风筝最好的地方。”

去凤栖坡是心婉要求的，会不会是她？

渐渐地转入西宫正廊，却见一大批禁卫军押着两个人朝这儿迎面而来，我奇怪地凝神而望。越走越近，两侧垂挂的烛火摇曳飘摇照在他们的脸上。我看清楚了他们的脸，竟是温静若与弈冰。

我冲上前挡住他们的去路，“静夫人？这是怎么回事？”看他们双手双脚都被铁锁扣着，衣襟有些凌乱，应是挣扎后而扯乱。

她瞥了我一眼，一声冷哼由口中发出，“你问我怎么回事？我都喝下了那碗药，为何说话不算数，还是不肯放过我们？”

被她的话弄得身体一僵，奇怪地追问：“你说什么？”

“除了你，还有谁会知道我们在凤栖坡后园废苑见面。”弈冰冷漠的瞳中有着血丝，瞪着我的目光让我心惊。空中一声雷响，闪电划过，映得他半边脸一片青绿。

我越过温静若冲到弈冰身边，紧握着他的胳膊，着急地解释着，“不是我……”

他狠狠地抽手一挥，将我握着他胳膊的手甩开，力气很大，我连连后退数步，努力想稳住身子，却还是未稳住身形而重重地摔在地上。

又是一声响彻黑夜的雷声。我望着他们由我跟前越过离去，盯着弈冰的背影我大喊一句：“弈冰！真的不是我，我怎么会害你！”

他倏地转过身，回首睇着地上的我，目光中闪过复杂之色，张了张口想说些什么，却被禁卫军用力推着离去，“快走……”

他频频回头盯着我，一丝亮光褪了又升起，尽是疑惑。直到他们押着两人遁去，再无迹可寻之时，我才恍然收回视线，是皇上……他要诛杀二人。

我才回到昭凤宫没多久，就下起了倾盆大雨。心婉与浣薇一直在外等着我的归来，望着她们两人眼中那无可作假的焦虑，我格外复杂。她们俩，很可能有一个也是皇上派来我身边的。为何这皇宫中要有这么多虚假、利用、阴谋？我又为何会卷入这场血腥的斗争之中，是我的错吗？最初我就不该遇见祈佑，不该让他救下我，不该与他谈了一笔复国交易。

我淡然掠过她们焦急的眼神，转进寝宫，“静夫人与弈大人是怎么回事？”

浣薇也不是太了解，轻摇头，“只听闻一批禁卫军突然闯进废苑……对了，就是皇妃您拾回风筝的地方。他们抓到静夫人与弈大人正做着……苟且之事。”

我发出一声讽刺的轻笑，音调却是难听至极，“禁卫军怎会知晓他们在那儿？”

心婉为寝宫内掌上几盏灯，将原本微暗的寝宫照亮得更加通明，“谁知道呢，或许有人告密吧。”

“皇妃！您的手流血了。”浣薇惊叫一声，立刻去拿药箱为我止血。我望望自己早已染满鲜血的手，是刚才弈冰推我时，双手撑地所造成的吧。

心婉即刻去端来一盆清水为我擦拭伤口，看来她们两人对我真的很好很紧张呢。可是为何其中会有奸细呢？又或许，我猜错了，那日只是一个巧合吧？

电闪雷鸣，春漠漠。寒风斜雨，声恰恰。细风窗外风雨飘摇，听着雨水打在地面、屋檐上的声音，我的心中感慨万千，“皇上……会如何处置这件事呢？”

“他们做出如此大逆之事，肯定是难逃一死的。”浣薇小心翼翼地为我的手上好金创药，再绕上纱布。

“死……很可怕呢。”我突感身上凉意阵阵，“浣薇，你速去养心殿外探探，皇上如何处置他们。”

她望望外边的大雨，瞬间迟疑，却很快点点头，打了把伞便隐入漫漫大雨间。我则伫立在寝宫槛侧，凝望茫茫黑夜被大雨吞噬侵袭，我焦急地等待着浣薇前来回禀。

一杯沁人心脾的香茶摆于我面前，望着心婉的脸，我叹息一声接过它，打开盖帽轻嗅其芬芳。“梅花酿，每次闻到它，我的心情就能平静许多。你是如何泡它的？”

“奴婢每日寅时起收集百花的露水，将梅花浸泡一个时辰。然后放在暖日下晒干，最后再将其放入壶中，用小火将其煮沸，这杯梅花酿就完成了。”她说话之时，眼珠灵动，眼帘一眨一眨，极为可爱。

“难怪一入口便会有酣甜之香，原来你每日是这么用心地在为本宫泡茶。”香气持续不断地扑鼻而来，余烟袅袅拂颊，我轻吮上一口，心情很快平静了下来。

当我饮尽最后一口茶时，全身已被斜雨淋湿的浣薇回来了。她一边喘息一边因寒气侵身而颤抖着，“皇妃，皇上已将静夫人与弈大人收监入狱。”

“只是收监？”我呢喃着重复这四个字，再望望案几上的鸳鸯红烛正燃燃而烧，红泪滑落。家丑不可外扬，所以皇上绝不会光明正大地斩杀他们。那么，在狱中，他们定难逃一死。

我双手纠结着，指甲不自觉地掐进手心，将包扎好的伤口又掐出了血。鲜红刺目的朱红之色染红了雪白的纱布，一股不好的预感升上心头，刺激了我的心神。

勾起一抹笑容，提步冲出了寝宫，整个人投身于漫漫大雨中，我要救弈冰，即使救不了，我也要救自己。

夜阑春雨，点点滴滴。

白雨乱珠渐石阶，寒雨霏霏飘灯烛。

我浑身湿透地站在养心殿外，依旧被侍卫挡在外，“皇妃，皇上已与尹昭媛就寝于寝宫。要见皇上明日起早吧。”

我狼狈地望着紧闭的宫门，此时的我早已顾不得自己的身份，双膝一弯，重重地跪在琉璃地面上，用尽全身的力气喊道：“臣妾雪海求见，求皇上移驾相见。”

几个侍卫惊得后退几步，为难地望着我，“皇妃，您跪着也没用呀，皇上真的已就寝了。”

我笔直地跪着，任风雨侵身，寒气逼心，“那我就跪到他出来为止。”

打着伞由远处追过来的心婉与浣薇慌张地将两把伞一并挡在我的头顶，而她们自己却整个身子露在外，承受着漫天大雨。

心婉带着哭腔道：“皇妃，您这是何苦？”

雨水渐渐被挡去，唯留下水珠不断地在我身上额头滚落。我不说话，只是怔怔地凝着那被水洗涤的朱门，“你们都回去。”

浣薇倔犟地不肯离去，坚定道：“奴婢陪皇妃。”

我冰冷地扫过两人，目光格外凌厉，“本宫的话你们都不听了？回去！”

浣薇又喃喃着：“皇妃……”

“回去！”

在我怒斥之下，她们不舍地朝回去的路而去，不时还频频回头。我则扯着嗓子在漫天大雨中喊着，我似乎哭了，仿佛又没有哭。

宫门突然开了，我期待地仰头望去，但是换来的却是失望。徐公公一脸忧虑地瞅着我，“皇妃您请回去吧，皇上不会见您的。”

我黯然收回目光，扯出一抹苦笑，不言不语。

“哎，这后宫有无数得到圣宠却又失宠的妃嫔，这已经不足为奇了。而今皇妃已经失宠，就不要再妄想唤回皇上对您的心了。”他的手一挥，两侧的侍卫即刻将宫门关闭。

我因他的话而一声冷笑，笑容中夹杂了太多的情绪。

是的，我是一个已经失去了皇上宠爱的女子。我现在什么都没有，没有家人，没有姐妹，没有亲信，更连爱人都失去了。之所以会落得如此下场，只因我对这位万人之上的帝王存在着幻想，幻想着与他白头偕老长相厮守，更奢求着他一生只爱我一人。

但是我忘记了，他终究是个皇上，他有他的后宫，有三千佳丽。

后宫三千，独予你万千宠爱。根本就是一句可笑的许诺，我竟傻傻地一直铭记在心。

是的，我错了。

我错在避世隐忍，错在善良懦弱。我不该在爱情面前竟迷失了方向，找不回真正的自己，就连我报仇之心都被爱情一点一点地磨去。我不该为了爱情而对这后宫的嫔妃心慈手软，全因我在乎皇上对我的看法，全因我不想将爱情牵扯到斗争中去。可是到现在我才发现，原来我错了，爱情与斗争在这险恶的后宫是不可能并存的。

既然皇上都能看透其中道理，不惜利用我与他之间的爱情来巩固皇权，那我馥雅还有什么舍不得放手呢？

他要等除去朝廷中一切影响皇权的势力，然后再册封我为皇后吗？他聪明一世，却忘记这后宫是多少女人的坟墓。待他扫除势力巩固皇权之后，怕是得来的只是我一具早已风干的尸体。我不怕死，但是我馥雅不想死得如此不堪，堂堂夏国公主被后宫妃嫔谋害致死，我不要。

我亦有身为公主的骄傲，终死冷宫绝对不是我馥雅的归宿。凤凰永远是至高无上与龙相依并驰，即使是浴血也能重生。

霎时凉雨湿罗衣，涓涓水声珠弹瓦。

在外跪了几个时辰我已不记不清，只知道嗓子早已嘶哑，双膝早因久跪而僵硬酸冷，如今的我依旧被雨水洗涤着，全身上下无一处不冰凉透骨。他始终没有出来，真的如此绝情是吗？

"你真的不管我了吗？"我喃喃一句，心知大势已去，倾然倒在满是雨水的地面，双眼蒙□地望着那始终紧闭的朱门。累得早已无力，缓缓地闭上沉重的双眼。

真的很累了，我想休息一下。静静地靠在地上，也不知过了多久，只听一阵脚步声踏着水声而来，随后将地上的我搂起，我整个人悬空而起。我很想睁开眼睛，看看这个温暖怀抱的主人是谁，但是我实在没有力气再睁开眼睛了。

是韩冥吗？这个皇宫能永远陪在我身边，给我安全感的人只有他一个了。我的唇边勾出一个弧度，沙哑地低语："我想走，你能带我走吗？"

如我预期那般没有回话，我心中的苦涩渐渐淡去。韩冥是忠于皇上的，我怎么能让他带我离开呢，这会将他推上绝路的。"不要当真，我不会连累你的。"

依旧是不言不语，只有平稳的呼吸。我安静地靠在他怀中，渐渐被雨水模糊了思绪，沉重的心飘向远方，最后沉沉地睡去。

再次醒来，我躺在昭凤宫的寝宫内，我用力捶了捶自己不够清醒的脑子，迷惘地盯着浣薇与心婉。

她们眼神一亮，开心道："皇妃您总算醒了。"

我张了张嘴，想说话，但是嗓子早已无法开口说话，着实干涩难受。我挣扎地从床上爬起来，指指桌上的水壶。心婉明了地冲至桌前为我倒了杯水，口中还喃喃念叨着："昨日楚清王送您回来之时，可把奴才吓坏了……"

一听到"楚清王"三个字，我扯着自己的嗓子惊唤了出声："什么……"

"皇妃快喝吧。"心婉将水递到我手中，我颤抖着接过，傻傻地一口饮尽。心中暗叫糟糕，我没在他面前说什么胡话吧？

我缓和了自己干涩的嗓子，紧张地问："楚清王说什么了？"

"叫我们好好照顾皇妃。"浣薇将已见底的杯子收回，在案几上摆好。

沉思片刻，又道："没有其他了？"

她们俩摇头，我的心却怎么也放不下，昨夜先是被他瞧见我与韩冥，再出现在养心殿外将我送回宫，他到底想做什么？

莫兰匆匆而来，声音有微微的担忧，"皇妃，尹昭媛在殿外求见。"

"嗯，知道了。"我微微一笑，心中大概猜到她来做什么的。由床上起身，随手穿上一身淡青荷花小素裙，再普通不过。

浣薇灵动的双目随着我的一举一动而转动："皇妃，您就穿这样出去见尹昭媛？还是奴婢为您打扮打扮……"

我轻轻顺了顺自己披肩的发丝，随手捻起一支翡翠珠钗在鬓侧插上，"今时不同往日，本宫的悦己者早已不复在，就算打扮得如天仙下凡又能如何？"

语音方落，心婉与浣薇脸上出现落寞之色，一声细若蚊丝的叹息传进我耳中。我知道她们在叹什么，也只是恍若未闻，悠然步出寝宫，她们随后速速跟了上来。

再见尹晶，似乎和以往不太一样了，原本清傲绝尘的脸上出现了妩媚风情，笑容甜腻。一身珠围翠绕的金银首饰被雨后的斜阳照射得熠熠生光，耀眼眩目。头顶灵蛇髻，深嵌一围八宝翠绿翡翠圈，流珠四散，显得贵气逼人。

她见我来，迎迎而福身相拜，"雪姐姐近来可好？"

我淡漠地回以一抹似笑非笑之色，"哪有妹妹过得好啊。如今妹妹已是宠冠后宫第一人，怕是早已忘记我这个姐姐了。"

她的笑容在我这句话后愈发地娇媚动人，"姐姐说笑了，咱们可是拜过日月结为金兰，这份誓言，妹妹岂敢忘却。"

我勾了一丝弧度，目光投向这金碧辉煌堆砌的大殿，犹如浮华魅影。她见我良久不言，便自顾自地道："听闻姐姐您昨夜在养心殿外跪了三个时辰。我劝七郎出去见见姐姐，可是他却说姐姐你久跪不见他便会自行离去。七郎可真无情呢。"

我听到"七郎"二字，不由得笑在心里，她是在我面前故意这样唤的吧。可这一句"七郎"又能代表什么呢？我与她同是祈佑手中的棋子，既同为棋子，我对她更多的只有同情。看着现在的她，就像看见了曾经溺于他宠爱中的自己，那份苦涩只有自己才明白。

她倏地低叫一声，“哎呀，妹妹失言了。”

我的笑容依旧挂在脸上，丝毫未敛去，倒是心婉的脸色难看了起来，端着茶水到她身边，“昭媛娘娘请用茶。”她将一杯茶水端到她面前，尹晶才欲接过，一杯滚烫的茶水就这样全数泼到她身上。

她因疼痛而从椅上弹起，不住地拿着帕子擦着身上的水渍，心婉忙跪下磕着头，“娘娘恕罪，奴婢不是故意的。”

我强忍住笑容，也起身扶起地上连连磕头的心婉，“起来吧，妹妹她向来肚量大，况且你又不是故意的。她怎会怪罪于你呢？”

心婉感激地朝仍旧在不断擦拭衣襟的尹晶道：“谢娘娘恕罪。”

尹晶强忍着怒气瞪了心婉一眼，也不好发作，只能勉强地扯出一个不是笑容的笑，“姐姐的奴才，确实厉害得很呀。”

我扑哧一声笑，“妹妹说的哪里话。瞧你一身都湿了，还是快回宫换身衣裳吧，莫让人笑话了。”

她收回自己手中的动作，平静地睇了我一眼，“那，妹妹先告退了。”她才回首，却又转过身道，“对了，妹妹差点忘了一件正事。三日后妹妹就会被册封为正一品夫人，望姐姐一定要赴宴呀。”

“一定会的。”我颔首而应允，后突然想到了什么，又道，“妹妹可知昨日揭发静夫人与弈大人奸情的人是谁？”

她脸色略微一僵，瞬间恢复如常，变幻之快让我措手不及，更是暗自佩服她。若我没猜错的话，所谓“告密人”就是尹晶，祈佑若要利用她，当然会将温静若与弈冰之事让她发现，让她成为告密人。这样她就立了大功一件，祈佑就有借口可以名正言顺地册封尹晶。

“我怎会知道？”她淡淡地否认着。

“妹妹怎会不知？”

她沉默片刻，终是承认道：“果然瞒不过姐姐，正是我。静夫人与弈大人做出如此苟且之事，人人得而诛之，这样才能以正皇室威严。”

我忍不住提醒道：“何必如此？”

“我不认为自己这样做有错。”她冷哼一声，“恕妹妹先行告退。”

她疾步走出寝宫，望着她的背影即将遁去，我对着她说道：“妹妹要知道，花无百日红。给他人留条后路，也给自己留条后路。”

不知道她有没有听见我的话，只见她丝毫不停留地继续前行，最后隐入宫门间。

我虚弱地瘫坐回椅子上，缓缓闭上眸子，心力有些交瘁。发生太多事了，真的发生太多事，我根本应接不暇。

“皇妃，喝杯梅花酿吧。”心婉将茶轻放在案侧，发出一声轻响，我缓缓地睁开眼帘。盯着眼前的心婉，想到她方才将一杯滚烫的水泼在尹晶身上，不自觉地在脸上浮现一丝淡笑，“方才你是故意的吧？”

心婉有些不自然地道：“皇妃看出来了。”

我端起茶，放鼻前闻了闻，正想饮下，就见一向雍容严肃的韩太后来到正殿。我连忙放下茶起身拜礼，“臣妾参见太后娘娘。”

她温和地请我起身，悠然在正位上坐下，“哀家听闻昨日蒂皇妃在雨中跪了三个时辰，皇上都未见你？”她的声音中似乎有些不可置信。

我很自然地点点头，“是的。”

“皇上竟这样对你，哀家回头要好好说说他。”她的口气中暗藏怒火。

我连忙制止着，“太后息怒，或许皇上有自己的事未处理完。”

她若有所思地瞥了我一眼，手不自觉地抚上方才我放在案上未饮下的梅花酿，轻轻把玩着，也不说话。为了打破这略微诡异的气氛，我道：“太后，这是臣妾每日必饮的梅花酿。太后不嫌弃的话，就请品尝品尝。”

太后收回思绪，瞅了那杯茶一眼，将盖帽揭开，放在唇边欲饮，却倏地僵住。放在鼻间轻闻其香，脸色一变，凌厉地望了我一眼。我奇怪地回视着她的目光，心中一颤，“太后……”

只见她将手中的茶放下，望着浣薇与心婉道：“你们都退下！”声音虽然威严凛然，却有着一丝颤抖，我心中的疑虑越扩越大。

待正殿内所有奴才都退下，唯剩下宫内的我与太后，空气几乎要冷凝下去，我也不敢在此刻开口，因为我知道，她现在有着昭然的怒气。

忽听一声瓷杯摔碎的声音，我讶异地瞅着那杯梅花酿被摔在地上，一片狼藉。太后用力捶了一下桌案，厉声道：“这茶谁泡的？”

茶？我暗惊，“回太后，是心婉。”

我看着她的双手握拳，继而颤抖，脸上一片愤怒与哀伤，“你可知这茶里有什么？”

听到她这句话，我的心跳猛地漏跳好几拍，也不敢回话，静静地等待着她的下文。只见她的眼泪已迷蒙上眼眶，“相信你知道，哀家早已是不孕之身吧？”她将目光投放得很远很远，目光有些呆滞。

我平静地答道：“臣妾听闻，是先后杜皇后所害。”

“你错了，并不是先后，而是先帝。先帝在我进宫那日就将祈殒交给我抚养，我一直将他当自己的亲生孩子疼爱。可是先帝怕我有了孩子，就不会全心全意地帮助祈殒登位，所以派人在我每日的茶水中一点一点地加入麝香，最后导致我终身无法生育！”她激动的话语，一字一句清晰地蹿入我耳中。

我猛然一惊，该不会……

她长叹一声，“没错，你这杯所谓的梅花酿，与当年我所饮之茶的香味一模一样。”

我惊然而弹起，不敢相信地望着太后，想从她眼中找出此话的真假。可是……全是肯定！我不自觉地颤抖着，我每日喝的茶……不自觉地抚上自己的小腹，再望望地上湿了一大片的茶，冷笑出声。

双腿一软而下，伸手将那已碎的残片收入手中，一块一块相击间发出清脆的声响。每发出一阵声响，我的心仿佛就如刀割一般，疼到无法再呼吸。

“是谁，竟如此狠毒！”我一字一语地咬牙而语，碎片割在我的手心，隐隐作痛。

她张了张口，欲言又止。

看太后的表情，我已心如明镜，说再多只是多言，纳兰祈佑！你就是这样爱我的？原来你就是这样爱我的！

太后临走前，我大胆地向她请求了一份懿旨，想去天牢探望温静若与弈冰，她起先有些为难，眸中深藏不解疑虑，终是在我再三请求之下为我下了一道懿旨。深记得她临走时对我说：“不要再接近韩冥，你会害了他。”原来，她今日来昭凤宫的目的只为了这事。

其实，这句话我早就心知肚明。帝，是他的主子，妃，亦为他的主子，正所谓情义难两全。我从来也不想他夹在中间左右为难。但是他却义无反顾地愿意忠于皇上，又想守护我。但是，这两样真的能同时兼顾吗？

我手持太后的懿旨很容易便进入天牢。我站在牢门前，凝视着温静若与弈冰相拥而依，安详地闭目而睡。我相信，在这天牢中的时光是他们最安宁的几日。

凝视片刻后，我吩咐牢头将门打开，他却为难地待在原地道：“皇妃，里边的可是皇上亲手送进来的犯人，您有什么话就在外边说……"

我厉声打断，"本宫可是请了太后的懿旨，你连太后的话都不听？"

他因我的话而开始动摇着，我适时放低声音，"本宫就进去说一会儿，很快便会出来。"

终于，他在我的软硬兼施之下开了牢门，放我进去。牢中相拥卧于草堆靠着暗墙的二人已从睡梦中醒来，两双迷茫的眼睛一齐盯着我不放，也不说一句话。

我轻轻地蹲下，将手中的食盒放下，然后打开。里边放的并不是饭菜，而是一小坛女儿红与两支鸳鸯红烛，我小心地将它们取出。

温静若凝视着我的举动甚为不解，终是忍不住开口问道："你这是做什么？"

"我相信，你们俩此刻最大的心愿，并不是期望皇上能饶你们一命，而是共结连理。"点燃红烛，听着烛火嘶嘶之声，我的笑容控制不住地泛开，"今日，我就做你们的主婚人。"

弈冰声音暗哑，怆然问道："你……"

"本公主可是你的少主，可别说我没资格做主婚人。"我云淡风轻地将身份脱口而出，换来的是弈冰一阵轻笑，笑得讽刺、自嘲，最后连泪水都由眼眶内溢出。这是我第一次见他哭。

"你，就是弈冰常提起的少主？"温静若不能接受地再次打量了我一番，全然是不相信。

"温姑娘，可还记得龙船上的潘玉？咱们一起品评诗画，畅聊古今风云人物？"我轻描淡写地将她的记忆唤起。

她错愕地望着我半晌，才缓缓回神，目光既有恨，亦有敬。望着那复杂的目光，我黯然一伤。却见她淡淡笑起，"没想到，你就是间接害我家破人亡的潘玉。四年前，你在船上的突然失踪引来了那时还是汉成王的皇上，他将所有与你有过接触的人全都收监入狱，包括我。而父亲苦心经营的数十条船在一夜间顷刻被毁，我那年迈的父亲一病不起，终与世长辞。仅在几日内，我遭受到如此伤痛，全因你的失踪。皇上同情我，可怜我，才将我放出狱并收我为妾。他对我真的很好很好……我几乎要以为他是真的爱着我的。可后来我才知道，他一直当我是你的影子，我更加恨你。因为恨你，所以将仇恨之心全加诸在你的丫头云珠身上。在后宫，我不断地打压她，羞辱她，只因我恨你……若没有你，我怎会落得如此下场。"

我静静地承受着她对我的每一句指责、愤怒、恨意。

她垂首哭泣，手紧紧掐着散乱的稻草，悠悠而道："但是，我还是要谢谢你。若没有你，我怎会遇见弈冰，一个肯为我付出一切，包括生命的男人。"她侧首深情地凝望弈冰，眼中净是无疑的爱意。

等待着她慢慢地将情绪平复，我才深呼吸一口气，凝望着红烛，"你们……拜天地吧，否则它要燃尽了。"

他们俩对望一眼，欣然而笑，十指紧扣，在我面前并肩而跪，我含泪轻道："一拜天地。"

有幸，认识了一个学识上的知己温静若，虽然再见已势同水火，终是一笑泯恩仇。

"二拜高堂。"

有幸，曾被弈冰舍命保护周全，虽然再见已形同陌路，终是再次相聚相识。

"夫妻对拜。"

有幸，能为这对有情人主婚，见证了一段我自叹不曾有的纯美爱情。

我羡慕他们，虽不能白首偕老，却能同生共死，一同面对天下世俗人的眼光。虽为苦命鸳鸯，却是人中龙凤。何时，我馥雅也能拥有这样一段干净纯澈的爱情呢？我想，怕是此生都没有机会了吧。

弈冰将地上的小坛女儿红环抱双掌之间，"少主，谢谢你！"后豪放地饮下一大口酒。

我知道，这五个字已经包含了太多太多……我亦明了。

温静若从他手中接过酒，也饮下一大口。因不胜酒力，不住地轻咳着。弈冰心疼地抚着她的脊背而轻顺着，"慢点……"

我从她手中接下酒，对着他们祝贺道："恭喜你们，有情人终成眷属。"我拿着酒猛往口中灌，许多酒沿着下颚滴落，滑落在衣襟上，我却一直不停下。

直到弈冰将我手中的酒坛夺下，摔在地上，沉声道："今日不但能与静若结为连理，还见到少主安然在我面前，此生无憾。所以……少主请让我将此刻美好的记忆永远保存在心里，就从此暂停吧。"他弯下身子捡起一块锋利的碎片，我知道他下一刻要做什么。

但是没有人阻止他的下一步动作，因为我们心里都明白，这样才是最安乐、最好的结果。

他狠狠地在手腕上划下一刀，血，如泉水般涌出。

只是，泉水是干澈透明的，唯独血，是赤红惊心的。

这个情景……似曾相识呢。是谁，也曾在这天牢中割腕而去？

温静若抱着已渐渐软下的他，没有落泪，只是抚上他苍白无血色的脸，淡笑道："弈冰，温静若此生能与你结为连理，我幸之，亦生死相随。"

当弈冰带着安详的笑容合上双目之时，她双手一松，朝那面冰凉暗灰的牢墙冲去，没有一丝犹豫与畏惧，狠狠地撞了上去。

"咚"的一声闷响，一块如拳般大小的血迹映在墙上，几滴血沿着墙笔直滑落。这一声响终于引来守在外的侍卫，一阵阵脚步声在这空荡的牢中格外响亮。

我的泪水模糊了视线，这一瞬间两个活生生的人在我面前死去。他们真的就这样离开了吗？缓缓地伏过身子，将弈冰手心中那块碎片拾起。然后拉过自己的左腕，在雪白的腕上划下一道不深不浅的伤痕。

我的笑容伴随着眼泪而过，模糊地望着地上了无声息的温静若与弈冰。如果可以，我真的很想随你们一块儿去呢。

在牢中，我的自尽，终于让整整两个月不肯见我的祈佑移驾进入昭凤宫。那时的我已无大碍，只是失血过多，需要静养。纱布将我的左腕紧紧地缠了好多圈，手一动便会扯动伤口，疼得冷汗淋淋。

我躺在床上，望着祈佑静静地立在我榻旁。已经好久没再见到他了，依旧是龙姿飒爽，王者风范。严肃的脸上挂着不容抗拒的威严，这就是亓国的一代君王。从不为任何人、任何事所左右，做事雷厉风行，没有任何人能阻止他下的决定。

终于，还是来见我了。

我无力地眨着眼睛，泪水就这样溢了出来，湿了衾枕，"皇上……臣妾以为，您再也不会见臣妾了。"

眼眸因泪水而混沌不清，连近在咫尺的他都看不清楚了，只觉离他好远好远。他轻轻地在床榻边坐下，将我轻轻地搂起，"为什么这么傻？"

"臣妾见他们……就那样死去，我忍不住……想随他们一起。"我哽咽着声音，紧紧靠在他胸前。

他轻轻抚慰着我的发丝，声音非常低沉，"因为朕？"

渐渐收起哭泣之声，不住地抽泣道："皇上忘记大婚那日承诺绝不丢下臣妾吗？皇上却食言了……那臣妾活着还有何意义？"

因为此话，他的身体一僵。空气中因他突然不语渐渐沉寂下来。我依旧紧埋在他怀中，搂着他腰的手渐渐用力，受伤的左手紧握成拳，疼痛蔓延。我缓缓合上双目，等待着他说话。

也不知过了多久，他终于开口了，“不会了……朕，再也不丢下你了。”

得到他这句话后我笑了，什么时候开始，我对祈佑也要开始用手段？是因为物是人非吗？

今夜，他在我床边守了整整一夜，不曾合眼，不曾离去。直到早朝，他才离去，临行前吩咐心婉与浣薇好好照顾我，若有何差池唯她们是问。

这一夜之后，我已不再是曾经那个失宠的蒂皇妃了。依稀忆起曾经的种种，我对他从何时开始已情根深种？是见他的第一面，还是他为我要放弃争夺皇位？

但是，这些已经不重要了。真的，完全不重要了。

风簌簌，水脉脉，三月渐飞絮。

淡含泪，笑诉情，此情已枉然。

数月未踏入昭凤宫的杨容溪与苏思云来到昭凤宫对我嘘寒问暖一番，我亦笑脸迎对，一如曾经随她们闲聊。她们走后不久，西宫众妃嫔恢复往常请安之礼，十多位一齐带着名贵山参补药前来拜会慰问。

昭凤宫，一夜间门庭若市，大放光彩，再次成为西宫最热闹的地方。

我不介意她们的别有居心，更不介意她们曾在我失宠那段时日未雪中送炭。我知道，这个后宫人人皆是拜高踩低，毫无真情可言，我不再稀罕于此残酷的后宫寻找一份真性情。

这便是，凤凰浴血，涅磐重生。

第八章 QINGSHI HUANGFEI 缘来缘终尽

浅浅池塘，深深庭院，绰约郁金枝，微风卷春残。

宝髻松松挽就，铅华淡淡成妆。我迎风而立于苑中池塘边，柳絮几点轻打衣妆之上。今日是尹晶册封为夫人之日，却闻讯，陆昭仪有孕。这两件事还真是好巧不巧地撞在一起，引来宫中的奴才们纷纷窃语，都议论着皇上今夜会留宿谁那儿。而我已没多余的心神去想，我想的只是现今与祈佑的关系。

他连续两日驾临昭凤宫，伴于榻前。我们之间仿佛回到了大婚那几日，不一样的只是他对我自称为“朕”，我对他自称“臣妾”。我明白，与他之间的隔阂已无法弥补，再也回不到从前。

我睇着水中的倒影，脸色有些苍白无力，隐有病态。我深知自己的身子已大不如前，自被灵水依毁容后，我花了一年多的时间恢复。却又在数月前中了西域劣毒，时常轻咳不断。数日前，又割腕于牢中失血过多，导致体虚。还有心婉每日为我泡着加了麝香的梅花酿，我必须全数饮下。我不能揭穿，否则我的计划就会功亏一篑。

“浣薇，本宫问你，凤栖坡放风筝那日，你为何突然兴起要放风筝？”我从垂柳枝上摘下一片绿叶，在指尖把玩着。

浣薇回想了一会儿才道：“是心婉呀，她说近来皇妃您心情不大好，要我提议去放风筝。”

我了然颔首而望碧蓝飘云的天空，有几行大雁飞过，“浣薇，在这个昭凤宫内，只能相信你一人。现在本宫问你，愿不愿意把命交给本宫。”

她全身突然紧绷僵硬，神色惨淡地凝视着我，朱唇微颤，许久不能说话。我也不想逼得太紧，只是静待她思考。

“奴婢……愿意。”她的声音有些颤，我不由得淡笑，“考虑仔细再回复本宫。”

她咬着下唇，眼神有些慌乱，终于还是重重地点下头，有着决绝之态，“皇妃，奴婢愿意将命交给皇妃。”

我手中的柳叶由指尖滑落，最后飘荡至湖面，泛起圈圈涟漪弥漫，“你放心，本宫不会要你的命。只要你帮个忙而已。”

她重重地吐出一口气，脸色明显放开，“您吓死奴婢了。”

见她的表情，我也莞尔一笑。方才确实在考验她，若为奸细，她的脸上绝对不会由那样的惊慌与挣扎，最后闪烁着坚定。

“今夜承宪殿，皇上册封尹昭媛为夫人，那时不光本宫会出席，楚清王定然也会出席。到时候你一定要想尽办法为本宫带句话给他，切记，不可让任何人发现。”我一字一语地对她交代着，就怕她不够小心，被人发现，那我的计划就完全被搅乱了。

浣薇虽有疑惑，却还是欣然点头道：“皇妃放心，奴婢一定将此事办好。”

承宪殿内百官齐坐右侧，而正三品以上的妃嫔皆齐列左侧。按品级依次就座，我当然名正言顺地坐在左侧主位，上首离我几步之遥的凤椅上坐的是杜莞，她一脸笑意地凝望祈佑握着尹晶的手宣布册封她为“花蕊夫人”。一听这个封号，我的心就隐隐疼痛，但笑容却依旧挂于两靥之下。

“花蕊夫人”，后蜀后主孟昶妃，她天生丽质，色艺双优，才学更是连男子都稍逊三分。如今祈佑将“花蕊”二字赐于她，其意再明了不过，他果真是欣赏尹晶的才学与美貌的。

不自觉地端起席案上的酒，一口饮尽。淡淡扫过一身五凤千褶百蝶金缕衣，在明亮的烛火中闪闪耀眼的尹晶。她笑得很甜，很幸福，多像当日的我，沉溺于那份不属于自己的幻想中不得而出。俗话说爱情就像毒酒，即使明知里边有毒，依旧不顾一切地饮下。难道，这就是所谓的飞蛾扑火？

不知不觉，册封大典就这样匆匆而过，祈佑轻搂着她的腰而先行离去，独留下满满一殿官员与妃嫔。对面的官员皆三五一群举杯畅饮，好不热闹。相较于他们，左侧的妃嫔却显得格外冷漠，皆沉默寡言地端坐其位，时不时捻起一块糕点轻食一小口。

邓夫人与陆昭仪许是受不了殿内的吵杂声，便绝尘飘然而去。恰好又见一向寡言少语的祈殒也起身离去，我连忙向身侧的浣薇使了个眼色，她受意后便悄然离席，追了出去。

我又端起酒壶斟下一杯酒，才欲饮，却闻杜莞的声音传来，“蒂皇妃是心情不佳，故频频饮酒？”

我也不回话，置于唇边的酒杯缓缓倾斜，酒一点一滴滑入口中。

她略带嘲讽地朝我一笑，“今儿尹昭媛册封夫人的排场实与皇妃你的册封大典有过之而无不及，心有怨气在所难免。”

我悠然将手中酒杯放下，淡而一笑，“皇后哪里话，说起心有怨气，不是更适合皇后您今日的心情？”

她闻我此言，一声冷笑，“以本宫的身份用得着心存怨气？”

我恍然，点点头，“也对，皇后的父亲权倾朝野，就连皇上都必须让其三分，皇后必然是要风得风要雨得雨，又怎会对花蕊夫人的册封而心存怨气。是臣妾失言了。”

杜莞闻我此言，得意地一笑，也未再与我继续纠缠。我则是起身向她欠了欠身道：“臣妾身子未愈，先行回宫。”漠漠一声后，离席而去。

我若是杜莞一定会意识到此刻杜家在朝廷中岌岌可危的地位，必劝父亲小心行事，敛其锋芒，更要以身作则，成为后宫典范，让皇上对自己另眼相看，更避免插手于朝廷之事。这样，若是杜家真的倒台，也不会祸及自身，可她丝毫未意识到危机感，自恃曾是助祈佑登位的功臣，不知收敛，拼命勾结党羽自成一派。换了任何一位君王都不能容忍此事。

步出承宪殿，放眼望去，韩冥正手持一壶酒，时不时仰头轻饮，他什么时候也变得如此颓败忧愁？我正想上前与他小聊几句，却又想起太后数日临别之语，我便打消了这个念头，转身朝另一处而去。

“皇妃！”

韩冥一声呼唤让我顿住了离去的步子，背对着他没有回头，静静等待他的下文。

“天牢的自尽，是你刻意安排的？”他压低了声音问。

一听他此话，我忙环顾四周，怕有人会听见此语。幸好众人皆在殿内畅饮，此处空无一人。

我转身朝他走近，“是又怎样？”

他怔怔地凝视着我，目光有挣扎之色，“你不要做出令自己后悔的事。”

“后悔？”我嗤之以鼻，回避他的目光道，“告诉我，你是不是早就知道那杯梅花酿内加有麝香！所以那日你见我饮此茶才略有激动之色？”

他苦笑一声，不语。算是默认吧。

我失望地露出苦笑，“是……皇上吗？”

"是。"

很肯定的一个"是"字，我凄凉地笑了笑，"行了！"

韩冥说的话是不会有错了，真的是他！我心中的酸涩都已淡了，他为什么要做这样的事！他难道不明白，孩子对一个女子来说有多么重要？而且，我是多么想要一个孩子！

双手紧握成拳，狠狠地掐进掌心："韩冥，以后我的事你不要再插手！"愤然转身离去，此路不是回昭凤宫的，而是转入中宫的碧玉湖。

轻风拂落叶，杨柳碧草摇曳，脚步声声慢。犹记得曾与祈星于此捕捉漫天飞舞的萤火虫之景，虽然那时他对我心存利用，但是那段时日我真的很开心。

我穿插进漫漫草丛，凝望一轮明月悬挂于幽暗的天际，水天相接，似两月映空，其景甚美。一侧眸，月下一位青衣男子背对着我迎风而立，月光倾洒在他身上，熠熠生辉。不自觉地靠近他，低唤一声，"楚清王。"

他并未回首，依然静立仰望明月，"不知皇妃约本王至此有何事赐教？"

"我想与王爷做笔交易。"我靠近他，与之并肩而立，齐齐仰望明月。

一阵阵轻笑由他口中逸出，在湖面上回荡着："凭什么认定本王会与你做交易？"

"王爷赴约了，不是吗？"

"那又能证明什么？"

我沉思半晌，才道："就凭那日在养心殿外，是王爷将神智不清的我送回昭凤宫。"

这句话引来他的注目，神色依旧是淡然而忧伤之态，但是瞳中却有着赞赏之色，"本王终于知道为何皇上对平凡无奇的你会如此宠爱。"将停留在我身上的目光收回，再次投放在苍穹明月之上，"说吧，什么交易？"

申时一刻，昭凤宫内的奴才进进出出，手中一盆又一盆的热水换了又换，通明的灯火照亮四周。我躺在榻上咳嗽不断，浣薇手中的帕子已被鲜血染尽。御医用红线为我诊脉，频频摇头叹息着。

"皇妃……您可别吓奴婢！"浣薇急得泪水都要溢出，不断地用手中的帕子为我擦拭嘴角的血。

祈佑如一阵风般闯了进来，未站稳步伐便揪起御医的领襟，朝他吼道："她怎么了？她到底怎么了？"

御医因他的力道而差点喘不过气，涨红着一张脸道："皇上……息怒。"

他渐渐平复怒火，将手松开，冷冷问："把蒂皇妃的病情一字不漏地告诉朕。"

御医用袖口拭了拭额上的冷汗，"皇妃体质实在太过虚弱，血气不足，体内暗藏未根除的毒，再加上往日的旧疾顷刻间涌出，故而导致咳嗽不断，痰中带血。"

他的声音提高几分，再次激动道："可能治愈？"

"这……治是可治，但皇妃她有心病，这心结若不打开，怕是命……不久矣。"御医战战兢兢的回话再次引来祈佑的大怒，"滚……一群废物都给朕滚出去！"

阵阵怒吼充斥着整个寝宫，他们逃似的纷纷离开寝宫。瞬间的安静让我的咳嗽声更加刺耳，他单脚跪在榻前紧握我的手道："馥雅，你千万不可以有事，你一向坚强，绝不会因一点病痛而就此消沉。都怪我不好，都怪我……你一定要好起来。"

看着他伤痛的神情，我不禁露出苦笑，用力止住咳，将口中那血腥之味用力咽了回去，回握着他的手道："皇上，臣妾想求您一件事。"

"你说……"

"臣妾想回家……好想父皇，好想母后……"我的声音虚无缥缈，让他整个人一僵，我又淡淡道，"臣妾很怕，如果这次再不回去看看他们，就永远……没有机会了。"

"你不会有事，我绝对不会允许你有事的！"他紧握我的手又用了几分力气，仿佛怕一松手，我便会离去。

我深深地睇着他的眼睛，心中抽搐不断，却也只是隐忍着，"皇上，臣妾最后的心愿，您就答应了吧。"

他垂首回避着我的目光，沉思许久，终于颔首点头，"我答应，你要什么，我都答应！只要你能好起来……只要你能好起来……"

今夜他又陪了我整整一宿，撇下了有孕在身的陆昭仪，撇下了今日大婚的尹晶，若是以前，我真的会很感动呢。他始终未合双眼，不断地在我耳边重复着"你一定要好起来"。有泪水不断滑过眼角，我从来没有怀疑过他对我的爱，但是……这份爱早就夹杂了太多太多阴谋利用！我恨……恨他，恨他为什么要利用我们之间的爱。

为何他要身为帝王？为何我要成为这宫闱斗争中的牺牲品？人生若只如初见，你不为帝我不为妃，或许我们也会成为一对人中龙凤，笑看红尘吧。但是命运却开了这样一个天大的玩笑，偏偏要你成为一位帝王。我明白，帝王有帝王的无奈，他不愿为儿女私情放弃皇权，而我却不能原谅他对这份爱情的背叛。

暮迢迢，流水飞鸿俯晴川。

青郁郁，一腮春雨风烟渺。

我坐在颠簸的马车内遥望霏霏春雨在风中飘摇，陪我坐在马车内的是浣薇与心婉，外边赶车而行的是刀光、剑影，守在后边的是行云、流水，前方领路的是韩冥与数十位侍卫。这个队伍说大不大，说小又不小，一路上频频引起路人的注目。

数日前，原本祈佑是打算与我同去的，但最终还是因种种原因放弃了。我很清楚，最重要的原因还要属忌惮杜丞相，万一他离开朝堂，那么杜丞相绝对会把持朝纲，肆意控制朝廷。他赌不起，故派他的亲信一路护我而行。

他还是不放心我呀，竟派这么多人一路监控着我，将我围得密不透风。怕我会逃吗？

我掀开马车的帘布，朝正前方骑在马上的韩冥道："韩冥，我们在这间客栈落脚吧。"

他一扯缰绳，马车也骤然一顿，停了下来。浣薇也探出身子，"爷，主子的脸色确实不好，这天色也渐晚，咱们该歇歇了。"在外边因为身份原因，都改了相互的称呼。

他望望这间不大不小处于古道上的客栈，点点头，转而吩咐众人下马。我也由浣薇、心婉搀扶着下了马车，进入这间客栈。其陈设与平常客栈无多大区别，只是这客栈内空空如也，唯有一个掌柜的与伙计正伏在桌上打瞌睡。

"伙计，准备几间上房。"刀光用手中的刀鞘用力一敲桌子，惊起了两个正睡得酣甜的人。

那名伙计惺忪地揉揉双眼，打了个哈欠，再伸个懒腰，"客官，整间客栈都被一位爷给包下了，您们还是另行别家吧。"

心婉口气略微有些怒火，"这天色渐暗，方圆数十里都是荒草丛生，哪还有什么客栈。"

掌柜的赔着笑容躬腰道："可是，这客栈确实被人给包下了。"

韩冥掏出一张一千两的银票递了过去，"我们出双倍价钱。"

"客官您就别为难小的了。"老板丝毫不为钱财所动，这倒令我有些惊讶，这有钱也不赚的，难道包这间客栈的人出了比这更多的银两？

我与韩冥对望一眼，想从他眼中找出此事的解决方式，他却用询问的目光问着我该怎么办。

却在此时，一阵浓郁的幽香传入鼻间，我朝二楼望去。一位全身纤白如雪的绝美女子立在众人面前，体态轻盈，纤腰楚楚，风韵脱尘，浓翠欲滴，眉宇间净是高雅清冷之气息。她的美目将我们扫了一圈，"掌柜的，主子说了，安排几间上房给他们。"她的声音清脆却暗藏冷凛，冷到骨髓里去的一种寒气。

我淡淡地一声道："代我谢过你家主子。"也松了口气，侧首笑望韩冥，他的神色却格外严肃。我轻咳几声，这一路上下来，我的病情有好转，再也不会咳中带血，只是时常干咳。

进入二楼上房之时，夜幕渐低垂，我被安置在东厢最里间，推开后窗，风中淡淡的香草味扑鼻而来，清晰无尘。心婉与浣薇寸步不离地在我身边伺候着，门外四大护卫严密看守在外。

心婉盈盈笑着朝我走来，手中端着那杯梅花酿，"主子，喝茶。"

我伸手接过，"心婉对我可真用心，即使是在外边，都不忘为本宫准备如此好的茶。"我在那个"好"字上加重了几分力道，眼神犀利地注视她脸色的变化。

她倒是神色自如，并无多大异样，恭谦道："这是奴婢应尽的本分。"

深吸一口气，杯中的香味传入鼻中，我有一种想要呕吐的冲动，却强忍了下来，将其放在唇边轻吮一口。我发誓，这是最后一次饮此茶。

浣薇突然"哎哟"一声叫唤，然后捂着肚子，"主子，奴婢去趟茅厕。"

我情不自禁一笑，"快去吧。"

待浣薇离开口不久，伙计就来到房前，说是饭菜已经准备好，让我们速速下去进食。

当我与心婉还有四大护卫一同下楼之时，韩冥已早早在旁侧等着我。我就坐后，望着满满一桌肴馔，真是没想到，这样一个荒郊竟会有如此山珍海味，确实不简单呀。

我瞅了依旧立在我身边的韩冥一眼，"坐呀！"

他犹豫片刻才入座，心婉则拿起碗筷试菜。

阵阵脚步声由暗木梯上传来，我一抬眸，正见一位皓齿朱唇，天质自然，萧疏举止的白衣男子，年龄在二十四左右，相貌出众，犹让人一见便难以忘怀其俊雅之容。更令人心惊的是他身后规矩地跟随着七位天姿国色的绝美女子，七人并行，捧心西子无可比拟，倾城倾国不足以道尽。她们七人的美足以令世人倾倒，就连我都屏住了呼吸欣赏着她们的容颜。

离那位白衣男子最近的便是方才那位白衣女子，两人真的是主仆关系？我怎么看都觉得像是对夫妻！这位男子可真是坐享齐人之福，每日有七位佳人伴于身侧，真是羡煞旁人。

正在试菜的心婉突然一声闷哼，筷子由指间掉落，瓷碗摔碎在地，脸色苍白。

韩冥倏地起身，"菜里有毒。"

四大护卫皆拔刀而挡在我面前，戒备地环顾整个客栈，最后很有默契地将目光投放在已步下楼的白衣男子身上。

却见白衣男子眉头轻锁，随即一脸嘲讽之意，"诸位该不会怀疑我在菜中投毒吧？"

"我们可没说，是你自己承认的！"刀光一声冷哼，握着刀指在他面前。

"主子，与这群不可理喻的人多说废话未免失了身份。"那位白衣女子依旧是一脸清傲，不屑地睇着我们。

我见心婉一口鲜血由口中喷洒而出后不断抽搐着，"心婉不行了，先救她。"我紧张地望着韩冥。

韩冥立刻横抱起心婉冲上楼，我立刻小跑跟其步伐，在与那位白衣男子擦肩之时，我突然顿住步伐，凝眸打量着他，而他也是饶有意味地打量着我。他是谁？为何我越看就觉得眼熟？

回神后，恍然觉得自己失态，立刻收回视线跑上楼。隐约觉得有道目光一直在背后盯着我，有冷汗轻滑过脊背。

进入厢房时，韩冥已经将解毒丸给心婉服下，上茅厕迟迟未归的浣薇却在此时出现了，她紧张地望着心婉："怎么回事？"

韩冥将已昏死过去的心婉放在床榻上，拉过薄被将她全身盖好，"幸好此毒的分量下得不多，否则华佗在世也救不了她。"

行云很肯定地说道："肯定是那个白衣男子，他与客栈老板的关系似乎非常密切。"

韩冥将目光投放至我与浣薇身上，最后轻轻掠过，"主子你先回房休息，刀光、剑影、行云、流水，今夜我们夜探客栈。"

"是。"

屋内未点烛火，一片黑寂，唯有淡然的月光照进。躺在床上的我一丝睡意也没有，只听得万籁寂静，浣薇贴耳附在门上倾听外边的动静。良久，她才正身跑至我床边，小声道："主子，外边没人。"

我立刻由床上弹起，小心翼翼地推开后窗，目测一下二楼到地面的高度，确实有些高。我若从这跳下去还不摔个四肢残废。

"去把被单扯下来，做条绳索。"我附在她耳边小声道，生怕我的声音会传至外边。

浣薇听罢，眼睛一亮，立刻开始行动。

对，我所做的一切只为今日的逃跑。

祈佑与尹晶大婚那日，我故意服下少量的毒药，导致一夜重咳不止。而那位御医也事先被我买通，只要他在祈佑面前说几句话而已。果然，祈佑真的因我的病而放我回夏国拜祭父皇母后。

没错，方才浣薇借故上茅厕，实是去伙房偷偷在菜里下毒，只为将这一直形影不离跟在我身后的心婉给弄开。同时，这个下毒嫌疑自然就落在白衣男子身上，这样，韩冥与四大护卫的目光将会转向他们，根本无暇顾及我了。

一条经多个死结相连而成的绳子已经完成，浣薇将一端紧缠腰间，后走至窗前，死死握掐着窗槛，“主子，快下去。”

我望着那条直垂地面的绳，犹豫片刻，后轻轻拥着浣薇娇小的身子。在她耳边轻道：“谢谢你。”

她受宠若惊道：“主子可别说这样的话，这是奴婢应尽的本分。”

“你的恩情，我一定会铭记在心。”丢下这句话，我小心地翻过后窗，紧握绳子而下。

艰难的一段攀沿而下，手心有明显的擦伤，终于还是安全地到达地面。我再次仰头凝望窗前一直微笑的浣薇，向她挥挥手。

她依依不舍地也向我挥了挥手，无声地做了一个口型，“保重！”

狠狠点下头，一咬牙，转身朝黑夜中的漫漫草丛间飞奔而去。上弦月一直挂在头顶，为我照亮去路。

风露寒逼，寸草簌簌，晚寒萧萧，波间飞散。

当我以为自己已成功逃走之时，韩冥竟如鬼魅般出现在我眼前，挡住了我的去路。我的心渐渐冷了下去。

他直勾勾地盯着我，仿佛欲将我看穿，“你要去哪？”

我绝望地闭上眼睛，再睁开，“我要离开，离开皇上，离开后宫，离开亓国。”

“你真能放下这段情毫无留恋地离去？”

“是。”毫不犹豫地点头。

他突然笑了，像是一种解脱，“那你可以走了，去寻找你的梦，碧水山涧，白马长歌，笑看红尘，一了你多年的夙愿。”

怔然望着他说话时的神情，一字一语，多么美好的词。碧水山涧，白马长歌，笑看红尘。对，这是我多年的夙愿，但如今，这个夙愿已深埋于我心中，成为一个永远不可能实现的梦。

我深吸一口气，悠然笑道："多谢成全。"

风吹过额前凌乱的流苏，挡住眼眸。我与他擦肩而过那一瞬间，他说："对不起。"

我僵住步伐，侧首问他："你做了什么对不起我的事吗？"

"没什么，只要你幸福开心便好。去寻找属于自己的人生，能飞多远便飞多远，再也不要回来了。"他无奈地一笑，夹杂了太多太多的情绪，我看不懂。

我没有继续追问下去，无论他做了什么对不起我的事，他终究是我的恩人，帮过我许多许多，我永远也不会怪他。

我提步离去，踩着那漫漫杂草。馥雅，再也不是那个为爱不顾一切的傻丫头了，该去完成自己的责任了。

亓国，我会再回来的。

花落花飞，花开花谢花依旧。

缘起缘灭，缘来缘去缘终尽。

牡丹虽美终须落，心随缘灭无心恋。

第九章 QINGSHI HUANGFEI

两处茫茫皆不见

御书房内，鼎炉熏香，余烟袅袅蔓延至最深处。祈佑紧紧捏着手中未阅完的奏折，就连关节处都因用力而隐隐泛白。他冷眸对着地上跪着的韩冥，终是开口将此时渲染在空气中的阵阵阴鸷厉气压抑之感打破。

“你全告诉她了？”祈佑清冷的声音不断地在殿中飘荡。

“是。”韩冥一直低着头，凝望透白的琉璃地面。

“人，也是你放走的？”他冷漠的声音又蒙上一层寒气。

“是。”

韩冥的话方落，祈佑便将手中的奏折狠狠地丢向韩冥，它无情地打在韩冥右颊，最后跌落在地，安静地躺在他跟前。

“你以为朕不敢杀了你？”他用力捶了一下桌案，巨响传遍整个大殿。

“皇上当然敢。”韩冥倏地举头，望着他隐隐夹杂怒火的脸，“弑父，杀母，嫁祸兄弟，甚至连自己的女人都要利用的皇上，还有什么不敢做的？”

祈佑被这句话深深刺痛了心，紧握成拳的手无力一松，思绪百转，骤然闭上眼帘，瘫靠在座椅上。脑海中清晰地浮现出往事，历历在目……

那年他才八岁，八岁的孩子不是应该在母亲的疼爱下成长吗？为何他却没有母后的疼爱，甚至连母后的一个拥抱都得不到。而他的哥哥，纳兰祈皓，却能每日依偎在母亲的怀中撒娇使性，而母后对他永远都是满脸疼惜。

那时的他，多么希望母后也能抱抱他，哪怕是一个笑容，一句关心，他都知足了。可为何母后却吝啬她的爱，始终不肯分给他一分一毫？那时的他总会自问为什么？难道是他做错了什么，惹母后生气？

为了让母后喜欢自己，他开始用心听先生授课，每夜都掌灯夜读，直到眼皮打架，再也坚持不下去才肯沉沉地趴在案前睡去。几年间，他的学识在诸位皇子之上，而先生每次都会对他赞不绝口，声称将来必为大材。先生经常会拿他的文章给父皇阅览，父皇也是大喜，亲自来到未泉宫考验他的才学，最后父皇对他说了一句："佑儿，朕这么多儿子中，属你最像朕。"

他顷刻间成了众皇子中的佼佼者，他满心欢喜地跑到太子殿，将父皇这句话告知母后，心想，这样母后就该对他另眼相看了吧。可是，母后狠狠地给了他一巴掌，怒火横生地指着他的鼻子道："即使你像皇上又如何？太子只有一个，就是皓儿！你不要妄想取代他的地位，现在就给我滚出太子殿。"

怔怔地听着母后的话，他出奇地没有哭。他终于明白，原来母后不喜欢自己，不是因为他做错了什么，而是因为自己不是太子。正因为哥哥是太子，所以母后就把全部的爱给了他，是吗？

自那以后，他不再当着先生的面表现自己，就连功课也是敷衍而行，先生对他的期待也是一日复一日消减，最后变为失望。他更是学会了隐藏自己的情绪，逢人便是一脸淡笑，尽量掩盖着自己的锋芒。花了整整三年时间，他变成了一个沉默避世之人，再也没有人关注他了。

直到十五岁那一年，父皇突然来到未泉宫，他问："佑儿，为何现在的你与数年前雄韬伟略、言辞精辟独到、行事果断的你完全成了两个人？"

他只是笑着回道："文章写得再好，志向再伟大又能如何？儿臣也只是个七皇子。"

皇上用复杂与惊讶的目光盯着他良久，"那父皇明日就下旨封你为王。"

他听到这个旨意只是清雅淡笑，丝毫没有喜悦之色，只是缓缓道："儿臣，想要做太子。"

这句话出奇地没有引得皇上勃然大怒，他只是仰头大笑几声，"有志气！这才是朕的儿子。好，朕允诺你，若你有本事能将太子扳倒，这个太子之位就是你的。"

父皇此话一出，点燃了他心中的一把火，他似乎从那一刻找到了人生的目标。

对，太子之位，或许，他得到这个位置，母后就会注意到他了。他要证明给母后看，他纳兰祈佑并不输给纳兰祈皓。

十八岁那一年，他本是奉父皇之命前去与夏国的新帝谈判，但是在夏国与亓国的边境之处却救下了一位姑娘，她是夏国的馥雅公主。更重要的是，她有着一张与袁夫人一模一样的脸。

记得父皇曾拿袁夫人的画像给他看过，还告诉他，袁夫人是母后亲手害死的，只是苦于没有证据无法将她定罪。那一刻，他对母后的所作所为更加厌恶。

他与馥雅公主谈了一笔交易，“把你的命给我，我会为你复国。”

她眼底一片迷茫，深深地凝着他的眼睛，然后点头，如此坚定。他不禁欣赏起这位公主，很懂得把握机会，更有那处变不惊的冷静。若是将她放入后宫，给她无尽的宠爱，母后一定会方寸大乱，迫不及待地想要加害于她，那么，就很容易抓住母后的把柄，将其定罪了吧。

他将早已无力动弹的她拦腰抱起，真的很轻。犹如受伤后的鸿雁，美得令人动心。那时他才明白，为何父皇对那早已香消玉殒的袁夫人一直念念不忘，持续着他那经久不息的爱。

一年后再见到馥雅公主之时是在皇宫，她的身份是进宫选妃的秀女潘玉。依旧是一脸淡雅脱尘，丝毫没有因国破家亡而沾染上一点俗气。他不禁奇怪，难道她一点也不想报仇？那么，她又为何要与他做这笔复国交易？

她进宫这些天来，他无时无刻不在担心着她。听云珠说，她竟跑进长生殿寻找绣题答案，幸好遇见的是祈殒，而不是父皇。因为，至今，他仍没有将馥雅的事告知父皇。为什么？他自己也不清楚，是怕她的纯真沾染了这宫廷的俗气吧。他并不想将她卷进这场男人之间的斗争中。

当他得知馥雅在回苏州的船上突然失踪时，他的心硬生生地感到一阵刺痛，那份痛不是担心她出事，计划就要泡汤，而仿佛有人拿刀在胸口上划下一道道伤口似的，疼得让他几乎窒息。那时只有一个念头，她千万不能够出事。

那时他才敢正视自己对她的感情，竟在这不知不觉中因她而牵动，从何时起，竟已情根深种。

渐渐收回飘远的思绪，缓缓地睁开眼帘，眼神中流露出隐痛。再望望依旧跪着的韩冥，暗哑道：“你退下吧。”

韩冥有些惊讶地望着皇上，他从没想过，放走皇上妃子的罪名能得到宽恕。还有他那黯然神伤的目光，清楚地告诉了他，皇上一直深爱着潘玉。可是他不懂，既然如此深爱，如此难以割舍，为何当初要选择利用？他难道不知道，这样很可能会扼杀了他们之间的爱？

“谢皇上开恩。”韩冥起身，早已僵硬的身子也得到缓和，轻步退出御书房，望着夜幕低垂的黑夜，皓月婵娟，夜永绵绵，稍觉轻寒。

她，逃到哪了？是该寻找到一个安宁的地方过着避世的日子吧？

从怀中取出一本破旧带血的奏折，将其轻轻打开，纸张早已泛黄，里面赫然写着九个他早已看了千百遍的字："潘玉，亦儿臣心之所爱。"

他一直都明白，这封奏折对于她来说是很重要的东西，但是他却因私心，将它偷偷收起。那时的他想着，只要这个东西在她生命中消失，时间就会让她淡忘这份爱。甚至，在与灵月大婚后，不顾众人反对，毅然请求姐姐同意他纳妾。姐姐受不了他强硬的态度，点头同意了。

当他满心欢喜地回到桃园想将这个消息告诉她时，却没了她的踪影。听周围的孩子们说是被征进宫为宫女了，他就知道，即使这个奏折消失了，她还是放不下祈佑。

好多次，他都想将这个还给她，却迟迟未找到适当的机会。一直到现在，依旧留在他这，怕是再也没有机会还给她了。

晚风之寒理清了他的思绪，他不禁露出苦笑，有着苍凉之感。以后，皇上再也不会信任他了吧。这样也好，他能就此脱离这个充满权欲血腥的皇宫，再也不用为皇上做一些违心之事了。只是，他放不下姐姐呀，她毕竟不是皇上的亲娘，若有朝一日姐姐犯错，有谁能保她呢？

深宫大院，人人自危。伴君如伴虎，千古不变之理。

手捧人参燕窝汤的尹晶朝御书房走去，徐公公一见她来，便焦急地迎了上去："奴才参见花蕊夫人，您来见皇上吗？皇上已将自个儿关在御书房内整整四日未出，也不允许咱们进去。奴才可担心皇上继续这样下去，龙体会受不了啊。您帮忙劝劝吧……"

蒂皇妃的失踪让宫内的奴才暗自猜测许多原因，闹得整个后宫沸沸扬扬。而皇上竟将自个儿关在御书房内四天之久，也不上早朝。他不禁感叹，皇上对蒂皇妃的情，真的已到如此地步？可那个蒂皇妃也无倾城之貌，仅是一张平凡的相貌，如何能将皇上迷惑至此？

徐公公暗自感慨许久，再望望眼前这个相貌高出蒂皇妃许多的花蕊夫人，她的脸色略微伤然，一声叹息后，走至御书房门外，轻敲着朱门，"皇上，您开开门……臣妾是尹晶，求您出来见见臣妾吧。"

里边没有丝毫的反应，她又敲了一阵子，依旧没有人开门。尹晶与徐公公对望一眼，终是垂眸不语。

眼尖的徐公公见到她的眼眶中缓缓凝聚的泪水气，朝她靠近一步，轻唤："夫人……"

"我错了，原来我一直都未超越雪姐姐在皇上心中的地位，从来没有。"她的声音微微颤抖着，手中的人参燕窝汤顷刻摔落在地，发出一声刺耳的声响。她倏地转身朝回廊深处飞奔而去，泪水终于聚满而滚落在脸颊，哭花了她的妆。

徐公公望着她的背影，不仅感叹道："又是一位傻姑娘。"他从皇上还是七皇子开始就跟随在他身边，已经看了太多在皇上身边匆匆来匆匆去的女子，皇上对她们再宠爱，终究是三分热度，七分利用。也唯有蒂皇妃，是特别的吧。

御书房内的祈佑依旧靠坐在椅上，神色惨然，桌案的红烛早已燃尽，唯剩下点点红泪。一扇小窗半掩，有春风拂进，吹起了桌上凌乱的纸张，飘飘而飞扬起。每一张纸上皆赫然写着"馥雅"二字。一笔一画，似乎都倾注了太多的感情。

忽听外头传来一阵破碎之声，将他的思绪打乱。他伸手接下一张在空中飞转不停的皙纸，怔怔地望着纸上之字，勾起一抹柔情，"馥雅，为何要逃？既然都知晓真相，为何不当面质问或是指责？为何要深埋心中，一语不发地再次逃跑？难道我的所作所为，真的到了如此不可原谅的地步？"他喃喃一句，继而扯出一丝怆然之笑。

还记得，去年中秋……

祈星带着一张字条交给他，说是云珠身边的宫女雪海要他转交给自己的，他看见那张纸上写着"落香散尽复空杳，梦断姿雅临未泉"。

看到这两句话之时，他的呼吸几乎停滞，但他不能表现在脸上，不能让祈星看出一丝破绽，只是随意地将字条放在桌上，"朕，今夜陪伴静夫人。"

祈星脸色一如往常，平稳正色道："不知皇上有没有发现，她的背影，似乎很像潘玉呢！"

他只是好笑地望着祈星，"你不会想告诉朕，那个与潘玉有着天壤之别容貌的宫女就是她吧？"

祈星恭谦地一笑，"臣只是将心中所想有感而发。"说罢便离开，而他的心却不能平复，不断地望着字条上那句诗，不正是"馥雅"二字吗？难道……

再三地犹豫，终是控制不住去了未泉宫，他第一眼看到的不是今日打扮得格外美艳的云珠，而是那个颓废而坐在石阶上的女子。她才开口说话，他便彻底震惊，她的声音与馥雅是如此之像。后来，她推开门，那满屋的萤火虫，让他接受了一个不可能的事实——眼前这个与馥雅有着完全两样容颜的女子，就是馥雅！

他忍住冲动，不可以……现在绝对不可以与她相认，因为祈星已经将目光投递在她身上，想要利用她来打击自己！

没有人知道，他那一夜根本没有宠幸云珠，而是与她坐于小桌前，畅聊了一夜的往事……

那一段时间，他一直忍着与她相认的冲动，他要等。等到将所有知道她身份的人全部铲除，否则，馥雅的处境就会很危险。

一除祈星，二诛明太妃，三杀母后，三人都是他的亲人，就连母后都因他一个命令而惨死冷宫。那时韩冥对自己说："相煎何太急？"

这个道理他又怎会不知？不是他不肯放过祈星，而是祈星一直步步紧逼，一心想要他的皇位，即使心有不忍也必须痛下杀手。至于母后……他深深记得曾经允诺云珠，一定会为她报仇，母后曾经做的那些见不得人的事早已足够她死千次百次了。纵然心有不忍，但是为了稳固江山，一定要痛下决心。

直到那一日，杜文林丞相在朝廷上勾结五位重臣公然顶撞他，丝毫不顾忌他皇上的威严，那时候他就知道，杜丞相已到不得不除的地步。但是，他现在的地位就如父皇在位时，东宫的势力，强大到连他这个皇帝都无法动他。他知道，朝廷中丞相一党全都在期待着东宫的皇后能怀上他的龙子，就能名正言顺地封其为太子。这样，他们的势力就可以更加肆意地蔓延。作为一个帝王，他绝对不能允许此事的发生。

本想利用温静若与弈冰来分刮他们在朝廷的势力，可是，被他发现了一个罪不容恕的事，他们两人竟不知何时勾搭在一起，还怀了一个孽子。他们俩不仅出卖了他，更将他处心积虑设计的计划完全破坏。最后，他作了一个决定。

利用馥雅的手将他们除掉，然后以揭发有功的名义给她更多的权力，让她能站稳后宫。最重要的是，他一直都知道，馥雅对云珠之死一直耿耿于怀，那么，就让他来成全她这场报复之路吧。

但是，最后她终于还是对温静若手下留情，只除去了那个孽种。那时的他就知道，她心中依旧深埋着那份纯真善良，她不够心狠……那时候，他犹豫了，真的要将她心中仅存的纯洁扼杀吗？他爱她，不也是被她那不识人间烟火的气质所吸引吗？他怎能将她推向无底的深渊，更不能让她与自己一样，再也无法回头！

更何况，在皇陵前中的西域劣毒，实在太伤身心了，她需要一段时间休养了！他会以最快的速度将杜家的党羽在朝廷中连根拔起，更可以实现自己当初对她的承诺。让她做自己名正言顺的妻子，他要她母仪天下，永远伴在自己身边。

若要将她从这场斗争中抽身而出，一定不可以再给她宠爱，必须冷落她，这样才能保护她。

但是，她为什么要逃呢？为什么要再一次离开他呢？他做得太过分了吗？

祈佑将手中紧捏着的纸放下，无声长叹，终于从那个已经坐了四日的椅上起身，迈步走出御书房，原本昏昏沉沉的思绪被外边清晰的空气洗涤。

徐公公一见皇上出来，赶忙迎了上去，“皇上，您可算出来了。”

祈佑揉揉自己微疼的额头，睇了他一眼，“朕想一个人走走。”

花絮晚，红素轻，碧柳垂。

空中皎洁的冷月将这个皇宫映得更加惨淡，他独自走过一条条回廊，转过无数个拐角，转了这么久，他终究还是一个人吗？帝王永远都是孤家寡人吗？

帝王之位，早在与杜莞大婚便已决定放弃，当时决定，不论付出多大代价，都要阻止父皇将她封为夫人。可是，她却被父皇的一场大火活活烧死……如果，他知道死的人根本不是馥雅，他绝对会天涯海角都要抓她回来，绝不会去争夺这个不属于自己的皇位。

他以为自己能绝情弃爱，所以选择登上了这个终究要处在孤家寡人的地位的皇位。可是，馥雅却再一次出现在他面前，打乱了他的一切计划，更乱了自己早已冰冻的心。换了以前，他绝对不会让他们之间的爱情夹杂阴谋与利用，他也知道，馥雅从来都不愿卷入那场阴谋争斗之中！

但是，如今的他已不再是那个汉成王，而是一个皇帝，他必须兼济天下，不能我行我素地去追寻自己所想。高处不胜寒，没有人能懂身为帝王的悲哀。正如那个利用过自己的父皇，他终于能明白，原来作为一个帝王要兼顾这么多。连自己心爱的女人都不能保护，那坐这个皇位又有何意义？

忽闻一阵歌声传来，声音柔而不腻，细而清脆，情不自禁地停下脚步，凝神望这一幕。

苔枝缀玉，有翠禽小小，枝上同宿。
客里相逢，篱角黄昏，无言自倚修竹。
昭君不惯胡沙远，但暗忆、江南江北。
想佩环、月夜归来，化作此花幽独。
犹记深宫旧事，那人正睡里，飞近蛾绿。
莫似春风，不管盈盈，早与安排金屋。
……

丰骨秀眉，浑是揉花碎玉，眼波流转，皓齿清歌绝代音。他的眼神突露柔情，眼神一亮："馥雅！"他声音颤动地喊了一句，未待轻声哼唱的女子回神，一双手臂已紧紧地将她拥入怀中，她僵在原地，不敢动丝毫，只能瞪大了眼睛怔怔地由他搂着。

他将头埋在她的发颈间，沙哑地说道："你终于还是回来了，我就知道你不舍得抛下我一个人。"

她感觉有一滴冰凉的泪水滴在颈上，沿着肌肤滑下，她不禁一阵轻颤，"皇上……奴才是撷芳院的苏婕妤，苏思云。"

图书在版编目(CIP)数据

倾世皇妃:一寸情思千万缕 / 慕容湮儿著. —北京:中国画报出版社,2008.9
ISBN 978-7-80220-337-2

Ⅰ.倾… Ⅱ.慕… Ⅲ.长篇小说—中国—当代 Ⅳ.I247.5

中国版本图书馆 CIP 数据核字(2008)第 147501 号

倾世皇妃:一寸情思千万缕

出 版 人: 田 辉

作　　者: 慕容湮儿

责任编辑: 王少娟

出版发行: 中国画报出版社

(中国北京市海淀区车公庄西路 33 号　邮编:100044)

电　　话: 88417359(总编室)、68469781(发行部)

网　　址: http://www.zghbcbs.com

印　　刷: 北京市业和印务有限公司

监　　印: 敖 晔

经　　销: 新华书店

开　　本: 1/16

印　　张: 17.5

字　　数: 290 千字

版　　次: 2008 年 11 月第 1 版第 1 次印刷

书　　号: ISBN 978-7-80220-337-2

定　　价: 25.00 元
